民國文化與文學_{研究}_{文叢}

民國文化與文學 研究文叢

十三編　北京師範大學特輯

李怡　主編

第 **4** 冊

「中心」與「邊緣」之間
——蔡元培與五四新文學運動

趙　靜　著

國家圖書館出版品預行編目資料

「中心」與「邊緣」之間——蔡元培與五四新文學運動／趙靜 著
-- 初版 -- 新北市：花木蘭文化事業有限公司，2020〔民 109〕
目 2+214 面；19×26 公分
（民國文化與文學研究文叢　十三編；第 4 冊）
ISBN 978-986-518-232-8（精裝）
1. 蔡元培　2. 學術思想
820.9　　　　　　　　　　　　　　　　　109010945

ISBN-978-986-518-232-8

9 789865 182328

民國文化與文學研究文叢
十三編　北京師範大學特輯　第 四 冊　　ISBN：978-986-518-232-8

「中心」與「邊緣」之間
——蔡元培與五四新文學運動

作　　者　趙　靜
主　　編　李　怡
企　　劃　四川大學中國詩歌研究院
總 編 輯　杜潔祥
副總編輯　楊嘉樂
編　　輯　許郁翎、張雅淋　美術編輯　陳逸婷
出　　版　花木蘭文化事業有限公司
發 行 人　高小娟
聯絡地址　235 新北市中和區中安街七二號十三樓
　　　　　電話：02-2923-1455／傳真：02-2923-1452
網　　址　http://www.huamulan.tw 信箱 hml 810518@gmail.com
印　　刷　普羅文化出版廣告事業
初　　版　2020 年 9 月
全書字數　204969 字
定　　價　十三編 6 冊（精裝）台幣 15,000 元

「中心」與「邊緣」之間
──蔡元培與五四新文學運動

趙靜 著

作者簡介

趙靜，生於 1989 年 9 月，河南新鄉人，文學博士，現為對外經濟貿易大學中國語言文學學院
講師。主要從事中國現當代文學、文化研究，兼有小說、戲劇創作。主要作品有：《「公館」
之家──論小說〈家〉的文學表達》、《另類的都市漫遊──對〈寒夜〉的再次重讀》、《「小」人
「大」城──以〈寒夜〉為中心論 40 年代知識分子生活》、《〈家〉的潛在文本論》、《現實與孤獨
的「新年夢」──論蔡元培的小說〈新年夢〉》、《「俠」的兩副面孔──且論「武俠」小說與「仙
俠」小說之關係》等。

提　　要

　　本文重點考察蔡元培與五四新文學運動的關係。第一章嘗試討論蔡元培與「新青年」諸君
以及以《新青年》為代表的「青年話語」的關係，探討蔡元培與新青年諸君的人際關係，研究
蔡元培對這些「新青年」們的生命軌跡所產生的重大影響。第二章著力分析蔡元培在五四新文
學運動這一複雜場域中的具體表現，論證蔡元培在五四新文學運動中的「中心」地位。以蔡元
培與林紓論爭為個案討論蔡元培在這場文學新舊爭論中的作用，引發對以往學界認定的「新舊」
問題的再認識，以期研究五四新文學運動這一複雜的能量場，討論新文學與教育、學術以及政
治、經濟、軍事、文化等各領域的關係。第三章主要關注蔡元培在五四新文學運動中的思想變化，
以他的學術著作《〈紅樓夢〉索隱》為切口，從蔡元培的思想機制、人事變動以及與新文壇之間
的隔閡等角度，探析蔡元培如何與五四新文學運動「合」、「離」。第四章則重點聚焦蔡元培在此
「合」與「離」的過程中所產生的立場危機，從他的身份認同和「志業選擇」等視角探究其與新
文學運動產生關聯的機緣。並研究其在此過程中的思想文化認同，利用他這一「個體文本」探
析整個五四時代的精神面貌。

「平民主義」與理想堅守——
民國文化與文學・北京師範大學卷序言

李　怡

　　「民國文化與文學」叢書推出以大陸高校為單位的專輯儼然已經成為一大特色，到目前為止，我們先後組織了南京大學專輯、蘇州大學專輯、四川大學專輯，它們都屬於近年來「民國文學」研究的代表性學校，產生了為數不少的代表性學人。而北京師範大學無疑是這一研究領域的重鎮，這不僅僅它曾經在我任教的 10 多年中成立了「民國文化與文學研究中心」，召開了有影響的「民國歷史文化與中國現代文學」學術研討會，也不僅僅是有一大批的青年博士生紛紛加入，在「民國視野」中提出了關於中國現代文學研究的重要話題，結出了一個又一個的學術成果，更重要的還在於，北京師範大學在百餘年學術歷程中所形成的氛圍、氣質和追求，似乎與「民國文學」研究所倡導的「史學意識」與社會人文關懷，構成了某種精神性的聯繫，值得我們治學者（至少是北京師範大學的治學者）深切緬懷和脈脈追念。

　　「百年師大，中文當先」。描繪北京師範大學中文學科的發展歷史，這是一句經常被徵引的判斷，在一個較為抽象的意義上，它的確昭示了某種令人鼓舞的氣象。不過，「百年」來的中國社會文化實在曲折多變，中國學術的發展也可謂是源流繁複，「當先」的真實意義常常被淹沒於時代洪流的連天浪淘之中，作為「思想模式」與「學術典範」的北京師範大學中文傳統尤其是現代文學的學術傳統期待著我們更多的理解與發揚。

　　現代中國的高等教育肇始於京師大學堂，由京師大學堂而有 1908 年 5 月的京師優級師範學堂，進而誕生了 1912 年 5 月的北京高等師範學校，當然同

樣的 1912 年 5 月，也由京師大學堂誕生了中國現代高等教育翹首的北京大學，北京師範大學秉承「辦理學堂，首重師範」理念，引領現代教育與文化發展的首功勳績由此銘篆於史。但是，這一史實絕非僅僅是證明了北大與北師大「一奶同胞」，或者說北師大的歷史與北京大學一樣的「古老」，它很快就提醒我們一個十分重要的事實：與作為「時代先鋒」的北京大學有別，北京師範大學走出了另外一條教育之路，形成了自己的文化品格，雖然它和北大一樣背負著近代歷史的憂患，心懷了五四新文化的理想，也可以說共同面對了現代教育與現代文化建設的未來。

從京師優級師範學堂裡走出了符定一，京師中國語言文學的優質教育讓這位著名的教育家與語言文字學家在後來創辦湖南省立一中、執掌嶽麓書院之時胸懷天下、垂範後學，培養了包括毛澤東在內的一代青年；北京高等師範學校的中文學科更是雲集了當時中國的學術精英，如魯迅、黎錦熙、高步瀛、錢玄同、馬裕藻、沈兼士，不時應邀前來講學的還有李大釗、蔡元培、胡適、陳獨秀等思想名流，可謂盛極一時。京師優級師範學堂、北京高等師範學校、北京（北平）師範大學、北京女子師範大學、國立北平師範大學、國立西北聯合大學、輔仁大學，京師中文學科的漫漫歷史清晰地交融著中國現代語言文學的學術歷程與教育歷程，這裡，活躍著眾多享譽中外的學術巨匠，書寫了現代中國語言文學研究的華章：從九十餘年前推行白話文、改革漢字，奠定現代漢語的基石到半個多世紀以來開創現代中國民俗學與民間文學的卓越貢獻，諸多學科先賢都將自己堅實的足跡留在了中國現代思想文化發展的旅程中。值得注意的是，同樣置身於相似的歷史進程之中，北京大學常常更主動地扮演著「時代弄潮兒」的角色，佔據學術的高地振臂吶喊，以「文化精英」的自信引領時代的前行，相對而言，北京師範大學的知識分子更習慣於在具體的社會文化問題上展開自己的探索和思考，面對時代和社會的種種固疾，也更願意站在相對平民化的立場上進行討論，踐行著更為質樸的「為了人生」的理想，這就是我所謂的「平民主義」。

就中國現當代文學而言，我們目睹的也是這樣的事實：民國以來北京師範大學知識分子參與現代中國學術的社會背景是近百年來中國社會發展的風波與激浪，這裡交織著進步對落後的挑戰，正義對邪惡的戰鬥，真理與謬誤的較量，作為「民眾教育」基本品質的彰顯，北京師範大學的學術精英似乎沒有將自己的生命超脫於現實，從來沒有放棄自己關注社會、「為了人生」的

責任和理想，中國語言文學學術哺育了一代一代的校園作家，從黃廬隱、馮沅君、石評梅到蘇童、畢淑敏、莫言，他們以自己的熱情與智慧描繪了「老中國兒女」的受難與奮鬥，為現代語言文學的學術思考注入了新的內容；同樣，在「五四」運動，在女師大事件，在「三一八慘案」，在抗日烽火的歲月裡，北京師範大學的莘莘學子與皓首窮經的教授們一起選擇了正義的第一線，在這個時候，他們不僅僅以自己的思想和智慧，更是以自己的熱血和生命實踐著中國士人威武不屈、身任天下的人格理想，他們的選擇可以說是鑄造了現代中國學術的另一重令人肅然起敬的現實品格與理想堅守。這其中的精神雕像當然包括了魯迅。雖然魯迅作為教育家的歷史同時屬於北京大學與北京師範大學，但是就個人生活的重要事件（與女師大學生許廣平的戀愛）、政治參與的深度（女師大事件、「三一八慘案」）以及反精英的平民立場這些更具影響力的生命元素而言，魯迅無疑更屬於北京師範大學的知識群體。

魯迅式的「為人生」的精神傳統也在北京師範大學的學術脈絡中獲得了最充分的繼承和發揚。在新時期，魯迅精神的激活是中國學術開拓前行的旗幟，這面旗幟同時為北京大學和北京師範大學的學者所高擎，北京大學努力凸顯的是魯迅的先鋒意識和複雜的現代主義情緒，在北京師範大學這裡，則被一再闡述為「為人生」的「立人」的執著，新時期之初，北京師範大學中國現當代文學的帶頭人之一楊占升先生最早闡述了魯迅的「立人」思想，而北京師範大學培養的新中國第一個文學博士王富仁則將「立人」的價值推及到思想文化的諸多領域，並在此基礎上構建了他獨特的「反封建思想革命」的學術框架、「中國文化守夜人」的啟蒙理想。今天，北京師範大學中國現當代文學的學術成果，可能並不如北京大學等中國知名高校學術群落的那麼炫目，那麼引領風騷，或者那麼的咄咄逼人，但是，仔細觀察，我們就能夠發現其中浮現著一種質樸的「為人生」的情懷和方式，這肯定是十分寶貴的。

民國文學研究，無論學界有過多少的誤讀，都始終將尊重歷史事實，在近於樸素的歷史考辨中呈現現代文學的面貌作為自己的根本追求，這裡也體現著一種「平民主義」的學術態度，當然，對歷史的尊重也屬於現代中國人「為了人生」的基本訴求，屬於啟蒙文化「立人」理想的有機構成，北京師範大學的學術場域能夠容納「作為方法的民國」思想，能夠推出一大批的「重寫民國文學現象」的成果，也就是學術空間、精神傳統與個人選擇的某種契合，值得我們緬懷、記憶和總結。

在既往的「民國文化與文學」叢書中，我們已經收錄過北京師範大學學人的多種著述，今天又以專輯的形式予以集中呈現，以後，還將繼續關注和推出這一群體的相關成果。但願新一代的年輕的師大學人能夠在此緬懷我們的歷史，從中獲得繼續前行的有益啟示。

2020 年春節於峨眉半山

目

次

緒　論

　　新文學的演進已有百年光景，關於新文學的研究也卷帙浩繁。在這些研究中既有已經成為「固置」的學術認識，也期待著我們跳脫出傳統學術研究的框架挖掘出更多鮮活的史料，去捕捉新文學眾生情態的「游移」和「複雜」。文學研究一般立足於研究文學思潮、作家群像，也有聚焦單一作家、作品進行文本細讀、思想分析，以小見大。近些年來，中國現代文學研究中召喚歷史，重回歷史情境的呼聲日漸強烈。傾聽遠古的歷史迴響，則意味著我們要重新回歸到當時的歷史現場，借助於歷史情境以期完成對文學的再認識。也就是說，我們需要站立在今時今日去回望當時當景，實現文學與歷史的良性互動。從今朝「穿越」至舊時，在完成對歷史時空的「穿越」時，我們的思維不可避免地會固陷於所處的現在時域，如同我們經歷地理方位的變化，就不可避免地要應對時差。如此，在進行歷史回顧和歷史解讀時，思維當中也會殘留著「時差」，或者說是「觀念差」，亦或者是「思維慣性」。而這樣的「思維慣性」足以影響我們對歷史情況的判定，會使得我們以「後攝鏡」的眼光，以今時今日的觀點去評判歷史。當我們再次回望擁有著百年歷史的新文學時，會發現我們試圖引入「歷史」去規避意識形態或是西方理論對文學的壟斷，而建構合理的、重史料、科學的文學研究時，不自覺地也已經被現行的「學科制」所錮囿；當我們強調文學與歷史的互動，關注文學與經濟、政治文化間的衝突和張力，以及當我們逐漸強調教育對文學的意義或是哲學與文學的關係時，基本上也默認了文學與歷史、教育、哲學等學科領域的區隔，試圖推動文學與其他學科間的有機聯繫，有意識地主張文學的「學科跨越」。學科在牛津詞典中有學說之意，它主要指實踐或練習中獲得

信仰或是專業性的知識體系。而推行學科分類，則能夠有效劃分各個領域的研究範圍，實現各領域的獨立、科學與有效性探研。但回到新文學發軔之初，學科分制剛剛起興，西學東漸的勢頭使得一些知識分子逐漸意識到了西方現代的大學教育制度和學科體系，這才有模學樣地根據中國固有特色設立學科制。可在這樣一個剛剛萌芽出學科體系的時代，混沌的歷史局面不可避免，而如若我們再以現在的專業化程度精深的學科制度去「打量」新文學初期的「歷史」，我們就會發現原本屬於新文學運動中的「局內人」則因為專業的學科劃分而成為了現有理解中的「局外人」。循此思路，本文就以以往學術視野中的新文學場域的「局外人」為研究對象，選擇教育家蔡元培，探究蔡元培與五四新文學運動的關係。在我們的印象中，蔡元培致力於民初的教育改革，他的教育政策使得陳獨秀、胡適、魯迅等新文學青年受益頗深。可以說，蔡元培本質上是教育學家，他一生所寫的文學作品數量有限，甚至可以說是鳳毛麟角，似乎這樣一位「非文學」型人物與新文學運動建構不了太多聯繫。何以會形成如此印象，蔡元培與五四新文學運動的關係究竟如何，這種若即若離、若隱若現的狀態對新文學運動又產生了哪些影響，反映出了新文學怎樣的發展情狀，這些都是本文需要研究的重點問題。當然，既然選擇以蔡元培為「研究對象」切入五四新文學運動，那麼蔡元培這一「視角」是否成立，或者說蔡元培是否足以與五四新文學產生關聯，這也是本文必須要提前說明的問題之一。

一、問題的提出：蔡元培與五四新文學運動研究之可能

　　談起新文學，學界往往著重考察魯迅、胡適、周作人、陳獨秀等人對新文學的開創意義，縱使提及蔡元培也多是將其名字連綴在五四新文學諸友（陳獨秀、胡適、魯迅、周作人等）之後，而對蔡元培在五四新文學運動時期的具體身份、角色、作用卻少有專論。雖然蔡元培並未像魯迅、胡適、周作人等人一樣扛起新文學的大旗，在文化前沿陣地上衝鋒陷陣，但這場轟轟烈烈的文學運動卻離不開蔡元培的護持。在這場改革運動中有抱有不同態度的各色人等，無論是對改革冷眼旁觀的人，或是積極參與的勇士，亦或者是態度曖昧的支持者和反對者，能夠澆滅這些形形色色之人心中塊壘的則首推蔡元培。陳獨秀曾經說過「五四運動，是中國現代社會發展之必然的產物，無論是功是罪，都不應該專歸到哪幾個人；可是蔡先生、適之和我，乃是當時在

思想言論上負主要責任的人」。〔註1〕梁漱溟也說過：「蔡先生一生的成就，不在學問，不在事功，而只在開出一種風氣，釀成一大潮流，影響到全國，收果於後世」。〔註2〕誠如陳獨秀、梁漱溟所說，蔡元培理應對五四新文學運動負責，但他一生的成就不在學術，亦不在事功。在五四新文學運動的洪流中，蔡元培的影響明顯不同於胡適、陳獨秀、魯迅、錢玄同等人，如果大而化之的將其融為一爐，則會讓我們一葉障目，遮蔽掉許多有價值的歷史和文學事實。

　　民初時期，中國社會處於百廢待興的歷史節點，文言在社會中依然佔有絕對的話語權，近代化的程度暫處於萌芽階段，「歐風美雨」還未成氣候，氣數已盡的晚清王朝的倒臺未能撼動華夏文明內在結構的更新換代。1912年「京師大學堂」改為「國立北京大學」，四年間換了四任校長，校政太過腐敗。據在北大就讀的顧頡剛回憶當時的北大不過是一些有錢的教師和學生，是一群官僚的養成所。上流社會學而優則仕的選才機制並未連根拔起，改了名的北大依舊是官僚習氣，不能盡洗。1915年的陳獨秀尚在上海苦苦支撐《新青年》，艱辛異常，胡適不過是在美留學的學生，毫無聲望可言。如果沒有蔡元培，就不可能有「新靈魂」的北京大學，也未能得見陳獨秀和胡適在新文學運動中的「呼風喚雨」。五四新文學運動會不會發生，會以怎樣的形式出現均是未知數。

　　雖然1917年1月1日上海《中華新報》曰：「蔡孑民先生於二十二日抵北京，大風雪中，來此學界泰斗，如晦霧之時，忽睹一顆明星也」，〔註3〕可歷史事實卻並不如報紙所寫的那般順理成章、萬眾期待。政界內部對於蔡元培的反對之聲不少，而蔡元培本人也對是否就任有所踟躕。雖然出長北大很大程度上源於歷史的偶然，可當他來到北大，積極主動推行一系列校政革新，五四新文學運動的發生就不再是歷史的偶然性事件，而成為了歷史的必然，五四新文學運動中的啟蒙思潮也逐漸成為了時代的主流價值。北大校長時期的蔡元培在校外與政府據理力爭，來回周旋。利用自己的政治身份和社會威望與當時的政府斡旋，既能夠懇請總長代為「消弭局外失實之言」，〔註4〕也

〔註1〕陳獨秀：《蔡孑民先生逝世後感言》，《中央日報（重慶）》，1940年3月24日。
〔註2〕梁漱溟：《紀念蔡元培先生（為蔡先生逝世二周年作）》，中國文化書院學術委員會編：《梁漱溟全集6》，山東人民出版社，2005年，第346頁。
〔註3〕見《中華新報》，1917年1月1日。
〔註4〕蔡元培：《復傅增湘函》，高平叔編：《蔡元培全集3》，中華書局，1984年，第285頁。

可以在北京大學決定招收女學生時打政府公文的「擦邊球」，不上表、不彙報，保證大學獨立治校的權力。當社會各界對新文學有所誤解和質疑時，他也毫無懼色地挺身而出在《公言報》上與林紓辯論，護祐新文學運動。在北京大學校內他則不問政派廣招有才之士，力圖將北京大學打造為學術的淵藪，「純粹研究學問之機關」。〔註5〕為了壯大且充盈學校的師資隊伍，蔡元培分別向吳稚暉、李石曾去函希望來校擔任學監，也聘用了當時正在美國留學的胡適為文科教授，北大代課教師錢玄同和《新青年》的攢稿人劉半農，國學大師劉師培亦在聘用教授之列，素有「中國文妖」之稱的張競生也被蔡元培邀入北大講授哲學。至於北京大學的原有教師，蔡元培則以學術實力為標準進行甄別，國學根底深厚的，有真才實學的教師被留聘，而那些學業荒廢、濫竽充數的教員則被解聘。在教師聘用方面，蔡元培始終堅持「以學術為旨」，提倡「思想自由，兼容並包」，使得當時的北京大學名流薈萃，一時雲集各色人才。值得一提的是，蔡元培上任之後，第一件事就是聘請陳獨秀為文科學長，他多次走訪，誠懇相邀，且力邀陳獨秀將《新青年》遷入北京續辦。據馮友蘭回憶，1916年春天，蔡元培來北京大學擔任校長。到校後，他未曾開會發表演說，也沒有發表什麼文告來宣傳他的辦學理念，僅僅發了一個通告「茲聘任陳獨秀為文科學長」，可只此幾字，學生們就全明白了，「什麼話也用不著說了」。〔註6〕一紙通告，基本上表明了蔡元培有意將北京大學打造為新文化、新思潮重鎮的決心。蔡元培「能認識人，使用人，維護人。用人得當，各盡其才，使每個人都能發出自己的熱和光」，〔註7〕他選聘新教員，堅持教授治校，壓縮了校長的個人權力，給予了教師們極大的自由度。對待學生則允許旁聽生入校聽課，男女同校，鼓勵學生在兼收並蓄中自由選擇、獨立判斷，使北京大學真正成為求學新知之所。「蔡先生是個偉大的書生，是一個開風氣的學者，但是他的偉大，卻更在於有著『無所不容，有所不為』的精神」。〔註8〕可以說，蔡元培是五四新文學運動的風向標，他「在倡揚新思想、新文化方面，可能沒有

〔註5〕蔡元培：《復吳敬恒函》，高平叔編：《蔡元培全集3》，中華書局，1984年，第11頁。

〔註6〕馮友蘭：《我在北京大學當學生的時候》，中國人民政治協商會議全國委員會文史和學習委員會編：《文史資料選輯》第28卷，中國文史出版社，1990年，第341頁。

〔註7〕梁漱溟：《開創風氣釀成潮流——全國政協委員梁漱溟談蔡元培先生》，《光明日報》，1980年3月9日。

〔註8〕高平叔：《蔡元培年譜長編》下（二），人民教育出版社，1998年，第526頁。

陳獨秀、胡適等人那種鋒芒畢露的震動效應，卻在實際上催發和護持了思想文化領域的這場震盪」。〔註9〕誠如斯言，對於一個催生和護持新文化震盪之人，我們又怎能將他圈定在新文學界域之外？或者是與他人混為一談？蔡元培究竟是如何開闢新文學運動中的「風氣」，並形成一股「潮流風暴」，「風氣」營造後產生了哪些事實上的影響，這些都需要我們重新審視和回顧。

　　如上所說，蔡元培確實與五四新文學運動關係頗深，沒有蔡元培，就沒有陳獨秀、胡適、李大釗、魯迅、周作人等新文學青年彙集北京，也不可能使得陳獨秀一朝北上，便在短短三年的時間內使原本影響較小的《新青年》成為青年們爭相閱讀的文化雜誌，並成為他們的人生指引。所以，蔡元培在五四運動中發揮了何種作用，有哪些行動，以何種身份參與文學改革等均是極其有價值的學術問題。事實上，研究蔡元培與五四新文學運動的關係不是要否認胡適、陳獨秀、錢玄同、魯迅等人在五四新文學運動中的功績，而是要將隱藏於他們身後的人推出歷史地表。蔡元培畢竟不同於陳獨秀等人，他有其歷史的獨特性，而他的歷史獨特性值得細緻挖掘。基源於此，在本書中筆者選擇「蔡元培與五四新文學運動」作為研究對象，集中聚焦蔡元培對五四新文學運動的影響，探討蔡元培對新文學、新思想圖景的理解和想像，討論蔡元培在新文學運動中是如何搭建平臺、聚集傳播者、吸納受眾的，並以蔡元培為標杆去透視五四時期的思想機制。

二、研究的歷史與現狀

　　蔡元培作為文化名人，其研究資料文山書海，大致可分為三大種類：一是蔡元培所著的資料和著作；二是關於蔡元培的傳記類文學材料；三是關於蔡元培思想、文化、教育等各個方面的研究資料。經過梳理筆者發現，蔡元培一直以來都是學術研究的熱點，可對於蔡元培與新文學的關係則研究較少。

（一）文獻資料

　　早在 1919 年，北京大學新潮學社就曾刊印《蔡孑民先生言行錄》，這本書共分上下兩冊，收錄了蔡元培清末民初時期的文章、演說等，《蔡孑民口述傳略》、《勤工儉學傳序》以及《大學改制之事實與理由》、黃世暉筆錄的《傳略》等文章均在列，是新潮社編輯的《新潮叢書》第四種。三十年代初期，

〔註9〕張曉唯：《蔡元培傳》，百花文藝出版社，2009 年，第 201 頁。

上海廣益書局出版《蔡元培言行錄》，此書從「美育」、「思潮」、「新文化運動」、「教育」、「演說」、「雜著」等幾個方面對蔡元培的文章進行歸納整理，《以美育代宗教》、《文化運動不要忘了美育》、《說青年運動》等文章均列入其中。《蔡孑民先生言行錄》和《蔡元培言行錄》這兩本書是較早記錄蔡元培言行事蹟、文章著述的書籍，所選取的文章大致能夠反映出蔡元培的教育理想和政治主張。

　　1959 年北京中華書局整理出版了《蔡元培選集》，這部書以選集的形式輯錄了蔡元培的文章、演說和學術研究著作。雖然此書選擇的文章篇目並不齊全，但諸如《就任北京大學校長之演說》、《致「公言報」函並附答林琴南君函》、《國文之將來》、《文化運動不要忘了美育》、《魯迅先生全集序》等重要文章均已選入。至 1968 年，在大陸學界關於蔡元培的研究歸於沈寂之際，臺灣商務印書館出版了《蔡元培先生全集》。這部由孫常煒編纂的《蔡元培先生全集》收錄了蔡元培的文章、專著、演說、通信以及有關蔡元培的學術研究等各種類型文章，種類廣，數量大。1976 年由陶惠英編寫的《蔡元培年譜》問世。這部著作是由臺灣「中央」研究院近代史所出版，它詳細記錄了蔡元培的各個階段的人生事蹟。不過遺憾的是，這本書只出版了上部。

　　上述幾本書雖然都記錄了蔡元培相關言行和文章著作，但卻都有遺漏之處。關於蔡元培的資料、著述收錄較全的、較權威的莫過於高平叔於 1984 年出版的《蔡元培全集》。此書由中華書局出版發行，共分為七冊，主要收錄了蔡元培的「專書、論文、記敘、小說、建議、序、跋、演說詞、談話、書信、電報、呈文、宣言、啟事、試卷和譯文等。至於題詞、祝詞、祭吊文、屏、聯、詩、詞、為他人謀求職業的一般介紹信，以及他主持教育部、北京大學、大學院、中央研究院時期、以他的名義發出的一般公文法令等，則選其較重要者收錄」。〔註 10〕這本全集每部按照時間順序進行編排，資料來源主要是蔡元培的手書原件和照片、手訂或手校的出版品等，為蔡元培的研究提供了豐富且紮實的參考文獻和歷史材料。本書的編者高平叔自青年時代就跟隨蔡元培，蔡氏對其極為欣賞。早在 1935 年高平叔即開始整理蔡元培的相關文章和語錄，只可惜由於戰亂手稿散佚，令人遺憾。四十餘年後，高平叔在蔡元培家屬和生前親友的鼓勵下，又開始著手輯錄文集。後至 1984 年，《蔡元培全集》才得以成行。從 1984 年～1989 年，連續幾年的時間，《蔡

───────────────

〔註 10〕蔡元培著、高平叔編：《蔡元培全集 1》，中華書局，1984 年，第 1 頁。

元培全集》一至七卷由北京中華書局陸續出版。緣於對蔡元培的景仰和對蔡元培研究的尊重和熱忱，在《蔡元培全集》輯錄階段，本著對蔡元培的歷史文獻高度負責的原則，高平叔還對蔡元培的文章類型進行整合編次，按照哲學、政治、語言、文學、科學與技術的順序分門別類地出版專集，緩解了全集未出之時研究資料的匱乏。在高平叔版《蔡元培全集》出版後，1997 年浙江教育出版社也出版了一套《蔡元培全集》。與高平叔版不同，此書還收錄了蔡元培的日記，散軼的雜誌文章，蔡元培親屬提供的未刊資料以及未來得及收錄的佚文 500 餘篇，內容詳實，史料充足，具有極高的文獻價值和參考意義。在上世紀末，這兩本蔡氏全集的相繼問世，標誌著大陸學術界對蔡元培研究價值的肯定與重視。不僅是大陸學界關注蔡元培，臺灣學界對蔡元培的資料收集也從未停止。1995 年由臺北錦繡出版事業股份有限公司整理的《蔡元培文集》發行問世。

除了以上版本的選集和全集之外，還有沈善洪編選《蔡元培選集》，共分上下兩冊，孫常煒後續的《蔡元培先生全集續編》、歐陽哲生編的《中國近代思想家文庫蔡元培卷》等；也有一些類似《張元濟蔡元培來往書信集》（商務印書館（香港）有限公司）、《文化融合與道德教化：蔡元培文選》（張汝倫選編）、《蔡元培學術論著》（綠林書房輯校）、《蔡元培學術文化隨筆》（中國青年出版社）、《蔡元培語言及文學論著》（高平叔編）、《中國現代學術經典蔡元培卷》（劉夢溪主編）等專集出版；還有諸如《子民自述》、《石頭記索隱》、《中國倫理學史》、《妖怪學》等著作單冊發行。這些材料的出版為蔡元培研究提供了豐富的第一手資料。

（二）傳記類研究

梁漱溟認為「論對中國社會的影響，梁啟超在空間上大過蔡元培，而在時間上將不及蔡元培」。〔註11〕為了更好地凸顯蔡元培從清季到民國的影響力，很多研究者選擇以傳記的形式展現蔡元培的一生。關於蔡元培的傳記數量很多，崔志海、張曉唯、唐振常、周天度、李克、張樂天等許多人均寫過《蔡元培傳》。這些傳記大多從蔡元培幼年開始寫起，直至蔡元培長眠香港結束，以蔡元培一生的人生履歷為寫作模本。

1943 年由高平叔編纂的《蔡孑民先生傳略》是較早的一部蔡元培傳記。

〔註11〕梁漱溟：《紀念梁任公先生》，中國文化書院學術委員會編：《梁漱溟全集6》，山東人民出版社，2005 年，第 445 頁。

這本書是高平叔根據蔡元培生前的口述所寫的傳記。本部書還收錄了蔡元培的兩篇文章——《我在教育界的經驗》、《我在北京大學的經歷》以及蔣維喬的一篇文章《民國教育總長蔡元培》。高平叔選這三篇文章用意明顯，從這三篇文章足以證明蔡元培對教育之功，基本勾勒出蔡元培一生最輝煌的歷史時期。隨後至 1950 年，蔡尚思編撰的《蔡元培學術思想傳記》由上海棠棣出版社出版，此書記錄了蔡元培在學術思想方面的卓越貢獻，並重點分析了蔡元培在中國史上的地位與價值以及他的學術方法，政治學、經濟學、教育學等觀點。由於是學術思想類傳記，所以此書難免對蔡元培的諸多事蹟涵蓋不全，一些個別事例的描寫則稍顯繁冗。值得一提的是，在上世紀50～70 年代，臺灣有許多類似《傳記文學》的刊物，上面經常發一些紀念性文章，其中就有許多關於蔡元培的回憶性傳記。

　　從 80 年代開始，有關蔡元培的傳記描寫明顯增多，很多學者已經不滿足於單純記錄蔡元培的一生，甚至在書寫傳記時，邊寫邊評，表達自己的觀點。1984年人民出版社出版的周天度所寫的《蔡元培傳》從材料和深度上都值得贊許。此書共分為七個部分全景式地展現了蔡元培的生命歷程。作者自六十年代就開始著手收集蔡元培研究的相關資料，力求回歸歷史主義的觀點，全面且深入地把握蔡元培的生平軌跡和思想脈絡。張樂天的《蔡元培傳》也是其中頗具特色的一部傳記。這部傳記隸屬於《中國文化巨人叢書》，其中搜集了許多國外以及中國港澳臺地區有關蔡元培的研究觀點，材料非常詳細紮實。進入 21 世紀以來，關於蔡元培的傳記也更多了起來，張曉唯的《蔡元培傳》是其中較為重要的一部。此書由百花文藝出版社出版，共分為九章，主要「詳述傳主不同時期與各類人物的交往，藉以展現不同側面和場景」。〔註12〕此書通過蔡元培與各類人物的交友考，力求回歸當時的歷史情境。作者於其中鉤沉史實，行文考究、史料豐富、語言順暢，既富有情節性，也具有極高的研究價值。

　　總體而言，蔡元培的傳記類研究主要圍繞著蔡元培的生命軌跡進行討論，所涉及的有關文學與文化的討論只能侷限於傳主人生的某個階段，敘述較為零散，一些剖析也未能深入和細緻。

（三）有關蔡元培與文學的關係研究

　　學界對於蔡元培的研究大多集中於蔡元培的教育思想、大學管理、美術

〔註12〕張曉唯：《蔡元培傳》，百花文藝出版社，2009 年，第 238 頁。

思想方面，真正關注蔡元培與五四新文學、新文化運動的關係的成體系的研究著作並不多見。以下主要剖析研究蔡元培與五四新文學運動關係的論著，這些論著大致可從以下三個方面進行梳理。

其一，從宏觀上把握蔡元培與中國文學界之關係。1940 年郭慕鴻的《紀念蔡元培先生：關於蔡氏與中國文學革命運動》發表於《宇宙風》第 101 期上。這篇文章極力讚揚了蔡元培在中國文化教育方面的貢獻，高度評價了蔡元培對中國新學術思潮的作用。文中所言「一提起他，就不由得使人想起北大，更由北大而想起當日的文學革命運動」，〔註13〕極力強調蔡元培與北大、文學革命運動之間不可割捨的關係。1949 年蔡尚思在《春秋（上海 1943）》第 6 卷第 2 期上發表文章《蔡元培與中國文學界》。蔡尚思認為蔡元培為新文學的發展提供了有力的幫助，且也對舊文學有所重估，對中外文學的經驗與研究也有涉獵。此文集中展示了蔡元培的「新文學」見解，還探究了蔡元培與傳統詩詞、戲曲、小說的關聯，並且談及了蔡元培與左派文學領袖魯迅的關係。〔註14〕這篇文章可視作為蔡元培與中國文學界關係的總結，作者所列舉的幾個方面都很有代表性，基本涵蓋了蔡元培與中國文學界的大體內容。但是可能受到單篇文章的篇幅限制，有很多觀點均未來得及展開，有些敘述也較為零散、粗糙，為我們提供了「接著說」、「換著說」的可能。

其二，談到五四新文學運動，我們很容易就想起「一校一刊」在這場運動中所發揮的作用。一校是北京大學，一刊是《新青年》，對於北京大學，蔡元培是該校校長，之於《新青年》，蔡元培允其來北京續辦，他與二者都關係密切。所以許多的研究大致圍繞著蔡元培與北京大學，蔡元培與《新青年》雜誌等兩方面展開，或論述他的辦學理念之於五四新文化運動的影響，或論證他與《新青年》雜誌同人間的交往，或從他的精神結構出發考察他的文學批評和文藝觀。《聊城大學學報》（社會科學版）2007 年第 3 期上的李宗剛的論文《蔡元培主導下的北京大學與五四文學的發生》集中探討了蔡元培與北京大學以及五四文學的關係。該文認為「蔡元培主持下的北京大學作為公共領域促成了五四文學的發生」，開啟了中國文學的新紀元。在論文中作者也表示說「當五四文學發生後從文化啟蒙轉向政治啟蒙時，身在體制中的校長蔡

〔註13〕郭慕鴻：《紀念蔡元培先生：關於蔡氏與中國文學革命運動》，《宇宙風》，1940年第 101 期。
〔註14〕蔡尚思：《蔡元培與中國文學界》，《春秋（上海 1943）》，1949 年第 6 卷第 2 期。

元培被直接推到了體制所設定的『疆域』邊緣，蔡元培原來具有的體制角色和文化上的中間立場、模糊身份也隨之消失殆盡，其結果就是北京大學作為公共領域的文化功能逐漸地為政治公共領域所取代」。〔註15〕陳平原的《「兼容並包」的大學理念──蔡元培與老北大》（1998）、《北大傳統：另一種闡釋──以蔡元培與研究所國學門的關係為中心》（1998）、《蔡元培與老北大的藝術教育》（2004）、《何為「大學」──閱讀〈蔡子民先生言行錄〉》（2010）為代表的許多研究「蔡元培與北京大學」的論文也有很高的參考價值。這些文章主要從「北京大學」這一角度入手，分析蔡元培在教育方面的作為和成就，並從教育中關照文學，討論蔡元培對五四新文學運動的意義。在《「兼容並包」的大學理念──蔡元培與老北大》一文的最後，陳平原如是說「1917 至1927，就在這新舊權威交接的空當，出任北大校長的蔡元培，得以大展宏圖，不只開啟了五四新文化的大潮，而且為中國帶來了『兼容並包』的大學理念」，〔註16〕直接言明了蔡元培對五四新文學運動不可忽視的歷史功績。2014 年第5 期的《現代中文學刊》上刊登了張向東的《魯迅與蔡元培交往中的〈德國中央文學報〉》一文。該文披露了「1911 年 4 月 4 日，時在德國萊比錫大學留學的蔡元培寄給魯迅一份德文刊物──《中央文學報》，並在該日記中首次記下魯迅（周豫才）的名字。這不僅是他們二人交往的開端，也是他們兩人關係紐帶中很重要的一環」這一重要歷史材料。〔註17〕浙江工商大學的程公的碩士論文《蔡元培與〈新青年〉研究》從「蔡元培與《新青年》雜誌同人」、「蔡元培發表於《新青年》上的文字」、「蔡元培與《新青年》的革新」三個方面分析了蔡元培與《新青年》雜誌的關係。此文選題很好，但由於是碩士論文，很多有意思的研究議題尚未能展開具體論述，令人遺憾。發表於《清華大學學報》（哲學社會科學版）2016 年第 3 期的葉雋的《北大立新與「新青年」之會聚北平──蔡元培、陳獨秀、胡適之的新文化場域優勢及其留學背景》則從蔡元培、陳獨秀、胡適之三個核心人物著手，分析他們留歐、留日、留美的不同的留學背景，並試圖論證「北大立新」的「新」在何處。論者認為「北

〔註15〕李宗剛：《蔡元培主導下的北京大學與五四文學的發生》，《聊城大學學報》（社會科學版），2007 年第 3 期。

〔註16〕陳平原：《當年遊俠人》，《現代中國的文人與學者》，生活・讀書・新知三聯書店，2006 年，第 113 頁。

〔註17〕張向東：《魯迅與蔡元培交往中的〈德國中央文學報〉》，《現代中文學刊》，2014年第 5 期。

大立新」是以新為標，是新人物，新青年，新文化的匯聚。此文基本上是將北京大學與《新青年》雜誌同人合而論之，甚至將蔡元培也看作是其中的重要參與者。唐金海、鄧全明的《蔡元培文學批評的向度與張力》發表於《復旦學報》（社會科學版）2007 年第 5 期上，此文將蔡元培的「文學批評」看作他人生觀、世界觀的有機組成部分，從蔡元培文學批評的「向度」、「張力」和「思想淵源」三個方面剖析了蔡元培的「文學批評觀」。在他們看來蔡元培特別注重文學對社會的干預和對人情的陶冶作用。他的文學批評思想源於他的「學術自由，兼容並包」的精神原則，堪稱中國現當代文學批評的典範。發表於《北京大學學報》（哲學社會科學版）1982 年第 6 期的段寶林的《蔡元培先生與民間文學》集中研究了蔡元培與中國民間文學的關係。在他看來蔡元培無論在學理還是文學實踐方面都對民俗學十分關注。他積極「運用民族學的調查材料，研究藝術的起源與進化」，他的「美術」理念中明確表示「考察美術的原始，要用現代未開化民族的作品做主要材料」。〔註18〕此文著重挖掘了蔡元培在文學革命時期的「歌謠運動」和留學時期的「民族學」研究兩方面的歷史材料，展現了蔡元培與民間文學之間複雜而生動的關聯。此外石鍾揚的《一個時代的路標》一書則從蔡元培、陳獨秀、胡適三個人說起，將這三個人並列為五四新文化運動的精神領袖，從思想啟蒙、再造文明兩個篇章中去探求五四的時代精神。以上論著均是從北京大學、《新青年》雜誌同人以及五四時代精神三個方面與蔡元培建立聯繫進而展開研究。

　　其三，除了以上幾篇重點考察蔡元培與中國文學關係的論著外，還有一些以「蔡元培與五四新文化運動」為研究對象的論著也值得我們注意。發表於《文藝研究》2016 年第 5 期的李怡的《選邊站與「五四」歷史機制問題》一文也涉及到了「蔡元培與五四新文化運動」，論者提倡歷史還原，防止研究者從自身立場出發對五四思想「誤判」。在文中他提到自蔡元培起開闢的「兼容並包、思想自由」的理念是五四歷史情境中重要的思想瑰寶，造就了歷史文化的豐富性。李哲發表於 2013 年第 2 期《文學評論》的論文《分科視域中的北京大學與「新文化運動」》則從蔡元培的分科改革說起，以蔡元培的「學」、「術」之別關照知識分子與政治官僚間的身份區隔，考證緣何文科取代了法科。在論者看來，文科、法科這兩種不同學科以不同的方式參與

〔註18〕段寶林：《蔡元培先生與民間文學》，《北京大學學報》（哲學社會科學版），1982
　　　年第 6 期。

新文化運動，決定了「新文化運動」的獨特性質。《中華讀書報》2010 年 10 月 12 日刊登的一篇文章《蔡元培：在政治和學術之間》從政治和學術兩方面論證了蔡元培的歷史功績，並從這兩方面肢解蔡元培的思想內核，分析蔡元培如何託命於政治，又如何選擇走向德國式的文明史觀，最終卻在這兩個方面雙雙落敗的原因。田正平、潘文鴛的論文《教育史研究中的「神話」現象——以蔡元培和國立西南聯合大學為個案的考察》一文則立足於教育史，分析蔡元培時期的北京大學和西南聯合大學如何成為教育「神話」。本文在研究中借助於「神話」、「懷舊」等西方理論，多角度探討了「神話」的產生原因和被製造的過程。姜濤的論著《公寓的塔：1920 年代中國的文學與青年》則引出了從「代際」視角看「文學青年」的研究視野，對於我們研究跨越代際交往的蔡元培，有著很好的啟發意義。

綜上所述，關於蔡元培的研究資料眾多，可供參考的歷史文獻也很豐富，為我們的學術研究提供了紮實的理論基礎和歷史材料。然而，目前的研究中仍然存在一些問題值得我們注意。一方面關於蔡元培與中國新文學的關係重視不足，關於此方面的研究論文較少，大多散落於各處，不夠深入、不成體系；另一方面，許多研究均未深入到具體的歷史情境，以至於有些泛泛而談。以上兩點既是筆者研究過程中需要注意的地方，也為筆者提供了新的言說空間。

三、本文的研究思路

本文欲研究蔡元培與五四新文學運動之關係，這其中包含三個主要的研究部分，以及需要進一步闡釋和說明的問題：一是蔡元培，二是五四新文學運動，三則是二者如何建構聯繫，以及關係如何。首先，對於蔡元培，我們需要借助傳統的研究方法知人論世，瞭解蔡元培的生平履歷和思想概況，但也要打破知人論世的格局，直接重點考察蔡元培在五四新文學運動時期的表現和抉擇，聚焦蔡元培與五四新文學運動中與陳獨秀、胡適等新青年的關係，以防止此篇論文變為毫無目的的、散亂的、重複式的人生傳記。

其次，我們需要對「五四新文學運動」的概念再次認識，對其內涵也需重新劃定。一般意義上，1917 年發生的文學革命，在中國文學史上標誌著古代文學的結束，現代文學的興起。而我們談論五四新文學則主要指代現代文學，不談古代文學。五四新文學是有明顯時間座標和歷史意義的概念，它集

中表示文學革命後所開啟的文學情況。但「五四新文學運動」不同於「五四新文學」，當我們研究「五四新文學運動」，那麼就不得不去關注「五四新文學」的起因和歷史背景以及其經過、發生過程等，且更應該去關注運動過程中與政治、教育、文化等各方面的互動關聯。在胡適的應《申報》之邀的命題作文《五十年來中國之文學》〔註19〕一文中是從《申報》出世那一年，也就是曾國藩去世那一年談起。說曾國藩的中興事業，和他慘淡經營的「桐城──湘鄉派」標誌著古文的「強弩之末」。繼而他談論了梁啟超的小說界革命，林紓的翻譯小說，以及章太炎的政論文章，甚至將魯迅、周作人的《域外小說集》均看作是古文史的一部分。當然，胡適沒有忽視民間白話小說的影響力，他說白話小說是影響力最廣的文學形式。但他也指出此種白話是無意識、不經濟的白話，直到文學革命，白話才衍生出一種有意識的主張。胡適秉承著斷代劃分的原則將文學分期大致梳理，在他看來文學革命顯然是五十年來文學版圖中最經濟、最有意、發展迅猛的時期。可是胡適沒有忽視曾國藩、梁啟超、林紓、章太炎等人的文學開端的意義，甚至將魯迅、周作人等新文學作家的舊文學嘗試也囊括其中。不過值得注意的是，胡適雖然談這些文學舊人，可到底是區分了梁啟超、林紓、章太炎等人的文學主張與文學革命的不同，文學革命被其視作為「有意識的鼓吹」。而真正意義上將梁啟超、林紓、章太炎等人視作新文學開端的是朱自清。在朱自清的《中國新文學研究綱要》中梁啟超的「新文體」、林紓的翻譯小說、蘇曼殊的小說以及章士釗的《雙秤記》、「禮拜六派」的白話小說乃至「戊戌變法」、「辛亥革命」均被視作新文學運動的大背景，作為新文學研究的起因進行談論。而我們傳統意義上認為的五四新文學運動本身則是新文學發展的「經過」。〔註20〕從胡適、朱自清兩人談論新文學的角度和內容中，我們可以察覺出兩個問題。一是探研五四新文學運動，那麼作為起因和歷史大背景的梁啟超、林紓、章太炎等人不可無視。從梁啟超到胡適，跨越了兩代人的代際鴻溝，也跨越了文白之別，更是無意識和有意識的區分，而蔡元培則周旋在這兩代人之間，既承接了梁啟超、林紓等人的古文之末，也廣交了胡適、陳獨秀等新一代青年，開啟且參與了國語運動、文學革命等「新文之起」。可以說，對新文學

〔註19〕　胡適：《五十年來中國之文學》，《申報》，1922 年 10 月 10 日，第 17828 期。
〔註20〕　朱自清：《中國新文學研究綱要》，朱喬森編：《朱自清全集8》，江蘇教育出版社，1993 年，第 73～74 頁。

這一名詞的追本溯源和概念劃定，能夠引導我們進一步認識蔡元培的跨越代際的特點，去關注作為一場「運動」的五四新文學發展情況的前前後後。二是胡適、朱自清在文中都談到了戊戌變法、辛亥革命等政治運動對新文學發展的影響。深處歷史時局的他們均無法割裂新文學運動與政治、經濟、教育、文化的關聯，因為五四新文學運動本就是一場延續辛亥政治革命後的思想啟蒙運動。如余英時在對談中所說，革命本就不是「少數人出風頭的事」也「不是一群人表現雄才大略的事」，更不僅僅是「殺人放火」、「你打倒我、我打倒你的」的暴力行動，它應該是「全面社會的重建，整個文明的改造，和普遍福利的增進」。〔註21〕辛亥革命是完成了政治上的「取而代之」，也構想了文明和社會普遍福利的理想藍圖，可真正將這場革命推向整個文明改造領域的則是後續接力的文學革命。所以我們談論文學革命，或是五四新文學運動，便與政治上的革命運動、經濟發展、以及眾多文化舉措有所牽連。顯然，無論在胡適還是朱自清眼中，「新文學」根本不是一個獨立的學術概念、學術名詞，在歷時的角度上，他與政治、經濟、教育、文化等各個環節關聯甚密。縱使固定在五四特定的歷史橫截面上，新文學運動也是一個包容政治、經濟、文化、教育等各個方面情況的宏觀概念。故而，我們在論文中談新文化運動，談辛亥革命，其實也是在研究五四新文學運動。

當然，本文最期待解決的是蔡元培與五四新文學運動的關係這一問題，對於二者關係的研究，既能夠關注到蔡元培本人在五四新文學運動中所扮演的角色，以及他的思想情狀，也能夠通過蔡元培梳理出「新文學運動」發展的大致脈絡，更為期待的是能夠彌補現今五四新文學研究之不足，打開嶄新的學術視角。自二十世紀 80 年代以來，學術界大力提倡「重寫文學史」，以期反叛教條的「文學史政治化書寫」，用文學的內在審美性對抗「政治性」和「功利性」，以強調文學的「審美性」、「主體性」、「當代性」、「多元性」。可在「重寫文學史」的大浪潮的影響下，也讓我們逐漸迷失在宏大的文學史的建構中，或者深陷於「政治／審美」、「功利／非功利」的二元對立的邏輯中。過分強調文學史中出現的作家、作品，或者是文學史對歷史情境的還原程度以及文學概況的評判。這種宏大的史學建構遮蔽了太多的歷史縫隙，甚至固化了我們的學術認識。那麼，引入蔡元培這樣一個在文學史中甚少出現，或者是一筆帶過的邊緣人物，則能夠讓我們繞開傳統的文學史的歷史架構，以

〔註21〕李懷宇：《思想人‧當代文化二十家》，灕江出版社，2013 年，第 4 頁。

多元的角度深入歷史現場，挖掘出五四新文學運動中更多的複雜性，去探視歷史演進過程中的矛盾、衝突、妥協、退讓。

　　本文試圖採用「文史互證」的方法，返回清末民初具體的社會歷史情境中，探究蔡元培與中國新文學的複雜關係。規避「事後觀」的文學視角，在具體情境中去把握事件、人物、觀念的生成邏輯，根據歷史語境提出問題並解決問題。爬梳史料、以史帶論，從史料中挖掘新視野和新觀點，從文史互動的角度重新闡釋新文學發生、發展中的一些重要問題，以求回歸當時的歷史場域，以一種文學和史學結合的眼光來剖析蔡元培獨特的精神構想，考證蔡元培與中國現代文人的諸多互動關聯，以及他們思想理念中的時代共通性。在論及蔡元培在新文學推廣中的種種舉措時，引入布爾迪厄的「文化權力」以及心理學的有關原理，例如行為心理學、身份心理學等內容，去揣摩蔡元培的心理、行為，去推測蔡元培的身份與角色轉變。眾所周知，蔡元培一生具有多重身份，故而在研究過程中，我們要特別注意集中挖掘蔡元培多元身份和多維關係網中的文學、文化一環。從文學的視角出發重新去考察蔡元培的選擇、舉措和文章著述。瞭解蔡元培對新文學、新文化的具體態度，深入挖掘蔡元培與魯迅、胡適、陳獨秀等新文學群體的互動關係，關照蔡元培的文藝觀和精神內核。以文學的視角再次走入蔡元培，以期探查蔡元培是以何種身份涉入新文學領域的，又在其中扮演了怎樣的歷史角色。他究竟進行了何種文學嘗試，這種嘗試在現實推廣和運動中是否成功，他所宣揚的文學觀念是否真切地得以實行，他又是如何與「新文學」場域漸行漸遠？

　　本書共分為四章，第一章主要闡述蔡元培與五四新文學運動時所盛行的「青年情懷」、「新青年」話語之間的關係。「青年話語」與《新青年》雜誌關係密切，可「青年情懷」的盛行不像我們傳統理解中的是社會共同的文化訴求，在「青年說」流行之前社會上習慣接受的是梁啟超的「少年中國說」。而「青年話語」成為20世紀最重要的文學表述和文化風氣，與蔡元培的因勢利導直接相關，甚至可以說是蔡元培思想中的「青年」成分最終促成了「青年話語」的建構；正是基於第一章的論述，我們可以得知蔡元培與「新青年」思想同構，那麼我們就可以說蔡元培是傾向於「新」的，是「青年」的。可在舊派文人的眼中蔡元培仍然是「舊」的。蔡元培的「新舊」問題也許可以讓我們重新認識民初複雜的文化空間。第二章即是從蔡元培的「新」、「舊」立場出發，以蔡元培與林紓思想論爭為個案，研究探討五四新文學場域的複

雜性；第三章主要圍繞著蔡元培的學術研究《〈紅樓夢〉索隱》展開，以其為徑，窺探蔡元培的思想遇合，以及其與「新青年」「青年話語」的悖謬。在混雜的「新文學」場域中，蔡元培充分發揮著精神指導作用，可後來蔡元培卻成了文學場域中的「零餘者」和「邊緣人」。蔡元培由「中心」到「邊緣」的因由和過程是第三章論述的重點。從純文學的角度上說，蔡元培是「邊緣」的，可回歸到具體的歷史場域，在「新文學」複雜的文化版圖中，蔡元培亦可以說是「中心」的。蔡元培從「中心」到「邊緣」的徘徊與遊弋折射出他個人內心隱秘的立場和身份意識的嬗變。第四章則是嘗試解釋蔡元培與五四文化場域「合」、「離」的原因，試圖分析出蔡元培身份認同的焦慮，以及「職業」和「志業」的選擇，並從中領悟「五四」時期的文學機制，揭示五四新文學運動時期的思想圖景。

第一章　「老少年」與「新青年」：
蔡元培與五四新文學的「青年」話語建構

　　「青春」是 20 世紀中國文學的關鍵詞，五四新文學時期，「青年」、「青春」是社會的流行話語，象徵著現代人對國家、民族、社會以及文學、文化的構想。而「青年」、「青春」等詞雖然不是由《新青年》初創，可確實是因為陳獨秀、李大釗，因為《新青年》，這樣的話語表述才逐漸走入公眾視野，並最終成為主流文化思潮。以往的研究我們往往聚焦於陳獨秀、胡適、李大釗等人以及《新青年》中所蘊含的歷史功用和「青年」話語的價值訴求，而忽視了另外一位應負主要責任的倡導者蔡元培。事實上，蔡元培在這種「青春」、「青年」話語表述的社會推廣中也起到了選用、推波助瀾的作用，且保留有自身的獨特性。也許從蔡元培的角度重新觸摸那段歷史，會讓我們看到更為複雜的文學眾生。

第一節　從少年到青年：蔡元培的思想異動

　　《新年夢》是蔡元培於 1904 年在《俄事警聞》上連載刊登的一篇小說，也是他平生第一部且是唯一一部小說。這部小說與梁啟超的《新中國未來記》等政治小說有相似之處，均為「新中國」暢想系列。從文學審美的角度上說，蔡元培此篇小說寫得並不成功，可其中所體現的思想意義卻極其顯著。通過對這篇小說的文本細讀，也許我們可以捕捉到蔡元培思想變化的線索，並窺

探出他與梁啟超、嚴復、吳趼人等相同代際間的思想異同。

一、《新年夢》：國家與個人

　　《新年夢》於 1904 年 2 月 17、18、19、20、24、25 日發表於《俄事警聞》第 65、66、67、68、72、73 號上。《俄事警聞》創刊於 1902 年 12 月 15 日，由蔡元培、葉瀚、王季同等主編，是蔡元培經歷《蘇報》案之後由青島返滬後所創立的又一份報紙。在《俄事警聞》的創辦時期，正值俄國侵佔東三省，舉國蕭索，戰事一觸即發。在這樣國難當頭之際，《俄事警聞》也扛起政治宣傳的大旗，揭露沙俄侵華的惡行，抨擊清政府賣國求榮、姑息養奸的外交政策，以激起民族之憤慨，引起療救的注意。在這份報紙的創刊號上發表了著名的漫畫時局圖，且以《告××》為題向社會徵文，舉國宣傳。據蔡元培回憶：

> 　　我回上海後，有甘肅陳鏡泉君，自山東某縣知縣卸任後，來上海，稍有積蓄，願意辦一點有助於革命的事業，與中國教育會商，決辦一日報，名為《俄事警聞》，因是時俄國駐兵東三省，我方正要求撤退，情勢頗緊張，人人注意，故表面借俄事為名，而本意則仍在提倡革命。以翻譯俄國虛無黨之事實為主要部分。論說預列數十目，如告學生、告工人、告軍人之類。每日載兩篇，一文言，一白話。推王君小徐主編輯及譯英文電，我與汪君允宗任論說及譯日文報。〔註1〕

在蔡元培的回憶中，操辦《俄事警聞》主要出於三方面的考慮。一是關注東北危機，二是翻譯俄國虛無黨人事實，以傳播俄國虛無主義思想，三是推動革命事業。而這三個方面在《新年夢》中均有體現。在小說中，幹事發出的一套宣傳手冊中的第一條內容即是「恢復東三省」，之後更是分條細縷地提出具體的實施辦法。至於推動革命事業的宏旨，則被澆築在小說的字裏行間。一民對民眾的游說；對於推翻舊中國，建立新世界的展望，處處都在誘發民眾的革命因子，宣傳革命事業。囊括了這三方面內容的《新年夢》發表於《俄事警聞》的末期，也正值甲辰年的新年，故這部小說也可算作《俄事警聞》一年以來工作的「年終總結」。小說的結尾部分刊登在《俄事警聞》的最後

〔註1〕蔡元培：《自寫年譜》，高平叔編：《蔡元培全集 7》，中華書局，1989 年，第293 頁。

一期上，在《新年夢》連載結束後，《俄事警聞》變更為《警鐘日報》，《警鐘日報》承繼了《俄事警聞》的辦報宗旨，初期揭露沙俄侵佔中國東北的罪行，其後對英、法、德等帝國主義侵略中國也時加抨擊。報紙的名字取自「警鐘長鳴」，意在喚起國人的注意。

　　夢境也好現實也罷，這樣以夢為馬暢想未來中國的寫作手法在晚清小說中司空見慣。但是相較於《新中國未來記》的未完，《新石頭記》中的寶玉上了飛車飛向自由村，新時間、新空間的幻想終究未被現實終結的情況來看，《新年夢》的想像則顯得沉重與謹慎了些。一民最終回歸現實，預示著夢境被戳穿成為假象。可以想見，蔡翁的意圖不在夢境而在現實，不在虛而在實。夢想不過是對現實社會症候的處方，言語之間也多含有諍諫的成分。蔡元培之於梁啟超和吳趼人，他的想像多囿於現實維度，一民的夢境處處影射現實世界，極盡諷喻之能事。與其說他借夢境勾畫未來秩序，毋寧說他是借理想空間諷刺和反思社會現狀。

　　所以，夢境不過是《新年夢》的「裝飾」，時政才是《新年夢》的本質，小說大有紀錄時聞、批判社會之意。其實如果將《新年夢》中所能夠影射的現實環境索隱出來，它不妨是對晚清中國的史實紀錄。在幹事分發的小冊子裏出現的三款條目：一、恢復東三省，二、消滅各國的勢力範圍，三、撤去租借，揭示了晚清中國國土淪喪、國無主權，國將不國的情狀。而在談到「局外」問題時，「將來英、德把長江幾省作戰場，我們也是局外；英法、英日把福建、廣東作戰場，我們也是『局外』，『局外』到底了」，〔註 2〕此處明顯是嘲諷清政府於日俄戰爭時宣布「局外中立」的措施。可以說，在小說中虛構的夢境架構起宏大的歷史現實。不過值得注意的是，如此宏大的國家寓言中卻也包含著「一民」民智啟蒙的孤獨。蔡元培的改良社會、教育大眾之法不在小說，《新年夢》不過是他的一次文學嘗試。但是這次嘗試卻也隱約地透露了蔡元培本人對社會啟蒙形式的理解。在 1903 年拒俄運動達到高潮之時，「以留日學生和中國教育會成員為主體的新興知識階層獲得了『中等社會』的自覺。他們逐漸放棄了上層路線，力圖通過開通和引導下等社會來救亡自強，而中等社會在其中則起著領導組織的作用。」〔註 3〕蔡元培既是中國教育會成員，也是「中等社會」的一員，在這場拒俄運動中，他很快就

〔註 2〕蔡元培：《新年夢》，高平叔編：《蔡元培全集 1》，中華書局，1984 年，第 232 頁。
〔註 3〕桑兵：《拒俄運動與中等社會的自覺》，《近代史研究》，2004 年第 4 期。

找準了自我的社會定位，創辦且參與多份報紙，肩負起領導大眾、拯救社會的重擔。

《新年夢》的小說主人公一民即是蔡元培的化身，有其個人「本事」的成分。在小說伊始，夢境尚未展開，蔡元培集中筆墨描寫了中國「一民」的生平經歷。一民出身江南富庶家庭，中西兼通，既有學識也頗具動手能力，自幼性情古怪。他不僅讀浩瀚書，也行萬里路，一路求學探訪，看法超脫於常人。在蔡元培簡明扼要的概述中，一民的形象是一位突破社會陳規的先覺者，也是一位求學探問的知識精英。這位知識精英在甲辰年新年來臨之際，來到社會游蕩，他不斷向人宣講「造個新中國」，也教導人們多讀新聞。一民在夢境到來之前的舉措正是蔡元培所大力主推的知識精英動員民眾的具體體現。換而言之，蔡元培所認可的啟蒙革命主力必是知識精英，而啟蒙的形式則以中等社會為主，推翻上等社會，提攜、卵翼下等社會。

可這樣的啟蒙革命顯然並不成功。蔡元培在小說中這樣寫道：

> 他既然自己的思想與那外面的情形合不上來，他看著很不受用，長籲短歎的，跑回屋子裏躺著了。〔註4〕

一民是超時代的人物，他的遊歷賦予他異於常人的眼見卓識。可這樣的人物卻被社會邊緣化。他深知人類的力量無法與自然匹敵，也明白只有先有了國才能有世界主義。在一民的理解裏他認為「造個新中國也不難」，只需把個人「靡費在家裏面的力量」充公即好，抱定了如此主義，他逢人便說，逢人便講，所說所語，有人相信，也有不信的。他路過商場，大家都在忙著慶祝新年。可是一民卻覺得「從國人再進一步成了世界人的資格，有一番新局面，才可以有個新紀念啊！」〔註5〕小說中一民無時不刻地不進行著自己的政治宣傳，可他最終卻被大眾排擠，只能夠「跑回屋子裏躺著了」。一民被社會所誤解，而蔡元培又何嘗不是如此呢？「先生最焦急的還不是這些瑣碎的事情，卻是這報紙的銷路。這報只有論文、譯件和日俄戰事消息，而一般人所愛看的社會新聞卻不登載，所以銷路不多」。〔註6〕蔡元培勵精圖治，期寄借新聞報刊拯救民眾，以期大展宏圖，卻最終鎩羽而歸。這不正是一民來到商場所看到的場景嗎？「通商場的人，還是討債的討債，求人的求人，祭神的祭

〔註4〕蔡元培：《新年夢》，高平叔編：《蔡元培全集1》，中華書局，1984年，第231頁。
〔註5〕蔡元培：《新年夢》，高平叔編：《蔡元培全集1》，中華書局，1984年，第231頁。
〔註6〕馬鑒：《紀念蔡孑民先生》，蔡建國著：《蔡元培先生紀念集》，中華書局，1984年，第105頁。

神，吃酒的吃酒，忙個不了，連那報紙都沒有工夫看了」。〔註7〕在夢境展開之前，蔡元培發現且反思了自我，發現了具有現代意義的個體情感——孤獨。

在晚清之際，蔡元培已朦朧地悟出了「鐵屋中吶喊」的悲愴，較早樹立了現代文學中的「孤獨者」的形象。一民孤寂地做夢，寂寥地出夢。他的政治宏願只能在夢境中吐露一二，對於世界的企盼也只能流於幻象。在這部小說中，蔡元培不僅擬想了現代社會的未來秩序，也發現了社會轉型時期個體的生命情感。未來中國與晚清中國構成了「一民」人性內部的衝突，他選擇夢境那麼只能被現實排斥，而走出夢境則又悲苦寥落，心有不甘。孤獨是「先覺」之累，一民在先覺與孤獨之間左右徘徊。一民的做夢事實上是無奈之選，是被排斥後急於發洩的表達欲望。弗洛伊德說夢境是願望的呈現，而中國傳統中也有「南柯一夢」、「黃粱一夢」的典故。夢境賦予個體生命擺脫枷鎖，脫離陳規，實現抱負的領地，滿足了欲望「不足」的個體需求。一民的無奈焦灼借助夢境得以宣洩，最終他回到黑暗世界，再次道出「公喜」。此時的他悲愴、心酸、無可奈何。

可以說，在小說《新年夢》中國家宏大主題的歷史想像與個人幽微的情愫表達並行不悖。在二者的關係處理上，雖然蔡元培已咂摸出個體的孤獨，可當起初醞釀的「孤獨」情緒要激發起「先覺」思考時，一民選擇了逃避孤獨，並將「先於時代」的精神困局以一種絢爛的、夢幻的、虛無的夢境化解。夢境的營造把剛剛萌發的個人意識扼殺在搖籃之中，個人成了承載國家願景的容器，最終烏托邦式的集體意志代替了個體意志，「先覺」最終只能止步於政治層面，忽視了對中國傳統中所缺乏的個體價值的發現。不同於魯迅、郁達夫等人的新文學作品中所展現的人類面對被同類拋棄和被群體孤立的頹唐與落魄，一民的孤獨情緒稍縱即逝，更遑論從孤獨中孕育出「新的自我」。夢境的出現阻隔了能夠繼續延伸的個體孤獨，個人的自由意志被消解。《新年夢》之於新文學作品，其對人性的刻畫和剖析也止步於此，只能與晚清政治小說混為一談，成為社會烏托邦幻想小說的代表作之一。

二、由進化論走向互助論

蔡元培在解釋「一民」在新年來臨之際所做的夢境時曾有這樣的設想，他希望借助一民的夢境暢想新中國的理想藍圖，構想世界大同的國際關係。

〔註7〕蔡元培：《新年夢》，高平叔編：《蔡元培全集1》，中華書局，1984年，第231頁。

而這樣的理想世界深受中國傳統「大同思想」的影響，也「是時西洋社會主義家廢財產、廢婚姻之說」的產物。〔註8〕在小說中蔡元培癡人說夢構建新世界的筆法與梁啟超的《新中國未來記》、吳趼人的《新石頭記》、旅生的《癡人說夢記》等有異曲同工之妙。這些小說構成了晚清烏托邦幻想小說的大觀，「闡明了中國現代化的種種可能與不可能，並由此遐想新的政治願景和國族神話」。〔註9〕其實這部小說正體現出蔡元培的思想複雜，作為政治小說，蔡元培對這種現實幻想類的國族神話小說基本認可，可他也多次強調此篇小說的緣由，是因「是時西洋社會主義家廢財產、廢婚姻之說」而一時興起。

事實上，剝落掉文學審美的外衣，只作思想探究，梁啟超、蔡元培等人的烏托邦式的政治小說是社會達爾文主義的文學表達。在當時「中國固有的大同理想與西方無政府主義、社會主義等社會思潮的結合，使得有一部分人產生超越西方的世界大同理想。於是『大同』成為民族主義社會動員的時代籲求，不同於傳統儒家『大同』觀念的循環時間觀，當時人們更認同進化論的直線時間觀，歷史將向著光明的前景作直線發展——從民族國家到世界大同的烏托邦式的理想社會」。〔註10〕在梁啟超、嚴復他們這樣一批睜眼看世界的老少年的觀念中，「政治烏托邦小說」帶有很強烈的「社會達爾文」進化主義的傾向。他們希望通過社會競爭、優勝劣汰，實現少對老的淘汰和改變。尤其在嚴復看來，物競天擇，適者生存，人類社會存在擇優留良的現象，所以他們習慣以「老少年」自居，對「少年」有極大的褒獎和嚮往。在《新中國未來記》中梁啟超特意引用鄒容的《革命軍》「堪笑維新諸少年，甘赴湯火蹈鼎鑊，達官震怒外人愁，身死名敗相繼僕」。他們對這批擁有著健壯體魄、姣好面容、充沛精力的群體充分肯定，更借助這些少年英氣表達他們的政治隱喻，在政治烏托邦小說中完成他們的國家寓言的敘述。不過，這樣的「社會達爾文主義」似乎在蔡元培的身上體現的相對複雜。蔡元培起初認可嚴復的「進化說」，1899 年蔡元培讀了《天演論》後說：「勝天為治之說，終無以易也」。〔註11〕可是後來這樣的淘汰與篩選法卻引發了蔡元培的擔憂，作為自

〔註 8〕蔡元培：《新年夢》，高平叔編：《蔡元培全集1》，中華書局，1984 年，第 230 頁。

〔註 9〕王德威：《被壓抑的現代性——晚清小說新論》，北京大學出版社，2005 年，第 292 頁。

〔註 10〕耿傳明：《來自「別一世界」的啟示：現代中國文學中的烏托邦與烏托邦心態》，南開大學出版社，2014 年，第 79 頁。

〔註 11〕蔡元培：《嚴復譯赫胥黎〈天演論〉讀後》，高平叔編：《蔡元培全集1》，中華

由主義思想的堅守者，他無法容忍一種學說的獨自擴張，而所謂的「進化論」的觀點在某種程度上卻足以引發他所擔憂的文化強權主義，即「『物競』、『爭存』等語，喧傳一時，很引起一種『有強權無公理』的主張。」〔註 12〕在他看來「強權論」應該消滅，而應發展「光明的互助論」。「互助主義，是進化論的一條公例，在達爾文的進化論中，本兼有競爭和互助兩條假定義。」專用尼采的強權主義的德國人失敗了，採用克魯泡特金的互助主義的協約國最後勝利了。歐戰的結果，使我們能夠對尼式、克式兩種哲學進行辨析。〔註 13〕事實上，蔡元培承認「知人擇之術，可行諸草木禽獸之中」的種族進化論，可他比嚴復更為堅定地認為此種理論「斷不可用諸人群之內」，為此他找到了一條能夠解決問題，用之人群的方法——互助主義。與蔡元培相類似，李大釗對於「進化論」的看法可以說與蔡元培不謀而合：「洗來洗去，洗出一個新紀元來，這個新紀元帶來新生活、新文明、新世界……從前講天演進化的，都說是優勝劣敗、弱肉強食……從今以後都曉得這話大錯。知道生物的進化，不是靠著競爭，乃是靠著互助。人類若是想求生存，想享幸福，應該互相友愛，不該仗著強力互相殘殺」。〔註 14〕很顯然，蔡元培和李大釗的整體觀點依然是「進化論」，可是在「進化論」的基礎上他們又開闢了另外一重人類生存發展的法則。對於蔡元培和李大釗而言，他們完成了對於清末知識分子的精神超越，思想主張不再是冰冷機械的優勝劣汰，而增添了更為理想化的人文關懷，希冀社會通過友愛互助完成人類大同、共同進步的構想。1918 年 11 月 15 日，蔡元培在北京天安門廣場舉辦的協約國勝利大會上所作的演講中將「進化論」和「互助論」闡述的更為清晰。〔註 15〕在蔡元培看來，進化論極易造

〔註 12〕書局，1984 年，第 84 頁。
〔註 12〕蔡元培：《五十年來中國之哲學》，高平叔編：《蔡元培全集 4》，中華書局，1984 年，第 354 頁。
〔註 13〕蔡元培：《大戰與哲學》，高平叔編：《蔡元培全集 3》，中華書局，1984 年，第 203～204 頁。
〔註 14〕李大釗：《新紀元》，《李大釗全集 3》，河北教育出版社，1999 年，第 128 頁。
〔註 15〕蔡元培認為「第一是黑暗的強權論消滅，光明的互助論發展從陸謨克、達爾文等發明生物進化論後，就演出兩種主義：一是說生物的進化，全恃互競，弱的競不過，就被淘汰了，凡是存的，都是強的。所以世界止有強權，沒有公理。一是說生物的進化，全恃互助，無論怎麼強，要是孤立了，沒有不失敗的。但看地底發見的大鳥大獸的骨，他們生存時何嘗不強，但久已滅種了。無論怎麼弱，要是合群互助，沒有不能支持的。但看蜂蟻，也算比較的弱極了，現在全世界都有這兩種動物。可見生物進化，恃互助，不恃強權。此次大戰，德國是強權論代表。協商國，互相協商，抵抗德國，是互助論的代表。

成對弱小勢力的傾覆性打擊，最終造成了世界上存留的只有「強者」。可是強者卻不講「公理」，沒有了審判標準，缺失了基本法度，最後必將導致永無休止的殘酷競爭。所以對於任何族群而言，必須學會「合群互助」。只有此法可消抵強權，而協約國的戰勝，則明顯是互助論的勝利，互助論是優於強權論的人類生存法則。

事實上，蔡元培會從「進化論」倒向「互助論」很容易理解，因為蔡元培的價值追求本質上來說就是「道德性」的，他對專制強權有天然的牴觸與顧慮。有學者指出「蔡元培對培育人才的看法同儒家思想十分相似，即個人自由同社會責任聯繫在一起。純粹的個人主義不能滿足社會的需要，傳統的『修身齊家治國平天下』的自我實現式道路才是大學培育人才的真正目的」。〔註16〕的確，蔡元培所認可的「新青年」大多基於個體生命自身的道德自省和自律。他所期待的「新青年」應抱定「求學的宗旨」，拋棄「做官發財的思想」，秉承「互助的道德精神」。「德者，積極進行之事；而本會條件，皆消極之事，非即以是為德，乃謂入德者當有此戒律」。〔註17〕蔡元培在北大組織進德會，強調「不嫖，不賭，不納妾」。德是蔡元培堅守的原則，也是他致力打造的「新青年」的形象。他所堅持的「青年」的「新」是基於「舊有的倫理道德」而言，希望青年修身養性，養成符合新時代的良好的道德行為習慣。蔡元培的追求延續了康德的「一切欲望均為不道德之根源」的「主禁慾」的說法，大有培養「舊學縝密」而又「新學深沉」、「情操高尚」的新型謙謙君子之意。在蔡元培的身上浸潤了多年的儒家思想，而這一思想資源形塑了他的思維和理念。在他的《進德會旨趣書》中蔡元培也有過進一步的說明。他認為「進德會」所要規範的不僅是個人的私德，也是西方所尚的「公德」。在他看來，人不能因「公德」高尚，而後「私德」不檢，且「吾人既為社會之一分子，分子之腐敗，不能無影響於全體」。人人「私德」不檢點，則社會全體「公德」也終將腐敗。唯有人人都講「私德」高尚，社會道德才能有所提升。如若「人人能守會約」，則「謗因既滅」，「不弭謗而自弭」。他崇尚的始

德國失敗了。協商國勝利了。此後人人都信仰互助論，排斥強權論了。」，參見蔡元培：《黑暗與光明的消長》，高平叔編：《蔡元培全集3》，中華書局，1984年，第216頁。

〔註16〕周官雨希、徐添：《重訪1915：新文化運動中的邊緣聲音》，《東方歷史評論》，2016年3月29日。

〔註17〕《進德會報告》，《北京大學日刊》，1918年5月30日。

終都是「盡多數之力」的社會互助說。〔註18〕所以說，蔡元培能從西方觀念中挖掘到「互助友愛」傾向的「互助論」不足為奇。他所需要的本就是個體的光明磊落及群體的友愛互助。不過，值得說明的是，在他所提倡的「互助論」的說法中，其思想成分並不純粹。雖然蔡元培在很早的時候便主動接觸了西學，可是他的思想內核仍然是「儒家」意識形態。西學不過是對中國傳統道德思想的修正和「裝飾」，他會選擇康德，會選擇克魯泡特金，不過是因為這些人能夠滿足他對於儒家道德的新想像。

蔡元培的育人機制與儒家思想中的「道德觀」相匹配，「德者，非必人生固有之品性」，卻是「良心作用之成績」。〔註19〕他推崇道德的普遍主義，卻認為國家機器應對個人較少干涉，干涉程度需限制在最低限度內。不可否認，接受了西學思維的蔡元培已經拋棄了儒家傳統中的君臣父子的道德規範，互助論與傳統道德論的結合構建了蔡元培社會構想的新體系。這一體系既突破了當時社會上盛行的社會達爾文主義，也超越傳統道德中的君權等級制度，不再是提倡個人屈從於國家意識形態的「君臣」、「父子」關係，而開闢了個人自由與國家興榮並行不悖的主張。這點認識與梁啟超、嚴復等人所提倡的「少年說」中國家強弱才是民族振興的關鍵，個人應該服務、讓位於國家發展的想法已經有所出入。對社會進化論的存疑使得蔡元培在摸索中找到了一條「進化論」與「儒家思想」結合的發展之道，即從西方思想中找到了依據和源泉——互助論。互助論推崇的是為了群體利益，社會成員間聯合起來互相援助。這一理論首先就承認了個體的獨立性和合法性，提倡的是個體間的聯合效應，並以此來推動社會進步。可是這樣的互助理論畢竟是外來文化，找不到思想根源的蔡元培最終將互助論與儒家大同思想結合，發現了人類大同觀。即首先實現全人類的幸福，繼而會獲得個人的幸福。不過他也說為了全人類的福祉並不強制要求個人的流血犧牲。誠如斯言，所以在他的小說《新年夢》中才會出現如此混雜的思想，既有儒家大同思想的影子，也有互助論的雛形。後來秉持著這一思想目標，蔡元培為人類個體間相互交流的互助大同思想找了一條切實有效的實體道路，即教育救國，以道抗世。

蔡元培的思想冗雜正是清季民初文人思想的現實狀況。當時他們大多數

〔註18〕蔡元培：《進德會旨趣書》，《北京大學日刊》，1918 年 1 月 19 日。蔡元培著，高平叔編：《蔡元培全集3》，中華書局，1984 年，第 124～128 頁。
〔註19〕蔡元培：《中國倫理學史》，商務印書館，2010 年，第 225 頁。

人都未能放棄儒家的道德論，儒家的思想觀念已經留藏於他們的潛意識中。只是對儒家的看法不同，認同不一，所以當他們放眼西方時，所能尋到的理論借力也有所不同。從道德倫理一方而言，陳獨秀、蔡元培等人的反孔主要立足於孔子倫理的不合時宜。蔡元培在《以美育代宗教》一文中說「近世學者據生理學、心理學、社會學之公例，以應用於倫理，則知具體之道德不能不隨時隨地而變遷」，〔註20〕陳獨秀也有類似論斷，他認為「蓋道德之為物，應隨社會為變遷，隨時代為新舊，乃進化的而非一成不變的，此古代道德所以不適於今之世也」。〔註21〕他們反孔，在反對孔子不能符合今人的道德需求。這一點與梁啟超的「道德倫理者或因於時事而稍變其解釋」〔註22〕基本一致。這時的他們面對著幾千年傳統浸染的儒家思想，大多是從進化論的角度予以貶斥，希望為古代道德找到能夠適應今時今法、隨時隨地而變遷的「新道德」。但若是從個人與國家關係的角度來說，梁啟超和嚴復等人基於「社會達爾文主義」的時代更迭，物競天擇，主張摒棄個人主義。在嚴復看來「風會已成，而朝寧舉措乖繆」，他主張反對個人自私主義。〔註23〕在這些「老少年」的思想體系中，從進化論衍生而出的少年俠氣以一種救國主義的面貌表現出來，「少年說」的背後孕育著宏大的「國族神話」。「前之所謂國家為人民而生者，今則轉而云人民為國家而生焉，使國民皆以愛國為第一之義務，而盛強之國乃立」。〔註24〕可這樣的進化論觀念在蔡元培和李大釗等人看來卻有其局限性，他們大多持兩種學說並舉，或者更為準確地解釋為「物種以競爭為原則，人類則以互助為原則，社會國家者，互助之體也；道德仁義者，互助之用也。人類順此原則則昌，不順此原則則亡」。〔註25〕縱使激進如陳獨秀，他也基本上認可「人類之進化，競爭與互助，二者不可缺一」。〔註26〕由於對互助論的推崇，「物競爭存」之義已成舊說，他們借助友愛互助體察到個體生存的意義。

〔註20〕蔡元培：《以美育代宗教（北京神州學會演講）》，《新青年》，1917 年 8 月 1
　　　日，第 3 卷第 6 號。

〔註21〕陳獨秀：《答淮山逸民（道德）》，《新青年》，1917 年 3 月 1 日，第 3 卷第 1 號。

〔註22〕梁啟超：《新民說‧論私德》，《新民叢報》，1903 年 11 月 2 日，第 40～41 號。

〔註23〕嚴復：《致熊純如書之五十五》，《嚴復集》第三冊，中華書局，1986 年，第
　　　678 頁。

〔註24〕梁啟超：《論學術之勢力左右世界》，《新民叢報》，1902 年 2 月 8 日，第 1 號。

〔註25〕孫中山：《建國方略之一：孫文學說》，《孫中山全集6》，中華書局，1985 年，
　　　第 195～196 頁。

〔註26〕陳獨秀：《通信》，《青年雜誌》，1915 年 10 月 15 日，第 1 卷第 2 號。

陳獨秀在《青年雜誌》第 1 卷第 4 號上的《東西民族根本思想之差異》一文中開明宗義，直接闡述西方民族的倫理道德、「人權」、政治法律皆是由其「個人主義之大精神」而衍生，它所有的一切原則旨在謀求個體之發展，獲取個體自由和幸福的權力。「國家利益、社會利益，名與個人主義相衝突，實以鞏固個人利益為本因也」。〔註 27〕與此類似，蔡元培也一直在嘗試解釋「個人」和「國家」，不過他似乎更像是在二者間謀得一種平衡。他說「為國家之一民，則以愛國為本務」，〔註 28〕可他也強調國家必須受道德約束，贊同斯賓塞的「人各自由，以他人自由為界」。在清末民初轉型之際，眾多知識階層紛紛尋找理論依據，他們從西方與東方思維差異著手，努力找到治國發展之良方。在這其中，受到本土的、他者的、代際間的多重因素的影響，「新青年」諸君與蔡元培、梁啟超、嚴復等人都表現出複雜的思想接受。可從蔡元培來看，他從西方援引的「互助論」漸漸地與梁啟超、嚴復等人的「進化論」出現分歧，在他的「進化論」和「互助論」以及道德主義的多元調和下，他愈來愈覺察出個人與國家相行的思想意味。當他發現個人，個人意識從國家主義中覺醒時，陳獨秀、李大釗等新青年也自然走入了蔡元培的文化視野中。

三、無政府主義與「青年情懷」

　　俄國虛無主義即早期的無政府主義是《新年夢》直接的創作動機。「時西洋社會主義家廢財產、廢婚姻之說，已流入中國，子民亦深信之，曾於《警鐘》中揭《新年夢》小說以見意」，〔註 29〕在小說中沒有名字，廢棄婚姻，廢棄財產的幻想世界正是無政府主義思想幻化的社會「真身」。蔡元培推崇的「無政府主義」思想受到李石曾的影響。「李煜瀛（石曾）則是最早介紹互助論者，他與吳稚暉是中國最早介紹無政府主義的。蔡先生本人也是提倡克魯泡特金互助論的。」〔註 30〕蔡元培早年參加暗殺團，在自己的文章《五十年來中國之哲學》中稱讚李石曾研究克魯泡特金的「互助論」，說《新世紀》到處「唱自由，唱互助」，「提倡政治革命，也提倡社會革命」，「學理上

〔註 27〕陳獨秀：《東西民族根本思想之差異》，《青年雜誌》，1915 年 12 月 15 日，第 1 卷第 4 號。

〔註 28〕蔡元培：《中學修身教科書》，高平叔編：《蔡元培全集 2》，中華書局，1984 年，第 192 頁。

〔註 29〕蔡元培：《新年夢》，高平叔編：《蔡元培全集 1》，中華書局，1984 年，第 230 頁。

〔註 30〕李書華：《碣廬集》，傳記文學出版社，1967 年，第 50 頁。

是以互助論為根據的」。〔註 31〕甚至在任北京大學校長期間，蔡元培的「互助論」思想仍然沒有廢棄，他漸漸地與周作人的道德優先的「新村主義」走到一起。因為對人之道德的堅守，無政府主義思潮中的互助論成為蔡元培一貫的衡量標準。

　　新文學作家巴金也是無政府主義的信奉者，自其 15 歲讀過克魯泡特金的《告少年》開始，他便始終致力於探求全人類的幸福生活。年輕時的巴金甚至對無政府主義中的暗殺與暴力革命充滿興趣，可在現實生活中他卻始終未能加入革命隊伍，只能將這股未能消除的革命激情寄託於他的文學創作中。在這些文學作品中，無政府主義的思想幻化為青年的理想，它們指導著青年的行動，告訴他們要向不合理的制度發出嚴正的控訴。巴金的許多文學作品都在思考一個問題「為何中國人比歐美人失掉青春，生命，活動，愛情的機會只有多些」。〔註 32〕在中國青年是被雙重打壓的群體，他們不僅是家庭中的「孩子」，也是社會上的「新人」。從帝制時期繼承下來的階層分布已經趨於固化，而這些青年卻處於被家長限制、被功成名就的社會團體壓制的地位。他們除了繼續麻木地繼承和適應既定的生活方式和社會機制之外別無他法。他們期望撼動這些已經定型的階層，為自己謀求社會話語權力，實現階層流動。巴金就是這樣一個被雙重捆縛的青年，他深切地瞭解青年的悲痛，所以他要為青年「指出一條路，帶來一線希望」。〔註 33〕青年情懷的背後是對權威的敵意和抵抗。而無政府主義的思想精髓就是對一切有組織構架的制度的反對。「它的基本立場是反對包括政府在內的一切統治和權威，提倡個體之間的自助關係，關注個體的自由和平等；它的政治訴求是消除政府以及社會上或經濟上的任何獨裁統治關係」。〔註 34〕反抗強權，提倡個體自由的平等公平正是青年的價值訴求。因其思想精髓的相似性，大多數青年走進無政府主義，無政府主義思潮又與青年情懷扭纏在一起，成了他們話語體系中的一種表述。簡單來說，無政府主義可以與文學表現中的「青年話語」等同，即他們探尋的是個體的生存合理性。

〔註 31〕蔡元培：《五十年來中國之哲學》，高平叔編：《蔡元培全集 4》，中華書局，1984年，第 354 頁。

〔註 32〕巴金：《作者的自剖》，李存光編：《巴金研究資料（中）》，知識產權出版社，2010 年，第 474 頁。

〔註 33〕巴金：《關於家》，《劇藝》，1941 年 1 月。

〔註 34〕張建立：《政治系統學》，知識產權出版社，2013 年，第 168 頁。

　　無政府主義的宗旨在反對一切壓迫與權威制度，而對制度的反對甚至可以上升到國家機器層面，或者是超脫出國種、族群。眾所周知，人情、血緣不可免，故而有國族種群之別，進而人民創造國家、創立政府，為了保全範圍內的財產安全，自有了階層法度，大到國家，小到部落、家庭均如是。可此形式中往往會伴隨著強權，國法家規難免有不自便而凌弱者。所以很多堅持無政府主義的革命者，其往往積極投身於暗殺、革命等熱血形式，但最終卻希望革命後建立無政府狀態，甚至是廢除國家。而當國家層面被廢除，很多時候思想便會導向更為闊大的「世界」層面，講求個人與個人之間、個人與社會之間、世界各國之間互助協商，無強權制度束縛。1909 年蔡元培在萊比錫大學留學時曾進入蘭普來西創辦的文明史與世界史研究所進行專門學習。後來在他的《自寫年譜》中也特別介紹過蘭普來西的文明史和世界史觀。在他的自述中講到蘭普來西教授，說蘭普來西教授認為「人與人的關係，就是共同生活，饑了就食，倦了就寢，並沒有何等有機的社會組織」。〔註35〕後來他還在文章中對蘭普來西教授的史學觀有過自我闡釋。他認為革命的合理性和「人權」意識的獲得，在於革命思想並非為「小己的競爭生存著想」，「而以全體人類為一大我」。〔註36〕所以在他看來，法國的革命，林肯解放黑奴運動，還有工人與資本家的抗爭均是「人權」意識的表現。「人各自由」，「人人各盡所能，各取所需」，這是理想的世界和文明更進的目標。蘭普來西批評蘭克學派的史學觀，說它總是侷限於「小小的政治理想」。與蘭克學派的「小」相比，蘭普來西所提倡的是脫離於國家、種群的「世界人」，視為世界共同體。蔡元培追隨蘭氏門下，入練習班，深受此種學說的影響。其實，蔡元培會走進蘭氏思想，主要是由於蘭普來西所說的「世界人」的觀念與蔡元培東方哲學闡釋體系中的「大同」理念有極多相似之處。當作為留學生的蔡元培，在經過了十幾年的儒家思想薰陶和訓練後，一舉走出國門，接受外國新思想時，不自覺地就會將外國的新學說與他爛熟於心、深入骨髓的思想潛意識對等連接。就像他會說孟子的「萬物皆備於我」與菲希德的「我與非我」等同，也很自然地會把蘭氏的「世界一大我」的想法看作是「人人不獨親其親，不獨子其子，鰥寡廢疾皆有所養」。總體而言，蔡元培所秉承的是世界大同的意識

〔註35〕蔡元培：《自寫年譜》，高平叔編：《蔡元培全集 7》，中華書局，1989 年，第299 頁。

〔註36〕蔡元培：《自寫年譜》，高平叔編：《蔡元培全集 7》，中華書局，1989 年，第299 頁。

形態，這點在小說《新年夢》中也有所反映。《新年夢》中有一處提到萬國聯合攻打中國，可國人愛國心純粹，外國人鐵打不動，無計可施，只得罷手言和。於是俄、美兩國調和介紹，各國之間相互商議，我國雖然是戰勝國，可卻不想以此要挾，霸權世界，占得便宜，於是趁著各國軍備零落之際，提出弭兵會的宗旨。請設立萬國公法裁判，練世界軍，從此以往，若有紛爭，公法裁決，若有武力衝突，則派世界軍參與。「從此各國竟沒有戰事，民間漸漸兒康樂起來」，「文明的事業達到極頂」。〔註37〕很顯然，蔡元培本就有著「世界大同」的主張，留學德國時自然會親近蘭普來西的文明史觀，以至於後來廢霸權、講平權、「世界人」的觀念愈發清晰。這時的蔡元培所依存的「社會大同」論不再侷限於空間領域層面的萬國協商，更發展為對文明的一種理解，或者說是由統一主體的世界各國共同協商的政治體，到真正突破空間地緣成為人類共同的意識體，即以個人為本位的精神共同體。在蔡元培回憶蘭普來西的文章最後，他提到了「蘭氏講史，最注重美術」。〔註38〕可以想見對「世界人」體悟漸深的蔡元培，已經有意選擇以美術教育的形式，從文化方面滋養昇華個體的精神意志，企圖在國民的個人精神世界內有所變革。

拋開蔡元培，我們來看五四時期的新青年的思想形態。在五四時期，新青年們大力倡導個體的個人意志，提倡個性解放，反抗家族本位，要求投身社會。他們大多把家視作制度的樊籠，是罪惡叢生、等級森嚴的叢林，是青春折翼的壓抑空間。「家」的組織形態代表了制度的壓迫，而其附屬的家長制又寓意了強權的凌辱，是對人權的踐踏。於是乎眾多個體紛紛從家中逃離出來，而走向了無血緣牽絆，無生產關係負累的更廣闊的世界中。更有魯迅等人明確提出「世界人」的看法。說許多人都怕「中國人」的名目要消滅，可他卻怕「中國人」要從「世界人」中擠出。他以為「中國人」的名目，因其人種還在，如同埃及、猶太人，未嘗改了稱呼，可見「中國人」要保存名目，全不必勞力費心。〔註39〕在人類精神文化發展的道路上，「人類尚未長成，人道自然也尚未長成，但總在那裡發榮滋長……將來總要走同一的路」。〔註40〕他所追求的是一種人類思想意志同一的極具歷史意義的精神訴求。而

〔註37〕蔡元培：《新年夢》，高平叔編：《蔡元培全集1》，中華書局，1984年，第241頁。

〔註38〕蔡元培：《自寫年譜》，高平叔編：《蔡元培全集7》，中華書局，1989年，第300頁。

〔註39〕魯迅：《隨感錄三十六》，《魯迅全集1》，人民文學出版社，2005年，第323頁。

〔註40〕魯迅：《熱風‧不滿》，《魯迅全集1》，人民文學出版社，2005年，第375～376頁。

陳獨秀在 1903 年與蘇曼殊合譯的《慘世界》中也有借男德之語說過「世界上的對象，應為世界人公用」〔註41〕類似之意。在當時無論是社會主義理想者還是魯迅、胡適等人都被世界主義的思想所裹挾，而這樣的思想深受講求平等、博愛、互助的無政府主義的影響。

在這場世界主義的思想大浪潮中，甚至於梁啟超、嚴復等人也不可避免的有世界主義的傾向。在那樣的多事之秋，中國在世界的接連戰敗，起先睜眼看世界的先覺者們深處避無可避的帝制意識形態的束縛中，一旦打破常規、開眼看世界，他們所思考的範圍很容易就離開了本土而走向了整體人類的思維框架。不過梁啟超、嚴復等人的世界主義思想也幾經變動，梁啟超、康有為一開始是支持世界主義，因為他們本就贊同儒家的「世界大同」觀，後來參與清廷政變，梁啟超本著「治國」之道逐漸否定了世界主義，而強調大國威嚴，以求恢復天朝上國，重振雄風。後來維新變法失敗，梁啟超又再次回歸到世界主義思想體系中。但他所理解的「世界主義」，政治共同體的觀念要大於精神共同體，國家主義時時湧現。而嚴復則更不必說，他雖然也承認「天下大勢，既已日趨混同」，〔註 42〕可他如此論斷的思想發端還是一以貫之的進化論思想。此種心態不過是對進化論發展演變的最終結局預測罷了。所以說，在這些關於「世界人」的闡釋中，唯有新青年諸君的精神理念中的「世界人」與蔡元培有所趨同。如同陳獨秀說自己是一個迷信教育的人，這些渴望通過教育形塑人的精神結構的人們有著天然趨同的思維邏輯。

梁啟超、嚴復等人基於社會達爾文主義致力於政治小說的耕耘，發掘出人與國的「少年氣象」。他們重在個人服務於「國家」，「國家」意志高於一切。可蔡元培在政治小說中已經慢慢覺察到個體情感，甚至他更希望借助於無政府主義和互助論形塑人的精神世界。蔡元培的這些想法與新青年的諸多主張有著微妙的聯繫，所以後來一朝歸國的蔡元培會棄以進化論為代表的、尚國家主義的「少年說」，而親近新青年等人所提出的以全人類為著眼點的「青年話語」。可以說，「青年」與「少年」等概念早已經脫離了人類本身的生命生理構造，作為特定含義隱喻思想和社會主張。而以此共同的思維邏輯為線，也牽引出了許多相同意識形態的青年的加入。至此「新青年」群體從蔡元培

〔註41〕蘇曼殊著、柳亞子編：《蘇曼殊全集》第 2 版，哈爾濱出版社，2016 年，第 132 頁。

〔註42〕嚴復：《救亡決論》，《嚴復集》第一冊詩文（上），中華書局，1986 年，第 50 頁。

伊始形成了一種以「青年情懷」為關係的驅動力。

第二節　邊緣知識分子的興起

　　與蔡元培的教育思想和精神變革想法有所關聯的新青年們因其思維想法的相似性而自然進入了蔡元培的視野範圍。蔡元培早在維新變法失敗時便說變法之敗在將國家之危亡、政治之起興維繫在一兩個社會精英身上，而後續未有可發力的變革人才。早在那時他就對人才培養有過斷言，後來擔任北京大學校長時，他也一再堅持要選任能夠改良學校，以肅風氣的青年導師。蔡元培剛到北京便向湯爾和、沈尹默等人相商聘用人才之事，之後更是三顧茅廬聘請陳獨秀，還不辭辛苦地將許多留學歸國的新青年──拉入北京大學。蔡元培為這些名不見經傳的新青年們提供了工作的機會，也同樣讓他們借助北京大學這一全國最高學府來到了中國的政治文化中心，將其推向了歷史舞臺。顧頡剛含蓄地說：「我的親身經歷使我深信：北大 1919 年成為五四運動的發源地和指揮部，同蔡元培先生的辦學方針有密切關係。」〔註 43〕趙家璧回憶說：「胡適、陳獨秀一輩人假如沒有北京大學做他們講學的地盤，他們的主張所能發生的影響就不會如此大；那時的北京大學，假如沒有如蔡元培先生那樣崇仰法國革命，主張學術自由，實施民主教育的校長，五四運動就不會如此的自由發長。這是每個熟悉這一運動經過的人所共認的。」〔註 44〕

　　1943 年 3 月 5 日，《新華日報》發表題為「懷念蔡孑民先生」的社論，指出：「北大是中國革命運動史上、中國新文化運動史上，無法抹去的一個名詞。然而，北大之使人懷念，是和蔡孑民先生的使人懷念分不開的。蔡先生的主辦北大，其作風，其成就，確是叫人不容易忘懷的，確是對於中國的革命事業有很大貢獻的」。〔註 45〕很明顯，出任「北京大學校長」不僅是蔡元培一生最輝煌的事蹟，更可以說北京大學與蔡元培二者同質同構，可以互相重疊，無法分開。在民初之際，蔡元培無法踐行的教育和學術理想，在這

〔註 43〕顧頡剛：《蔡元培先生與五四運動》，蔡元培著：《我們的政治主張附錄》，光明日報出版社，2013 年，第 194 頁。

〔註 44〕趙家璧：《悼念蔡元培先生》，《編輯憶舊》，生活・讀書・新知三聯出版社，2008 年，第 296 頁。

〔註 45〕見《新華日報社論》，1943 年 3 月 5 日。

樣新舊轉換的時空中借助於北京大學得以實現。在 1913 年曾有人向袁世凱推舉蔡元培任北京大學校長，被袁世凱否決。三年之後，在多方努力下，蔡元培思慮之後同意就任。其實蔡元培來北京大學之前，曾有友人勸服他北大太過腐敗，去之對聲名有礙。蔡元培自己也在《我在教育界的經驗》中表示「我五十一歲至五十八歲（民國六年至十二年），任國立北京大學校長。民國五年，我在法國，接教育部電，要我回國，任北大校長。我遂於冬間回來。到上海後，多數友人均勸不可就職，說北大腐敗，恐整頓不了。也有少數勸賀的，說：腐敗的總要有人去整頓，不妨試一試。我從少數友人的勸，往北京。」〔註46〕雖然蔡氏直言是因從於少數友人的勸，可事實上蔡元培內心對整頓北大已有對策。「弟到京後，與〔范〕靜生、〔沈〕步洲等討論數次，覺北京大學雖聲名狼藉，然改良之策，亦未嘗不可一試，故允為擔任，業於一月四日到校，九日開學。雖一切維持現狀，然改良之計劃，亦擬次第著手。」〔註47〕此時的蔡元培太需要北京大學這一校園承載理想。蔡元培一直強調大學應該是研究高深學問的研究機構。「對於學說，仿世界各大學通例，循『思想自由』原則，取兼容並包主義……無論為何種學派，苟其言之成理，持之有故，尚不達自然淘汰之運命者，雖彼此相反，而悉聽其自由發展，思想自由。」〔註48〕在此種「思想自由，兼容並包」的理念下，蔡元培改革下的北京大學為這些剛剛初出茅廬的充滿著青春激情的新人提供了相對獨立的物質和文化空間。

一、從「少年說」到「青年說」

在「青年」概念還未成氣候時，社會上廣泛流行的是以梁啟超為代表的「少年中國」說，「少年話語已經成為清末社會中最為激進的文化表述」。〔註49〕那些有識之士、進步青年紛紛以少年自居，甚至連吳趼人等也戲稱自己為「老少年」。一些革命志士也舉起「少年大旗」，「少年也已經從概念、

〔註46〕蔡元培：《我在教育界的經驗》，高平叔編：《蔡元培全集7》，中華書局，1989年，第198頁。

〔註47〕蔡元培：《致吳敬恒函》，高平叔編：《蔡元培全集3》，中華書局，1984年，第11頁。

〔註48〕蔡元培：《致〈公言報〉函並答林琴南函》，高平叔編：《蔡元培全集3》，中華書局，1984年，第271頁。

〔註49〕陳思和：《從「少年情懷」到「中年危機」——20世紀中國文學研究的一個視角》，《探索與爭鳴》，2009年第5期。

理想化身為血肉之軀、革命的先鋒、未來歷史的塑造者」。〔註 50〕可是，此種少年習氣並未持續太久，辛亥革命之後它逐漸被「青春」話語取代，甚至在新文化運動中，「少年」替換為「青年」，「青年」成為「民國以來之新風氣」。〔註 51〕

「青年」一詞早在《儒林外史》、《紅樓夢》等小說中出現。《儒林外史》第四十一回說「看你如此青年，獨自一個在客邊，可有個同伴的？」，〔註 52〕《紅樓夢》第五十五回也有「探春是青年的姑娘，所以只說出這一句話來，試他二人有何主見。」〔註 53〕在這裡，青年主要形容「年輕」、「年少」的意思，與少年的含義相近。而在民國時期出現的「青年」事實上也與梁啟超的「少年」說法相似，「其語氣，其象徵，其宗旨，都是梁啟超《少年中國說》的青春版」。〔註 54〕但既然已經有了原版的少年中國，為何還要再次重申和強調「青春版」，甚至「青春版」會成為新的社會風潮取代原版的「少年」說？

事實上，「青年」與「少年」本質上代表著兩個不同階層、不同代際的「中國想像」。在當時內外交困的國族語境下，萌生出發憤圖強、力爭向上的精神訴求實屬正常，而已經垂垂老矣的「中華帝國」也讓許多人痛心疾首，渴望叫醒沉睡的雄獅，一展雄圖，回歸到少年時代的蓬勃向上、恣意張揚。這是清末民初之際的「同代感」，雖然二者代際不同、階層不同，可產生出這樣共同的意識是由當時的歷史語境所決定的。可是與士人階層的「少年中國」不同的是，陳獨秀、李大釗所秉持的「青年」、「青春」話語不僅指涉了國族的未來，反而更多的體現出個人未來的想像，以及個人志向的培養和青春力量的塑造。少年中國旨在強調少年的責任，少年智、富、強、獨立、自由的根本目的在國智、國富、國強、國獨立、國自由。而「新青年」群體所提出的「青年」概念則個人和國家兼備。「青年如初春，如朝日，如百卉之萌動，如利刃之新發於硎，人生最可寶貴之時期也。青年之於社會，猶新鮮活潑細胞之在人身。」〔註 55〕「個人有個人之青春，國家有國家之青春……人人奮青

〔註 50〕陳思和：《從「少年情懷」到「中年危機」——20 世紀中國文學研究的一個視角》，《探索與爭鳴》，2009 年第 5 期。

〔註 51〕錢穆：《中國文學論叢》，生活・讀書・新知三聯書店，2002 年，第 26 頁。

〔註 52〕（清）吳敬梓：《儒林外史》，浙江古籍出版社，2010 年，第 257 頁。

〔註 53〕曹雪芹：《紅樓夢》，嶽麓書社，2009 年，第 487 頁。

〔註 54〕陳思和：《從「少年情懷」到「中年危機」——20 世紀中國文學研究的一個視角》，《探索與爭鳴》，2009 年第 5 期。

〔註 55〕陳獨秀：《敬告青年》，《新青年》，1915 年 9 月 15 日，第 1 卷第 1 號。

春之元氣，發新中華青春中應發之曙光」，〔註56〕在新青年們看來，個人與國家內部雖相互增補進益，可前提是並舉而立。可以說，陳獨秀、李大釗所提倡的「青春」、「青年」更多地帶有自我言說以及勉勵的用意。從人生階段看，已步入中年的陳獨秀和李大釗的「興趣、勇氣」未減，更期待後繼者「推陳出新」。「青年勉乎哉！」，這才是《敬告青年》的題中之意。

　　會出現這樣的「青年」想像與陳獨秀、李大釗等人的個人出身和經歷不無關係。如果說清末民初之際盛行的「少年」說彰顯著士大夫階層在國家危亡時刻「以天下為己任」的歷史責任。那麼陳獨秀也好，李大釗也罷，「新青年」群體的這些人則像是誤入到既定軌道的「異體」，亦或者是文化的「在野派」、「地方勢力」。他們的聲音中既濃縮著對國家、民族的期許，也彰顯著、裏挾著個人意志的表達。在當時的文壇，清季民初的遺民文人的勢力深厚，大眾閱讀則掌握在「鴛鴦蝴蝶派」的文人群體手中。而例如陳獨秀、李大釗、胡適等人大多流散於地方，或脫離中國疆域之外，遠離中國核心文化圈。與那些掌握了文壇主流表述的「老少年」不同的是，「青年」、「青春」話語的背後隱喻著一個新興的知識階層，代表著他們這些遠離故國或深處地方的「邊緣」人的主張和宣言。在這些「邊緣人物」中，陳獨秀曾被迫參加科舉並考取秀才，1897 年入杭州求是書院學習，在此學習期間，他接受了西方思想，1899 年因涉嫌反清言論被求是書院開除。被開除後，1901 年陳獨秀又參加反清宣傳活動受到清政府的通緝，自此後流亡日本，辛亥革命後又加入二次革命討伐袁世凱，失敗後被捕入獄。他起初辦《青年雜誌》時主要依靠朋友汪孟鄒的友情推薦和私人性質的上海群益書社的資助。出任北京大學文科學長之前的陳獨秀基本上都在清廷體制之外徘徊，或者生活在流亡途中。李大釗、魯迅、周作人之前也是在日本留學，遠離故土。這些人基本上都「游離」於當時中國主流文化社交、活動空間之外。而「青年」說則是他們「獨在」的社會文化理解。這些「離散」的群體在清季民初的社會轉型時期無疑是尷尬的，上有「老少年」的影響壓陣，下也無大眾能夠通達，科舉取士逐漸沒落，新的選才機制還未能形成。這些當年「走異路」，甚至靈魂賣給洋鬼子的一批人所能夠選擇的生存空間極其狹窄。陳獨秀苦心支撐《青年雜誌》，為了雜誌能夠平穩發行，甚至不敢預設過高的志懷；魯迅從日本留學歸來，辛亥革命之後陷入迷茫，躲在 S 會館抄古碑。那時的歐風美

〔註56〕李大釗：《青春》，《新青年》，1916 年 9 月 1 日，第 2 卷第 1 號。

雨還未成氣候，胡適依然在美國讀書；劉半農還混跡於鴛鴦蝴蝶派的「舊派文人圈」中。這些「新青年」團體雖然也有往來，但分散各地，只能自我單獨發聲，而且應者寥寥。這些人的身上體現了社會變革初期的慌亂感，沒有「名人」效應的他們只能踽踽獨行，煢煢孑立，苦心掙扎。這種尷尬處境往往會誘導他們產生出現代零餘者的疏離與彷徨感，也更容易使他們察覺到個體生命的生存窘況。

事實上，社會上「少年說」向「青年說」的過渡與這些「新青年」的物理距離的遷移是一體化進行的。有學者指出，提倡「少年說」的梁啟超在新舊文化的轉折點上無疑是一名「過渡人」。〔註57〕可這位「中世紀最後一個詩人和新時代最初的一個詩人」在民初的「文化空間」內以「新民」的姿態積極入世，至少在他提出「少年說」的時代，尚構不成「過渡人」在新舊文化衝突中的價值困惑。但那時的「遺民」和「新青年」反而處於「邊際狀態」。這種「邊際狀態」不僅是物理距離的邊緣，更是文化認同的「游離」。那些「靈魂賣給洋鬼子」的留學者或者是很大程度浸潤西方文化的「新青年」面對著「西方」和「本土」兩個世界，「他們或多或少都是一個外來者」。〔註58〕在社會轉型時期，新舊兩種價值體系中，「新青年」與清季民初的「新民」所秉持的文化期望有些微的衝突。在國家啟蒙的共同訴求下，他們均願意從西方現代精神資源中找取參照，可最終摸索到的思想脈絡卻並不一致。「少年說」偏向於社會達爾文主義——進化論的觀點，而且在解讀國家與個人關係時，帶有強烈的士大夫精神氣節。而「青年說」中「個人」作為獨立的概念與國家話語之間已有所分離，「青年話語」中已開始萌發「個體本位」。

這些曾屬於物理空間和意識領域雙重「邊際」的「小人物」因蔡元培的「牽線」和聘用來到北京大學。在這個校園中他們不僅收穫了教職，而且也為「青年說」的傳播搭建了平臺，讓他們收穫了文化認同。魯迅曾在《我觀北大》一文中談到北大時說「北大是常為新的」，是「改進的運動的先鋒，要使中國向著好的，往上的道路走」。雖然在北京大學改革的過程中「中了許多暗箭，背了許多謠言；教授和學生也都逐年地有些改換了，而那向上的精神還是始終一貫，不見得弛懈。」這些青年導師們匯聚一堂，漸成風氣，已構成了

〔註57〕葉南客：《邊際人：大過渡時代的轉型人格》，上海人民出版社，1996年，第7頁。

〔註58〕〔美〕帕克：《種族與文化》，自由出版社，1950年，第356頁。

北大獨樹一幟的「常新」、「銳意改革」的精神。「北大派麼？就是北大派！怎麼樣呢？」〔註59〕顯然，北大已構成了這些「新青年」們文化想像的共同體。

二、「青年說」的物質保障

　　錢穆所語的「尊重青年，青年成為新風氣」在陳獨秀出任北京大學文科學長之前是不存在的，「青年」群體被隱沒在時代的浪潮之下。而將這些人「推出歷史地表」的，給予這份「尊重」的是蔡元培。蔡元培給予了這些人自負營生的可能性，最起碼使得這些青年免於經濟之累，不被物質財力壓彎了背脊，使得他們依然保有青春的活潑、激情與自信、瀟灑。陳獨秀在北大時期，收入大約300銀圓，高出群藝書社每月給陳獨秀的辦刊費的一半，而且蔡元培還答應陳獨秀會聘請一些具有新思想的導師，以來為《新青年》寫稿。〔註60〕北大的工作給予了這些知識青年穩定且豐厚的收入，使得這些新的知識青年經濟上沒有後顧之憂，有了安身立命的物質基礎。

　　1914年北京政府教育部頒發了《直轄專門以上學校職員薪俸暫行規程》，在這一《暫行規程》中規定了大學教職員的薪俸：「大學專任教員，月支一百八十元至二百八十元；大學預科專任教員，月支一百四十元至二百四十元；高等師範學校專任教員，月支一百六十元至二百五十元；專門學校專任教員，月支一百六十元至二百五十元。」〔註61〕在此項規章制度執行3年後，於1917年5月又另外公布了《國立大學職員任用及薪俸規程》。依據該章程，「大學專任教師分為正教授、本科教授、預科教授及助教四等。正教授月薪300～400元；本科教授180～280元；預科教授140～240元；助教為100～120元。」〔註62〕作為全國的最高學府，北京大學對教育部制定的規程都立即執行。當時這些「新青年」們所拿薪資大概如下：「1917年，北京大學給出的工資，作為校長的蔡元培是600元、文科學長的陳獨秀是300元、圖書館長的李大釗是200元。」

　　　　　　校　　　長：600、500、400元

　　　　　　學　　　長：450、400、350、300元

〔註59〕魯迅：《我觀北大》，《魯迅全集3》，人民文學出版社，2005年，第167頁。
〔註60〕陳明遠：《魯迅時代何以為生》，陝西人民出版社，2013年，第129頁。
〔註61〕劉英杰主編：《中國教育大事典（1840～1949）》，浙江教育出版社，2001年，第657頁。
〔註62〕中國第二歷史檔案館編：《中華民國史檔案資料彙編》（教育卷），江蘇古籍出版社，1991年，第167頁。

　正　教　授：400、380、360、340、320、300 元

　本科教授：280、260、240、220、200、180 元

　預科教授：240、220、200、180、160、140 元

　助　　　教：120、100、80、70、60、50 元

　講　　　師：一小時 2 到 5 元〔註63〕

　　五四時期，北京大學本科教授的工資大約維持在 180～280 元之間，預科教授則是 140～240 元不等。〔註64〕而這樣的數額在胡適來往書信中也有體現，在胡適歸國任教後，他的薪資為「薪金已定每月二百六十元」，後來北京大學又追加了 20 元。胡適還曾給她母親寫信，在信中說「適在此上月所得薪俸為二百六十元，本月加至二百八十元，此為教授最高級之薪俸」。「適初入大學便得此數……即僅有此數，亦盡夠養吾兄弟全家……」〔註65〕周作人任北京大學文科教授時其薪資待遇為每月 240 元，而半年前他擔任北京大學國史編纂處編輯時，月薪為 120 元。〔註66〕陳獨秀作為文科學長，其薪資每月也有 300 元。在 1919 年，他們所獲月薪仍然頗豐，10 月 24 日胡適領到「9 月份的上半月薪水 140 元」，10 月 31 日又收到「下半月的薪資 140 元」；「周作人也是在 10 月 24 日和 11 月 1 日分兩次領取 9 月薪俸共計 240 元」。〔註67〕梁漱溟作為講師，按照其上課時長來發放薪資，1919 年 9 月他拿到了講課費 100 元。〔註68〕相較於這些教授和教員，北大書記的收入則比較少。甲等書記分為六級：「40 / 36 / 32 / 28 / 24 / 20」元不等，乙等書記是「16 / 12 / 8」元三個等級。〔註69〕到了 1920 年 2 月，在北京大學教職員待遇章程起草會議上，北京大學教員要求「加增薪俸、年功加俸」，後北京大學教職員工的工資增加不少，尤其是教授增至 300～400 元，預科教授增至 240～340 元。而當時北京的物價水平為「20 年代北京『四口之家』，每月

〔註63〕見〔日〕《朝日選書》，朝日新聞社，1983 年 5 月 20 日，第 116 頁，筆者自譯。

〔註64〕陳育紅：《民初至抗戰前夕國立北京大學教授薪俸狀況考察》，《史學月刊》，2013 年第 2 期。

〔註65〕耿雲志、歐陽哲生編：《胡適書信集》上冊（1907～1933），北京大學出版社，1996 年，第 106、111～112 頁。

〔註66〕陳明遠：《何以為生：文化名人的經濟背景》，新華出版社，2007 年，第 115 頁。

〔註67〕《教職員薪俸發放存根》，《北京大學檔案》，編號 BD1919039.1。

〔註68〕陳明遠：《文化人的經濟生活》，文匯出版社，2005 年，第 100 頁。

〔註69〕《本校紀事：本校書記薪水章程》，《北京大學日刊》，1918 年 6 月 8 日，第 158 號。

12 圓伙食費，足可維持小康水平」。〔註70〕相較於北京比較平穩的物價，北京大學這些教職員工的收入應付生活綽綽有餘。在一些人的回憶中，當時北京物價「便宜」，一個小家庭的操持用度，每月「大洋幾十圓即可維持」，若是一些教授省吃儉用，則完全可以省出錢來「購置幾千圓一所的房屋居住」，「甚至有能自購幾所房子以備出租者」。〔註71〕魯迅當時在北京大學是兼職講師，當時課時費是每小時 5 元，魯迅一周工作 8～10 小時，收入可達每月160～200 元左右。而且他在女師大也有兼職，收入非常可觀。他於 1919 年和 1924 年分別在北京購得兩套四合院，大的 3500 元，小的 1000 元，從花銷上來說並不吝嗇。而且不僅是這些教職工的收入，北京大學一些校園活動或校刊雜誌也有經費支持。當時羅家倫、康白情、徐彥之、毛子水等籌辦《新潮》雜誌，北大每月給四百銀圓的補助費。〔註72〕

後來北京大學遇到經費困難，各種經費來源不足，造成教職員工的薪資拖欠嚴重。在胡適寄予蔡元培的信中，胡適談到了許多教職員工由於薪資問題紛紛離職，另謀高就，北京大學因為這些教授的離職而有衰頹之相，胡適希望蔡元培能夠回到北大力挽狂瀾，救北大之危機。可以說，當薪資一旦截流，這些教授、新青年們已經無法顧及理想與新思想，物質的掣肘阻礙了他們學術的腳步。這些「新青年」作為新興的知識分子掌握了豐富的文化資本，可這些文化資本又從屬於經濟資本，若是薪資無法正常發放，那麼這些知識分子的反抗意識便會逐漸消退，甚至文化資本在與經濟資本的交換過程中，淪為經濟的附庸。而在 1917～1920 這幾年間，北京大學的薪資問題一直都得以較為妥善的解決，經濟負累在這些「新青年」身上並不突出，解決了他們獻身學術、傳播新知的後顧之憂。

正是源於蔡元培對這些璞玉的發現和聘用，在傳統「學而優則仕」的選才機制全面瓦解，開眼看世界的新型知識分子尚無發展空間之際，蔡元培為他們提供了可以仰賴的存活方式，並積極爭取到了發聲的機會，五四新文學運動此等大事才能得以成行。如果沒有蔡元培，諸如胡適、李大釗、陳獨秀、魯迅、周作人、劉半農等新青年團隊無法組建，他們可能飄散於世界各地，苦苦考慮營生之計，或者是理想折翼，成為胡適所說的「如果沒有蔡先生的

〔註70〕陳明遠：《魯迅時代何以為生》，陝西人民出版社，2013 年，第 257 頁。
〔註71〕陳明遠：《文化人與錢》，陝西人民出版社，2013 年，第 167 頁
〔註72〕孟丹青：《羅家倫的教育思想及實踐》，江西人民出版社，2012 年，第 32 頁。

著意提攜，他的一生也可能就在二三流報刊編輯的生涯中度過」。〔註73〕

三、「青年說」的文化空間

蔡元培初來北大便著手整頓，以塑風氣。因其之前的文學嘗試和相關學科背景、知識儲備，蔡元培在文科整肅方面胸有成竹，改革上多注重文科，頗有偏科之嫌。他選擇以「文科」作為突破口，而將不太熟悉的工科轉出北大，商科併入法科。在實際操作層面，關於文科的設定，大到辦雜誌、改課程，小到學生辦社團，他都一一親自裁斷。他渴求以北京大學為「研究高尚學問之地」，將新文學諸將凝聚於學術聖地──北大校園之內。一方面，他以北京大學之力給予《新青年》支持，在學校內部鼓勵辦報、辦雜誌，使得新文化傳播有了獲得話語權的推廣者、傳播者以及傳播媒介。另一方面他「要求各學科成立相應的研究所，由專業教師和高年次學生共同研討學術問題」，「助成體育會、音樂會、畫法研究會、書法研究會，以供正當的消遣；助成消費公社、學生銀行、校役夜班、平民學校、平民講演團與《新潮》等雜誌，以發揚學生自動的精神，養成服務社會的能力。」〔註74〕這樣的教育教學以及學術討論模式為新文化的推廣提供了穩定的受眾群體。

事實上，北京大學更構成了一個多元文化空間。在蔡元培的「思想自由、兼容並包」的主張下，北京大學網羅眾家，上至教授下至學生超越各個階層、黨派和團體組織等一切社會壁壘，「形成了一次短暫的大聯合」。〔註75〕根據哈貝馬斯「交往行為」理論的說法，北京大學在某種意義上已經構成了師生間的「生活世界」，並為對話、溝通、互動提供了相同的「具體語境」，使交往活動的參與者通過「共同的生活世界」來理解和表達自我和客觀事物。在北京大學的校園內，師生之間通過授課的方式獲得了理性溝通的渠道，並借助於校園之力，辦雜誌、搞社團，有了交流的機制和平臺。蔡元培在就任北京大學校長的演講中提倡青年學生要敬愛師友教員，更從規章制度方面賦予了教師高尚的身份和地位。北京大學實行教授治校，又大大地調動了教授們的積極性，伴隨著知識的傳授，思想也夾雜其中，北大的講臺遂成了這些具有新思想的「新青年」們的講壇。在這樣有著共同體驗的生活空間內，文化

〔註73〕唐德剛：《胡適雜憶》，北京華文出版社，1990年，第94頁。
〔註74〕蔡元培：《我在教育界的經驗》，高平叔編：《蔡元培全集7》，1989年，第199頁。
〔註75〕姜濤：《公寓裏的塔：1920年代中國的文學與青年》，北京大學出版社，2015年，第18頁。

信息得以理性地傳播，文化思想的持有者和接受者之間通過教書育人的方式共同擁有相同的信息和知識源頭，且借助講授的方式，擁有了合理的溝通渠道。新文學諸將借助北大講臺登臺授課，教師與學生間通過教學的形式召喚出了新文學作品的「潛在讀者」，培養了文學青年，北京大學遂成為文學的傳播場域。

林語堂曾評價蔡元培說「論資格，他是我們的長輩；論思想精神，他也許比我們年輕；論著作，北大教授很多人比他多；論啟發中國新文化的功勞，他比任何人大。」〔註76〕林語堂所說的「啟發中國新文化的功勞」應該是指蔡元培所創立的北京大學這一網羅眾家、百家爭鳴的文化空間。在北京大學這一文化場域中，教育平臺的搭建使得「新青年」成為導師一代，而「新文化」、「新思想」借助教育授課的形式得以有效傳播。後來北京大學這樣的授課形式，因為魯迅、胡適等人在北京高校的兼職也有更大範圍的拓展。他們以授課的形式將自己的文學思想廣布青年學生，使青年學生一代的思想為之一變。蘇雪林曾回憶，「我們進女高師的時候正當五四運動發生的那一年。時勢所驅，我們都拋開了之乎者也，做起白話文來」。〔註77〕

其實不僅是教育授課，蔡元培還在北京大學校園內開闢了更為廣闊的輿論空間。蔡元培極其重視新聞傳播的影響力，從 1901 年起他就積極地投身於新聞報刊、雜誌等出版行業。參與創辦了《外交報》、參與編輯《蘇報》、與友人合力創辦《俄事警聞》和《警鐘日報》。雖然很多報紙都是與他人合作，可是蔡元培在其中所起的作用之大難以想像。尤其是《俄事警聞》、《警鐘日報》這兩份報紙中很多的社論、翻譯文章都是蔡元培親自操刀，甚至連報紙的發行情況蔡元培都要時時關心。據馬鑒回憶「天氣非常寒冷，編輯室大而且空，並無火爐的設備。先生每晚總須寫撰兩篇論文——一篇文言，一篇白話」，〔註78〕大約因曾身體力行地投入到報刊雜誌領域，使得蔡元培瞭解到新聞傳播的實際用途以及創辦報刊的艱辛。當他成為北京大學校長時，他感念體恤陳獨秀獨自堅守《新青年》的辛苦，也瞭解報刊雜誌對新思想、新文化推廣的作用，所以他將陳獨秀招入麾下，並極力勸說其將《新青年》

〔註76〕林語堂：《想念蔡元培先生》，《林語堂全集16》，群言出版社，2010年，第378頁。

〔註77〕蘇雪林：《關於廬隱的回憶》，《文學》（上海），1934年第3卷第2期。

〔註78〕馬鑒：《紀念蔡孑民先生》，蔡建國編：《蔡元培先生紀念集》，中華書局，1984年，第105頁。

由上海遷往北京，積極鼓勵北京大學的學生創辦校刊、校報。蔡元培為了讓陳獨秀專心負責《新青年》，允許陳獨秀在北大不授課，而且自己也積極為《新青年》寫稿。後來又在北大校園內開設了《新潮》、《每週評論》等期刊。青年學生所創辦的《新潮》月刊「以介紹西洋近代思潮，批評中國現代學術上、社會上各問題為職司」，〔註79〕雜誌的風格、思想與《新青年》保持一致。這些期刊雜誌的出現引領青年學生進入到前所未有的認知領域，一改之前的陋習殘念。

在北大校園內「授課」形式和這些「青年雜誌」結合在一起開創了新型的教育平臺，為新青年群體的思想傳播搭建了陣地。起初，《新青年》作為青年讀物，接受者並不多，「北大同學知道這刊物的非常少」，而當陳獨秀來了北大就任文科學長後，「他所主編的《新青年》月刊也在學校中和書攤上買得到了」。〔註80〕顯然，來到了北大後的《新青年》雜誌開闢了更為廣闊的文化傳播空間，擁有了相對穩定的學生閱讀群體。至1918年復刊，在北大任教的錢玄同、李大釗、胡適、劉半農諸君均加入《新青年》的編寫團隊。伴隨著當時中國最高學府的改革與發展，《新青年》的聲勢也逐漸壯大。這些當時中國最高學府的教授們親自上陣，輪流主編，《新青年》也徹底取消投稿，「所有撰譯，悉由編輯部同人，公同擔任，不另購稿」。〔註81〕

可以說，有了北大這一文化空間的依託，借助學校改革的東風，曾經被忽略掩埋的「青年」話語逐漸成為新風尚，甚至蔓延全國。這股「青春」風潮很快便從《新青年》、《新潮》、《每週評論》等雜誌延伸至《申報》、《教育雜誌》等全國各大報刊、雜誌。報刊媒介一改之前對北京大學腐敗的印象，從 1917 年開始便對其轉變看法，後來各大新聞媒體更是對北京大學刮目相看，以至於後來這些媒介說起話來也是「言必稱青年」，有了「青年方向」。甚至曾經被《新青年》雜誌「責難」過的《東方雜誌》也積極地報導和探討「青年發展時代之課程」，或是「青年的新道德」問題。〔註82〕當有北京政府要驅逐陳獨秀、胡適、錢玄同、傅斯年的流言傳出時，《上海中華新報》

〔註79〕《新潮‧發刊詞》，國立北京大學出版部，1919 年第 1 期。

〔註80〕張國燾：《我的回憶第 1 冊》，現代史料編刊社，1980 年，第 39 頁。

〔註81〕吳志娟、於麗：《《新青年》史料長編上冊》，長江出版社，2013 年，第 172 頁。

〔註82〕《東方雜誌》曾於 1917 年第 15 卷第 9 期「內外時報」欄探討過「青年發展時代之課程」，同年還報導過梁啟超的在上海中國青年會的演說，1918 年第 15 卷第 9 期討論過「青年的新道德」問題。

評論說這樣的「謠言」不足為慮，甚至預言《新青年》雜誌的發行額「必加起幾倍或幾十倍」。〔註 83〕《成都川報》也說這樣的流言傳出只會讓胡適、傅斯年、錢玄同等一眾新青年們的聲望「愈增高了」。〔註 84〕這時的「青年話語」基本成為了各大報刊雜誌乃至整個社會的集體共識，「青年問題」是大部分媒體致力討論、報導的對象。

陳獨秀來到北京大學是受教育部認可批准的，而「青年話語」的傳播也自然具有了半官方的名義。陳獨秀在操辦《青年雜誌》時曾說，「只要十年、八年的功夫，一定會發生很大的影響」。〔註 85〕可也許陳獨秀都未曾想到從 1915 年 9 月《青年雜誌》創刊，到 1918 年 1 月《新青年》復刊，在這短短不到三年的時間內，《新青年》以及「新青年」群體就已獲得了如此大的聲勢。在這期間，從上海到北京，從群益書社到北京大學，從地方到中央，從個體到官方，蔡元培將這些原屬於地方、個體的邊緣聲音引領到中央，借助官方文化勢力的傳播和推廣，將曾經隱沒於邊緣的「青年」思想席捲全國。可以說，蔡元培一生雖然始終致力耕耘在教育領域，但是他選中陳獨秀，並支持《新青年》，開啟了兼容並包的文化空間，營造了良性的溝通機制，打造了以「新青年」、「青春」為代表的新時代語境和社會風氣。沒有蔡元培，在短時期的中國大地上不可能如此浩浩湯湯地刮起「青年」、「青春」的風氣、思潮，也不可能有這些邊緣青年的崛起。

第三節　蔡元培與新青年之往來——以蔡元培聘用陳獨秀為個案

20 世紀的文學可以說是一部中國「青春」史，記錄著中國人對青年人的暢想。而對於青春文化的提取可使我們超越傳統的「革命話語」、「保守與進步」、「正確與錯誤」等固有理論框架，以一種新的視角發現、解決尚未認識或者曾被遮蔽的問題。「青年」視角的提出會讓我們發現一個有意思的問題。在我們傳統的文學認知中「青春」、「新青年」話語與陳獨秀等人及《新

〔註 83〕 志拯：《特別附錄：誰的恥辱》，《每週評論》，1919 年 4 月 27 日，第 19 期。
〔註 84〕 因明：《特別附錄：對北京大學的憤言》，《每週評論》，1919 年 4 月 27 日，第 19 期。
〔註 85〕 汪孟鄒：《亞東圖書館簡史》，汪原放著：《亞東圖書館與陳獨秀》，學林出版社，2006 年，第 226 頁。

青年》雜誌相伴而生。錢穆都誤認為「青春」、「青年話語」是《新青年》開創。「民初以來，乃有《新青年》雜誌問世。其時訪求掃蕩舊傳統，改務西化」。〔註86〕可事實上，在陳獨秀操辦《青年雜誌》時曾因雜誌與別家重名引起糾紛，後才將《青年雜誌》改為《新青年》。「青年」一詞早已有之，但卻未成氣候。《青年雜誌》改為《新青年》後影響也不大，僅侷限於陳獨秀周邊的文學人際圈內。《新青年》真正走上歷史舞臺，且在社會上掀起「青春」風潮，與陳獨秀來到北大就任北京大學文科學長休戚相關。蔡元培自己也承認他在教學上的「整頓」自「文科始」，可在他之前，已身居北大的沈尹默、沈兼士、錢玄同等人已有「革新之端緒」，但文學革命、思想自由之風氣遂大流行則源於「陳獨秀君來任學長」，「胡適之、劉半農、周豫才、周豈明諸君來任教員」。〔註87〕很顯然，在以「青年關係」為驅動而產生的「文學革命」中，「陳獨秀君」來任文科學長是不可忽視的重要環節。

一、蔡元培選定《新青年》

在蔡元培出任校長之前的北京大學積習已深，默守陳規，雖已改名為「大學」，可無論從學制到管理都未有「大學」之實。顧頡剛說它是「官僚養成所」，在選賢機制未能有所改變的時代氛圍下，北京大學離現代大學還差距甚遠。在蔡元培答應就任北京大學校長之前，他的許多友人也對他的此次受聘不抱希望，認為此次就任不過是徒毀名譽。其實友人會有這樣的想法實屬正常，因為在蔡元培之前已經有過幾名校長，他們大多頗具社會聲望，在校內也希冀勵精圖治，一改頹態，可最終卻效果不佳。

在蔡元培之前的北大校長中以嚴復的影響最大，關注最多。有研究者指出嚴復在北京大學雖然任期較短，但「雁過留痕」、嘉惠世人，可以說是「蔡元培北大精神初構」〔註88〕的先聲。嚴復就任時，北京大學還是京師大學堂，嚴復的職位是京師大學堂總辦。至同年 5 月 3 日，京師大學堂正式更名為北京大學，次日，嚴復就任北京大學校長職務。在嚴復主持北京大學校務時，可謂諸多不順，他掙扎在清末民初混亂的政壇以及北京大學混沌的校務工作

〔註86〕錢穆：《中國文學論叢》，生活・讀書・新知三聯書店，2002 年，第 26 頁。

〔註87〕蔡元培：《我在教育界的經驗》，高平叔編：《蔡元培全集 7》，中華書局，1989 年，第 199 頁。

〔註88〕葉雋：《嚴復、蔡元培在北大精神初構中的影響評析》，《高等教育研究》，2010 年第 4 期。

中。不過，在短短的任期內，雖然他覺得「事甚麻煩，本不願幹」，屢次請辭，可到底還是提出了一些有益的改革對策：一、歸併科目；二、精簡機構；三、裁剪職員；〔註89〕並認為大學理宜兼收並蓄，廣納眾流，以成其人。可是嚴復雖然抱負不凡，奈何卻處於北京大學辦學內外交困之際。在內，因資費緊張，嚴復只能靠裁員以收束薪資，未能對北京大學的教師隊伍進行徹底的篩選、清換，手下也無可用之才；而在外，清末民初政局混亂，北京大學也在動亂的政壇中風雨飄搖，教育部以北京大學多年來經費困難、程度不高和辦理不善為由企圖停辦。嚴復此時不得不應付內外困局，竭力奔走，雖發出了「兼收並蓄」之聲，卻未能行其實。值得注意的是，在他主政京師大學堂時，蔡元培也於1912年4月24日就任教育總長。也就是說，嚴復的總辦與蔡元培的總長時期大部分重合。「嚴幾道先生為本校校長時，余方服務教育部，開學日曾有所貢獻於同校」，〔註90〕對於嚴復的困頓蔡元培想必感同身受。而有了所謂的「前車之鑒」，當蔡元培主掌北大之際，他也很好地規避了嚴復辦學中的「聲」大於「實」的問題。據馮友蘭回憶，1917年蔡元培來到北京大學，「到校後，沒有開會發表演說，也沒有發表什麼文告，宣傳他的辦學宗旨和方針。只發了一個布告，任命陳獨秀為文科學長。就這幾個字，學生們全明白了，什麼話也用不著說了。」〔註91〕

對於一所大學而言，構成其大學精神的要素包括「它的歷史演進，學者與學生的背景，以及其教育理想的建立與實施」。〔註92〕而北大在十多年的歷史演進中「仍抱科舉時代思想」，還是一所「以取得官吏資格之機關」。〔註93〕這所學校的學者與學生背景都頹廢功利，教師兼任行政、司法界官吏，「時時請假」，學生也只求以此為跳板陞官發財。所以當蔡元培來到學校開誠布公聘用在「地方」發聲的陳獨秀時，作為學生的馮友蘭立刻明白了蔡元培的用意。蔡元培向來明白人才革新的重要性「康黨所以失敗，由於不先培養革新之人

〔註89〕張寄謙：《嚴復與北京大學》，《近代史研究》，1993年第5期。

〔註90〕蔡元培：《就任北京大學校長之演說》，高平叔編：《蔡元培全集3》，中華書局，1984年，第5頁。

〔註91〕馮友蘭：《我在北京大學當學生的時候》，中國人民政治協商會議全國委員會文史和學習委員會編：《文史資料選輯》第28卷，中國文史出版社，1990年，第341頁。

〔註92〕羅家倫：《逝者如斯集》，傳記文學出版社，1981年，第15頁。

〔註93〕蔡元培：《蔡元培自述》，人民日報出版社，2011年，第136頁。

才，而欲以少數人弋取政權，排斥頑舊，不能不情見勢絀」。〔註94〕與嚴復不同的是，當蔡元培長校時期，他選任陳獨秀，並以此為基點，進一步擴大新文學群體在教師中的比率，從人才機制的選拔上真正意義地實現了兼收並蓄。在當時各路有識階層交錯相融於北京大學，新舊交融，老少咸集。蔡元培「好比漢高祖，他不必要自己東征西討，卻能收合一班英雄，共圖大事」。〔註95〕具有了「新型教師儲備」的北京大學氣象為之一新。而對於校長蔡元培而言，他也不再是單槍匹馬的孤膽英雄教育家，而是成為了運籌帷幄的改革「統帥」。

　　「第一要改革的，是學生的觀念」。〔註96〕蔡元培在《我在北京大學的經歷》中如是說。所以學者教師的更新換代的根本目的在於變革學生的知識結構和內在修養，形塑學生的理想。不過值得注意的是，在如此浩大的中國大地上本不乏有識之士，且已有很多學者久負盛名，可為何蔡元培偏偏要選擇名不見經傳的陳獨秀？並選中陳獨秀的《新青年》作為改革學生觀念的急先鋒呢？事實上，蔡元培與陳獨秀早已相識，蔡元培對陳獨秀以一人之力在安徽蕪湖苦心經營《安徽俗話報》「有一種不忘的印象」。可來到北京決意聘用陳獨秀為北京大學文科學長則受到了湯爾和的影響。在蔡元培就任北京大學校長的前幾日，蔡子民拜訪了多年的好友湯爾和，湯爾和告訴蔡元培「文科學長如未定，可請陳仲甫君；陳君現改名獨秀，主編《新青年》雜誌，確可為青年的指導者」。〔註97〕蔡元培聽罷湯爾和的建議，「翻閱《新青年》」，遂決定聘用陳獨秀。「翻閱《新青年》」是一個頗值得玩味的信號。因為在蔡元培看來當時北京大學的學生「從京師大學堂『老爺』式學生嬗繼下來」，無高尚之情操志趣，一心只想畢業後的出路，確無青年學生的樣子。而對於蔡元培來說，當時的《新青年》是一本提倡青年新生活的「青年讀物」，是青年精神的指路者。在當時蔡元培能夠看到的《新青年》雜誌中已經刊載了陳獨秀的《敬告青年》、《今日之教育方針》、《現代歐洲文藝史談》等文章，裏面闡述了陳獨秀等人對青年培養和教育改革的建議，尤其是陳獨秀在《青年雜誌》發刊詞中所寫的《敬告青年》與蔡元培的改革「學生觀念」的想法不謀而合。陳獨秀曾明確表示「改造青年之思想，輔導青年之休養，為

〔註94〕蔡元培：《傳略》，《蔡元培全集3》，中華書局，1984年，第320頁。
〔註95〕梁漱溟：《紀念梁任公先生》，清華大學國學研究院主編，翟奎鳳選編：《梁漱溟文存》，江蘇人民出版社，2014年，第270頁。
〔註96〕蔡元培：《我在北京大學的經歷》，《東方雜誌》，1934年第31卷第1期。
〔註97〕蔡元培：《我在北京大學的經歷》，《東方雜誌》，1934年第31卷第1期。

本志之天職」，〔註98〕而此正是蔡元培的「以真正之國粹，喚起青年之精神」〔註99〕的考量標準。蔡元培在擔任北京大學校長時曾說「……不計是非，止計利害；不要人格，止要權利。這種惡濁的空氣，一天一天的濃厚起來，我實在不能再受了。我們的責任在指導青年，在這種惡濁氣裏面，要替這幾千青年保險，叫他們不致受外界的傳染，我自忖實在沒有這種能力。所以早早想脫離關係，讓別個能力較大的人來擔任這個保險的任務」。〔註100〕與之青年，若是不能指導他們早日擺脫惡濁的空氣，那麼他乾脆辭去校長一職也在所不惜。可以說，因為對青年問題的關注，蔡元培自然就關注到了「敬告青年」的陳獨秀，《新青年》也就很容易便進入了蔡元培的視野範圍，陳獨秀也自然成為可為青年導師的「熱心教員」。

可以想見，關於新文學運動的發生甚至主將的出現都有其歷史的偶然性，「新青年」、「青春」話語並非像我們後攝鏡所看到的是社會各界共同的訴求，在某種意義上它與蔡元培的個人意斷和想法脫不開關係。不過，是蔡元培的有意為之也好，無心插柳也罷，借助著北大革新這一舉措，陳獨秀、錢玄同、胡適、魯迅、劉半農等人依次到來，共同組成了我們現在所認識的「新青年」團體。在文學革命發生之前，因為蔡元培的有意選擇，聘用陳獨秀，選定了以《新青年》為代表的「青年」話語的表述和想像，使「青年」的聲音不再隱沒於民間的個體發聲或是地方小眾團體，開始登上了更為廣闊的文化空間。

二、蔡元培聘用陳獨秀

在新文學運動中蔡元培聘用陳獨秀一舉無疑扮演著至關重要的作用。試想一下如果陳獨秀沒有來到北京大學擔任文科學長，那麼《新青年》雜誌應該還尚在上海，陳獨秀還希望著十年八年之後能夠收穫回聲。如果沒有北京大學的教授群體的支撐，《新青年》雜誌估計還在苦苦地尋求撰稿人，更遑論在短時間內讓青年之聲傳遍四海。而如果沒有蔡元培，也不會有能夠扛起五四新文學運動大旗的陳獨秀。所以在五四新文學運動的發端中，蔡元培聘用陳獨秀是具有歷史意義的轉折性事件。

〔註98〕陳獨秀：《通信》，《青年雜誌》，1915年9月15日，第1卷第1號。
〔註99〕高平叔、王世儒：《蔡元培書信集上》，浙江教育出版社，2000年，第296頁。
〔註100〕蔡元培：《不合作宣言》，《申報》，1923年1月25日。

　　蔡元培聘用陳獨秀任北京大學文科學長，前後只耗費了五天時間，效率之快令人瞠目結舌。自蔡元培聽取湯爾和建議且翻閱《新青年》後便下定決心請陳獨秀來擔任北京大學文科學長一職，蔡元培遂向當局教育部提呈了「北京大學公函稿函字第三號」。

　　　　敬啟者

　　　　　　頃奉函開，……本校亟應遴選相當人員，呈請派充以重職務，

　　　　查有前安徽高等學校校長陳獨秀品學兼優，堪勝斯任，茲特開具該

　　　　員履歷函送鈞部。懇祈鑒核施行為荷。此致教育部。〔註 101〕

在這份公函中蔡元培不僅以校長的名義懇請教育部批准聘用陳獨秀為北京大學文科學長，還另附了一份陳獨秀的教育履歷：「陳獨秀，安徽懷寧縣人，日本東京日本大學畢業，曾任蕪湖安徽公學教務長、安徽高等學校校長」。〔註 102〕而根據很多學者的考證，這份履歷不過是蔡元培為了應付教育部的審批流程而偽造的簡歷。不過這份造假的附加簡歷卻十分奏效，從 1917 年 1 月 8 日教育部向時任北京大學校長蔡元培提出「希貴校長遴選相當人員，開具履歷送部，以憑核派」〔註 103〕的要求始至 1 月 13 日教育部向北京大學頒發函字第十三號公函「貴校函開前安徽高等學校校長陳獨秀品學兼優堪勝文科學長之任……當經本部核准在案，除令行外，相應函覆」末，〔註 104〕僅僅 5 天的時間，陳獨秀便通過教育部的審核，茲派為北京大學文科學長。

　　蔡元培開具假履歷不過是例行公事，畢竟當時教育部有明文規定，要求開具履歷，以好使教育總長核派、選任。而時任教育總長范源濂曾與蔡元培有過肝膽相照、互相扶持的共事之誼，既然各方條件符合，材料齊全，自然不會橫加阻攔。也有學者說，這樣偽造假履歷欺騙教育部也並非蔡元培一人所為，不過是「蔡元培與教育總長范源濂等人協商合謀的一種結果」。〔註 105〕的確，在民初教育改革時，蔡元培與范源濂的合作就效率極高，「在我們的合

〔註 101〕王學珍、郭建榮主編：《北京大學史料》第 2 卷，北京大學出版社，2000 年，第 326 頁。

〔註 102〕王學珍、郭建榮主編：《北京大學史料》第 2 卷，北京大學出版社，2000 年，第 326～327 頁。

〔註 103〕王學珍、郭建榮主編：《北京大學史料》第 2 卷，北京大學出版社，2000 年，第 326 頁。

〔註 104〕王學珍、郭建榮主編：《北京大學史料》第 2 卷，北京大學出版社，2000 年，第 327 頁。

〔註 105〕張耀杰：《北大教授與〈新青年〉》，新星出版社，2014 年，第 79 頁。

作期間，部裏的人都是知無不言，言無不盡，討論很多，卻沒有久懸不決的事。一經決定，立刻執行。所以期間很短，辦的事很多」，〔註106〕兩人對這種通力合作心照不宣。正是因為范源濂的配合，陳獨秀獲得了官方「授權」走入了北京大學。後來這件事也被陳獨秀自己說出，他的態度十分坦誠，「蔡先生約我到北京大學，幫助他整頓學校：我對蔡先生約定，我從來沒有在大學教過書，也沒有甚麼學位頭銜，能否勝任，不得而知。我試幹三個月，如勝任即繼續幹下去·如不勝任即回滬。」〔註107〕不過，在陳獨秀自己承認之前，也並未有材料顯示當時有人對陳獨秀這份履歷存有疑義。後來陳獨秀被迫辭離北大也只是因為他私德不檢，與蔡元培所提倡的北大「進德會」精神相違背，而被人抓住了把柄。造假履歷之事在當時卻是無人提及。

無人發現履歷造假一方面因為當時生產力、科技水平較低，沒有可供迅速查驗的檔案系統，且陳獨秀並非政府公職人員，無需個人檔案存檔。只是因為他走進了北京大學這所官辦公立大學，這才需要時任校長蔡元培向教育機構呈遞公函，以備商議。而這次的公函呈交和教育總長批覆不過是在北洋政府機構內的政府公文往來並不見於公眾，所以若陳獨秀不說，其他人還確實無從查看。此外，另一方面蔡元培也著實深謀遠慮，在處理陳獨秀簡歷一事上也算周密。陳獨秀雖言自己未曾在大學教過書，可他確實在安徽擔任過安徽公學的教師，雖然僅僅一個學期，但是他還自己「創辦了安徽公學，並任該校監學及教育、地理、東語課程教員。」〔註108〕這經歷雖與蔡元培所說的「蕪湖安徽公學教務長、安徽高等學校校長」不相符，但是也有地域和學校性質的相似性，算是基於陳獨秀的出身和任職情況做了一次提升性的總結，打了簡歷的「擦邊球」。而至於「東京日本大學」的學歷，蔡元培顯然也是有所準備。

早在 1900 年蔡元培便對日本學校的教育模式頗為關注，他的日記中多次詳細記錄了日本學校的一些教學方法、課程設置等。他對日本的大學校、高等學校、大學預科、高等師範學校、女子師範學校、尋常師範學校、師範學校簡易科，乃至尋常中學、高等女學校、工業學校、農業學校、商業學校、

〔註106〕梁若谷：《記范靜生先生》，臺灣《傳記文學》，1962 年第 1 卷第 6 期。
〔註107〕唐寶林、林茂生：《陳獨秀年譜》，上海人民出版社，1988 年，第 76 頁。
〔註108〕《署太平府汪昌麟中學處前奉委查卑屬學堂原稟表格文》，《安徽官報》，1906 年第 14 期。

高等小學校都有很精確的研究。而在 1902 年蔡元培更是於暑假期間遊歷日本。1902 年的日本正處於教育改革的餘波震盪之下，近現代教育體系尚在建構和完善中。此教育體系對蔡元培的啟發很大，以至於後來在北京大學的一些課程改革上蔡元培除了傚仿歐洲外，也多有參考日本大學的相關情況。他雖然在日本的時間不長，關於他東渡日本的材料也語焉不詳，可兩個多月的時間足以感知日本的教育實力，志向於教育事業的蔡元培，對日本的教育情況想必有過一番瞭解。他所提議的「東京日本大學」可以說是頗有玄機。東京日本大學在 1901 年才有高等師範院即現今的文理學部，1903 年才正式更名為日本大學。換而言之，在 1917 年提出陳獨秀畢業於東京日本大學，是符合日本大學的校史，並且可以獲得相關文科背景學習經歷。不過，日本大學前身為日本法律學校，一直是私立大學，在 1918 年日本政府頒布《大學令》之前，並未正式收編。在 1918 年日本高校《大學令》出臺之後，日本的公立和私立大學被接收，日本大學這才被收入政府管理體系中。也就是說，在 1917 年 1 月提出陳獨秀畢業於東京日本大學，如果真要赴日查驗，也著實毫無頭緒，畢竟想要在無日本政府管束的私立學校查閱在此學習過的中國留學生也相對困難。況且陳獨秀確實曾「四次東渡日本」，雖「興趣多在政治」，可也在 1909 年留學日本，入東京正則英語學校學習，也有入早稻田大學研讀。其實，棄早稻田大學，而選擇同在東京的日本大學，也是因為名氣有限，可減少社會關注度，以及早稻田校友的質疑。畢竟相比早稻田大學，東京日本大學那時在中國基本毫無名氣。顯然，這項學歷也是基於陳獨秀的基本情況做的最為合理且保險的「造假」。

蔡元培想出此策來聘用陳獨秀可謂是用心良苦，不僅對陳獨秀的相關情況有過周密的瞭解，且參考了自己多年的「日本經驗」。而為了能夠使陳獨秀順利進入北京大學，他更是身體力行，多次造訪陳獨秀。據陳獨秀的好友汪孟鄒回憶「早九時，蔡子民先生來訪仲甫，道貌溫言，令人起敬，吾國唯一之人物也」。〔註109〕不僅如此，蔡元培還為陳獨秀偽造了一份如此以假亂真、「似是而非」的簡歷，真可以說是費盡心思，讓不知情人很難指出錯處。

三、作為文化事件的蔡元培為陳獨秀造假文憑一事

蔡元培能夠聘用陳獨秀、胡適等人，甚至在陳獨秀無相關學歷、無教學

〔註109〕汪原放：《回憶亞東圖書館》，學林出版社，1983 年，第 35 頁。

經驗的情況下大膽啟用新人，這些事件都集中反映了一個聘任自由度的問題。而蔡元培能夠自由選擇陳獨秀、胡適等人並予以重任，這樣的自主決策權既有制度的依託，也是蔡元培主動「撐開」的局面。

蔡元培在聘用陳獨秀一事上與教育部的往來公文的形式均為公函。公函在北洋政府時期主要用於「不相隸屬的各官署間的公文往來」「各行政機關無隸屬關係的往來文書」。〔註110〕根據北洋軍閥時期的教育法令，「大學校校長由大總統任命之」〔註111〕受大總統直接管轄，教育部與北京大學應為平行的政府機構。雖然二者在行政結構上屬平行關係，可在具體政務方面，教育部對北京大學等大學學校具有直轄管理之權。不過他們的控制範圍也十分有限，根據《教育部直轄專門以上學校職員任用暫行規程》直轄專門以上學校要聘用教員需學校校長「延聘相當之人充之，但須開具詳細履歷，詳經教育總長認可」。〔註112〕所以說教育部直轄專門以上學校的校長具有很大的人事任免權，而教育部不過是擁有簡歷的審核權，最終的批覆來自教育總長。有學者研究指出「教育總長為全國教育之最高行政長官，他的理想才能、任期長短與權力大小等，都是決定全國教育發展方向及速度的重要因素之一」。〔註113〕而在此事件發生時，時任的教育總長為范源濂，此人與蔡元培曾有共事之誼，且惺惺相惜。那麼可以說，北京大學唯一的受制處也因為蔡元培的廣闊人脈而得以消解。

緣何蔡元培會在聘用陳獨秀一事上如此下工夫？回到當時的歷史場域，蔡元培如此大膽的行為正是對教育獨立的維護和對公共權力的抗衡。布爾迪厄說過文化資本的三種形態之一即為「以教育文憑為主要代表的體制形態」。〔註114〕當時的文憑主要是指科舉制殘留的思想觀念和「入仕為官」式的成功途徑，而此不看文憑的做法，其實正是對以「教育文憑」、「登科第」式的科舉體制以及以此選才機制為代表的封建專制統治的反抗。「大學生向來最大之誤解，即係錯認大學為科舉進階之變象，故現在首當矯正者即此弊」。〔註115〕在當時的北京大學，一般學生基本無人修文學課程，他們大多會選

〔註110〕楊劍宇：《中國祕書史》，上海人民出版社，2007年，第318頁。
〔註111〕見《教育部直轄專門以上學校職員任用暫行規程》，《時事匯報》，1914年7月6日，第7期。
〔註112〕同上。
〔註113〕蘇雲峰：《中國新教育的萌芽與成長（1860～1928）》，北京大學出版社，2007年，第100～101頁。
〔註114〕汪民安：《文化研究關鍵詞》，江蘇人民出版社，2007年，第362頁。
〔註115〕蔡元培：《對〈大公報〉記者談話》，中國蔡元培研究會編：《蔡元培全集3》，

擇更容易在社會上獲得成就，謀得一官半職的法學或者商科。一些學生的學習風氣也十分懶散和急功近利，聽課只聽那些當差老爺的課，而對其他課程毫無興趣。相較於北京大學學生的「功利」，陳獨秀等之於這群北大青年以及官員教師顯然是「異類」，蔡元培聘用這一「異類」，擺明了要打破以往的官員培養體系，以求還北大一健康、自由、清明的環境。在蔡元培看來，陳獨秀和《新青年》雜誌代表著青年一代未來的方向。他如此費心地邀請陳獨秀，更多的是希望陳獨秀能夠為他改良北大打開局面。這樣一個無文憑和教學經歷，卻有著滿腔革命熱情和滿腹學識的邊緣青年恰恰是蔡元培認可的最合乎時代的風氣表達。對於陳獨秀的大膽錄用，基本明確了青年的出路，使得青年的學習不再錮囿於分數，或者是受到百年科舉制的荼毒，而出現無數的「范進中舉」。蔡元培堅持認為教師不是官僚，學生不是官僚的預備役。為陳獨秀造假文憑一事是蔡元培改革北京大學的標誌性事件之一，雖然他利用社會聲望和假簡歷欺瞞了教育部，可這一斡旋之策卻為北京大學爭得了獨立發展的空間，從體制上打破了科舉制的殘留，並從選賢任能開始與官方體制拉開了距離。當時的羅家倫也是如此，他參加北京大學的考試，但是數學零分，最後卻被破格錄取。如果不是蔡元培一開始就從官方政策中尋找縫隙，找到了教育能夠自由發展的空間，這樣的現象也許很難出現。而缺少了這一些偏才、怪才，也許我們也無法見到轟轟烈烈的五四新文學運動。

其實蔡元培能夠如此操作得益於他本人的教育經歷。蔡元培有過教育部的任職經歷，對教育部的一些政策耳熟於心，沒有人比他更為瞭解教育部的相關規章制度和具體政策。秉著對相關制度法規的熟識，蔡元培很容易捕捉到這些政策中的些許縫隙，能夠在裂縫中尋求獨立意志的表達。有人曾問他「兼收女生是新法，為什麼不先請教育部核准？」蔡元培答：「教育部的大學令，並沒有專收男生的規定。」〔註116〕蔡元培比誰都熟識這些規定，因為他也曾參與制定和商討，對教育部的相關制度也是拿捏的清楚到位。這樣的「大人物」基於他豐富的人生經驗，很巧妙地利用了政策的縫隙，與教育部等執行機構上下較量。可以說，蔡元培的左右斡旋不僅肅清了青年急功近利的思想時弊，更為陳獨秀等人「青年話語」的建構贏得了官方話語權和獨立自由的發展環境。

浙江教育出版社，1997年，第36頁。

〔註116〕蔡元培：《我在北京大學的經歷》，《東方雜誌》，1934年，第31卷第1期。

　　蔡元培為陳獨秀擬造「假簡歷」成為了 20 世紀初期一則未經刊載的歷史事實。而這段塵封的歷史一經揭露便被曝光在了大眾視野中，經過各大媒介文化傳播的渲染，此歷史事實逐漸演變成了「文化事件」或「文人軼事」，陳獨秀成為了「那些年的文憑被質疑的名人們」，蔡元培則成為積極為陳獨秀辦理入職手續的聘用者。〔註 117〕這些歷史史料在大眾傳媒的描述中大多具有文人軼事的傾向，表述多具有傳奇色彩，無外乎強調陳獨秀當時入主北大時的無學歷、無文憑，而蔡元培是如何求賢若渴，廣納人才，為陳獨秀「排憂解難」、「傾情相助」，最終使得陳獨秀就任北京大學文科學長云云。蔡元培造訪陳獨秀成了民國時期的「三顧茅廬」，而他為陳獨秀擬造假文憑更成了蔡元培兼容並包、不受世俗、權威條框約束，不拘一格降人才的「鐵證」。事實上，關於此歷史情況的當代闡釋恰恰捕捉到了當代社會語境中的時代困惑和生存焦慮。這一基於歷史事實而衍生出的具有故事情節的名人軼事反映出當代社會生活中最普遍的社會文化心理，成為大部分人「理想的伸張正義和發洩的工具」。〔註 118〕在這樣的文化事件的敘述中歷史被投入到了當下語境的社會生活體驗中，而通過對於歷史事件的解構還以當下現實生活以本來的面目。「我們有一個不良的社會傾向，只認文憑不認人，逼得人走向絕境，把自己重新打扮一番」。〔註 119〕在當代社會大環境下，用人機構的唯「關係論」和唯「文憑論」殘酷地剝奪著一些人的生存空間和發展機遇，社會上時時以文憑學歷為評價標準而忽略了人本身的真才實學。而通過援引歷史，則似乎為這一社會時弊找到了合理的出口和解決途徑，所謂「六經」注我，被二次加工後的歷史與當下情景結合，大眾文化對這一材料的多次重複表達則希冀在「歷史與當下的對話中開闢面向未來的道路」。〔註 120〕在這些大眾表述中的歷史情境

〔註 117〕蔡元培給陳獨秀杜撰了這樣一份履歷：「陳獨秀，安徽懷寧縣人，日本東京大學畢業，曾任蕪湖安徽公學教務長、安徽高等學校校長。」然後，將這份假造的簡歷和請示公函發給教育部。教育部一看符合要求，就批准了，蔡元培便給陳獨秀辦理了入職手續。陳獨秀成了北京大學的文科學長，他果然不負所望，在擔任北大文科學長期間，為北大的發展及五四新文化運動做出了傑出貢獻。參見唐寶民：《蔡元培親請陳獨秀》，《文史月刊》，2012 年第 1 期。

〔註 118〕〔法〕讓·諾埃爾·卡普費雷著，鄭若麟譯：《謠言：世界最古老的傳媒》，上海人民出版社，2008 年，第 100 頁。

〔註 119〕度正直：《那些文憑被質疑的名人們》，《學習博覽》，2010 年第 9 期。

〔註 120〕〔美〕斯維特蘭娜·博伊姆著，楊德友譯：《懷舊的未來》，譯林出版社，2010 年，第 46～55 頁。

是當今時代的思考投射，是大眾文化對歷史的「自我理解」。在大眾的理解中，他們刻意強調蔡元培的造假其實卻是在召喚現實社會中的「真」。在現實中有些用人單位不以人本身的才幹而單憑一紙空文，而歷史上卻有蔡元培不看空憑只憑才學，雖然時空相隔，但歷史情況卻給予了當下生活最漂亮的還擊。這種隱射社會現實問題的文人軼事的出現反映了社會轉型期大眾的不安焦慮的心態，以及大眾批判反思的社會心理。

　　不過值得注意的是，這樣的歷史材料雖然是在歷史原有框架的基礎上「發聲」，但經過當代消費文化的浸潤後，很多複雜的歷史事實被簡化。在許多的表述中弱化了教育總長范源濂的「協助」作用，只留下了三個主要人物，雇傭者蔡元培和人才陳獨秀以及形式化的權威部門——教育部，更有甚者在一些企業的文化宣傳中被直接簡化為聘用者 HR 和應聘者的「名人軼事」。除此之外，這些名人軼事為了迎合大眾的閱讀趣味，更增加了故事的功能性結構，敘事中增添了許多巧合，頗具傳奇色彩，符合大眾獵奇的閱讀心理，使接受者可通過閱讀歷史故事獲得酣暢淋漓的欲望滿足和情感宣洩，收穫閱讀的快感。

　　其實關於新文學運動中蔡元培與陳獨秀等「新青年」諸君的「交友」本事在時間的洪流中已經孕育出無數的傳奇性的軼事、笑談，而蔡元培打破陳規勇於聘用這些新型人才的故事更借助網絡媒體在當代宣傳中發酵升溫。在微博、天涯、豆瓣等各大社交媒體上除了廣泛流傳著蔡元培造假履歷聘用陳獨秀之外，還流傳著蔡元培、陳獨秀、胡適三人「三隻兔子改變中國文化」的說法。這些描述千篇一律，固定的主題、相同的話語，體現著網絡時代「知識生產」的複製特點。胡適曾俏皮地說：「北大是由於三隻兔子而成名的」，更成為這些網絡野史共同的歷史表述。甚至在一些相關學術研究中也將這則軼事作為歷史材料來引用和佐證。「陳獨秀攜《新青年》雜誌北上，隨後又請來了留美歸來的胡適，於是，被後人譽為五四新文化運動的『三聖』聚首北大。那是一九一七年，蔡元培五十歲，陳獨秀三十八歲，胡適之二十六歲。說來也巧，『三聖』都屬兔，各大一輪。所謂『三隻兔子』一臺戲，從此以北大為中心，以《新青年》為平臺，一場波瀾壯闊、影響深遠的新文化運動，正式上演……」〔註121〕

〔註121〕管繼平：《一封未經刊載的佚函——陳獨秀致蔡元培》，《檔案春秋》，2016 年第 1 期。

　　蔡元培、陳獨秀、胡適三人確實都屬兔，在當時的北大有這麼一群兔子幫或者是「卯字號」的名人。周作人在 1917 年日記中曾說道：當年在北大文科教員預備室（後來的教研室），叫作「卯字號」，於是出入於這裡的教員被稱為「卯字號名人」。按照十二生肖的說法「卯」屬於兔，恰巧「卯字號」中有五位教員都屬兔。後來他又在《知堂回憶錄》中談到卯字號有廣義和狹義之分，廣義的卯字號是當時文科教員的預備教室，後來蔡元培長校，陳獨秀成為文科學長之後，卯字號就成了群賢聚集的場所。而另一狹義的卯字號「其義為兔子窩，一群『兔子』蹦蹦跳跳，攪得北大天翻地覆」。〔註 122〕據周作人回憶，卯字號中最著名的是「兩隻老兔子和三位小兔子」。「兩隻老兔子」指的是朱希祖、陳獨秀，「三隻小兔子」則指胡適、劉半農、劉文典。在周作人的關於「卯字號」的回憶中，蔡元培並不在最著名的卯字號名人之列。與周作人不同的是，許德珩回憶中的五四新文化運動則涉及到了蔡元培。由於當時的時代語境和主觀意識形態的影響，許德珩對胡適頗有微詞，說胡適如此說不過是希望借助蔡元培和陳獨秀的名氣來提升自己的聲望，「胡適還挖空心思用蔡元培、陳獨秀的名氣來抬高自己，他說北大是由三個兔子支撐而成名的。一個老兔子是蔡元培（蔡生於清同治六年丁卯，按十二屬相，卯是屬兔的）；一個是中兔子陳獨秀（陳生於清光緒五年己卯，也是屬兔）；一個是小兔子，就是胡適自己（胡生於清光緒十七年辛卯，也是屬兔的），一時傳為笑談」。〔註 123〕顯然，這樣的說法也間接證明了胡適在五四時期確實曾發表過如此笑語。事實上，在胡適來到北大擔任教授時，社會上就有「北大添個青年人，玉兔常伴月照明」的流言，他的屬相已經成了街頭巷尾的談資。而胡適本人也曾在致于右任的書信中有過透露：

　　　右老：

　　　……回想民國六年我初到北京大學，那時蔡孑民先生、陳仲甫、朱逷先、劉叔雅（文典）、劉半農（復）和我都是卯年生的，又都同時在北大，故當時有「卯字號」三代的戲言。（馬神廟北大教員休息室原編「卯字號」）

〔註 122〕劉克選、方明東：《北大與清華》，國家行政學院出版社，2011 年，第 105 頁。
〔註 123〕許德珩：《紀念「五四」話北大》，《北京大學學報》，1979 年第 2 期。

今天是一個卯字號小弟弟敬祝老大哥快樂長壽！

胡適敬上一九六一，五，二〔註124〕

　　福柯說過「歷史的首要任務已不是解釋文獻、確定它的真偽及其表述的價值」，而應該是「研究文獻的內涵和制訂文獻：歷史對文獻進行組織、分割、分配、安排、劃分層次、建立體系、從不合理的因素中提煉出合理的因素、測定各種成分、確定各種單位、描述各種關係」。在他看來，歷史的表述不應該總是圍繞著毫無生氣的材料或者是文獻，而應該試圖通過史料建構起前人的所思所想，重構「過去所發生而如今僅留下印跡的事情」。重構歷史情境的目的在於在文獻研究中建立「某些單位、某些整體、某些體系和某些關聯」。〔註125〕基於此，我們梳理蔡元培的相關文獻資料，並非只為確定歷史文獻的真偽，或者關注與此相關的稗官野史和民間趣談，其根本目的在於還原與重建複雜的歷史情景，借蔡元培與陳獨秀、胡適的關係說來看北京大學校長蔡元培之於五四新文學運動的意義，即試圖通過這些文人軼事，建構蔡元培與五四新文學運動的主要參與者「新青年」群體間的「某種整體」、「某些關聯」。而縱觀這些文人軼事，我們不難發現，在這些趣聞中北京大學對這些新青年的生命軌跡產生了深遠影響，這座大學校園賦予了這些文化人生活、研究、學習、工作的現實空間。整體而言，蔡元培之於五四新文學運動的作用是圍繞著北京大學這所校園發生的，在這些歷史傳聞中無論是「三隻兔子」還是「卯字號」都集中反映了一個問題，那便是北京大學對文化精英的容納。在新文學還沒有成為一個獨立的現代「行業」之前，教育領域、大學校園成為這些知識階層自我安頓的新的生活空間。

〔註124〕胡適：《致于右任》，《胡適全集26》，安徽教育出版社，2003年，第598頁。
〔註125〕〔法〕米歇爾‧福柯著、謝強、馬月譯：《知識考古學》，生活‧讀書‧新知三聯書店，2007年，第6～7頁。

第二章　「新」與「舊」
——文學「場」的複雜性

　　在五四新文化運動時期，蔡元培積極協調、配合新青年的新文化運動，甚至親身參與，他對於新青年的庇護和對這場運動的催生、震盪之力毋庸置疑，所以才有人說他是「白頭青年」，可以「領導一般青年」。〔註1〕陳獨秀也說「蔡先生自己常常傾向於新的進步的運動，然而他在任北大校長時，對於守舊的陳漢章、黃侃，甚至主張清帝復辟的辜鴻銘，參與洪憲運動的劉師培，都因為他們學問可為人師而和胡適、錢玄同、陳獨秀容納在一校；這樣容納異己的雅量，尊重學術思想自由的卓見，在習於專制好同惡異的東方人中實屬罕見」。〔註2〕在外界和新青年的眼中，蔡元培無疑是與新青年有共同的追求，他對於劉師培、黃侃等人的包容某種程度上是在「容納異己」。可在一些舊文人眼中，蔡元培卻仍舊是舊式文人士大夫，因此林紓才會對「新青年」團體嗤之以鼻，而選擇與蔡元培公開討論，質言之，在林紓看來蔡元培與他仍屬於同一階層，即清介文人團體。林紓這樣的想法在他的公開信中表現的十分清楚。「我公崇尚新學，乃亦垂念逋播之臣，足見名教之孤懸，不絕如縷，實望我公為之保全而護惜之，至慰，至慰。」〔註3〕林紓認為蔡元培不過是崇尚新學，而他本質上仍然是「垂念逋播之臣」。不僅是林紓，辜鴻銘也將蔡元

〔註1〕皓翁：《白頭青年蔡元培》，《禮拜六》，1933 年第 528 期。

〔註2〕陳獨秀：《蔡孑民先生逝世後感言》，蔡建國編：《蔡元培先生紀念集》，中華書局，1984 年，第 71 頁。

〔註3〕林紓：《林琴南致蔡元培函》，高平叔編：《蔡元培全集3》，中華書局，1984 年，第 272 頁。

培視為「同類」，他曾經在課堂上給學生講過「中國只有兩個好人，一個是蔡元培先生，一個是我。因為蔡先生點了翰林之後不肯做官就去革命，到現在還是革命；我呢？自從跟張文襄（之洞）做了前清的官以後，到現在還是保皇。」〔註 4〕辜鴻銘所認識的蔡元培和他都是「前清官員」，兩人只不過是最後的選擇路徑不同，蔡元培反清革命，而辜鴻銘是保皇護衛。的確，蔡元培的新舊問題確實很難定奪。「青年話語」影響下的他是「年輕的」，是「新」的、「進步」的，可在舊文人看來，他仍舊骨子裏、根本上是「舊」的，「新」不過是他披著的「外衣」罷了。

第一節　「新青年」與「舊文人」——以蔡元培、林紓之爭為個案

因蔡元培本人身份之多重，造成蔡元培的「新」、「舊」問題難以定論。魯迅曾在《感舊》一文中回憶民國初年「老新黨」的說法，在他的眼中這些過去的人「學英文，學日文，硬著舌頭，怪聲怪氣的朗誦著，對人毫無愧色，那目的是要看『洋書』，看洋書的緣故是要給中國圖『富強』。而「有些新青年，境遇正和『老新黨』相反，八股毒是絲毫沒有染過的，出身又是學校，也並非國學的專家，但是，學起篆字來了，填起詞來了，勸人看《莊子》、《文選》了，信封也有自刻的印板了，新詩也寫成方塊了……『舊瓶不能裝新酒』，這其實是不確的。舊瓶可以裝新酒，新瓶也可以裝舊酒」。〔註 5〕此文魯迅雖談老新黨，可目的卻在批判一些誤了「歧路」的新青年。所謂「舊瓶」與「新酒」，「新瓶」與「舊酒」本質上是不同的，在魯迅看來，新青年與老新黨成長的道路不同、知識儲備不同，教育方式不一致，本就應該有所區別。我們現在經常提起來「老新黨」也基本上是將其作為「新青年」的對立面來看待。「新」與「舊」的問題已然是「二元對立」、「水火難容」。事實上，五四新文學運動是在一次次的思想論爭中被搭建起來，並以論爭為動力向前推進，在一場場論爭中，因為表述的需要，也使得「新青年」和「老新黨」等人之間不得不楚河漢界般地劃定「勢力範圍」。雙方在進行爭辯時不可避免地會為了

〔註 4〕羅家倫：《回憶辜鴻銘先生》，伍國慶編：《文壇怪傑辜鴻銘》，嶽麓書社，1988年，第 18 頁。

〔註 5〕魯迅：《重三感舊——一九三三年憶光緒朝末》，《魯迅全集 5》，人民文學出版社，2005 年，第 342～343 頁。

更為清晰地表達自己的觀點以至於枉顧對方觀點中的複雜成分，而輕而易舉地將其定義為「新」，或者判定為「舊」。而當我們以歷史後攝鏡的眼光走入五四新文化場域很容易地會被這些論爭的策略所蒙蔽，或者憑藉自己二元對立的思維習慣做出新與舊的判斷。如此這般，援引蔡元培這樣一個或新或舊的歷史人物，也許能夠將我們的認識從思維定勢中解放出來，還原一個複雜的民初論爭場域，並重新來發現「新青年」和「老新黨」。

一、作為遠因的章太炎

在林紓與蔡元培公開辯論之前，林紓應戰「新青年」群體的方法是寫影射小說《荊生》、《妖夢》，借小說影射陳獨秀、胡適、錢玄同等人。會選擇這樣的方法與林紓的創作習慣不無關係。林紓的小說筆法是唐傳奇式，而早在唐傳奇中就已出現了影射之說。據傳在唐傳奇中有《白猿傳》一篇有影射歐陽詢之嫌。在林紓公開發表這兩篇小說時，新青年諸君對此反應頗大，而在《妖夢》中被塑造為「元緒」的蔡元培對此卻並無反應，直到林紓一紙公開信寄予蔡元培，他才現身表態。在蔡元培回覆予林琴南的公開信中，他曾指出「錢君所作之《文字學講義》、《學術文通論》，皆大雅之文言。周君所譯之《域外小說》，則文筆之古奧，非淺學者所能解」，[註6] 大贊錢玄同、周作人等人的學術和翻譯，但對林紓卻含沙射影地說「譬如公曾譯有《茶花女》、《迦茵小傳》、《紅礁畫槳錄》等小說，而亦曾在各學校講授古文及倫理學，使有人詆公為以此等小說體裁講文學，以押妓、姦通、爭有婦之夫講倫理者，寧值一笑歟」？[註7] 這句話可有兩種理解，一是指蔡元培指責林紓私德不檢，以還擊林紓對陳獨秀「私德」的攻擊，以其人之道還治其人之身。可從文學上說，蔡元培與錢玄同、劉半農等人所持的觀點一樣，這是在借林譯小說來諷刺林紓的「舊學不夠格」，批評林紓的小說「不莊重」、「不典雅」、「過於粗鄙」。其實這樣的說法並非蔡元培獨創，也不是他的文學理解，甚至與他的文學思想背道而馳。在蔡元培與胡適關於《紅樓夢》的思想之辯中，蔡元培說「中國文人習慣，在彼輩方以為必如是而後值得猜也。《世說新書》稱曹娥碑後有『黃絹幼婦外孫齏臼』八字，即以當絕妙好辭四字」，「《兒女

[註6] 蔡元培：《致〈公言報〉函並答林琴南函》，高平叔編：《蔡元培全集3》，中華書局，1984年，第271頁。

[註7] 蔡元培：《致〈公言報〉函並答林琴南函》，高平叔編：《蔡元培全集3》，中華書局，1984年，第271～272頁。

英雄傳》自言十三妹為玉字之分析」,「又以紀獻唐影年羹堯,紀與年,唐與堯,雖尚簡單,而獻與羹則自『犬日羹獻』之文來……即如《儒林外史》之莊紹光即程綿莊,馬純上即馮粹中,牛布衣即朱草衣」。〔註8〕在蔡元培反駁胡適的「猜笨謎」之說時,他所舉的例子盡有狹邪之作,而且對林紓所採用的隱射筆法似乎也頗為認同,畢竟他解讀《紅樓夢》的方法與林紓的唐傳奇式的影射說有異曲同工之處。舊學深厚的蔡元培之所以能夠列舉出許多古典文集「影射」現實人物的例子,因為古典小說本就是對「現成的故事材料」的二次加工,而諸如李漁諸人的小說素材不過也是「根據自己的生活見聞和體驗」。〔註9〕這符合古代社會一貫的文學解讀法。可頗為弔詭的是,最應該理解林紓的小說筆法的蔡元培卻還是指出林琴南的翻譯小說的唐傳奇的「影射」筆法「不夠典雅」,而這樣的觀點此前正是由章太炎提出。

在與「新青年」等人發生文學理念衝突之前,林紓與章太炎也有一場曠日持久的辯論。「民國更元,文章多途」,「大抵崇魏晉者,稱太炎為大師;而取唐、宋,則衍湘鄉之一脈」。〔註10〕民國初年,魏晉、唐宋之爭並未斷絕。章太炎向來不喜「唐宋文章」,以其「唐人始造意為巫蠱媒嬺之言,晚世宗之,亦自以小說名,固非其實」。〔註11〕在他眼中唐人小說不夠雅致,大多俗作,那麼推崇唐傳奇筆法的小說家林紓自然也是「下流所仰」,「復辭雖飭,氣體比於制舉,若將所謂曳行作姿者也。紓視復又彌下,辭無涓選,精彩雜汙;而更浸潤唐人小說之風!夫欲物其體勢,視若蔽塵,笑若齲齒,行若曲肩,自以為妍,而只益其醜也!與蒲松齡相次,自飾其辭,而祗敬之曰:此真司馬遷、班固之言!」。〔註12〕面對著章太炎的指責,林紓積極回應,在他的文言小說《馬公琴》中用丑角暗指章太炎,云「由考據而入古文,如某公者,

---

〔註8〕 蔡元培:《〈石頭記〉索隱》,高平叔編:《蔡元培全集3》,中華書局,1984年,第72頁。

〔註9〕 石昌渝:《中國小說源流論》(修訂版),生活·讀書·新知三聯書店,1994年,第92頁。

〔註10〕 錢基博:《現代中國文學史上》,吉林出版集團股份有限公司,2017年,第154頁。

〔註11〕 章太炎:《與人論文書》,馬勇編:《章太炎書信集》,河北人民出版社,2003年,第288頁。

〔註12〕 章太炎:《與人論文書》,馬勇編:《章太炎書信集》,河北人民出版社,2003年,第287頁。

從遊不少，亦可云今日之豪傑，且吾讀其文，光怪陸離，深入漢魏之域，子雲相如不過如是」，且說這位人物「排斥八家，並集矢於桐城矣」。〔註13〕顯然，深入漢魏之域的某公即是推崇魏晉文章的章太炎。如此看來，林紓借小說影射不滿之人已非首次。林紓的性格有些乖僻火爆，喜歡「罵人」。你批駁我的小說「既不能雅，又不能俗」，那麼我偏用這樣的小說來「報復」你。

　　之於新文化一方，當提倡新文學的「新青年」橫空出世，他們推舉的「推倒陳腐的、鋪張的古典文學，推倒迂晦的、艱澀的山林文學」，〔註14〕以及胡適主張的「不作無病之呻吟、務去濫調套語、不用典」〔註15〕正是對章太炎的「文章最要老實，所謂修辭，立誠也」〔註16〕的新時代回應。而且在錢玄同寄給陳獨秀的一封信中也談到「胡君『不用典』之論最精，實足祛千年來腐臭文學之積弊。嘗謂齊梁以前之文學，如《詩經》、《楚辭》及漢魏之歌詩、樂府等，從無用典者」。〔註17〕在錢玄同的新文學解釋下，文學革命的目的不能簡單地概括為「反古」，實乃是溯古，只不過他所認定的古不是唐宋以降的「古」，而是更遠古的復古，追溯到《詩經》、《楚辭》，漢魏時代。陳獨秀在給錢玄同的回信中也有說：「以先生之聲韻訓詁學大家而提倡通俗的新文學，何憂全國之不景從也」。〔註18〕的確，在錢玄同的影響下，「新青年」們與章太炎的文章思想有著極大的重合，尤其是在面對小說家林紓時，以漢魏文章的「古文學」觀念去反對「唐傳奇筆法」也成了這些「新青年」們的論爭策略。前有章太炎批評林紓的小說「浸潤唐人小說之風，與蒲松齡相次」，而未曾想今日的「新青年」們也認為林紓翻譯的小說不過是「以唐代小說之神韻迻譯外洋小說」，〔註19〕在他們眼中「中國只有一位林大文豪……便可用起韓柳的，或者是聊齋的筆法，一天揮上『四千字』」。〔註20〕在《荊生》發表之前，這些「新青年」們依託的批評話語還是章太炎的小說觀和文章學。面對

〔註13〕林紓：《馬公琴》，畏廬新編：《林琴南筆記第2版》，中華圖書館，1918年，第4～5頁。

〔註14〕陳獨秀：《文學革命論》，《新青年》，1917年2月1日，第2卷第6號。

〔註15〕胡適：《文學改良芻議》，《新青年》，1917年1月1日，第2卷第5號。

〔註16〕馬勇編：《章太炎書信集》，河北人民出版社，2003年，第118頁。

〔註17〕錢玄同：《通信》，《新青年》，1917年3月1日，第3卷第1號。

〔註18〕陳獨秀《致錢玄同》，《新青年》，1917年2月1日，第2卷第6號。

〔註19〕錢玄同：《文學革命之反響‧王敬軒君來信》，《新青年》，1918年3月15日，第4卷第3號。

〔註20〕劉半農：《通信：對於〈新青年〉之意見種種》，《新青年》，1918年9月15日，第5卷第3號。

著「新青年」們章太炎式的批評，林紓承襲古代，用以今日，在反攻新文學陣營時也選擇了這樣的小說體例。錢基博說「然紓……力持唐、宋，以與崇魏、晉之章炳麟爭；繼又持古文，以與倡今文學之胡適爭」，〔註21〕似乎是不懂變通，跟不上時代，可與其說林紓借《荊生》、《妖夢》在與「新青年」對話，毋寧說他還是再用唐宋小說體例與崇尚魏晉的章太炎爭辯。魯迅曾考證唐傳奇小說，說它是「有意為之」，是「意識之創造」，而林紓選擇這樣的小說出山應戰，也有其意圖之所在。秉承著嚴苛文學等級制度的林紓不願與這些初出茅廬的青年人多費口舌，而且他們挑釁林紓的說辭不過是章太炎學理的復現。對於這樣的「新青年」和「老生常談」的說辭，林琴南忍無可忍唯有又祭出了一篇唐傳奇筆法的影射小說予以明智。

二、有意針對的「林紓」

其實蔡元培對林紓小說的看法頗有些轉折。在他 1899 年的日記中曾記到「點勘巴黎《茶花女遺事》譯本，深入無淺語，幽矯刻摯，中國小說者，惟《紅樓夢》有此境耳」。〔註22〕這時的蔡元培還將林紓翻譯的小說《茶花女遺事》作為和《紅樓夢》同水準之作來看待，評價頗高。可到了五四新文學運動時期，不僅是在回覆公開信中直接點名批評《茶花女遺事》，而且在他的一篇鼓吹白話文的演講稿中更是談到唐傳奇小說不可取，而對《水滸》、《紅樓夢》等小說推舉甚高，試圖將林紓小說與《水滸》、《紅樓夢》等小說相分離，且將其和蒲松齡的《聊齋誌異》相等同。蔡元培這樣的思維變化過程代表了當時「新青年」們的大致心路。這顯然是「新青年」團隊經過協商後的趨同的應對計劃。儘管林紓也提到自己對於白話文並不反對，只是「古文者白話之根柢，無古文安有白話……試問不讀《史記》而作《水滸》，能狀出爾許神情耶？」〔註23〕言下之意，白話尚可存立，可卻應以古文為先。可林紓這樣的「小心思」卻被「新青年」諸君忽略，在這場轟轟烈烈的白話文運動中，蔡元培等「新青年」團體已經將苗頭對準了林紓，並且有意地將其歸於頑固腐朽的「古文派」，與白話完全對立。

「文情」二字，又今日談小說者視為構成小說之原質者也。然

〔註21〕錢基博：《現代中國文學史上》，吉林出版集團股份有限公司，2017 年，第 214 頁。

〔註22〕蔡元培著，王世儒編：《蔡元培日記》上冊，北京大學出版社，2010 年，第 112 頁。

〔註23〕林紓：《論古文之不當廢》，《公言報》，1917 年 2 月 1 日。

我嘗舉一「文」字，問業於一頗負時名之小說家，其答語曰，「作文言小說，近當取法於《聊齋》，遠當取法於《史漢》。作白話小說，求其細膩，當取法於《紅樓》。求其瘦硬，當取法於《水滸》。然紅樓又脫胎於《雜事秘辛》諸書，水滸又脫胎於《飛燕外傳》諸書。則謂小說即是古文，非古文不能稱小說可也」。又嘗舉一「情」字，問業於一喜讀小說之出版家，其答語曰，「情節離奇是小說的骨子。必須起初一個悶葫蘆，深藏密閉，直到臨了才打破，方為上乘。其次亦當如金聖歎評《大易》，所謂『手輕腳快，一路短打』方是。若在古文上用工夫，句句是烏龜大翻身，有何趣味」。〔註24〕

如同劉半農的敘述，針對林紓的翻譯小說，他們大多採取兩類批評路徑：一是指明他的文言小說近似《聊齋》筆法，二是說他的創作格局不夠廣闊，用語內容不夠雅正。所以早在蔡元培與林紓對戰前的 1918 年，錢玄同、劉半農等人便開始將林紓視作「假想敵」予以「指謫」。

事實上，「新青年」群體從一開始便選定了「林紓」作為其「挑戰」的對象。這不單單是因為錢玄同是章太炎的高足，繼承了章太炎的意志。援引章太炎的說法攻擊林紓只不過是他們選擇的手段方式，而真正目的其實是希望從林紓手中接過「小說」的解釋權和話語權。在錢玄同與劉半農唱雙簧的時候，張厚載與馮淑鸞就曾進行了反對，可錢玄同、胡適等人對張、馬二人的言論看都沒看，便認為「不屑一顧」，以至於後來張厚載才選擇散佈謠言吸引眼球且拉攏林紓。那時候錢玄同與劉半農的攻擊的主要對象是毫不懂外國語卻能翻譯外文小說的「林大文豪」。可為何是林紓？從梁啟超提倡小說界革命，小說被提到文學的主流中心。「文辭之壞，以林紓、梁啟超為罪魁。（嚴復、康有為尚無罪。）……林紓小說之文，梁啟超報章之格，但可用於小說報章，不能用之書札文牘，此人人所稔知也」，〔註25〕文壇分化，梁任公主攻報章，章太炎則還是魏晉文章，且學理精深縝密，頗成體系。但論青年的影響力上林紓顯然拔得頭籌，且在小說創作以及翻譯一隅有很大的話語權。「紓初年能以古文辭譯歐美小說，風動一時……」，〔註26〕當時林紓的小說影響了一大批青年的思維建構，周作人回憶中的魯迅也經常讀林譯小說，甚至到了巴金一

〔註24〕劉半農：《詩與小說精神上之革新（介紹約翰生樊戴克兩氏之文學思想）》，《新青年》，1917 年 7 月 1 日，第 3 卷第 5 號。
〔註25〕馬勇：《章太炎書信集》，河北人民出版社，2003 年，第 118 頁。
〔註26〕錢基博：《現代中國文學史上》，吉林出版集團股份有限公司，2017 年，第 214 頁。

代，林紓的小說影響力依然存在。據日本學者樽本照雄考證，「林紓的翻譯費最終可達 1 千字 6 元」，換而言之，即使林紓離開北京大學之後，單靠小說發表與出版，也足以滿足生活且能夠救助貧困學生。「曾孟樸說林紓年平均所得有 1 萬以上，是個大概數目。就這麼算，按 12 個月除下來每月約為 833 元。另一方面從林紓的書信中得出年平均約 3790 元。換算一下月平均約 310 元」。〔註27〕可以想見在論爭前的林譯小說不僅有市場，且擁有一大批的青年受眾，但是在這場論爭結束後，便有說「林紓落魄」。樽本照雄為此特意考證了「林紓落魄」的說法，認為此說有編造之嫌。可他也承認在論爭後林紓的生活依靠不再是寫小說、譯小說，而是專賣古文字畫。那時候梁啟超等人所操辦的《晨報》等報刊，基本上已經開始著眼於報導新文化事宜，有了「青年」方向，可在文學中的小說一域對青年的影響卻依然被林紓把持。所以當「新青年」團體投石問路時，林紓便是他們不得不跨過去的「溝壑」。正因如此，新文化群體對林紓的批判基本上是圍繞著「翻譯」、「小說」這兩方面展開。劉半農指出林紓的翻譯問題，誤將戲劇譯為小說，嘲笑他不通外語，文體不分，錢玄同、劉半農、鄭振鐸等人援引章太炎的學理，是為了從「小說」的文體內部瓦解林紓的創作，批判他古文也不順，甚至劉半農忽略林紓白話文言可並行的觀念，有意將白話小說與文言小說對立。這些「新青年」們從文體、文法、語言等各個層面將林紓推向頑固、死板、稚嫩、庸俗、晦澀的，與其對立的一面，將其古文學家、小說家等各個身份剝落乾淨。

　　與「新青年」群體積極「備戰」不同，林紓在出山之前也確實有過猶豫。

　　　　蠡叟曰：荊生良多事，可笑。余在臺灣，宿某公家，畜狗二十餘，終夜有聲，余堅臥若不之聞。又居蒼霞洲上，荔支樹巢白鷺千百，破曉作聲，余亦若無聞焉。何者？禽獸自語，於人胡涉？此事余聞之門人李生。李生似不滿意於此三人，故矯為快意之言，以告余。余聞之頗為嗢噱。如此混濁世界，亦但有田生狄生足以自豪耳，安有荊生？〔註28〕

他在言語中談到蠡叟，可蠡叟卻對出山一事並不在意。其實蠡叟的話與當時一批士人階層的態度頗為相似，嚴復曾點評過新文化陣營等人，在他看來「須知此事，全屬天演，革命時代，學說萬千，然而施之人間，優者自存，劣者

〔註27〕樽本照雄：《林紓研究論集》，清末小說研究會，2009 年，第 272～274 頁，譯文為筆者自譯。
〔註28〕林紓：《荊生》，《新申報》1919 年 2 月 17～18 日。

自敗，雖千陳獨秀、萬胡適、錢玄同，豈能劫持其柄？則亦如春鳥秋蟲，聽其自鳴自止可耳，林琴南輩與之較量，亦可笑也」。〔註29〕的確，嚴復、章太炎、梁啟超等人並未站出來與新文化陣營等人進行抗衡，他們同林紓的關係如同蟊螋和荊生，一笑哂之爾。春鳥秋蟲不正對應了林紓所寫的禽獸自語嗎？所以這也完全可以理解為蟊螋是那批不發一言的士人階層，而荊生則是林紓本人。或者說，從「蟊螋」和「荊生」的同時出現給予了我們一個重新認識林紓的可能。蟊螋是林紓，而「荊生」也是林琴南。林紓早在 1906 年所譯《拊掌錄》跋中說道：「須知天下守舊之談，不盡出之頑固。」〔註30〕林紓對於「守舊」的理解透徹，想必在應戰時也能夠料想到自己的此番發聲會被當成守舊的老頑固。他本可如高風亮節的蟊螋作壁上觀，可荊生之氣倒也難平。

林紓的猶豫是因為在林紓的身上一直存在著「士人」與「遊俠」的認識矛盾。從能夠冷靜自持的名仕一方來說，他對這種借文章影射攻擊文人的行為頗為不齒，他早年點評梅聖俞借《碧雲騢》詆毀范仲淹的行為為「詆毀名輩，大不類聖俞之為人」。〔註31〕可林紓並不是傳統意義上的士大夫文人，他出身於商人家庭，一生基本遊走於古代書香世家、登科第的體制之外，他所接受的訓練也不是傳統士大夫一以貫之的名士作風，反而受到了一些「俠」思想的侵入。在毫無紛爭之時，他能夠冷靜分析別人的暗語與嘲諷，且不屑一顧，可當蔓延自身，卻無法保持應有的姿態和風度。這樣一個潛意識中嚮往遊俠生活，愛好鬥武的林紓，當聽著這些新青年們的叫囂之聲，骨子中自小就埋下的遊俠因子開始浮現在意識層面中，最終林紓也如同梅聖俞般寫出了有影射嫌疑的小說。「少年里社目狂生，被酒時時帶劍行，列傳常思追劇孟……超義無妨冒死爭」。〔註32〕對「超義」現象會冒死而爭之人在小說擬想中採用武力對付田生等顛覆倫常之人又有何難？他用武功解決田生三人，也只是「除暴安良」的遊俠做派，即俠本身所具有的「暴力」因子作祟。

羅志田說林琴南身上存在著古文學家和小說家兩重身份的焦慮，可其實這兩個身份都並非林琴南的身份「主體」，只是表象。林琴南作為遺民文人，他對於文言的「執著」，以及翻譯小說中的一些個人化改動與二次創作，都明確指向了他的最終的主體性意識——衛道。他對於孔孟之道，儒家倫常有著

〔註29〕張卓群、宋佳睿：《甲寅通信集》，福建教育出版社，2016 年，第 368 頁。
〔註30〕林紓著，夏曉紅、包立民編注：《林紓家書》，商務印書館，2016 年，第 254 頁。
〔註31〕薛綏之、張俊才：《林紓研究資料》，知識產權出版社，2010 年，第 107 頁。
〔註32〕林紓著，夏曉虹、包立民編注：《林紓家書》，商務印書館，2016 年，第 231 頁。

難以澆滅的激情，「少年里社目狂生，被酒時時帶劍行，列傳常思追劇孟……超義無妨冒死爭」，少年之所以「社目狂生」，「仗劍而行」，本就在「常思追劇孟」，防止「超義」。他的遊俠向來不是超軼體制之外的自由追求，而是對孔孟道德、正統大義的維護。所以在《荊生》中他深惡痛絕，渴望動用武力解決田生等人不過是因為他們企圖「顛覆倫常」。相較於對孔孟之道的堅守，古文與白話不過是這些「主體認知」的引子和具體表象罷了。在他分裂出離的兩個靈魂中，面對著「新青年」等人駁斥的他的翻譯、小說等諸多弊端，他根本不想理睬，一副蠹叟的態度，但對他們顛覆綱常的叫囂，他又無法忍受，他的「荊生」之念催促著他出山應對，以捍衛原有的道德秩序。

三、文學舊人的爭論

有學者稱「在這場新與舊的交戰中，對立的雙方，無論是論辯的發動還是實際的矛盾，都還未能形成真正的歷史衝撞」。〔註33〕確實，從一開始論爭雙方就圍繞著不同的出發點在進行著各自觀點的闡發。一個為了獲得「文權」，另外一個則多在於「衛道」。當二者無法形成有效論述交流時，便意氣用事，開始了「自說自話」。尤其是「新青年」群體出於自我保護的目的幾乎沒有以真名與林紓有過辯駁，基本上沒有一對一直接、正面的交鋒。陳獨秀在《每週評論》轉載了《荊生》此篇小說時，他化名二古，自稱中學教師，批評《荊生》「結構之平直，文法之舛謬，字句之欠妥，在在可指」。〔註34〕一開始他還能從文法結構的角度評點林紓的小說，可後來卻漸漸脫離了原有軌道。陳獨秀的化名被林紓識破，他說予陳獨秀「承示批斥荊生小說一段，甚佳。唯示我不如示之社會，社會見之勝我見。後此請不必送，自有人來述尊作好處。至蠹叟小說，外間聞頗風行，弟仍繼續出版，宗旨不變，想仰煩斧削之日長矣。此候箸安」。〔註35〕在此回信中，林紓以「大主筆先生」稱呼陳獨秀，顯然是識破了陳獨秀的「偽裝」把戲。面對著陳獨秀的駁斥，林紓很是自信，大力恭請其「社會見之」。後來陳獨秀氣不過，又用同樣的伎倆寫了兩篇文，在這些文中「小說到底該如何寫」這樣的文法之爭不見了，多的只是假借青

〔註33〕 楊聯芬：《晚清至五四：中國文學現代性的發生》，北京大學出版社，2003年，第119頁。

〔註34〕 《通訊·評蝟盧最近所撰「荊生」短篇小說》，《每周評論》，1919年3月16日，第13期。

〔註35〕 《通訊》，《每周評論》，1919年3月30日，第15期。

年之口的對「新青年」主張的「恭維溢美之詞」以及對林紓的「不屑之語」。「我狠希望貴報今後不再批評該舉人。因為他實在不配給我們批評，我們也不犯著看輕自己，去批評他的文章。貴記者以為我這話對不對？但是我今天寫這書信，為了該舉人，就佔了貴報幾十行，真正萬分對不起，這是要請貴報原諒的了」。〔註36〕在較量中，關於「文學」本身的討論往往在中途被截流，甚至變了軌道，被推向了身份、政治、以至於洩憤等方面。在陳獨秀看來，他是「新青年」，那麼林紓便是「前清舉人」。「新」與「舊」的問題已不是文學或文化的新舊了，而成了身份或者地位的新舊、先後。

「新青年」諸君的「隱」恰恰將蔡元培推到了這場思想之爭的舞臺的最前沿。我們所熟知的「新」與「舊」衝突的高潮發生在林紓與蔡元培間。林紓認為「新青年」不可談，便寄給蔡元培一封公開信。這封信以公開為目的，就是為了讓「新青年」浮出水面。在《妖夢》中林紓將蔡元培比作元緒公，元緒指龜，至榮至貴，在林紓看來蔡元培是「新青年」的領導人物，可憑一人之力為「國民端其趣向」。而另一方面蔡元培也是半新不舊的人物，且是前清翰林，舊學深厚，而林紓本人只是舉人罷了，蔡元培這樣的出身完全不同於那般不知名號，胡亂妄言的「新青年」。當林紓寄信予蔡元培，並不寄希望蔡子民示覆，他求的只是「社會見之」的目的。林紓在家信中時常在信的末尾單列成段告誡兒子「信中勿談國事」，可這封信他卻選擇談論與私人情感以及私人關係無關的公共思想，這時與蔡元培相商的林紓理性成分居多。因為情緒化的發言少了，在這封信中林紓基本上處處抓住蔡元培的「思想精髓」，曉之以情，動之以理。一上來先借著前清遺老的身份噓寒問暖，後便強調蔡元培的大學校長身份，並從謠言四起說起，用大學校長的身份壓制「崇尚新學」，任「新青年」思想狂妄發展的學者蔡元培。之後更是抓住蔡元培排滿革命的「七寸」，說「我公心右漢族」，並暗示蔡元培崇尚新學「以私心蔑古」，非革命之福音。信的最後則主要圍繞著古文問題展開，這一段落開頭的關鍵詞是「真學術，真道德」。眾所周知，蔡元培以學術、道德抗世救國，而林紓提出這兩點，想必對蔡元培的思想有過研究，他的論爭之策基本上也都是針對蔡元培的思想觀念逐層展開，極富說話藝術。既褒揚了蔡元培思想指導的正確性，也指出了這些思想在實際操作中被人篡改、極端化的惡果。所以若是說林紓在這場論爭中僅憑意氣、空有激情著實小瞧了他。面對著和他一樣

〔註36〕《通訊》，《每周評論》，1919 年 3 月 30 日，第 15 期。

半新不舊的人物，他能夠很快地找到蔡元培的矛盾、掙扎之處。

林紓確實抓住了蔡元培身份認同的矛盾點，蔡元培既是學者也是前清遺老，革命者，更是北京大學校長，學者身份可以讓他提倡新文化，反對舊文化，提倡新道德，反對舊道德，無所顧忌。可用此新學撼動傳承千年的文化秩序甚至倫常觀念與他之前的前清翰林，舊學大家，士大夫身份則有所違背。畢竟這樣的說法與社會主流價值觀，甚至與官方價值觀相去甚遠，而作為半官方性質的全國最高學府北京大學竟然擁護這樣的異端思想，作為大學校長不能規勸、疏導、制止確實有失體統，失了臉面，不負責任。在信的最後林紓說「大凡為士林表率，須圓通廣大，據中而立，方能率由無弊。若憑位分勢力而趨怪走奇之教育，則為穆罕默德左執刀而右傳教」，〔註37〕其實林紓對北京大學的現狀很是不滿，他將蔡元培視為「元緒」，這位「元緒」在他看來著實無法做到立場中立，只知領著一班「趨怪走奇」的「新青年」。在林紓看來這些新青年會出現，不過是憑「位分勢力」，而這「位份勢力」也多是因為蔡元培乃至章太炎的加持。實際上，林紓很清楚，北京大學現今提倡新文化，看似將錢玄同、黃侃、劉師培等章太炎派一分為二，可事實上兩者間卻「暗流湧動」。

有不少學者指出林紓會與蔡元培有所爭執，正是因為他對自己當年被驅趕出北大尚有鬱積，這是他會選擇應戰的「遠因」。可與其說是內心之氣憤然難平，毋寧說是他本就對蔡元培現行的「兼容並包」的北大政策有所不滿。在林紓看來蔡元培的兼容並包並沒有將自己囊括其中，這一思想不過是對「新青年」諸位的歪理學說的變相保護。這時的北京大學所能夠容納的依然是與章太炎有師承關係的分支，而與林紓有關的桐城派別卻並不在其中。在寫公開信時，因為蔡元培相邀林紓共寫「品題」，引得林紓有些不好意思，所以在公開信中的林紓還頗為客氣，言辭懇切規勸相交20載的老友蔡元培，希望他能夠因勢利導，懸崖勒馬作士林表率。可在他創作的「影射」小說《妖夢》中林紓卻早已暴露了自己隱秘的心思。林紓在小說《妖夢》中提到的「白話學堂」、「校長元緒」，不得不說是北京大學的「妖夢」幻影。在這篇小說中雖然他對校長元緒鼓勵白話學堂怨念頗深，可這時的他尚有些理智，大多基於「倫常既不可用，將用何人為師」的傳統固見。〔註38〕可到了後來的1923年春寫就的《續辨奸論》中林紓則更為露骨，表示出對蔡元培本人學術水平和

〔註37〕林紓：《致蔡鶴卿元培太史書》，《公言報》，1919年3月18日。

〔註38〕林紓：《蠡叟叢談（四十四──四十六）》，《新申報》，1919年3月18～22日。

道德水準的質疑。〔註39〕

在《續辨奸論》一文中，林紓直接點名批評蔡元培不學無術，「坐享太學之名」，不過是「無學術足以使人歸仰，則嗾其死黨，群力褒拔」。〔註40〕以如此說法評點蔡元培這樣的中外學術熔於一爐的「大家」確實有失偏頗，但言談之間亦能看出林紓對蔡元培出長北京大學校長卻鼓吹新文化，並將自己視為反對方不滿已久。其實蔡元培會將林紓視為「異己」既是策略之選，也是無奈之舉。蔡元培起初便抱有「革新」北大的想法，他要選擇的是能夠指定青年未來方向，以肅官學壓制的學術風氣，故而他選定「新青年」，自然也不可能將與封建道德倫理關聯甚密的「桐城派」網羅進來。後來林紓的主動出山，更是將自己排斥在了「北大派」之外。畢竟當時的「新文化」處於水深火熱之中，被各種勢力盤剝、詆毀。林紓在這個時候的主動應戰剛好給了他們射箭的「靶子」。在蔡元培回覆給林紓的公開信中，能夠看出蔡元培的有意迴避，針對林紓所提出的許多問題蔡元培似乎都沒有給出明確答覆。只是站立在北京大學校長的身份上予以謠言的澄清，而且確實也有意將林紓與其他勢力團體的反對者混為一談。在這封回信中蔡元培非常巧妙地規避了林紓所非議的他的多重身份所帶來的觀念衝突，而直接用北京大學校長的身份作出回應。這一舉動直接避免了他本人在文化上、身份上、意識層面的主體性焦慮，搭建起較為圓熟、合理的邏輯體系。尤其是當面對林紓的反攻時他更是援引了章太炎的文章學理，與章太炎達成了一種默契，構成了一股合力將林紓逼到了角落。這也難怪林紓在後來的《腐死》中深切表達了自我戰鬥的無可奈何的悲愴心境。如魯迅所言「林琴南翁負了那麼大的文名，而天下也似乎不甚有熱心『識荊』的人」。〔註41〕頗為有意思的是，雖然章太炎沒有參與這場論爭，可在這場論爭中卻處處閃動著他的影子。章太炎本人確已「功成名就」，跳進了「固有的文化平面」中不再現身，「不再變，不再趨時和求

〔註39〕林紓說「彼具其陶誕突盜之性，適生於亂世。無學術足以使人歸仰，則嗾其死黨，群力褒拔，擁之講席，出其詖譎之言，側媚無識之學子。禮別男女，彼則力潰其防，使之媒嫚為樂；學源經史，彼則盛言其舊，使之離叛於道；校嚴考試，彼則廢置其事，使之遨放自如。少年苦檢繩，今一一軼乎範圍之外，而又坐享太學之名，孰則不起而擁戴之者？嗚呼！吾國四千餘年之文化教澤，彼乃以數年爐之。」參見張旭、車樹昇著：《林紓年譜長編》，福建教育出版社，2014年，第405頁。
〔註40〕張旭、車樹昇著：《林紓年譜長編》，福建教育出版社，2014年，第405頁。
〔註41〕魯迅：《論照相之類》，《魯迅全集1》，人民文學出版社，2005年，第196頁。

新」，〔註42〕可他的思想卻靠著「新青年」一批人繼續發揮著作用，並「趨新求變」。可以說，以這兩封公開信為基礎，這場「新」與「舊」的衝突卻是圍繞著林紓、章太炎、蔡元培這三個「舊人」展開。

羅志田在他的《林紓的認同危機與民初的新舊之爭》的一文中提出了一個問題──「舊派的主流為什麼要保持沉默」？〔註43〕這個問題給予了我們可以接著說的可能。他們會保持沉默一是由於他們的士人精英意識作祟，嚴復等文學舊人確實看不上當時的邊緣人物──「新青年」，二則是這場論爭最終的落腳點其實不在於「新」與「舊」，而恰恰在「舊」與「舊」之間，或者說是「半新不舊」中。蔡元培的兼容並包思想為北京大學吸引人才，融匯了士林階層的許多士大夫精英，這些人與北京大學基本上融為一體，形成了「想像的共同體」，那麼在這場攻擊北大的思想論爭中，這些人為了維護本校利益當然不會參與其中。而如一直被援引、責難林紓的章太炎更是不會橫加干涉，畢竟這與他的想法不謀而合。至於嚴復一方，他本來就主張物競天擇適者生存，確實也未將「新青年」的想法放在眼中。他認為這些青年人的種種鼓吹不過是過眼雲煙，聽其自然發展終將會被淘汰，「新青年」的聲音自有其自生自滅的天然軌跡。而且在他這樣的一個「中立」的人來看，圍繞著北京大學的這場論爭頗有些舊派文人間學術門閥之爭的意味。畢竟這場爭論到最後涉及到的中心人物是在民初走向分化的「舊派文人」，而談論的主要問題也是「林紓的舊學夠不夠格」，「能不能被北大兼容並包」，「是不是真學識」等。這些都給嚴復等相對中立的文學舊人造成了所謂的假象，這樣的假象只會讓他們覺得「新青年」的思想不成氣候，不值一顧。可靜水流深，當這種思想漸成氣候時嚴復等人已經無法控制局面，只能暗自悔傷。

新派文人用舊派說法對抗舊派的現象也非常常見。胡適說嚴復「文章如『前清官僚戴著紅頂子演說』」，〔註44〕沿用了章太炎批駁嚴復的文章「類同八股」的說法。甚至陳獨秀還會用科舉功名來諷刺林紓對蔡元培「問責」的不夠格。說這是言說策略也好，思想認同也罷，一個問題呼之欲出。即我們所知道在「新」與「舊」的辯論中，一般意義上，我們認同「新」勝於「舊」。但這場論爭從實質上說恰恰是「舊」與「舊」爭辯，得出的新東西。由此來

〔註42〕王富仁：《林紓現象與文化保守主義》，《燕趙學術》，2007 年第 2 期。
〔註43〕羅志田：《權勢的轉移：近代中國的思想、社會與學術》，湖北人民出版社，1999 年，第 285 頁。
〔註44〕胡適：《五十年來中國之文學》，《申報》，1922 年 10 月 10 日，第 17828 期。

看，民初的論爭不能簡單地概括為「新青年」的新對抗「舊文人」的舊，在這些關於「新舊」的蓋棺定論中，包含著複雜的舊和舊的差別，新與舊的對峙，新與新的裂縫，甚至是新的能用「舊」的說「新」，「舊」的也能用「新」的說「舊」。那些老新黨或者是「舊派紳士」不能簡單地認定其腐朽、沒落，而對那些「新青年」們的認識也不能簡單地圍繞著「新」去考量。「新」、「舊」雖有其天然區隔，也自有其命運關聯和邏輯聯繫。「新」與「舊」之間會展開論爭，不過是將這些混沌的局面越辯越明，清楚地分析出何時該「革新」，而何時又應該拋棄「舊」。但是，我們也應該承認，雖然「新青年」們幾次有意地強調林紓的「前清舉人」身份，嘲諷他的「過時」、「落後」，可這些文學舊人所喪失的卻只是在文學、文化領域的影響力和領導權，並沒有成為生活的「階下囚」。他們的命運也不像我們傳統理解的那樣是在論爭中「痛打落水狗」般的被打倒，思想爭辯不是政治鬥爭。按照羅志田的說法，林紓是在思想碰撞中一次次觸發自我的身份焦慮和社會的觀念認同，或被動或主動地由中心到邊緣。其實在民初的這場爭論中所引發的身份焦慮不止林紓一人，這些文學舊人們在社會轉型之際，都面臨著身份認同的隱患。甚至，這場林蔡之爭也可看作是蔡元培最後辭職北大，乃至在文學領域愈來愈邊緣的遠因。不過這都是後話了。可以說，思想觀念的變革與批判，不是我們簡單理解的新舊二元對立，它是一個複雜、矛盾甚至有些曖昧的局面。不過，我們也不能說它是混沌的，畢竟在這裡面也有著位置先後、主次之別。值得一提的是，在民初的這場論爭中，報刊雜誌充分發揮了它的社會輿論作用，成為了文化表述的一把利劍。無論是「新青年」還是林紓、蔡元培，這些新的、舊的文人群體基本上都依託報刊雜誌發表自己的思想，開創了健康的言說環境，並維護了文化領域的獨立性，創建了自由表達觀點的言說機制。圍繞著「新媒介」的思想論爭沒有繼續蔓延至個體的私人生活，始終是在以報紙、雜誌為依託的公共空間自由討論。總體而言，蔡元培與林紓的這場論爭不僅標誌著「新青年」輿論造勢的成功，也為「新青年」們文學權力的獲得打造了多元的生態壞境。

第二節 文學邊界的混雜

新文化諸君與蔡元培、林琴南以及章太炎之間有太多錯綜複雜的關係，所以造成了他們始終未能有效擺脫舊派文人的影響。但這種影響並沒有產生所謂的「影響焦慮」，反而成為他們有效的言說資本，為他們這些邊緣人物的

生存謀求了文學空間的合法性。新文化諸位對「舊派文人資源」的利用以及「新文化諸將」的「隱」和蔡元培的「出戰」，不僅使他們解決了與林紓的小說領導權之爭，也讓他們獲得曾經掌控在梁啟超手中的傳媒報業的支持，更使得章太炎、嚴復因為各種各樣的複雜因素在民初這場思想爭論中保持相對的「沉默」。所以這個問題就不僅僅只是關於「老新黨」是新或是舊，還是蔡元培本人的「新」、「舊」認同了，乃至於林琴南在信件中所提到的蔡元培所崇尚的「新學」，本身都很難說其「新」、「舊」。蔡元培在回信中對錢玄同、劉半農、周氏兄弟等人所從事的學術研究大加讚賞，「錢君所作之《文字學講義》、《學術通論》，皆大雅之文言。周君所譯之《域外小說》，則文筆之古奧，非淺學者所能解」。〔註 45〕這基本上能夠表明他對於「新學」的態度，他所崇尚的「新」或者是林琴南所批判的「新」，都不是「空中花園」，毫無邏輯的聞所未聞的全新事物，或者是全盤西化的新知，而大多是立足於本土，在本土知識基礎上所滋生的對「舊」學的新改造和新用法。這些內容才是林琴南與「新文化」諸君對話的基礎，也是五四新文化運動的「主脈」。事實上，這些「舊」的資源不僅推動了「新文學」運動的產生，而且還鍛造了五四初期的文學風貌。

一、文學革命與國語運動

在文學革命運動中，蔡元培的態度毋庸置疑，那時候在北京大學校園中「胡適之、陳仲甫、錢玄同、劉半農諸君，暨沈氏兄弟，積極的提倡白話文學，而劉申叔、黃季剛諸君，仍極端維護文言的文學」。〔註 46〕而對此兩者，蔡元培似乎是一碗水端平，將白話與文言放在同一場域中，令學生「有自由選擇的餘地」。但相比較有著幾千年歷史的厚重文言，剛剛萌芽的白話顯然處於劣勢地位，所以蔡元培雖然表面上表示白話與文言都可並存，可在內心深處卻是十分認同今人說白話。蔡元培說「白話是用今人的話，來傳達今人的意思，是直接的，文言是用古人的話，來傳達今人的意思，是間接的。間接的傳達，寫的人與讀的人，都要費一番翻譯的工夫，這是何苦來？我們偶然看見幾個留學外國的人，寫給本國人的信，都用外國文，覺得很好笑，要是寫給今人看的，偏用古人的話，不覺得好笑麼？」，〔註 47〕在他看來語言具有

〔註 45〕 蔡元培：《致〈公言報〉函並答林琴南函》，《蔡元培全集 3》，中華書局，1984年，第 271 頁。

〔註 46〕 蔡元培：《整頓北京大學的經過》，《蔡元培自述》，人民日報出版社，2011 年，第 107 頁。

〔註 47〕 蔡元培：《國文之將來》，《北京大學日刊》，1919 年 11 月 9 日。

時效性，在今言今語，如果還一味執拗於古人的文言，實在是無法準確地捕捉到現代人的所思所想，文言對「今人」來說總是有些「隔靴搔癢」。

「白話文必要盛行，我也常常做白話文，替白話文鼓吹」。〔註48〕的確，蔡元培身體力行，不僅對白話時常鼓吹，而且為白話文的推行找到了最為合適的傳播途徑。有學者考證在文學革命提出「國語的文學」之前，「國語運動」就已有展開。「國語」也稱「國音」，上承章太炎所提的「紐文」、「韻文」，本就屬「舊」有資源。後來略作修改成了「注音字母」，並被會議推選出「幾千個漢字標準讀音」。可是已經成型的「國音」，教育部未曾重視，卻將其束之高閣，作舊處理，「國語運動」自此便成為民間行為，雖設法傳播，但成效不高。後來胡適在千里之外的美國醞釀、擬想「文學革命」時，教育部的幾個人便已試圖在國內開啟「國語運動」。〔註49〕

那時的「國語運動」發端於教育部，提倡者所設想的推廣、傳播方式自然是借助於「教育」授課形式。而此時遠在千里之外的胡適則還尚處於萌芽階段。起初胡適在美國與趙元任分頭相商，趙元任致力於「吾國文字能否採用字母制，及其進行方法」，基本上是從他精通的語言入手，而胡適則考慮的是如何改良文言的問題，即「如何可使吾國文言易於教授」，〔註50〕胡適雖然已經意識到「白話」的存在，可卻還未萌生「白話取代文言」的打算。直至1916年胡適才感知到「白話」的「活」足以取代「文言」的「死氣」。而那時教育部這邊幾人已然考慮到「國語運動」該如何宣傳、推行的問題。後來當胡適正式提出「文學革命」，他和陳獨秀二人顯然是沒有意識到「國語運動」的存在。1916年9月，有人寫信給《新青年》討論「國語統一」問題，陳獨秀回答說「茲事體大……此業當期諸政象大寧以後，今非其時」，〔註51〕那時

〔註48〕蔡元培：《整頓北京大學的經過》，《蔡元培自述》，人民日報出版社，2011年，第206頁。

〔註49〕那時正當洪憲皇帝袁世凱駕崩於新華宮，帝制推翻，共和回復之後，教育部裏有幾個人們，深有感於這樣的民智實在太趕不上這樣的國體，於是想憑藉最高教育行政機關底權力，在教育上謀幾項重要的改革，想來想去，大家覺得最緊迫而又最普遍的根本問題還是文字問題，便相約各人做文章，來極力鼓吹文字底改革，主張「言文一致」和「國語統一」，在行政方面，便是請教育長官毅然下令改國文科為國語科。參見黎錦熙：《國語運動史綱》卷2，商務印書館，1935年，見黎澤渝，劉慶俄《黎錦熙文集》下卷，黑龍江教育出版社，2007年，第125～126頁。

〔註50〕胡適：《逼上梁山——文學革命的開始》，歐陽哲生編：《胡適文集1》，北京大學出版社，1998年，第140～141頁。

〔註51〕《記者答沈慎乃》，《新青年》1916年10月，第2卷第1號。

候的「新青年」們寫文還多用文言，〔註52〕且對該如何推行白話還未做過多
籌劃，也未形成有效的方法。那時的「國語運動」缺乏有力的宣傳路徑，只
能寄希望於教育部的行政方針，而那時的「文學革命」則對究竟該如何行使
「白話」尚無定論，二者不僅互為平行線般各自運轉，且並無合流的打算。
王風指出「文學革命」會與「國語運動」發生密切關聯，「蔡元培居間介紹之
功」是決定性的。〔註53〕胡適也說「這時候，蔡元培先生介紹北京國語研究
會的一班學者和我們北大的幾個文學革命論者會談。他們都是抱著『統一國
語』之弘願的，所以他們主張要先建立一種『標準國語』。我對他們說：標準
國語不是靠國音字母或國音字典定出來的。凡標準國語必須是『文學的國語』，
就是那有文學價值的國語。國語的標準是偉大的文學家定出來的，決不是教
育部的公文定得出來的」。〔註54〕換而言之，是蔡元培的居中介紹，才讓這場
「文學革命」與「國語運動」最終合流。

　　不過，胡適在言談間對教育部的幾人希望憑藉教育行政之力推廣「統一
國語」的想法有些鄙夷，他覺得真正的「文學的國語」是由偉大的文學家而
定。胡適如此說法對新文化這些人的白話創作不免有誇大之嫌，因為根據事
實情況，「白話」的推廣雖不至於完全仰仗教育部，但確實與教育授課脫不開
關係。在胡適的《逼上梁山——文學革命的開始》一文中，他著重說明「漢
文問題之中心」在於「漢文究可為傳授教育之利器否」？在他看來，漢文不
易於普及，錯不在漢文本身，而在「教授之術」有誤。同一文字，甲講書通

〔註52〕「這年陳仲甫主撰的《新青年》雜誌，首先提倡『文學革命』，第一篇是胡適
　　　　底《文學改良芻議》（2 卷 5 號），第二篇是陳仲甫底《文學革命論》（2 卷 6
　　　　號），第三篇是劉復底《我之文學改良觀》（3 卷 3 號）。但這三篇都是文言文，
　　　　其他白話作品也很少，如胡適所譯的短篇小說《二漁夫》（3 卷 1 號），劉復譯
　　　　的短劇《琴魂》（3 卷 4 號），陳仲甫在北京神州學會講的《舊思想與國體問題》
　　　　（3 卷 3 號），又在天津南開學校講演的《近代西洋教育》（3 卷 5 號），這幾
　　　　篇雖然都用白話，但小說戲劇和講演稿之類，向來照例也多用白話的；講到
　　　　文藝底創作，只有胡適底白話詩（2 卷 6 號）和白話詞（3 卷 4 號），然而還
　　　　是因襲舊詩的五七言和詞牌；至於白話論文，只有劉復《詩與小說精神上之
　　　　革新》（3 卷 5 號），錢玄同與陳仲甫論文字符號和小說的信（3 卷 6 號），勉
　　　　強可以算得，此外便沒有了。」見黎錦熙著，黎澤渝，劉慶俄編：《黎錦熙文
　　　　集下卷》，黑龍江教育出版社，2007 年，第 127 頁。
〔註53〕王風：《文學革命與國語運動的關係》，《中國現代文學研究叢刊》，2001 年第
　　　　3 期。
〔註54〕胡適：《中國新文學大系·建設理論集·導言》，《中國新文學大系·建設理論集》，
　　　　良友圖書印刷公司，1935 年，第 22 頁。

文，「能讀書作文」，乙卻唯求誦讀而不求講解，是故終身不能作文。兩種教法不同，詬病自然出現。所以胡適說，漢文是「半死之文字」，在教授時不當以「死文字」教之，而應取「其中尚有日用之分子也」。〔註 55〕從邏輯上說，胡適參悟中國文字文白之別的問題的起因來自於「傳授教育」，是文學教育學上的失敗案例引發了他對於文字問題的思考。最終也是基於教學的方便，選定了日常用語即白話口語文學，拋棄了曾經的書面用語文言文。

胡適不止一次強調要多利用日常用語的「活文學」，對於創作者一方來說，「新青年們」預想的「文學的國語」似乎推行的並不順利，用白話進行創作著實有些困難。以至於到了 1922 年，錢玄同還在大聲疾呼，要務求「漸失傳統的國語的面目」，做《紅樓夢》與《儒林外史》的不肖子孫。〔註 56〕而相比較白話的文學創作，對於接受者一方則明顯受到教育的影響更大一些。

趙景深曾回憶過他的老師洪北平對他的影響：「民國八年，我十八歲，在天津南開中學舊制中學一年級讀書。我的國文教師便是洪北平先生。當時新文學運動像浪潮一樣的澎湃，洪先生除了選一些文言文給我們以外，還選了不少白話文給我們讀。記得其中有一篇梁啟超的《歐遊心影錄》，文字相當有魅力……記得有一次開級會，請洪先生演講，他的講題是《新文學與舊文學》，講稿是他自己寫的，卻謙虛地把筆記者寫著我的名字，登在《南開週刊》上，我看了自然很高興。我把我所做的日記，也拿給洪先生看。每冊的封面都摹仿《北京大學月刊》，畫一個長短不一的黑十字。我寫得很恭整，並且有恒心，不間斷地記了好幾個月，洪老師很是讚許。」待他考入天津棉業專門學校，洪北平則在南開教書。這時的洪北平編纂出版了一本白話文教材《白話文範》，也時常向《新的小說》、《婦女與家庭》等刊物投稿。趙景深對洪北平非常欽佩，經常向他借閱刊物，有時也問他一些關於文藝上的問題，洪北平都很懇切地予以解答。〔註 57〕在趙景深的回憶中，他接受「新文學」的過程無外乎是兩種，一是源自先生洪北平的授課教導以及先生所編的叢書《白話文範》，二則是來源於《北京大學月刊》、《新的小說》、《婦女與家庭》等雜誌刊物。尤其是教師「洪北平」對他的影響極其深刻，令他非常欽佩。

〔註 55〕 胡適：《逼上梁山——文學革命的開始》，歐陽哲生編：《胡適文集 1》，北京大學出版社，1998 年，第 140～163 頁。

〔註 56〕 錢玄同：《錢玄同文集 6》，中國人民大學出版社，2001 年，第 49 頁。

〔註 57〕 趙景深：《文壇憶舊》，三晉出版社，2015 年，第 102～103 頁。

　　而以此類推，這樣的白話新知的接受過程基本反映了當時青年學生一代接受「新文學」的情況。當教習白話成為一些教師的共識，白話文進入課堂教材之後，胡適曾說過「全國的青年皆活躍起來了，不只是大學生，縱是中學生也居然要辦些小型報刊來發表意見。」〔註 58〕在當時大多數的青年接觸白話的路徑不過是此兩種，一類裏挾在教育中，而另外一類則來自於課外閱讀的雜誌中的文學創作。但顯然這種教育授課，教師言傳身教的影響對這些青年學生的影響更大。而當文學以一種教育的模式來進行傳播時，諸如「洪北平」等教育改革家的作用便更為凸顯。

　　事實上，蔡元培作為一名教育改革家在這場白話文進教材的推廣運動中出力頗多，借助於自身的影響力和新青年等人的推波助瀾，文學的國語終於被教育部接納並推行。「現在高等師範聯合會通過用『國語』一條，這邊高師亦有國語班；聽說教育部決定中學國文兼採白話文。將來白話文的發達很有希望了」。〔註 59〕後來的白話文運動基本上包括在教育政策之內，借助於教育改革的措施一併推出，擴大了白話文的應用範圍。1916 年，蔡元培先是與張一麟、吳敬恒、黎景熙等人成立「國語研究會」，主張「言文一致，國語統一」。而後至 1918 年春，蔡元培召集北京孔德學校教員舉行教育研究會，在此會上，針對現行的教科書中所存在的言文不一致的問題，會議認為採用白話編寫教材迫在眉睫，決定由孔德學校自行編寫白話教科書，「為全國各學校計」。1919 年 4 月 17 日，由蔡元培參加的「國語統一籌備會」，會上討論了《國語統一進行方法的議案》，認為國語統一要辦四件事，即「編輯國語詞典，編輯國語文法，改編小學課本，編輯國語會話書。」〔註 60〕

　　可以說，一開始國語的教材的研商基本上借助於蔡元培的個人社會影響力圍繞著民間組織機構自行開展，至 1920 年 1 月，教育部正式指令全國「自本年秋季起，凡民國學校一二年級，先改國文為語文體，以其收言文一致之效」。而在同年 4 月，教育部更是規定了將文言文編纂教科書「一律廢除，一律採用語文體」。〔註 61〕經過蔡元培及新青年等人積極籌劃，白話作為一種教

〔註 58〕胡適：《胡適口述自傳‧從文學革命到文藝復興》，歐陽哲生編：《胡適文集 1》，
　　　　北京大學出版社，1988 年，第 332 頁。
〔註 59〕蔡元培：《蔡孑民先生言行錄》，嶽麓書社，2010 年，第 70 頁。
〔註 60〕《記國語統一籌備會》，《教育公報》，1919 年第 9 期。
〔註 61〕王偉：《再造文明：近代中小學教科書發展中的嘗試與貢獻》，中國書籍出版
　　　　社，2016 年，第 145 頁。

育資源以政策推廣的形式被制度化地融入到中小學課本中，最終由民間走向官方，獲得了合法的官方推廣渠道。值得一提的是在洪北平編纂的教材《白話文範》中，蔡元培的白話著作也與胡適、錢玄同、陳獨秀等新青年的創作放在一起。〔註 62〕這時的蔡元培不僅是白話文推廣的介紹人或者運籌者，更成為了白話文的創作者選入教材中。

可以說，由於蔡元培等這些教育家的參與和北京大學教學環境的影響，文學尚未從「教育領域」掙脫出來，文學本身也未能有較為明晰的中心與邊界。在這場文學革命中，文學運動被裹挾在教育政策中，文學與教育相雜糅並行。

二、文學與現代學術

據黎錦熙的說法，當時胡適、陳獨秀等人用白話創作的文學作品並不多，大多集中於學校間教育往來的演講稿中，或者是照例多用白話的小說、戲劇中。因此，胡適在此時用白話寫就的《中國哲學史大綱》就顯得彌足珍貴。1919 年這部著作由蔡元培推薦給上海商務印書館予以出版發行，這是一部用白話文撰寫，而且使用新式標點符號的學術論著。這部書是作為「北京大學叢書」系列出版，與之同期的還有很多北京大學教授的著作發行。

這些著作雖說不都是用白話寫就，可基本上表現出趨同的價值取向。蔡元培早在《中國倫理學史》一書的序言中談到「故學術史甚重要，一切現象，無不隨時代而有遷流，有孳乳。而精神界之現象，遷流之速，孳乳之繁，尤不知若干倍蓰於自然界。而吾人所憑藉以為知者，又不能有外於此遷流、孳乳之系統。故精神科學史尤重要」。〔註 63〕因進化論、互助論觀念的影響，蔡元培對時代的發展尤為關注，在他的印象中精神意志的流變應隨時代而有所變化。對於舊有的東西他並不是一棒子打死，但倒也不至於讓他們橫行霸世，或是遺留停滯。在他看來人們對於新事物的接受往往帶有敵意，加之幾千年來根深蒂固的倫理道德觀念不可能在一朝一夕土崩瓦解，所以他需要一些知識精英的領導實現精神領域的啟蒙以完成思想變革。在他的鼓勵下北大的一批教授致力於「舊有知識」的重新梳理和全新講解。胡適於 1917 年 10 月 1 日正式走上北京大學的課堂，在講授「中國古代哲學」這門課時，他開陳出

〔註 62〕何仲英、洪北平：《白話文範》，上海商務印書館，1920 年。
〔註 63〕蔡元培：《中國倫理學史》，商務印書館，2010 年，第 3 頁。

新，將這類如同老太太的裹腳布般冗長晦澀的哲學體系重新整理，不再從三皇五帝開始研究歷史哲學，而是橫斷截流，直接從周宣王後開始講起。這一場景在顧頡剛的回憶中最為生動：

> 哲學系中講《中國哲學史》一課的，第一年是陳伯弢先生（漢章）。他是一個極博洽的學者，供給我們無數材料，使得我們的眼光日益開拓，知道研究一種學問應該參考的書是多至不可計的。他從伏羲講起；講了一年，只到得商朝的「洪範」。……第二年，改請胡適之先生來教。「他是一個美國新回來的留學生，如何能到北京大學裏來講中國的東西？」許多同學都這樣懷疑，我也未能免俗。他來了，他不管以前的課業，重編講義，闢頭一章是「中國哲學結胎的時代」，用《詩經》作時代的說明，丟開唐虞夏商，徑從周宣王以後講起。這一改把我們一班人充滿著三皇、五帝的腦筋驟然作一個重大的打擊，駭得一堂中舌撟而不能下。許多同學都不以為然；只因班中沒有激烈分子，還沒有鬧風潮。我聽了幾堂，聽出一個道理來了，對同學說：「他雖沒有伯弢先生讀書多，但在裁斷上是足以自立的。」那時傅孟真先生（斯年）正和我同住一間屋內，他是最敢放言高論的……我對他說：「胡先生講得的確不差，他有眼光，有膽量，有斷制，確是一個有能力的歷史家。他的議論處處合於我的理性，都是我想說而不知道怎樣說才好的……」他去旁聽了，也是滿意。〔註64〕

這樣的對中國歷史哲學的體系的分解方法不亞於一聲驚雷，甚至讓一些聽課的青年學生一時間也難以接受，反對之聲四起，甚至有人說胡適是「文化反動」。

胡適的「反動」正是這些「新學」的「新」，後來胡適根據課堂講義以及相關研究整理出版的《中國古代哲學史大綱》，蔡元培曾評價「第一是證明的方法，第二是扼要的手段，第三是平等的眼光，第四是系統的研究，足為後來的學者開無數法門」。〔註65〕他高度評價了胡適基於舊有哲學體系的「新方法」與「新眼光」。無獨有偶，據許廣平回憶，魯迅講授中國小說史時已經拿《中國小說史略》當講稿，那時這本書還沒有正式刊印，用的都是油光紙或

〔註64〕顧頡剛：《〈古史辨〉自序》上冊，商務印書館，2011年，第49頁。
〔註65〕蔡元培：《〈中國古代哲學史大綱〉序》，高平叔編：《蔡元培全集3》，中華書局，1984年，第188～189頁。

是鉛印。在許廣平的回憶中魯迅講中國小說史有個習慣，往往喜歡爬梳史料，承襲乾嘉學派的史學考證，抓住歷史記載的漏洞和錯處揭露問題的本質。比如講到《中荒經》所謂西王母每歲登翼上會東王公之語時，他會說：「西王母是地名，後人因母字而附會為人名，因西有王母，更假設為東有王公，而謬說起來了，猶之牽牛織女星的假設為人，烏鵲填橋成天河，即與此說相仿，為六朝文人所作，遊戲而無惡意」。〔註66〕魯迅得出這樣的結論正是基於《爾雅》中所提到的「西王母」曾是地名的實證。講到第四編《今所見漢人小說》，他說：「『現存之所謂漢人小說，蓋無一真出於漢人，晉以來，文人方士皆有偽作，至宋明尚不絕。』大旨不離乎言神仙的東方朔與褒固，前者屬於寫神仙而後者則寫歷史，但統屬於文人所寫的一派」。〔註67〕在魯迅夾雜著紹興鄉音的講授中，《中國小說史略》與廚川白村的《苦悶的象徵》交替進行，他的講課風格與其「寫雜感的風格一致」，〔註68〕講到「神話與傳說」中的「紫姑神」，甚至可以引出中國婦女在封建社會的歷史地位問題。在大多數人的回憶中，魯迅這門課雖講小說，可實際卻是借古代小說講授「對歷史的觀察，對社會的批判，對文藝理論的探索」，〔註69〕能夠使人聆聽到「全人類的靈魂的歷史」。〔註70〕後來，這本《中國小說史略》出版，蔡元培評價魯迅的研究路數為「清儒家法」，但又「不為清儒所囿」，大抵可以說明用意。〔註71〕在蔡元培看來延續舊有資源，并注入符合時代發展要求的「新」的眼光和注解，當是新學之法。而胡適和魯迅在授課時的「反」和「異」，則基本是延續此種研究方法。所以回到林蔡思想論爭的公開信中，林琴南和蔡元培看似是在明著談論「新」到底可不可存，但實質卻是在說「舊」，即「舊」到底該不該用「新」的方法。或者是林紓始終認為的全盤顛覆的方法。在林琴南和蔡元培的辯論中，他們這批清介文人，早就已經睜眼看世界，他們對於西方的發展

〔註66〕許廣平：《許廣平文集》，江蘇文藝出版社，1998 年，第 227 頁。

〔註67〕薛綏之主編：《魯迅生平史料彙編第三輯》，天津人民出版社，1983 年，第 204 頁。

〔註68〕魏建功：《憶三十年代的魯迅先生》，魯迅博物館、魯迅研究室、《魯迅研究月刊》選編：《魯迅回憶錄》（散篇上冊），北京出版社，1999 年，第 258 頁。

〔註69〕魏建功：《憶三十年代的魯迅先生》，魯迅博物館、魯迅研究室、《魯迅研究月刊》選編：《魯迅回憶錄》（散篇上冊），北京出版社，1999 年，第 258 頁。

〔註70〕馮至：《笑談虎尾記猶新》，魯迅博物館、魯迅研究室、《魯迅研究月刊》選編；《魯迅回憶錄》，北京出版社，1999 年，第 331 頁。

〔註71〕蔡元培：《〈魯迅全集〉序》，高平叔編：《蔡元培全集 7》，中華書局，1989 年，第 214 頁。

情況並不陌生，在行文之間總是舉出西方文化發展的實例，可這些例子的推舉其實恰恰是為了解決本土文化發展的問題。這個認識在蔡元培的《中國倫理學史》中被解釋的更為清晰「邇際倫理界懷疑時代之託始，異方學說之分道而輸入者，如樂如燭，幾有互相衝突之勢。苟不得吾族固有之思想系統以相為衡準，則益將旁皇於歧路。蓋此事之亟如此，而當世宏達，似皆未遑暇及。用不自量，於學課之際，綴述是編」。〔註72〕異方學說傳入本是實情，現研究整理《中國倫理學史》莫不過是與西方接軌，西方學說的傳入本質上敦促吾族固有之思想系統的整理和發展，並以此「相為衡準」。

蔡元培理解的學術的「現代性」始終是以西制暗合古制。早在 1897 年見駐英公使館參贊宋育仁撰寫的《采風記》時便說「其宗旨，以西政善者皆暗合中國古制，遂欲以古制補其未備，以附於一變主道之誼，真通人之論」，〔註73〕對此種中西文化融為一體，相互附、相攀援的思維取向頗為推崇，所以在五四新文化運動中圍繞著北京大學授課而展開的學術考證雖然帶來了西方的學術觀點和學理方法，可本質上卻是立足於本土學理體系中的不斷革新自我的氣象。換而言之，他們追求的是學術研究、道德問題的「時效性」。他們本質上不能認同林紓，因為林紓提倡的古代道德倫理秩序在他們看來早已經今非昔比，無法隨時代之變遷而產生相應的社會功用。他們批判孔子，其實也認定了孔孟之道在社會變革時期的阻滯和不合時宜。如同溝口雄三所說「魯迅所說的所謂的吃人的禮教，即封建體制教學性質的儒教已經被打倒了——但僅僅在制度上，換言之在日常意識的層面仍到處殘存著，然而打倒它的反體制一方的思想也是在天理道統中發育成熟起來的」。〔註74〕在魯迅、陳獨秀等人將這些道德倫常視作是與封建專制政體相結合的「吃人禮教」的反對邏輯中，封建綱常倫理、孔孟學說體系正是他們這些反對學說的「天道系統」、學理根基。所以可以說無論他們的思想爭端在爭些什麼，他們的思想發軔都是從舊有的文化資源中產生，這些舊有文化資源的存在成為他們實現自我變革的一個「新的活力」。

事實上，對於新青年如何重新詮釋舊有文化資源問題的研究引發我們思考一個更為宏大的主題——五四新文化運動的全盤西化問題。在當時這些新

〔註72〕蔡元培：《中國倫理學史》，商務印書館，2010 年，第 3 頁。

〔註73〕高平叔：《蔡元培年譜》，中華書局，1980 年，第 8～9 頁。

〔註74〕〔日〕溝口雄三：《作為方法的中國》，生活·讀書·新知三聯書店，2011 年，第 24 頁。

文人群體確實提出了許多偏執的說法，陳獨秀說「若是決計革新，一切都應該採用西洋的新法子，不必拿什麼國粹、什麼國情的鬼話來搗亂」，〔註75〕魯迅主張青年不讀「中國書」，錢玄同更是要廢除漢字，「必以廢孔學、滅道教為根本之解決，而廢記載孔門學說及道教妖言之漢文，尤為根本解決之根本解決」。〔註76〕可這些言辭不過口頭上文章，面對著幾千年浸潤的文化淵源，這些新青年唯有破釜沉舟方能一搏，故而這些極端的偏執的文化論調接連拋出。可在他們的文化研究的實際操作中，這些「新青年」們所依託的仍然是舊有的文化內容，而他們所真正到達的彼岸也依然是在維繫中國固有之文化，實現蔡元培所求的「中外學術熔於一爐」，中國學問立於「世界文化之林」，與異方學說接軌共存。

三、初期的文學形態

　　如上所述，早期的文學想像基本囊括在學術與教育領域內。蔡元培作為一名革命者、教育家，甚少進行文學創作，可由於五四新文化初期特定的歷史環境和蔡元培的求賢、吸納，使得當時的新青年群體佔據了當時中國最高學府北京大學文科的半壁江山。李大釗任北京大學圖書館主任、胡適任文科教授兼文科研究所哲學門主任，錢玄同任文科教授兼國文門文科所教員，劉半農、沈尹默、周作人也任文科教授。這些人在分科改革之後不僅收穫了教職，也試圖構想出「文」的面目。這些「新青年」因為蔡元培所搭建的北京大學的平臺獲得了「就業」機會，他們的文學讀者也是校園中的「青年學生」，當他們以教職安頓自我、參與社會事務，他們所能夠構建出的「文」的面目也基本上是以教育、學術為依託。可以說，圍繞著北京大學改革而展開的新文學運動因為蔡元培的引導和參與，使得文學的面目與教育、學術交織在一起，呈現出雜糅之相，文學邊界與教育、學術有所重合，構成尚未分離的有機整體。

　　其實這樣的文學樣態正是蔡元培、王國維等一批清介文人的「共識」。王國維曾在《〈國學叢刊〉序》中指出「學之義不明於天下久矣。今之言學者，有新舊之爭，有中西之爭，有有用之學與無用之學之爭。余正告天下曰：

〔註75〕陳獨秀：《今日中國之政治問題》，《新青年》，1918年7月15日，第5卷第1號。

〔註76〕錢玄同：《中國今後之文字問題》，《新青年》，1918年4月15日，第4卷第4號。

學無新舊也，無中西也，無有用無用也」，之後王國維更是規範了「學」的範圍，他認為「學」有三類：「科學、史學、文學，科學求真，史學求理，文學求情」，「古今東西之為學，均不能出此三者」。〔註77〕蔡元培提倡「學術分開，文理通科」，基本上也是將學與文對等，術與理等視。嚴復也主張「學術分開」，在他看來「學與術異也」，學是「學者考自然之理，立必然之例」，而「術」則是「據已知之理，求可成之功」。他認為「學主知」，「術主行」。〔註78〕實際上，他們這批舊文人對「學」的看法根植於廣闊的中國文學歷史圖景中，承襲古代「文學」觀念，一以貫之。「中國古代，文學包括學術，文人就是學者」，〔註79〕而文學與教育的風貌本就一體，當文化風氣為之一變，文學包括教育、學術在內的整個文化領域都會向已變的文化氣象看齊。在文學革新的初期，從古代社會承襲下來的文學傳統和文學形式並沒有發生根本性的「質變」。因為蔡元培此等跨越兩層代際的文化人的參與，新文學運動初期的文學樣貌依然停留在文學、教育與學術相互糾纏的狀態中。其實這也不難理解為何舊派文人對新文化諸君的提倡無所反應，因為在五四新文化初期，這樣的文學風貌本就與古代文化同屬一個體系，甚至北京大學的風氣正符合他們所求的學術與政治相分離，學術獨立的職志。故此，那些講求「學無所謂中西，無所謂新舊」的舊派文人當然不會輕易開口。

對五四初期文學形式的關照使得我們再次回到林琴南與蔡元培的思想論爭中，在蔡元培與林琴南的對答中，蔡元培基本上站立在北京大學校長的立場上，試圖為了北京大學的公允而發聲，且認為「若大學教員於學校以外自由發表意見，與學校無涉」。〔註80〕可蔡元培本可以順此說法，撇清《新青年》與北京大學的關係，但他話鋒一轉「今姑進一步而考察之，則惟《新青年》雜誌中，偶有對於孔子學說之批評，然亦對於孔教會等託孔子學說以攻擊新學說者而發，初非直接與孔子為敵也。公不云乎？」〔註81〕很明顯，他有意為《新青年》雜誌說句公道話，且有敲山震虎之意。正如蔡元培所說「公私

〔註77〕王國維：《〈國學叢刊〉序》，《觀堂集林》（下冊），河北教育出版社，2001年，第875頁。

〔註78〕嚴復：《原富》「按語」第58條，王栻：《嚴復集》第4冊，中華書局，1986年，第885頁。

〔註79〕祁志祥：《中國古代文學理論》，山西教育出版社，2008年，第376頁。

〔註80〕蔡元培：《致〈公言報〉函並答林琴南函》，《蔡元培全集3》，中華書局，1984年，第268頁。

〔註81〕同上。

之間，自有天然界限」，從「公」上看他自然是北京大學校長，要為此校撇清
關係，以正視聽，而在私蔡元培則顯然是一位支持《新青年》雜誌的新文化
人。在蔡元培的這套說辭中很明顯地暴露了他的主體性意識，即作為新文化
學者的身份。而蔡元培會在相交 20 載的林琴南和新文化諸君間有這樣的身
份認同選擇，這取決於他和林紓對文言、白話文的認識。林紓是先文言，白
話可存，可蔡元培則是主推白話，文言可存。有學者指出「林紓眼中的古文
乃是道的載體」。〔註82〕所謂「古文之不能為普通文字，宜尊之為夏鼎商彝」
〔註83〕，林紓倡導古文，實乃捍衛古代的道德倫理秩序，而蔡元培力推白話，
此主張則代表著蔡元培對新文學應適應新教育結構的認同。

　　在蔡元培看來，我們不能抵抗白話，究其原因，因為如今我們現今科學
學習的客觀需要，學習白話旨在滿足教育擴張的需求。〔註84〕否則學問複雜
了，文化拓展了，古人的思維和言語便跟不上了。蔡元培一直說白話能反映
今人的思想，古文被束之高閣也因其跟不上時代，可這樣的時代風氣背後所
言的大抵是教育模式。當教育發生變革，文化也需要相應配套，語言自然也
需改變。可以說，蔡元培大力鼓吹白話的背後所傳達的是蔡元培對五四新文
化運動初期文學、教育、學術一體化的文學面貌或者是文化風氣的提倡。這
一時期的蔡元培與新文學的關係表現出他自己的「游離與獨在」。「游離」是
指蔡元培始終未曾真正涉入文學圈，未以文學作為志業進行獨立創作。「獨在」
則是因為他的緣故，誘發和護持了新文學運動初期的文學表象，呈現出一種
雜糅在教育和學術內部的「新文學」。後來關於「新青年」們的學術研究，「學
衡派」也頗有微詞，評價他們「以群眾運動之法，提倡學術，壟斷輿論，號

〔註82〕李哲：《罵與〈新青年〉批評話語的建構》，山東文藝出版社，2015 年，第 196 頁。
〔註83〕林紓：《論古文白話之消長》，張若英編《新文學運動史料》，光明書局，1934
　　　　年，第 99 頁。
〔註84〕蔡元培曾解釋過「現在應學的科學很多了，要不是把學國文的時間騰出來，
　　　　怎麼來得及呢？而且從前學國文的人是少數的，他的境遇，就多費一點時間，
　　　　還不要緊。現在要全國的人都能寫能讀，那能叫人人都費這許多時間呢？歐
　　　　洲十六世紀以前，寫的讀的都是拉丁文。後來學問的內容複雜了，文化的範
　　　　圍擴張了，沒有許多時間來摹仿古人的話，漸漸兒都用本國文了。他們的中
　　　　學校，本來用希臘文、拉丁文作主要科目的。後來創設了一種中學，不用希
　　　　臘文。後來又創設了一種中學，不用拉丁文了。日本維新的初年，出版的書
　　　　多用漢文。到近來，幾乎沒有不是言文一致的。可見由間接的，趨向直接的，
　　　　是無可抵抗的。我們怎麼能抵抗他呢？」見蔡元培：《國文之將來》，《蔡元培
　　　　全集 3》，中華書局，1984 年，第 357 頁。

召徒黨，無所不用其極，而尤藉重於團體機關，以推廣其勢力」。〔註85〕雖說這樣的評判有些過於誇大，有詆毀「新青年」之嫌，但某種程度上，「新青年」所推舉的「新文學」形式借助於「北京大學」這一「團體機關」，以「學術」、「教育」的形式袒露在公眾面前，其本身便代表著一種「文化權力」。對於眾家學說加以自我方式的咀嚼和評點，並在校園、課堂中傾囊傳授，著實也培養一批丹漆隨夢的「青年學生」。按照布爾迪厄所謂的「教育能夠產生階級」的觀點，借助於教學、學術研究等形式開展新文學運動的「新青年」們又創建、繁衍出新一批的「青年學生」，並漸成勢力。

第三節　文學領導權之爭

　　林琴南對新文化運動的攻擊是五四文化場域的標誌事件，林紓用小說《荊生》、《妖夢》影射胡適、陳獨秀、錢玄同三人以及蔡元培，對新文化運動發起猛烈抨擊，並在《公言報》上發表了致予蔡元培的公開信，一時成為新文化集團「引蛇出洞」策略的中標者。在以往的文學表述中，林紓不是文學革命窮凶極惡的「老新黨」，就是新青年諸君運動之術下的「犧牲品」，企圖為其翻案。其實這樣的蓋棺定論早已脫離了文學、文化場域，將蔡元培、錢玄同、陳獨秀以及林琴南等人放置在了更為複雜的社會歷史場域中。事實上，研究者們會得出這樣的結論稀鬆平常，因為在當時這場思想爭辯其實早已脫離了文學、文化場域內，而呈現出民初社會更為複雜的權力爭奪，這是一場關乎於文化領導權的較量。在這場關於新舊的爭論中，舊派出場應戰的不僅有舊派文人，更有秉承舊思想的軍閥，至於「新」的一方的新青年們無論從論爭機緣和言說策略來說也絕非僅僅侷限於學術方面，他們有其爭奪文學乃至思想話語權的現實考量。

一、「荊生」是誰

　　在文學史上有這樣一個「公開的秘密」，即林紓小說《荊生》的原型究竟是誰。在歷史長河的發展演進過程中，關於「荊生」是誰大致有 3 種說法，其中最為流行的便是指軍閥徐樹錚。有人認為林琴南寫《荊生》，實際目的是為了暗示軍閥「徐樹錚」，希望依靠他借武力擺平大放厥詞的新青年陣營。

〔註85〕梅光迪：《通論‧評今人提倡學術之方法》，《學衡》，1922 年第 2 期。

在《初期白話詩稿》的序引中劉半農認為荊生指的是軍閥徐樹錚。後來的很
多現代文學史甚至一些學者的研究中基本延續了《初期白話詩稿》的認定，
說「荊生並非林紓的虛擬人物，而是暗指崇拜林紓的徐樹錚。徐乃安福系最
能幹的領導人之一手裏握有重兵。如果徐真應林紓之邀，陳獨秀、胡適等新
文化運動的主將們就恐怕要見點顏色了」。〔註86〕在這些描述中徐樹錚十分
崇拜林紓，不過是礙於謠言四起，人心慌慌才按兵不動。而這樣的說法也得
到了徐樹錚後人的肯定。「民國八年，接著五四運動之後是蓬勃的新思想的
發展，和當時主張守舊的人物，形成了鮮明的壁壘。林琴南先生是守舊派的
中心人物，而先生當時在思想上是接近守舊派的。所以，林先生很希望先生
能運用政治上的力量來攻擊新思潮人物。他當時有題名《荊生》的一篇小說，
就是暗示他這個意思。……小說的用意雖然很明白，先生卻並沒有甚麼反應」。
〔註87〕無論是學界共識中的「徐樹錚」崇拜「林紓」，還是徐樹錚後人所說
的「林紓」有意拉攏「徐樹錚」，在這些觀點中，「荊生」基本可以與徐樹錚
等同而視。於是，「荊生」一語也就成為了文人企圖借助政治實力實現武鬥
驅逐的「社會符號」；而另一種說法與此相反，主要是從林紓本人經歷的角
度入手，考證「荊生」為林紓自指。林紓一直以來以遊俠者自居，薄功名、
善拳劍，曾在鄉間拜師學藝，學習過拳腳工夫，在他的歷史小說《劍腥錄》
中主人公邴忠光便是一名豪爽做派的俠客，而在《荊生》中，他一開始就說
荊生非一般遊學書生，除了「書一簏」外，還有一身好工夫，帶著操持武功
的「銅簡一具」。這樣的「書生俠客」顯然就是林紓自己的理想幻化；第三
種說法源於陳獨秀，大致說林紓在軍閥徐樹錚那廂碰了壁，眼見不能出氣，
便運動他同鄉的國會議員。「在國會裏提出彈劾案，來彈劾教育總長和北京
大學校長」。〔註88〕在陳獨秀看來，「荊生」是以林紓為代表的守舊團體。可
以說，「荊生」含義的多歧性反映出了五四歷史場域的複雜程度。在這樣一
個政治、軍事、教育、文化多項勢力交織的能量場中，林紓作為一介書生無
法獨善其身，那麼另外一方的參與者蔡元培和「新青年」們自然也入局其中。
在這個思想領域文化權力的角力中，新文學派所要面臨的反對聲音遠遠不止

〔註86〕張全之：《中國知識分子的「荊生」情結》，《粵海風》，1999 年第 2 期。
〔註87〕徐道鄰編：《民國徐又錚先生樹錚年譜》，臺灣商務印書館，1981 年，第 123
～127 頁。
〔註88〕陳獨秀：《林紓的留聲機器》，《每週評論》，1919 年 3 月 30 日，第 15 期。

來自於對立的文化陣營，它裏挾著政治、教育、軍事等各個權力中心。新文學運動如同一個剛剛出爐的「大蛋糕」，眾人爭相恐後都想要去分羹、染指，指手畫腳，各個團體勢力錯綜複雜，殊途同歸。而那些深處迷局中的當事人們或者是我們後來的研究者們往往因其目標一致，歸途相似甚至有過往來，就忽視了這些不同領域的「殊途」。於是「荊生」是誰也就變得難以分辨。

　　「荊生」原型的多義性與民初複雜的言語空間不無關係。早在《荊生》發表之前北京大學已被謠言籠罩，且多有反對之聲。只不過這些反對的聲音還比較微弱，並沒有名聲在外的士大夫階層出現。在錢玄同與劉半農唱雙簧之時，張厚載和《時事新報》「劇壇」欄目的馮淑鸞也在一唱一和地互相映襯，與新文化團體唱反調。《時事新報》甚至明確指出新文化陣營諸君是大學中的「亂罵派讀書人，其狂妄乃出人意表，所垂訓於後世學者」，說他們「不虛心」、「亂說」、「輕薄」、「破壞」，不堪為「楷模」。〔註89〕不僅是這些上海系的雜誌的「對唱」，在北方學界中也流傳著許多不利於北京大學的謠言，錢玄同日記中曾寫道「頃士遠與我同到中興茶樓吃晚飯，同席坐者有尹默及徐森玉。森玉說現有……等人為大學革新求徐世昌來干涉。……有改換學長整頓文科之說」，「午後到大學，半農、尹默都在那裡，聽說蔡先生已經回京了。關於所說『整頓文科』的事，蔡先生之意以為·他們如其好好的來說，自然有個商量，或者竟實行去冬新定的大學改革計劃，廢除學長讓獨秀做教授。如其他們競以無道行之，則等他下上諭革我。到那時候，當將兩年來辦學之情形和革我的理由撰成英法德文通告世界文明國。這個辦法我想很不錯」。〔註90〕在周作人的回憶中也談到當時北京大學面臨著校內外的反對之聲，他說針對校外反對派，校內其實已經有所準備應對謠言或者將要來的政治干預。〔註91〕

　　《荊生》最早發表於1919年2月17日至18日的上海《新申報》的「蠡叟叢談」欄，而從發表到被《每週評論》轉載有半月之久，並不像我們傳統理解的《荊生》旋一發表，便在《每週評論》上轉登，引起新文學諸君的高度重視，並正中其下懷。對於林紓的應戰甚至是影射，新文化陣營也著實接受、消化了一些時日。在這期間，2月26日，張厚載在「半谷通信」中披

〔註89〕好學：《模範》（教育小言），《時事新報》「學燈」欄，1918年10月31日。
〔註90〕錢玄同：《錢玄同日記4》，福建教育出版社，2002年，第1716頁～1717頁。
〔註91〕周作人（署名王壽遐）：《紅樓內外》，《子曰叢刊》，1948年第4～5期。

露了陳獨秀等人將被免職的消息：「近來北京學界忽盛傳一種風說，謂北京大學文科學長陳獨秀即將卸職。因有人在東海面前報告文科學長教員等言論思想多有過於激烈浮躁者，於學界前途大有影響，東海即面諭教育總長傅沅叔令其核辦，……凡此種種風說果係屬實，北京學界自不免有一番大變動也」，〔註92〕張厚載繼續發布謠言，煽風點火。可在3月2日《每週評論》中陳獨秀《舊黨的罪惡》一文中卻只含混地說「若利用政府權勢，來壓迫異己的新思潮，這乃是古今中外舊思想家的罪惡，這也就是他們歷來失敗的根源。至於夠不上利用政府來壓迫異己，只好造謠嚇人，那更是卑劣無恥了」，〔註93〕還未曾對林紓此文反應過激。直到一星期後的3月9日陳獨秀才借《每週評論》開設專欄轉載《荊生》。此時的《荊生》已經引發了新青年們的「深度聯想」和「刻意揣測」。而此篇小說文本本身也給予了「新青年」口實。

> 蠡叟曰：荊生良多事，可笑。余在臺灣，宿某公家，畜狗二十餘，終夜有聲，余堅臥若不之聞。又居蒼霞洲上，荔支樹巢白鷺千百，破曉作聲，余亦若無聞焉。何者？禽獸自語，於人胡涉？此事余聞之門人李生。李生似不滿意於此三人，故矯為快意之言，以告余。余聞之頗為噁嚛。如此混濁世界，亦但有田生狄生足以自豪耳，安有荊生？〔註94〕

文有荊生，也有蠡叟。在蠡叟看來荊生很是多事。臺灣或是蒼霞洲上，這些與大陸中心位置有些距離的「偏遠之地」便是那些蠡叟所棲居之所。他們遠離塵囂，高高在上，對於那些近在咫尺的聲音不管不問。這些蠡叟無疑是反對新文化的聲音，所以才說「新青年」們是「禽獸自語」。可蠡叟們卻無法放下身段制止這些「禽獸自語」的亂嚷亂叫，只能兩耳不聞窗外事，依舊保持著自己的優雅風度。所以在「荊生」所處的混濁世界中，那些田生狄生才能夠自得自豪，毫無顧忌，大放豪言。而在哪裏有荊生呢？混濁大地，蠡叟很多，荊生難求。林紓晚年自稱蠡叟，且這篇文章就是發表於「蠡叟叢談」上，「蠡叟」與「太史公曰」的作用類似，是自我的代稱。那麼既然兩耳不聞窗外事的蠡叟是林紓本人，與之不同的「荊生」當然是暗指「孔武有

〔註92〕張厚載：《半谷通信》，《神州日報》1919年2月26日。
〔註93〕陳獨秀（署名隻眼）：《舊黨的罪惡》，《每週評論》，1919年3月2日，第11期。
〔註94〕林紓：《荊生》，《新申報》，1919年2月17～18日。

力」，有武裝勢力的軍閥集團。後來《每週評論》轉載林紓的這篇小說時也基本是此思路。編者雖然說著名的「荊生」原型為作者自己，可卻留下了一段耐人尋味的話語。「有人想借用武人政治威權來禁壓這種鼓吹。前幾天上海《新申報》上祭出一篇古文家林紓的夢想小說，就是代表這種武力壓制的政策的……」〔註95〕而李大釗也在同期發表了一篇名為《新舊思想之激戰》的文章，其中有暗示「荊生原型」的意思。

> 我正告那些頑舊鬼崇抱著腐敗思想的人：你們應該本著你們所
> 信的道理，光明磊落地出來同這新派思想家辯駁討論。公眾比一個
> 人的聰明質量廣、方面多，總可以判斷出來誰是誰非……你們若是
> 不知道這個道理，總是隱在人家的背後，想抱著那位偉丈夫的大腿，
> 拿強暴的勢力壓倒你們所反對的人，替你們出出氣，或是作篇鬼話
> 妄想的小說快快口，造段謠寬寬心，那真是極無聊的舉動。須知中
> 國今日如果有真正覺醒的青年，斷不怕你們那偉丈夫的摧殘，你們
> 的偉丈夫，也斷不能摧殘這些青年的精神。〔註96〕

再後來大家便直言不諱，林紓就與武力權勢劃上等號。從暗示到明示，在蔡元培後來寄給張厚載的信中，小說《荊生》已然是謠言本身，其「意在毀壞本校名譽」。〔註97〕

對於「新青年」陣營而言，他們縱使可以體察林紓「一人」的「小說快快口」，可對林紓這樣的影射「辱罵」的文章也著實惱火，且林紓的小說夾雜在謠言之中，新文化陣營中的成員會有些「浮想聯翩」在所難免。不過他們所擔憂的政治干預或是軍事鎮壓卻未發生，所以新青年後來的統一口徑，也有些講求策略。胡適他們這些新青年深知「若在滿清時代主張打倒古文，採用白話文，只需一位御史的彈本就可以封報館捉拿人了……當我們在民國時代提倡白話文的時候，林紓的幾篇文章並不曾使我們煙消灰滅，然而徐樹錚和安福部的政治勢力卻一樣能封報館捉人……幸而帝制推倒以後頑固的勢力已不能集中作威福了」。〔註98〕林紓這類舊文人集團並不可怕，新青年

〔註95〕張旭、車樹昇著：《林紓年譜長編》，福建教育出版社，2014年，第316頁。
〔註96〕李大釗：《李大釗全集3》，人民出版社，2006年，190～191頁，原載於《晨報》，1919年3月4日、5日，署名守常。
〔註97〕蔡元培：《復張厚載函》，高平叔編：《蔡元培全集3》，中華書局，1984年，第278頁。
〔註98〕胡適：《中國新文學大系·建設理論集·導言》，《中國新文學大系·建設理論集》，良友圖書印刷公司，1935年，第16頁。

們真正需要應對的是來自於徐樹錚等人的武力政治集團對教育、文學的干涉。當時無論是軍閥、亦或者是教育部、參議院等政府機構，甚至是林紓這類遺民文人，這些人共同組成了「新青年」群體的反對陣營。而將炮火對準林紓，並暗示林紓後面的「暗棋」，這本來就是借助於文化討論進入社會空間以期借助輿論維護學術獨立的一次嘗試。在當時，依託於北京大學這一全國最高學府，「新青年」們已經收穫了頗豐的文化教育資本，有了安身立命的底氣。他們不可能侷限於本校內部或者是北方學界的「自娛自樂」，所以借助向林紓發難，並且揣測、「敲打」蟄伏其後的政治、軍事勢力，這本就是新文化界的一次大膽「運作」。棋雖險，但卻有所作用。以至於後來在《每週評論》上反林的文章多達 16 篇，營造了盛大的「反林聲勢」。有學者說「對林紓批評幾乎形成全國性的言論圍剿」，〔註 99〕甚至樽本照雄也說全國上下「越罵越快樂」。林紓的頹勢背後所對應的不簡單的是他個人的勝負，而是文化資本與社會其他資本角逐的勝利。「越罵越快樂」的背後本就無關個人情緒、私人關係，它折射出「新青年」們更大的社會追求。換而言之，「新青年」們到最後「罵戰」的對象也許不是林紓，而是林紓背後的那些「暗鬼」。如果說在 1918 年時「新青年」們有意針對林紓大多是基於文學考量和文化資源的爭奪，那麼到了 1919 年此時的反林根本上就是反對政治、軍事力量對文化的干預與制裁。如羅志田所言，林紓與蔡元培的論爭還未開始便已敗下陣來，勝負已定，畢竟蔡元培的「社會資格」林紓無法比肩。而事實上蔡元培這一「社會資格」背後代表的正是新文化團體的「文化實力」。在這一次較量中，以新文化團體為代表的「教育文化空間」不再是政治、經濟、軍事等領域的附庸，而成為了與之平行的另外一重「資本」、「勢力」。

二、文權下移

　　布爾迪厄在談到「社會資源」時曾大致概括了四種類型，即「經濟資本（貨幣與財產）、文化資本（包括教育文憑在內的文化商品與服務）、社會資本（熟人與關係網絡）、符號資本（合法性）」，〔註 100〕而蔡元培及新青年等人所要求的莫過於掌握文化資本的話語權，且為此種文化資本謀得合法性。

〔註 99〕張旭、車樹昇編著：《林紓年譜長編》，福建教育出版社，2014 年，第 328～329 頁。

〔註 100〕〔美〕戴維‧斯沃茨著，陶東風譯：《文化與權力：布爾迪厄的社會學》，上海譯文出版社，2006 年，第 87 頁。

而對北京大學這方文化資源，各方勢力覬覦已久，政治派系希望重新掌握文化權力，以使得文學成為官方意識形態的附屬品、傳聲筒，而舊文人也依然希望他們所力求的文學表述能夠始終處於主流位置。所以各方勢力糾纏在一起，成為了新文學諸君追求新文學的道路上的「絆腳石」。

　　據鄭振鐸回憶「當時是安福系當權執政。謠言異常的多。時常有人在散佈著有政治勢力來干涉北京大學的話，並不時的有陳胡被驅逐出京之說」，而「林紓的熱烈的反攻《新青年》同人們乃是一九一九的二三月間的事」。〔註101〕所以也有人說林紓被安福系當槍使。其實安福系來干涉北京大學不難理解，雖然晚清以降，禮樂崩壞，綱常紊亂，可仍有軍閥作祟，希冀重掌文化權勢。而之所以文化能夠產生權力不是說文化本身具有所謂的「政治功能」，也並不是說文化或是文學革命可以作為「政治革命的先導」，它主要是指文化本身所具有的「權力和鬥爭」性質。質言之「文化本身就是一種至關重要的權力和鬥爭的場域，它既可以鞏固社會的控制，也使人們可以抵制與抗爭這種政治。」〔註102〕

> 唐、宋之時，文章之貴賤，操之在上，其權在賢公卿；其起也
> 以多延獎，其合也或贄文以獻，挾筆舌權而隨其後，……至國朝而
> 操之在下，其權在能自立；其起也以同聲相引重，其成也以懸書示
> 人，而人莫之能非。故前之貴於時也以驟，而今之貴於時也必久而
> 後行。〔註103〕

唐宋之時，文化權力掌握在官方政治集團手中，而明以降，文權下移，以唐寅為首的江南士人所開創的山林文學與廟堂文學相互對壘，頗受追捧。雖說由明始，文人具有了言說的相對獨立性，可文化資源的主要表達權依然是掌控在官方意識形態結構中。文學的權力最終還是以獲得官方授權和首肯，並與官方主流意識形態相結合後才能形成和獲取。可從辛亥革命以來，封建帝制被推翻，軍閥割據，混戰不休，官方意識形態的掌控力明顯被削弱。而此時的文化權力則基本掌控在清介文人群體手中。可隨著文化範圍的擴展，

〔註101〕鄰宗培主編：《中國新文學大系 1976～2000 第三十集史料・索隱卷二》，上海文藝出版社，2009 年，第 54 頁。

〔註102〕趙靜蓉：《文化記憶與身份認同》，生活・讀書・新知三聯書店，2015 年，第 266 頁。

〔註103〕〔明〕陳子龍著，施蟄存、馬祖熙標校：《陳子龍詩集》附錄 3，上海古籍出版社，1983 年，第 750 頁。

清介文人的眼界和觀念已無法適應風雲際會的時代變演，這時的文化權力懸而未定，處於轉型時期。而對於這些曾是邊緣人物的新青年來說，他們要謀求的不僅是物理空間的從邊緣到中心，更要在文化意識形態方面從邊際到正中。事實上，從辛亥革命以後，文化權力才真正實現下移，並被文人掌握在手中。可對於這些新青年們來說他們所要面臨不僅有政治團體的再次傾軋，更有舊派文人的「老驥伏櫪」，以及潛伏在他們背後的四千餘年古國古的中國的倫理價值結構。

新青年在與林紓等人的論戰中基本上沒有以真名出現，他們的「隱」某種程度上幫助了他們躲過「舊文人」集團的「血雨腥風」。而他們第一次集體亮相和集中表態是在「李超之死」事件中。1918 年 8 月 16 日下午，北京女子高等師範學校國文班學生李超孤獨地病死於法國醫院，去世後她的棺槨被停放在北京的一個破廟裏，而她的家人對她的身後事卻不管不問。李超的同鄉區君蕙、陳君瀛等料理了李超的遺物，並將其中的一些書信託北京大學哲學系學生蘇甲榮分類整理轉交於蔡元培、陳獨秀、胡適等人。11 月 29 日下午在北京女子高等師範學院的禮堂內，蔡元培、陳獨秀、李大釗、胡適和各大、中學師生代表匯聚一堂，深切悼念李超同學。蔡元培為此次追悼會題寫了輓聯，「求學者如此其難，願在校諸君，勿辜負好機會；守錢虜害事非淺，捨生計革命，不能開新紀元」。橫批為「不可奪志」也。在追悼會上蔡元培、胡適等人都做了重要演講，而胡適於 11 月 25 日完成的《李超傳》更在追悼會上分發。

關於為李超作傳胡適早有想法，但事情繁多直到 11 月份才開始動筆，一下午的時間洋洋灑灑地寫下了 7000 多字的《李超傳》。此傳記在追悼會上一經分發，大家爭相傳閱。這一傳記後來影響也非常大，1918 年的 12 月 1 日到 3 日，在李超追悼會結束後的幾天內，《晨報》更是連續三天時間連載胡適的《李超傳》，正式將胡適的這一作品推向了公眾視野。「這一個無名的短命女子之一生事蹟很有作詳傳的價值。不但他個人的志氣可使人發生憐惜敬仰的心，並且他所遭遇的種種困難都可以引起全國有心人之注意討論。所以我覺得替這一個女子做傳比替什麼督軍做墓誌銘重要多」〔註104〕胡適為李超作傳的原因在《李超傳》中已經表述的十分清楚，他與李超本人素未謀面，並不相識，此番作傳不過是希望借助這樣的傳記表達自己的社會關切以及對女子命運的思考，以引起國民療救之注意。作為胡適一方而言，他一直認為此次

〔註104〕歐陽哲生編：《胡適文集2》，北京大學出版社，1988 年，第 583 頁。

作傳意義重大，在北京女子師範學校的一次授課中，胡適就特別講到了自己所創作的《李超傳》，認為這本為歷史無名女子所作的傳記比《史記》中的《漢高祖本紀》、《項羽本紀》還要有價值。此話一出嚇得當時的聽課學生「舌撟而不能下」，以為此說是「荒天下之大唐」。其實，學生會有這樣的反應司空見慣，不說胡適的這番話，單就胡適為小人物作傳這一舉動就已經冒天下之大不韙，也算是歷史少有。在古代社會，「前史體例」，「且於君公帝王之事，雖小而必書。於民生風俗之端，則雖大而不載」。〔註105〕「列傳之名始於太史公，蓋史體也。不當作史之職，無為人立傳者考。故有碑、有志、有狀而無傳」。〔註106〕在當時傳記與古代社會的官方權力結構結合緊密，縱使是私人作傳的司馬遷的《史記》，也與他原本的「史官」身份職能密不可分。當《史記》一經出現，立即便被官方權力機構掌用並推廣。即使是「自宋以後，乃有為人立傳者，侵史官之職矣」，〔註107〕但作為籍籍無名的小人物卻基本無法青史留名。

　　胡適選擇傳記的形式來探討「李超之死」這一社會問題，為無名女子作傳這一行為無論是作傳者胡適亦或者是被作傳者李超，他們均已經超越了古代文人的權力結構。在當時胡適的身份是北京大學的教授，雖然已被教育部批准，可他並不屬於古代社會官方結構中的「史官」身份。可這時的胡適站出來為李超這一無名學生作傳，且能夠得到《晨報》等公共媒體的支持，並在青年學生以及社會同仁之間引起極大反響，這其實揭露了 20 世紀初文學權勢的變化。事實上，「新青年」諸君間雖然理念有所差異，但本質上共屬同一陣營。而這一陣營在社會上的異軍突起，它所能夠承接並改變的是 20 世紀的文化乃至文學的面貌。在 20 世紀初的中國，辛亥革命推翻了清王朝的帝制統治，結束了幾千年的封建社會，封建社會的官方權力執政形態土崩瓦解。從政治權力來說，袁世凱竊取辛亥革命果實，後又經黎元洪執政、張勳復辟等一系列政治變動，政治權力幾經易手，但基本控制在各路軍閥手中；而對文人來說，科舉制的廢除荒廢了幾千年來的民間與廟堂的人才輸送機制，文人無法依附於廟堂、為人臣子，自然也再無法掌控與官方權力結構緊密結合的文化權力。文化的解釋權散落各方，雖前有遺民文人諸如梁啟超、章太炎、

〔註105〕蔡元培著，王世儒編：《蔡元培日記》，北京大學出版社，2010 年，第 161 頁。
〔註106〕（清）顧炎武：《日知錄卷 19》，安徽大學出版社，2012 年，第 1073 頁。
〔註107〕（清）顧炎武：《日知錄卷 19》，安徽大學出版社，2012 年，第 1071 頁。

林紓、王國維等扛鼎發力，積極地倡導新的文化樣態，可畢竟年紀已長，且變動仍是持續多，變進少，未能從根本上扭轉國民的社會心理，所以在社會文化一環亟待新的梳理。而胡適能夠為李超作傳，且能夠引起如此巨大的社會效應，很顯然，以胡適為代表的新文化陣營已經掌握了一定的文化話語權。

　　新青年一方所掌握的話語空間在一定時期是超軼於政治的。而這樣局面的形成是蔡元培苦心經營的結果。在蔡元培對教育的看法中，始終認為教育應該超軼於政治，遠離官場，所以他頂住了來自政治界的壓力，還新文化陣營一方一個相對自由的文化空間。那時文化的解釋權所關聯的基本上都是報刊雜誌等文化媒介──社會的公共輿論空間，諸如《新青年》、《新潮》、《晨報》等公共媒體。就李超之死一事而言，公共媒介在其中所發揮的社會效用毋庸置疑。李超本是一個受到家族專制、傳統三從四德戕害的女性，她的死亡本是個人悲劇，而最終繁衍成為公共文化事件，蔡元培、胡適、李大釗等新青年陣營在其中出力頗多，而各大媒體的爭相報導更是將此事推向了更為廣闊的公共領域。李超孤獨地於 8 月死於法國醫院，但是在李超死後的 10 月份，1919 年 10 月 5 日《少年中國會》雜誌便刊登出了李超追悼會籌備的消息，後來《晨報》、《新青年》、《申報》等各大報刊雜誌積極跟進，尤其是《晨報》更是在 1918 年 11 月到 12 月期間接連更新關於「李超之死」的相關消息和社會名宿的演講。《晨報》於 12 月 1~3 日連載了胡適的《李超傳》，《新潮》也於 12 月 1 日全文刊載了此篇傳記。「《晨報》12 月 2 日的 7 版登載了王光祈的《改革舊家庭的方法》，《晨報》12 月 13 日、12 月 17 日、12 月 22 日的『論壇』專欄登載了《李超女士追悼會之演說詞》，分別刊發了蔡孑民、陳獨秀、梁漱溟、蔣夢麟、孫繼緒五人的演說詞，《新社會》『隨感錄』中有鄭振鐸的《萬惡的社會》」。〔註 108〕配合著這些報紙媒介，新青年諸君的話語被播撒出去，「李超之死」因新文化團體的推舉而成為了中國社會發展進程中的標誌性的事件，以它為標本所反映的婚姻自由、家長專制、女性經濟獨立、教育現狀等社會問題也成為社會熱議的公共話題，且引起了當時一批新青年作家群體的廣泛關注，培養了他們對社會事務的參與熱情，以及對社會制度的反思意識。在事件發酵之後，12 月 27 日，女高師學生應福建旅京學生聯合會邀請，在青年會演出以李超的遭遇編寫、排演的六幕話劇《惡家庭》。女高師的學生以馮沅君同學為首，帶頭在河南與兒時的訂婚對象退

〔註 108〕楊華麗：《李超之死及其意義挖掘》，《海南師範大學學報》，2015 年第 1 期。

婚，其他同學也紛紛傚仿。

在報刊雜誌的廣泛參與中，蔡元培、胡適、陳獨秀、李大釗等新文化學人與這些公共媒介已經形成了一股文化合力，共同組成了社會文化資本。他們以群體的力量參與到文化活動中來，秉承著共同的文化訴求，借助報刊雜誌與各方勢力尤其是政治勢力爭奪文化資本與文學話語權，從而從事實上謀得了新文學的合法地位和社會認同。所以當胡適寫就《李超傳》，並以《晨報》為平臺向社會推廣《李超傳》時，以胡適為代表的新青年陣營已經獲得了文化的解釋權。文學權力不再掌握在那些軍閥政府壟斷的御用文人手中，而是被新青年諸君收入囊中。當時冰心受到《晨報》編輯劉放園的邀請，在《晨報》創刊一週年之際為其創作紀念文章。結果冰心的文章與蔡元培、魯迅、周作人等社會名流刊登在一起，這讓冰心受寵若驚。可以說在這些年輕的新起之秀的心中，蔡元培、魯迅、周作人已經成為了文學場域中的中堅力量，是「文化名家」。這樣看來，經過不到三年的時間，當年那批名不見經傳的小人物已經在蔡元培的扶持下成為了文學場域的中流砥柱。

三、新意識形態的形成

由於蔡元培、陳獨秀、李大釗等教育界名流的關注和蒞臨，「李超之死」由原來的個人事件演變為公共事件。而李超「追悼會」更是頗具儀式感，明顯是一次有組織有籌備的團體活動。先是正式發布《李超女士追悼會籌備處啟事》，後來從 11 月 19 日至 26 日，《晨報》每天都刊登《李超女士追悼大會啟事》，而啟事中出現的 54 位發起人，胡適、蔡元培都名列前排。這次儀式感極強的「李超追悼會」被新文化諸君用來提供「共同體驗的瞬間」，「激發、增強或重塑個體成員的集體意識和認同」，他們在追悼會上發言、追憶，促成了社會普遍的信仰、情感和意識形態的高度一致，從而將「個體整合到社會全體之中」，〔註 109〕並借助於新聞媒體，重構並強化新的社會文化秩序。

在此次追悼會上蔡元培、胡適等人均做了重要演講。後來《晨報》於 12 月 1 日～3 日更是連續三日連載了胡適的《李超傳》，並於 12 月 13 日、12 月 17 日、12 月 22 日的「論壇」專欄登載了《李超女士追悼會之演說詞》。而無

〔註109〕〔法〕愛彌爾・涂爾著，渠東、汲赫譯：《宗教生活的基本形式》，上海人民出版社，2006 年，第 8 頁。

論是這些演講稿還是胡適關於《李超傳》的注解都有趨同的價值追求。胡適解釋緣何作《李超傳》時說：

> 大家都知道前兩天我為李超同學作了一篇傳，計有六七千字，要算中國傳記裏一篇長傳。我為什麼要用這麼多的工夫做她的傳呢？因為她的一生遭遇可以用做無量數中國女子的寫照，可以用做中國家庭制度研究的資料，可以用做研究中國女子問題的起點，可以算做中國女權史上的一個重要犧牲者。我們研究李超的一生，可以聯想到許多問題，比如家長族長的專制，女子教育問題，女子承襲財產的權力，有女不為後的問題等等……〔註110〕

胡適直接將「李超」視作中國無數女子的寫照，並想藉此來研究中國家庭制度、中國女子問題，甚至聯想出許多個體在家庭、教育、財產繼承、生育繁殖等方面的生存狀況。

與胡適所語較為相同，蔡元培也對「李超」事件作過類似表態。《晨報》所選的第一篇便是蔡元培的演講稿，在演講稿中蔡元培這樣表述，：

> 胡適之先生作的李女士傳與方才的演說，都是於追悼以外，說到解決不幸問題的方法，都是我所贊成的，但是偏於女子一方面。我的觀察，是覺得男女兩方面有同樣問題，所以不得不想出總解決的方法。〔註111〕

在演講稿中蔡元培贊同了胡適的看法，並提出了解決之策，將李超這一女青年的問題歸結為男女相通的社會問題，全面觸及到了個人在社會上生存的經濟問題、教育問題、公益問題等。第二篇演講稿刊登的是陳獨秀的文章，他強調：

> 社會制度，長者恒壓迫幼者，男子恒壓迫女子，強者恒壓迫弱者。李女士遭逢不幸，遂為此犧牲！同時如湖南之趙女士，亦為是死，真可慘也。〔註112〕

顯然，陳獨秀也將李超之死歸結為社會制度問題，因社會上存在的權力、專制壓迫，這才使諸如李超等女性喪了命。基本上，胡適、蔡元培、陳獨秀等

〔註110〕胡適著，歐陽哲生編：《胡適文集2》，北京大學出版社，1998年，第591頁。
〔註111〕蔡元培，署名蔡子民：《李超女士追悼會之演說詞》，《北京大學日刊》，1919年12月13日。
〔註112〕陳獨秀：《陳仲甫先生演說》，見《李超女士追悼會之演說詞》，《晨報》，1919年12月13日。

人不僅將「李超之死」作個人悲劇來看待，而且將其上升為社會問題、青年問題以及全體女性、全國人的生存問題。這一「文化」事件也為文學創作帶來了現實題材。蔡元培、胡適等人在演講辭和傳記中所提到的社會制度問題也引發了文壇上「問題小說」的創作熱潮。1919 年 10 月 7 日～11 日，冰心在《晨報》發表小說《斯人獨憔悴》，一週後，《國民公報》上刊載了晚霞對此小說的評論「我的朋友在《晨報》上看見某女士作的《斯人獨憔悴》那篇小說，昨天又看見本報上李超女士的痛史，對我蹙眉頓足罵舊家庭的壞處，我以為壞處是罵不掉的，還請大家努力改良」。〔註113〕冰心、盧隱、王統照等作家在報刊雜誌上相繼推出的「實事小說」、「問題小說」，大多立志解決青年的憂慮，針砭時事。這些深刻揭露社會歷史問題的演講和評論，以社會制度傷痛為題材的小說創作，已經與傳統的官方意識形態拉開距離，甚至是以「對抗」的姿態出現。某種意義上，這些新青年陣營獲得的文學資本已經能夠與官方權力角力，而這一文學資本也借助於「李超之死」事件構築起了社會集體的全新的意識價值認同。

在這些演講稿和追悼儀式中，蔡元培、胡適等人均從李超的「個人」身份出發，談論的是個人在制度下的生存隱憂。安德森在他的「民族主義：想像的共同體」的研究中指出「民族國家沒有清晰可辨的誕生日」，基本上是通過「記述烈士之死來為民族國家立傳」。〔註114〕所以在晚清之際，秋瑾等女英雄雖是女烈士，可「一旦升上民族主義的祭壇後，道德約束似乎益發嚴格，女烈士之『女』全無任何身體特徵或顛覆性的潛能，而僅僅意味著烈士添加了一點色彩和多樣化」，〔註115〕甚至當秋瑾等人被「神聖化」、「英雄化」之後，他們為「女性代言」的一面基本上被完全淡化，「女傑的豪情」被當做「英雄氣概來解讀」，「新的女性時間也只有在與男性時間交匯時才能感覺得到」。〔註116〕可是在「李超之死」事件中，李超卻顛覆了秋瑾等女英雄的

〔註113〕王炳根：《冰心論集》，上海交通大學出版社，2013 年，第 530 頁。

〔註114〕Benedict Anderson: *Imagined Communities：Reflection on the Origin and Spread of Nationalism*, London and New York： Verso，1983／2003，第 205 頁。譚桂林、朱曉進、楊洪承、符杰祥：《從南京走向世界「魯迅與 20 世紀中國」青年學術論壇》，知識產權出版社，2016 年，第 74 頁。

〔註115〕胡纓：《性別與現代殉身史：作為烈女、烈士或女烈士的秋瑾》，遊鑑明、胡纓、李家珍主編：《重讀中國女性生命故事》，北京大學出版社，2011 年，第 132 頁。

〔註116〕季家珍著，楊可譯：《歷史寶筏：過去、西方與中國婦女問題》，江蘇人民出版社，2011 年，第 255 頁。

敘事模式，她的身份特徵十分明顯，李超是「個體」，是「女性」，是「弱幼」。在這個追悼儀式中，蔡元培等人有意地將追悼會「神聖化」，可卻並未將李超個體「英雄」敘事。他們始終強調李超作為青年個體的悲慘，將其看作女權鬥爭的縮影。李超的死沒有被打造為國族神話，或是民族記憶，而是被簡簡單單的視作個體生存的表徵。在這一生存個體中，李超作為「同學」、「學生」之於學校的關係如何、而作為「青年」又在家庭制度中如何生存？這些新青年們著意強調的是這些身份概念和人事關係，試圖啟用「青年」的話語範疇去對抗以往的官史敘事和晚清革命時的英雄主義敘述，強調新文學的「人的文學」，或者是更為準確的「青春的文學」。

　　其實在新文學發軔之際，關於「文」的面貌的構思依然隸屬於「青年」、「青春」的體系中，「青年」、「青春」話語控制著文學、文化想像的可能。陳獨秀的《文學革命論》可以和他的《敬告青年》的六條準則等量而觀。他希望青年是自主的而非奴隸的，進步的而非保守的，進取的而非隱退的，世界的而非鎖國的，實利的而非虛文的，科學的而非想像的，這恰好對應了《文學革命論》中的「推倒陳腐的、鋪張的古典文學，建設新鮮的、立誠的寫實文學；推倒迂晦的、艱澀的山林文學，建設明瞭的、通俗的社會文學」。這種新鮮的、立誠的、明瞭的、通俗的敘述不正是實利、進步、自主、科學的文學闡釋嗎？「我們要活過來，首先就須由青年們不再說孔子孟子和韓愈柳宗元們的話」，〔註 117〕文學革命的意義大抵在此，「不過說：我們不必再去費盡心機，學說古代的死人的話，要說現代的活人的話：不要將文章看作古董，要做容易懂得的白話的文章」。〔註 118〕新時期的「青年」應該說什麼？怎麼說？新文化運動中批孔孟、廢經學，繼而改革思想，扛起民主科學兩面旗幟，正是基於「青年問題」的思考。以《新青年》為園地，當時的青年學者以及北大師生們關於「青年」、「青春」的話語討論越來越精進、深化且更為具體。陳聖任在《新青年》第二卷第一號中暢聊「青年的欲望」；李平則在《新青年》第二卷第二號上討論「新青年之家庭」；李張紹南在《新青年》第二卷第六號上發表的《女子問題——哀青年》更是關注到了青年群體的性別身份問題；《新青年》第三卷第五號上鄭佩昂則大談「青年早婚之害」；羅

〔註 117〕魯迅：《無聲的中國——二月二十六日在香港青年會講》，《魯迅全集 4》，人民文學出版社，2005 年，第 14 頁。
〔註 118〕同上，第 13 頁。

家倫也在《新青年》第四卷第一號中暢談「青年學生」群體的家庭、生活和追求，這些發表於《新青年》讀者論壇上的文章無一不體現了當時的青年們對社會、生活、家庭、自我的感知。

可以說，「青年」與「文學」的概念自新文學發軔之初就扭結在一起，而以「青年」、「青春」為觸媒的新文學自然也無法擺脫「青年情懷」和「青春情趣」。這些深處文化風暴漩渦中心的「新青年」們基本上是五四新文學的生力軍，既是創作者，也是新的讀者群。而由於這些人普遍的生存環境和生活經驗也使得五四時期的新文學創作表現出趨同的審美傾向。這些普遍的價值追求和生命體驗，使得這些青年們參與創作和閱讀接受的五四新文學閃動著「青年」、「青春」的「影像」。熟悉的校園生活，牢籠般的家庭以及無處釋放的個人情緒，這些青年共有的人生體驗使得「青春」話語與大學校園、青年學生等意象結合在一起，逐漸發展成為「混溶」的文學概念，在文學上具體表現為「校園生活」、「反抗家庭」、「自我認知」等文學母題及意象。在五四時期的新文學創作中無論是涉及到教育理想和教育現實差距的校園小說，還是青年反抗舊家庭桎梏，勇於逃離出家的家庭題材小說，亦或者是泛濫著自我感傷與意識的「私小說」，20～30 年代的「作家的視線」大多還是停留於「狹小的學校生活以及私生活的小小的波浪」，〔註 119〕而在文學作品中所散發的「青春」的氣息大多充滿朝氣、叛逆銳利，彰顯著青春話語強大的生命力。後來冰心的小說《斯人獨憔悴》被改編為劇本多次被搬上舞臺，1920 年 1 月 9 日，一位觀劇者寫出了他的觀劇感受：「《斯人獨憔悴》是根據《晨報》上冰心女士底小說排演的，編製作三幕，情節都不錯，演的也好。……這劇裏明明演的『五四』的故事……」〔註 120〕顯然，這種充滿著青春活力，企圖顛覆幾千年來的沉重枷鎖，謀求自我發展與反映社會熱點問題的寫實主義傾向的文學內容已經成為五四的「文化標籤」。

誠如斯言，在這場浩浩湯湯的新舊之爭中是以新青年的「青年話語」的勝利告終，而這場爭論中雖然集中談論的是學術問題，可說到底還是一場文化領導權的較量。文白之爭，從學術問題發端，談論文章著作該用何種語言，不過是爭取新文學的解釋權和所有權，並將白話歸還於大眾手中，脫離文言

〔註 119〕茅盾：《中國新文學大系・小說一集導言》，上海良友圖書公司，1935 年，第 96 頁。

〔註 120〕劉勇、李怡編：《中國現代文學編年史》，文化藝術出版社，2015 年，第 188 頁。

精英們的文化「圍剿」。而「李超之死」事件中如此密集的文化宣講、新聞報導和儀式感頗濃的追悼會更是將李超作為「文化標本」來著意打造，以求用李超的個人悲劇換取整個社會對個體生命意識的尊重和追求。在這場包含著「青春想像」、「個體本位」、「寫實主義」等概念的新文學運動中，蔡元培算作是一員猛將，他不僅與林紓等人據理力爭，與教育部、軍閥政府斡旋抗爭，更借助於文化手段，從意識形態上繼續強化和穩固新文學的思想主張。從身份認同上說，蔡元培有其難以辨別的混濁的思想邊界，無法說其新舊，可無法否認的是，在這場關於新文學的語言、思想、情感表達的新舊論爭中，蔡元培無疑是處於領導、應戰的地位，是新文學運動的「中心」。

第三章 「合」與「離」：蔡元培思想與新文學的複雜格局

在林琴南與蔡元培的爭論中，林紓提到「晚清之末造，慨世者恒曰：『去科舉，停資格，廢八股，斬豚尾，復天足，逐滿人，撲專制，整軍備，則中國必強』……今百凡皆遂矣，強又安在？於是更進一解，必覆孔、孟，鏟倫常為快。」〔註1〕言下之意，表示出對辛亥革命後中國局面的失望。林紓時年已垂七十，前三十年對清廷統治不無失望，也曾熱烈擁護辛亥革命。可辛亥之後，軍閥割據，征戰多年，使林紓對辛亥革命的「革命」本身產生了懷疑。垂垂老矣後，看到革命未能開闢出新的局面，便開始倒向了「過往」，企圖回復到原有樣態。林紓對蔡元培推舉新學的責怪之意還是非常明顯，他不無一次地含沙射影地提到蔡元培對辛亥革命的支持和吹捧。而如今蔡元培不僅要從政體上擁護民國，「為民國宣力」，且要從意識形態上推翻漢學根基，倫理體系，這讓林紓痛心疾首。事實上，辛亥革命的餘波消退，「數千年之舊機器已毀，而新機器不能成也」，〔註2〕不僅讓魯迅等新青年們似乎又回歸到對「新生」命運的無可奈何，只能躲在 S 會館抄寫古碑，荷戟獨彷徨，也讓林紓這些「遺民文人」的思想心態發生轉變。而被林紓所指謫的蔡元培雖然沒有正面回覆林紓，可林紓這番話卻反映出蔡元培思想觀念多重且相互矛盾之處，可以為我們撕裂出思想的縫隙，讓我們探究出蔡元培在五四新文化洪流中的思想遇合和悖謬。

〔註1〕蔡元培：《林琴南致蔡元培函》，高平叔編：《蔡元培全集3》，中華書局，1984年，第 272 頁。

〔註2〕康有為：《孤憤語二·無望》，湯志鈞：《康有為政論集》（下），中華書局，1981年，第 878 頁。

第一節 《〈紅樓夢〉索隱》與蔡元培的思想機制

《〈紅樓夢〉索隱》是蔡元培爭議較大的學術著作，它開啟了《紅樓夢》研究索隱考證派的先河。在 1917 年發表之初便爭議頗大，胡適、俞平伯等人就曾對蔡元培研究《紅樓夢》的方法展開過激烈的討論。其實蔡元培對於《紅樓夢》的研究並非一蹴而就，而是循序漸進地有所體悟和領會。在他的日記中，早在他清廷為官之際便將《紅樓夢》一書中的有關人物與歷史人物相類比，而他之所以會在 1917 年選擇發表此書，也源於他的好友張元濟的建議。「若大著此時不即出版，恐將來銷路必為所佔。且駕既回國，料亦未必再有餘閒加以潤飾，似不如即時出版為便」。〔註3〕換而言之，蔡元培有關於《紅樓夢》的考證是一漫長積累的過程，在此過程中他經歷了朝堂生涯、革命羈旅，遠赴歐洲留學，接任北京大學校長等多重體驗。蔡元培說「甄士隱即真事隱，賈雨村即假語存，盡人皆知，然作者深信正統之說，而斥清室為偽統，所謂賈府，即偽朝也」。〔註4〕很顯然蔡元培有意將《紅樓夢》中的點點滴滴與朝堂生活相應對，借曹雪芹之口揭露清王朝之偽，甚至將裏面的兒女情狀、人際衝突都解釋為慷慨國士，朝堂鬥爭，《紅樓夢》在蔡元培的理解中儼然成為政治小說。不過無法忽視的是，在 1917 年就任北京大學校長時的蔡元培極力排斥著政治，著力打造「純粹研究學問」的現代大學，甚至《新青年》的初衷也與政治相隔離。在陳獨秀入京後有讀者曾詢問陳獨秀，「將在野以鞭策社會乎？將在朝以屬行改革」？陳獨秀回答說「以僕狂率，欲在野略盡文人報國之義務，尚恐無效，不知足下因何因緣而以在朝為問也」？〔註5〕實際上從一開始，蔡元培與新青年諸君就打定了與政治區隔的決心，無意文人報國，或是在野鞭策。可有意思的是，選擇在 1916 年連載、1917 年出版《〈紅樓夢〉索隱》的蔡元培仍然將《紅樓夢》讀為政治小說，試圖將文學與政治相勾連，針砭清朝時局、持民族主義觀，甚至面對著胡適、俞平伯等人的諸多學術質疑，卻始終堅持己見。蔡元培針對《紅樓夢》一書中所添加的「誤讀」元素，也許可以輔助我們認識蔡元培的思想軌跡，並進一步地透析出他與五四新文學運動的「合」與「離」。

〔註3〕高平叔：《蔡元培年譜長編》（上冊），人民教育出版社，1996 年，第 620 頁。
〔註4〕蔡元培：《〈石頭記〉索隱》，《蔡元培全集3》，中華書局，1984 年，第 76 頁。
〔註5〕陳獨秀：《通信》，《新青年》1917 年 3 月 1 日，第 3 卷第 1 號。

一、《紅樓夢》研究的「滿漢」問題

在清末民初掀起了一股研究《紅樓夢》的熱潮，許多社會名流均對《紅樓夢》一書有所染指。魯迅曾對研究《紅樓夢》者有一精闢的概述「經學家看見《易》，道學家看見淫，才子看見纏綿，革命家看見排滿，流言家看見宮闈秘事」，〔註6〕基本上可以概括為清季民初文人研究《紅樓夢》的群像。那時索隱《紅樓夢》非常興盛，大多承襲陳康祺《郎潛紀聞二筆》中所述其師徐時棟的觀點，以清人的讀書筆記為依託，實證《紅樓夢》。蔡元培便是此種思路的推行者，而山西運城人景梅九也是這種實證索隱的支持者。巧合的是，知人論世，景梅九此人與蔡元培的人生軌跡有較多相似之處。兩人都曾經效力於清廷，被清朝體制所接納。景梅九雖不至蔡元培的翰林高位，可他卻被京師大學堂選中公派留學日本。可以說，兩人都是清廷選才機制的得利者，可這兩位曾經「體制內」的人卻最終逃離出封建政體之外，走向了反清革命。

1904年景梅九與秋瑾在日本創辦了《白話報》，1905年又參加了同盟會，在西安大學堂擔任教員，對中國教育關懷良多，學術也十分精深，對訓詁、音韻方面多有研究。景梅九的《〈石頭記〉真諦》與蔡元培的《〈紅樓夢〉索隱》、胡適的《〈紅樓夢〉考證》、俞平伯的《〈紅樓夢〉辨》開啟了中國《紅樓夢》研究的先河。尤其是景梅九的《〈石頭記〉真諦》和蔡元培的《〈紅樓夢〉索隱》都延續的是清人的考據思路，兩位革命者在此書中均表示出反滿傾向。在《〈石頭記〉真諦》的附錄中景梅九明確指出薛蟠此類惡霸王「表示滿人之橫暴頑鄙一流人」，〔註7〕後以《紅樓夢》中的各色人物為線索，展現了清朝初期的宮廷秘錄。賈政代指多爾袞，多姑娘指代多鐸，且認為蔡元培所擬的焦大於洪承疇謬矣，實際上應為王輔臣小影。

其實引出景梅九此人和他的研究《〈石頭記〉真諦》不是為了與蔡元培的《〈紅樓夢〉索隱》一較高低，也無意究其對錯，只是為了引出一個疑問，即為何同樣是革命者的景梅九和蔡元培會不約而同地關注《紅樓夢》，且要將《紅樓夢》這部作品解讀為清朝軼事，亦或者是蔡元培所說的「清康熙朝政治小說也」。〔註8〕事實上，這兩者借《紅樓夢》寫清朝事，實際卻是為了揭清之

〔註6〕魯迅：《集外集拾遺補編·〈絳洞花主〉小引》，《魯迅全集8》，人民文學出版社，2005年，第179頁。

〔註7〕景梅九著，孫玉明、張國星編：《〈紅樓夢〉真諦》，遼寧古籍出版社，1997年，第53頁。

〔註8〕蔡元培：《〈石頭記〉索隱》，《蔡元培全集3》，中華書局，1984年，第74頁。

失。他們有很強的目的性，往往將書中的反面人物來影射清人，而將相對姣好明豔的人物配予明人。蔡元培說的可能更加明確些，「書中女人皆指漢人，男人皆指滿人，以寶玉曾云男人是土做的，女人是水做的也」。〔註9〕這兩本書的民族主義傾向甚擎，「書中本事，弔明之亡，揭清之失」。不過，也有學者指出，與其說蔡元培借《紅樓夢》排滿反清，毋寧說他是在「影射仕清的漢族名士」，「而尤於漢族名士仕清者，寓痛惜之意」。〔註10〕的確，縱觀這部索隱之作，雖然作者有意強調其民族主義情節，可除了一些正反面人物的明清、漢滿歸屬有別之外，研究的主體論述大多不在談論所謂的「民族情結」、「反滿傾向」。《〈石頭記〉真諦》更像是稗官野史筆法，研究之細甚至可以借助《紅樓夢》挖掘出宮廷秘辛。「寶玉之淫亂擬乾隆」，「傅恒夫人與乾隆有私，故作者於玉釧嘗羹時，特夾寫傅秋芳一段以影射之，皆非閒筆」；〔註11〕相較於景梅九的「宮廷秘錄」，蔡元培的研究則文人氣頗重，基本上將金陵十二釵男性化類比，擬作康熙朝的權臣、官吏，更多地在挖掘這些士大夫階層的氣節以及悲慘命運。他們二人所強調的排滿反清的說法更像是浮動在文本之外的一層「面紗」，與論述主體關涉不大。

　　據陳榮陽論證蔡元培在開始研究《紅樓夢》時，他對清廷的態度基本上還是感激為主。「承示並二十三日《申報》，具悉。所屬恭錄二十一日上諭懸之廳事，仰見老成深慮，欽佩無任。尚有奉商者，下款請列臺銜，若元培則不願列名也。使其言而果出於我皇上與，勿欺而犯，先師所訓，面從後言，《尚書》所戒，亦不能不擇其言之何如而漫焉崇奉之。況乎二十四年八月以後所下上諭，豈尚有一字出於我皇上哉？皆黎鄺之鬼所為耳」，〔註12〕日記中這樣的論斷層出不窮，對皇帝也並無反意。後來到了 1903 年發表於《蘇報》上的《釋仇滿》中，蔡元培更跳脫出民族觀的狹隘意識，從滿人身份的政治特權談起，「世襲君主，而又以少數人專行政官之半額，一也；駐防各省，二也；不治實業，而坐食多數人之所生產，三也」，〔註13〕很明顯，蔡

〔註9〕蔡元培：《〈石頭記〉索隱》，《蔡元培全集3》，中華書局，1984 年，第 75 頁。

〔註10〕陳榮陽：《文人蔡元培的心史：〈石頭記索隱〉新談》，《紅樓夢學刊》，2015 年第 2 期。

〔註11〕景梅九著、孫玉明、張國星主編：《〈紅樓夢〉真諦》，遼寧古籍出版社，1997 年，第 60 頁。

〔註12〕蔡元培：《致徐樹蘭函》，高平叔編：《蔡元培全集 1》，中華書局，1984 年，第 91 頁。

〔註13〕蔡元培：《釋仇滿》，高平叔編：《蔡元培全集 1》，中華書局，1984 年，第 172 頁。

元培的仇滿不在民族之別，而在推翻帝制權威。循此思路，陳榮陽認為蔡元培寫《〈紅樓夢〉索隱》可能不是為了排滿反清，而是揭露文人心史。且他指出了一個很有意思的現象。說辛亥革命「驅除韃虜，恢復中華」，可在辛亥革命之後，孫中山在《中華民國臨時大總統宣言書》中更是強調「國家之本，在於人民。合漢、滿、蒙、回、藏諸地為一國，即合漢、滿、蒙、回、藏諸族為一人。是曰民族之統一」，〔註14〕在 1912 年提倡「民族統一」，那麼為民國宣力的蔡元培不可能反抗這一旨意，又怎麼會真的去借助《紅樓夢》表達「反滿」思想呢？

可事情的悖論恰恰在此，在 1917 年正式出版的《〈紅樓夢〉索隱》中蔡元培依然保留了他的「反滿」宣言。而這也許不是蔡元培「頂風作案」，他「召喚亡靈作戰」本質上是在解釋「辛亥革命」，甚至可以說是借助《紅樓夢》這一「六經」完成他對革命「合法性」的注解。其實這時候關注到《紅樓夢》的滿漢問題不止蔡元培、景梅九二人，用科學方法研究《紅樓夢》的胡適也發現了作者曹雪芹身上的「滿漢之歧」。胡適在《紅樓夢考證》中首次引用了《八旗滿洲氏族通譜》的結論，言「曹錫遠，正白旗包衣人」，且是「漢軍正白旗人」。〔註15〕後來魯迅在《中國小說史略》中又對這一問題重複闡述「迨胡適作考證，乃較然彰明」，「雪芹名霑」，一字芹圃，「正白旗漢軍」。〔註16〕他們都很明顯地注意到了曹雪芹的「漢軍」身份。直至 1931 年，發表於《故宮週刊》的李玄伯的《曹雪芹家世新考》中將胡適、魯迅的意圖更為明瞭地說出「清入關以前，漢人而從軍有功者，多半派入漢軍旗內，曹氏即其一也」，「曹氏非旗人而是漢人」。〔註17〕這時已經有目的地從曹雪芹的滿漢族群本身延引《紅樓夢》的「種族說」。胡適探究《紅樓夢》是根據史料《八旗滿洲氏族通譜》得來的，可在這本清代官方史料典籍中所涉的曹雪芹的「隸屬何族」問題並不明確：

> 曹錫遠，正白旗包衣人。世居瀋陽地方，來歸年月無考。其子
> 曹振彥，原任浙江鹽法道。孫曹璽，原任工部尚書；曹爾正，原任

〔註14〕孫中山：《臨時大總統宣言書》，《孫中山全集》第 2 卷，中華書局，1982 年，第 2 頁。

〔註15〕胡適：《〈紅樓夢〉考證》，歐陽哲生編：《胡適文集 2》，北京大學出版社，1998 年，第 457 頁。

〔註16〕魯迅：《中國小說史略》，《魯迅全集 9》，人民文學出版社，2005 年，第 244 頁。

〔註17〕李玄伯：《曹雪芹家世新考》，《故宮週刊》，1931 年第 84 期。

> 佐領。曾孫曹寅,原任通證使司通政使;曹宜,原任護軍參領兼佐
> 領;曹荃,原任司庫。元孫:曹顒,原任郎中;曹頫,原任員外郎;
> 曹頎,原任二等侍衛,兼佐領;曹天祐,現任州同。〔註18〕

而胡適等人在論證中提到的另外一部經史典籍《八旗通志》中,也無說「漢軍」。

> 第三旗鼓佐領,亦係國初編立,始以高國元管理。高國元故,
> 以曹爾正管理。曹爾正緣事革退,以張士鑒管理。張士鑒故,以鄭
> 連(璉)管理;鄭連(璉)緣事革退,以曹寅管理。曹寅升江寧織
> 造郎中,以齊桑格管理。〔註19〕

在清朝的官方認知中,旗人本就不強調族群歸屬,他們「不分滿漢,但問旗民」。所以對他們而言,滿漢不是問題,旗民才構成有別。而經歷了辛亥革命,尤其是在鴉片戰爭之後民族、民族主義等西方觀念傳入中國後,滿漢之間才有了更深的「意味」。有意思的是,胡適、魯迅等人雖無意以曹雪芹的漢人身份入手去研讀《紅樓夢》的「民族意識」和作者的民族身份認同,可卻有意地強調曹氏一族的「漢軍」身份。

1903～1911 年間,嚴復、梁啟超等人提倡「新國民」、「新國家」之說逐漸分化,由「公民的國族主義」開始轉化為「種族的國族主義」。有不少學者認為辛亥革命的爆發與此種學說所激發的動員力量有直接關係。「當時很具說服力的一種觀點是將公民的國族認同與種族的國族認同結合成一種革命主張,企圖推翻清朝的專制政體,建立一個屬於漢族的民主共和國。」〔註20〕換而言之,從一開始便打著「驅除韃虜,恢復中華」口號的辛亥革命本就與反滿革命糾纏在一起,反滿既是「必取民族主義」的革命手段,亦是它的目的之所在。「假使當時中國的統治者不是異族的愛新覺羅王朝,而是同族的什麼王朝,那麼,在社會轉型當中就少了一項種族間的猜忌與傾軋。」當這種異族統治帶來了「稍有時代認識的漢族臣民非到圖窮見匕階段不敢提出任何牽涉到君上至尊大權的政治革新步驟」這類難以內部反省的中國官僚體制,它所引發的國民悲劇便將猜疑逐步擴大,甚至將「舊式君主制的諸多弊端」也囊

〔註18〕 (清)弘晝等著,遼寧圖書館古籍部整理:《八旗滿洲氏族通譜》,遼瀋出版社,1989 年,第 808 頁。

〔註19〕 (清)鄂爾泰著,李洵、趙德貴校對:《八旗通志》,東北師範大學出版社,1985 年,第 90 頁。

〔註20〕 劍男:《私心說》,《民心》,1911 年第 1 卷。

括其中。〔註21〕對此，宋教仁曾對種族革命有過解釋：「吾輩亦非主張種族革命者。征諸各處獨立，滿人之投誠肯皆被保護之事，即可知吾輩真心。但政治革命與種族革命實有關係，不可不知。因吾輩欲建共和國體，自應推倒政府，政府既為滿人，即不得不推倒少數滿人。假如此少數滿人能明大義，還我國權，自不見有種族革命，且不見漢奸亦多被誅乎？明乎此義，自能悉吾輩革命之真心」，〔註22〕在這些革命者眼中，推翻君主制的背後亦是推翻滿清貴族統治。辛亥革命與反滿的種族革命有極其密切的內在聯繫，在某種意義上可與反滿意識等價。

在辛亥革命後，孫中山提出「五族共和」主張，革命者們明顯是意識到了曾經在革命過程中所忽視的「公民的國族主義」和「種族的國族主義」之間的內在衝突，試圖解決滿漢矛盾。可是在後辛亥革命時代，胡適、魯迅還有蔡元培、景梅九仍然在文學研究領域延續了辛亥革命的「種族」觀念，從內容到作者身份等方面清晰地去剖析《紅樓夢》中所包含的各種滿漢之別，這不得不說也有其特殊用意。按照余時英的說法晚清之際仍然有很多人願意相信改革，康有為、梁啟超等人甚至與孫中山在東京形成對壘之勢。而辛亥革命之後，面對著軍閥混戰不休的亂象，也大有林紓這樣的人走向「辛亥革命」的「逆流」，甚至還有諸如「張勳復辟」的鬧劇上演。那個時候蔡元培、魯迅、胡適等人雖也對政治現象有諸多不滿，可對辛亥革命還是有著較為清晰的認識。蔡元培在 1917 年七月二十日還曾向蘇甲榮寄函，索要《辛亥戰紀》稿，對「辛亥革命」的記實錄百般在意。〔註23〕胡適在談到辛亥革命時說「這個政治大革命雖然不算大成功，但是它是後來種種新事業的總出發點，因為那個頑固腐敗勢力的大本營若不顛覆，一切新人物與新思想都不容易出頭。戊戌（1898 年）的百日維新，當不起一個頑固老太婆的一道諭旨，就全盤推翻了」；〔註24〕魯迅對辛亥革命雖說是百般失望，覺得革命之前是奴隸，革命之後受了奴隸的騙，成了他們的奴隸。可他也說：

> 我覺得有許多民國國民而是民國的敵人。
>
> 我覺得有許多民國國民很像住在德法等國裏的猶太人，他們的

〔註21〕王亞南：《中國官僚政治研究》，商務印書館，2010 年，第 159～160 頁。

〔註22〕郭漢民編：《宋教仁集》，湖南人民出版社，2008 年，第 432 頁。

〔註23〕蔡元培著，王世儒編：《蔡元培日記上》，北京大學出版社，第 241 頁。

〔註24〕胡適：《中國新文學大系·建設理論集·導言》，《中國新文學大系·建設理論集》，良友圖書印刷公司，1935 年，第 63 頁。

意中別有一個國度。

　　我覺得許多烈士的血都被人們踏滅了，然而又不是故意的。

　　我覺得什麼都要從新做過。

　　退一萬步說罷，我希望有人好好地做一部民國的建國史給少年
看，因為我覺得民國的來源，實在已經失傳了，雖然還只有十四年！
〔註25〕

所以在辛亥革命已經過去多年的時候，他們幾人在辛亥革命後有意言說「漢
軍」，甚至像蔡元培、景梅九等革命者更是露骨地去「反滿」。也許他們無意
去鞏固「漢族」為中心的國體，但卻想以「滿漢」這一種族爭端為切口去捍
衛辛亥革命的果實，並從文學上去輔證革命甚至是「共和體制」的合理性。
好比歐洲的宗教改革是「文藝復興」的近因，那麼「中國的辛亥政治革命」
則是「新文化運動」的近因。曾幾何時，林紓這樣的舊派文人曾對辛亥革命
也是充滿嚮往，但革命後的政治殘局令他費解難安，後來他牴觸和排斥新文
學運動，本質上說正是由於他對辛亥革命的這一革命本身甚至是共和體制的
懷疑。辛亥革命後的政治混亂、人心惶惶，攪亂了許多人曾經欣喜、信任的
心態，而這些人在此時有意地排滿、強調漢軍身份，則是為了在混亂的格局
中反對滿清帝制、維護辛亥革命，維護共和體制，更是要在思想意識形態方
面為「新文化運動」、「文學革命」的爆發找出合理的歷史出發點。

二、文學革命的思想發端

　　陳獨秀說「要鞏固共和，非先將國民腦子裏所有反對共和的舊思想，一
一洗刷乾淨不可」，寄希望於《新青年》（《青年雜誌》）在20年內造成鞏固共
和的「國民總意」。〔註26〕後來這種思想繼續蔓延，於是便有「政治界有革命，
宗教界亦有革命，倫理道德亦有革命，文學藝術，亦莫不有革命，莫不因革
命而新興而進化」的文學革命論，他說予青年「及時代之精神，日夜埋頭故
紙堆中，所目注心營者，不越帝王，權貴，鬼怪，神仙，與夫個人之窮通利
達，以此而求革新文學，革新政治，是縛手足而敵孟賁也」。〔註27〕周作人也

〔註25〕魯迅：《華蓋集・忽然想到》，《魯迅全集 3》，人民文學出版社，2005 年，第
　　　　16～17 頁。

〔註26〕陳獨秀：《舊思想與國體問題（在北京神州學會演講)》，《新青年》，1917 年 3
　　　　月 1 日，第 3 卷第 3 號。

〔註27〕陳獨秀：《文學革命論》，《新青年》，1917 年 2 月 1 日，第 2 卷第 6 號。

闡述過新文化運動的原因，言「以後蓬蓬勃勃起來的文化上諸種運動」基本上都是「受了復辟事件的刺激而發生的興旺的」〔註28〕顯然，革新文學在於革新政治，文學革命的目的在於滌蕩思想，鞏固共和。蔡元培也在《新聞學大系》總序中高度評價過文學革命，並說「為怎麼改革思想，一定要牽涉到文學上？這因為文學是傳道思想的工具」。〔註29〕在蔡元培的理解中，他選中文科，認同文學革新，是因為文學能夠傳播思想，療救民眾，革新政治。從革命的角度出發，維護辛亥革命的蔡元培當然會允許陳獨秀、胡適等人發起文學革命，借文學藝術界革命換取政治之革新，思想之滌蕩。這是他與「文學革命」合流的根源。本質上說，蔡元培的文學觀從政治層面附帶產生，而新青年的「文學革命論」也是從政治革命上衍生的，這是他們合流的關鍵。

　　《紅樓夢》本是「私人性文本」，在清代也僅流傳於曹雪芹的好友中，傳閱範圍不廣。而到了清季民初，由於梁啟超提倡的「小說界革命」，使「固不足與文學之事」，「難登大雅之堂」的小說成為「文學之最上乘」。後來《紅樓夢》逐漸成為了「公共性文本」，被知識分子發掘並重新討論。林紓看《紅樓夢》主要是為了鞏固他的古文「尊嚴」。所以他說《紅樓夢》多脫胎於古書，作者是博採眾長、博覽群書之人。而那些新青年們看待《紅樓夢》則基本上與其「新文學」觀環環相扣。

　　在關於文白之爭問題上，蔡元培與「新青年」有著極為相似的認識。蔡元培推舉《紅樓夢》是「白話聖經」，劉半農也說「試觀其文言小說，無不以『某生、某處人』開場；白話小說，無不從『某朝某府某村某員外』說起。而其結果，又不外『夫婦團圓』、『妻妾榮封』、『白日昇天』、『不知所終』數種。《紅樓》、《水滸》，能稍稍破其謬見矣」。〔註30〕從形式上認可了《紅樓夢》的與眾不同，並有意將《紅樓夢》作為白話小說的典範與林紓推舉的文言小說相對立。可後來這些「新青年」們卻不再將眼光放置在《紅樓夢》的形式與語言方面，而是更在乎《紅樓夢》本身的文學價值和研究的科學方法。尤其是錢玄同對待《紅樓夢》的態度轉變頗值得玩味。1921 年 7 月 18 日，錢玄同給胡適寫信，談論《紅樓夢》的版本問題，特意強調版本要最早最精，針對亞東重印舊小說一事，他希望能夠選擇《紅樓夢》的程校本或馬幼漁藏

〔註28〕周作人著、止菴校訂：《知堂回想錄》下冊，河北教育出版社，2001 年，第
　　　　382 頁。
〔註29〕蔡元培：《新文學大系導言》，嶽麓書社，2010 年，第 7 頁。
〔註30〕劉半農：《我之文學改良觀》，《新青年》1917 年 5 月 1 日，第 3 卷第 3 號。

本，而且告誡胡適希望在重印時能夠仔仔細細下一番工夫。後來 8 月 2 日，
他又為《醒世姻緣》寫序一事與胡適相商有所談及《紅樓夢》，認為自己不
太夠格點評文學作品，到了本月 11 日，胡適已經開始與錢玄同分享自己的
藏書發現。

> 近日收到一部乾隆甲戌抄本的脂硯齋重評《石頭記》，只剩十
> 六回……有一條說雪芹死於壬午除夕。此可以改正我的甲申說。敦
> 誠的挽詩作於甲申（或編在甲申），在壬午除夕之後一年多。（也許
> 是「成仁週年」作的！）……此外尚有許多可貴的材料，可以證明
> 我與平伯、頡剛的主張。此為近來一大喜事，故遠道奉告。〔註31〕

可見錢玄同對《紅樓夢》的版本研究還是較為關注。而到了 1922 年，錢玄
同更是直接說出「我尊重《紅樓夢》有恆久的文學價值，猶之乎尊重《詩經》
有恆久的文學的價值」。〔註32〕錢玄同的態度大抵可以代表新文化諸君的「文
學觀」。他們推崇小說、討論小說，大致圍繞著小說的版本流變以及文學價
值和審美傾向。如同周作人在 1919 年的《平民的文學》一文中就讚賞過《紅
樓夢》。

> 在中國文學中，想得上文所說理想的平民文學原極為難。因為
> 中國所謂文學的東西，無一不是古文。被擠在文學外的章回小說十
> 種，雖是白話，卻都含著遊戲的誇張的分子，也夠不上這資格。只
> 有《紅樓夢》要算最好，這書雖然被一班無聊文人文學壞成了《玉
> 梨魂》派的范本，但本來仍然是好。因為他能寫出中國家庭中的喜
> 劇悲劇，到了現在，情形依舊不改，所以耐人研究。〔註33〕

他雖前面在說《紅樓夢》的白話好，可後來直接將《紅樓夢》一書的價值推
引到「問題小說」的層面，去解析「中國家庭中的種種關係」。「新青年」們
借《紅樓夢》看出的是中國家庭的固有桎梏，以及人類生存的種種人際，可
這在蔡元培眼中卻成了文人與廟堂間種種的因緣際會、官宦沉浮，成為前朝
歷史的一部分。

> 群學家言曰，前史體例，其於事變也，志其然而不志其所以然。
> 且於君公帝王之事，雖小而必書。於民生風俗之端，則雖大而不載，
> 是故於一群強弱盛衰之故，終無可稽。而盈卷連篇，紀淫佚爽德佞

〔註31〕胡適：《胡適全集23》，安徽教育出版社，2003 年，第 531 頁。
〔註32〕錢玄同：《錢玄同文集6》，中國人民大學出版社，2001 年，第 49 頁。
〔註33〕周作人：《平民的文學》，《每週評論》，1911 年 1 月 19 日，第 5 期。

倬猥瑣之迹，與夫戰代紛繪，焚轟相斫，下洎教師朝黨陰謀秘計詭
得詭失而已……近世乃有小說，雖屬寓言，迫近民史，而文理淺顯，
尤含語言文學合一之趣。若能袪猥褻怪誕之弊，而律以正大確實之
義，則善矣。六朝作者有文、筆之別，筆為名家言，文為文家言。
〔註34〕

　　蔡元培的「小說觀」決定了他不可能從「人的文學」的角度出發去揣度
人性，或是注意到人類生存的種種掣肘。他的小說觀念依然是「史」化的，
只不過更趨向於民史，以前官方不予紀錄，而現在則可登大雅之堂，被廣泛
書寫。他評價魯迅「著作最謹嚴，豈徒《中國小說史》。遺言猶沉痛，莫作空
頭文學家」，力贊魯迅小說反映社會現實，不作空頭文學，他品讀《山海經》
也覺得「所謂神，為神權政治時代，即指當時的酋長」。〔註35〕在他看來小說
有「寫實傾向」，甚至更多是政治或者社會問題的隱喻。而他這樣的小說為史
的觀念也影響了他自己的文學創作。他的小說《新年夢》的創作手法與他解
讀《紅樓夢》的審美結論有很多相似之處。他不僅將自己的政治情感訴諸於
小說中，且與《紅樓夢》相似，虛實相生，在真假相間中紀錄世間時事。雖
然我們沒有直接證據能夠斷定《新年夢》的創作因《紅樓夢》而起。可透過
蔡元培對《紅樓夢》的索隱結論，倒是可以推斷出《新年夢》的文學意圖。
蔡元培在1904年日俄戰爭傾軋中國之際，舉筆寫小說，用故事的形式向世人
傳遞他的救國之念。小說成了他的投槍匕首，文學成為救世的武器。

　　而之所以做起小說，蔡元培主要還是基於社會現狀的考慮。在當時，日
俄戰爭正酣，威脅東北三省，戰事接連不斷，風雲變幻無常。可與支離破碎、
山河日下的社會情況不同，文學領域的發展卻如火如荼。在晚清時期，一大
批知識分子重新「發現小說」，很多讀四書五經的「士」轉為專職的小說寫手。
出於生計的考慮，一些小說作者萌生了讀者意識，為了照顧市場銷量，投其
所好。「其寫戀愛者，宜對月讀；其寫高潔者，宜對雪讀；其寫富麗也，宜對
花讀；其寫孤憤也，宜對酒讀；其寫道德也，宜整襟書齋危坐而讀；其寫義
俠也，宜卓舟絕壁之下長嘯而讀」。〔註36〕這雖然使小說擺脫王侯和聖賢之道，
趨於日常和民間，可也使得一些小說粗製濫造。為了迎合大眾口味，很多小
說誨淫誨盜，荒淫邪魅。一些報刊雜誌為了獲得很好的銷量，也多選擇這類

〔註34〕蔡元培著，王世儒編：《蔡元培日記上》北京大學出版社，2010年，第161頁。
〔註35〕蔡元培著，王世儒編：《蔡元培日記上》北京大學出版社，2010年，第208頁。
〔註36〕夏曾佑（署名別士）：《小說原理》，《繡像小說》，1903年第3期。

小說進行刊載，一時間言情、志怪、黑幕、偵探小說大行其道。

這樣的社會現象與蔡元培所堅持的小說應趨向於光明，書寫「正大確實之意」的觀念格格不入。在蔡元培看來「惟小說家之筆墨，寫君子難而寫小人易。試觀各國之操新聞事業者，為動閱者之目起見，往往搜集各種新奇之偵探案，將案中細情曲意描摹，載諸報紙之上。為營業起見，計固良得。然閱者之腦筋，日日印入此非法行為，難保不因之感染。嘗聞有人日閱醫家之治症告白，久而久之，其人果患與告白相類之病症。以此例彼，其關係於人心也巨矣。世界萬事，有陰必有陽，有暗必有明。作小說者詎能違乎此旨。顧西國所謂自然派之小說，筆底雖寫黑暗之狀，而目光常注光明之點。我國之作者則不然，如近時所傳之《官場現形記》等書，其描寫黑暗情形，可謂淋漓盡致。然不能覓得其趨向光明之徑線」。〔註37〕與《官場現形記》等小說不同，《新年夢》的情感色彩有黑暗也有光明，可光明卻是最終的指向。從未進行過小說創作的蔡元培在此時拿起筆進行小說嘗試，也有抗衡當時社會現狀的意圖。

在文學實踐方面，蔡元培改良小說的意圖再明顯不過，他希望小說能一改之前道聽途說的市井之談，而趨向於正確宏大的光明之意，或是西方自然派的寫實主義。其實不僅是蔡元培的《新年夢》，與此同類的晚清政治小說也是層出不窮。1902 年梁啟超在《新民叢報》上提倡「小說界革命」，並在此報上連載刊登了《新中國未來記》，直言「本書著者專為發表政見而作其精心結撰自不待言」。〔註38〕這部小說的橫空出世，開啟了中國政治小說的坦途，之後這類小說也如雨後春筍般不斷湧現。晚清的小說文學界呈現出兩種傾向，曲高和寡的崇尚光明的政治小說和下里巴人式的明白曉暢的通俗小說分列其中。不過值得玩味的是，與梁啟超的大力鼓吹小說救國不同，蔡元培對小說的態度頗為弔詭。《新年夢》在連載發表之時，蔡元培並未署名。這一舉動不禁讓我們聯想到古代的小說傳統。在古時，小說乃稗官野史之作，無法與詩賦等文學體裁同登大雅之臺，只是文人悠閒遊戲之作。正統文人不以寫小說為榮，甚至要隱其姓名、用筆名代之。古人以筆名或隱藏姓名與古代中國小說的文學地位有關。可為何在小說界革命提出的兩年之後，蔡元培依然沿用古法，抹去姓名？顯然，蔡元培有意向大眾階層傾斜，選擇小說來改良群治，

〔註37〕 蔡元培：《在北京通俗教育研究會演說詞》，《蔡元培全集 2》，中華書局，1984年，第 494 頁。
〔註38〕 梁啟超：《新中國未來記》，《新民叢報》，1902 年 10 月 2 日，第 17 號。

甚至也基本認可梁啟超所說的「小說界革命」。可相較於如此重視的梁啟超，蔡元培反倒是躲躲藏藏。難道說蔡元培因其從未進行過小說創作，而刻意藏拙，還是說作為報刊編輯和文稿投遞者為一體的蔡元培，為了《警鐘日報》的營生而不得已匿名寫作，亦或者是他本就對小說能夠產生的「不可思議的魔力」還存有顧慮？梁啟超是「欲新人心，欲新人格，必新小說」，〔註39〕而蔡元培明顯要打折扣。

　　胡適曾評價蔡元培解讀《紅樓夢》的方法，說他所用的「性情相近，軼事相徵，姓名相關」推求理論，若用於《孽海花》等寫時事的書確可成立，而很顯然《紅樓夢》這類假亦真時真亦假，無為有處有還無的帶有一定程度的文學虛構類的文學作品是無法沿用蔡元培的索隱論。胡適此話一語點破了蔡元培索隱《紅樓夢》的根本性謬誤，而似乎也點明了蔡元培本身的文學觀。蔡元培希冀文學與政治發生關係，或者說借助於案頭文章來評點時事。無論是蔡元培索隱解讀的《紅樓夢》還是他於1904年匿名創作的小說《新年夢》，文學的紀實功能和社會價值都十分凸顯。蔡元培對小說的態度相對複雜，他默認小說地位的提升，可卻始終認為小說應傾向寫實，與政治、社會問題相結合。他這樣的文學感受影響了他之後的一系列的文學行動，以往的古典學術訓練造成他對於書寫風花雪月、飲食男女的世情小說的認識偏頗，後來為正小說風氣又開始嘗試寫政治小說，借小說言說時弊。嘗試小說創作未果後，蔡元培的文學創作類型大多集中於演講辭、序跋等應用型文章，以此來彰顯其思想，表露其態度，宣傳其理念。顯然，蔡元培有改良小說的意圖，也有更新文學的意識，他所期望的文學形態是能夠療以救世的寫實主義文學。

　　可以說，蔡元培的《新年夢》無疑是晚清「新小說」的一種，可相較於嚴復、夏曾佑等人所秉持的「小說」與「史書」相區分的理論：「小說者，以詳盡之筆，寫已知之理者也，故最逸；史者，以簡略之筆，寫已知之理者也，故次之」。〔註40〕蔡元培是將「小說」看作「官史」的「民史」補充。所以他把《紅樓夢》當史料來推測，寫《新年夢》也仍擺脫不掉士大夫的小說之慮。可值得注意的是，雖然「新小說」理論家有意地區分小說和史書，但在文學創作領域，大部分的小說還是保留了史化的風格。「一時間社會史小說似乎成了一種時髦」。這些社會歷史小說大多擺脫了曾經的風花雪月、

〔註39〕梁啟超：《論小說與群治之關係》，《新小說報》，1902年，第1卷第1期。

〔註40〕夏曾佑（署名別士）：《小說原理》，《繡像小說》，1903年第3期。

姦淫晦盜的寫作內容，「非為言情而設」，「以小人物寫大時代」。有研究者指出「『史傳』傳統對五四作家的影響，主要體現在實錄精神」。〔註41〕魯迅在《睜了眼看》一文中也特意強調過要堅決反對欺瞞和偽騙的文學，陳獨秀在《復張永言的信》一文中更直接預見了未來文學的發展形式，他說今後應趨向「寫實主義」，「文章以紀事為重」，「繪畫以寫生為重」，如此說法旨在反對「古典主義理想主義時代」〔註42〕浮華頹敗之惡風。本著推陳出新的文藝原則，一些新文學作家選擇走西方觀念的寫實主義道路，而這一文學原理所承襲的恰恰卻是古典文學時代的「史傳」傳統。

在史傳傳統的籠罩下，蔡元培很自然地接受了五四新文學運動中的寫實主義主張，甚至可以說與《新青年》雜誌政治學——文學的形式一拍即合。當他執掌北京大學時，他廢棄了以往與政經聯繫密切的法科，而推崇文科改革，並支持陳獨秀、胡適等人鼓吹的「文學革命」。而他後來所創作的本著寫實主義傾向的應用文體類文學作品更是在文學革命中發揮了極大的作用，他的文學觀被很好地應用到了新文學運動中，文學的「啟蒙」、「實用」、「社會」意義被挖掘到最大值。

三、胡適、蔡元培的《紅樓夢》之辯

雖然蔡元培這樣的小說觀念某種程度上誘發了文學革命的發生，但他與新青年諸君間關於文學的詮釋和理解仍然充滿著裂隙。蔡元培的小說觀或者準確說是「索隱」式的研究方法並不被胡適等人所接受。關於《紅樓夢》該如何讀，兩人有過公開辯論。

胡適在1919年11月的《新思潮的意義》中主張「整理國故」，提倡用「科學的方法，作精確的考證」。〔註43〕後來又在《介紹我自己的思想》中明確闡發了自己整理研究《紅樓夢》的意圖。

> 我為什麼要考證紅樓夢？消極方面，我要教人懷疑王夢阮、徐柳泉一班人的謬說。在積極方面，我要教人一個思想學問的方法。我要教人疑而後信，考而後信，有充分證據而後信……少年朋友們，莫把這些小說考證看作我教你們讀小說的文字。這些都只是思想學

〔註41〕陳平原：《千年文脈的接續與轉化》，復旦大學出版社，2010年，第12頁。
〔註42〕陳獨秀：《答張永言信》，《青年雜誌》，1915年12月15日，第1卷第4期。
〔註43〕胡適：《新思潮的意義》，歐陽哲生編：《胡適文集2》，北京大學出版社，1998年，第557頁。

問的方法的一些例子。在這些文字裏，我要讀者學得一點科學精神，
一點科學態度，一點科學方法。……我這裡千言萬語，也只是要教
人一個不受人惑的方法。〔註44〕

胡適很明顯是反對蔡元培之類的「索隱」研究，他的《紅樓夢》的研究目的
是為了「不受人惑」，符合「新文學」的啟蒙意圖。蔡元培是從政治訓練或者
教育目的出發以正大確實的旨意規勸世人，而胡適則是授之以漁，教會眾人
獨立思考以及價值判斷的能力。

　　蔡元培本著文學彌補「史學」留白的目的去解釋小說，此種文學觀雖可
觸伸至光明正大的「為人生」的「文學革命」，可本質上卻是「史學研究」的
衣缽，蔡元培打折扣的小說觀未能真正觸及到新文學群體所言的「人情」的
實質。與胡適的正面交鋒不同，陳獨秀雖未與蔡元培有過專業討論，可他談
及《紅樓夢》一書時對蔡元培的「史學」小說觀也有過明確的批駁。在陳獨
秀看來《石頭記》有很多瑣屑可厭之處，這大概是因為「歷史與小說未曾分
工底緣故」。〔註45〕陳獨秀著意強調《紅樓夢》的「善寫人情」，他對《紅樓
夢》中「人情觀」的解讀所隱射的是新文學中「人」的覺醒，他所希望的小
說大抵是奔著「人」本身而去，非被一些載道、經學等傳統條框所束縛，期
望在小說中多寫些「人情」，而少作些稗官式的「故事」。

　　其實無論是胡適還是陳獨秀、周作人，這些「新青年」的每項文學舉措
都與其文學啟蒙的思想訴求關聯甚大，他們的文學想法都是基於新文學背後
的「啟蒙」價值而向外發散。他們的解讀思路是「青年」式的，充滿著澎湃
的激情，和青年人獨有的對外力、權威的反抗，以一種「我釋經典」的姿態
出現，從個體的「人」的角度來重新挖掘和認識文學。與之相反蔡元培則是
帶有「中年」傾向的理解模式。他揣度出的《紅樓夢》充滿著「中年感傷」，
充滿了官宦生涯、政治起伏、時代輪轉的歷史傷痛。以此眼光來看《紅樓

〔註44〕胡適：《介紹我自己的思想》，歐陽哲生編：《胡適文集5》北京大學出版社，
　　　　1998年，第518~519頁。

〔註45〕「中土小說出於稗官，意在善述故事；西洋小說起於神話，亦意在善述故事；
　　　　這時候小說、歷史本沒有什麼區別。但西洋近代小說受了實證科學的方法之
　　　　影響，變為專重善寫人情一方面，善述故事一方面遂完全劃歸歷史範圍，這
　　　　也是學術界底分工作用。我們中國近代的小說，比起古代來自然是善寫人情
　　　　的方面日漸發展，而善述故事的方面也同時發展；因此中國小說底內容和西
　　　　洋小說大不相同，這就是小說家和歷史家沒有分工底緣故。」參見陳獨秀：《《紅
　　　　樓夢〉（我以為用石頭記好些）新敘》，《紅樓夢》，上海亞東書局，1921年，
　　　　見林文光編著，《陳獨秀文選》，四川文藝出版社，2009年，第195頁。

夢》，蔡元培將書中主要人物及若干小說情節皆影射為康熙朝的知名人士及時事。「寶玉者，傳國璽之義也，乃影指廢太子胤礽；林黛玉影朱竹垞也，絳珠影其氏也，居瀟湘館影其竹垞之號也。竹垞生於秀水，故絳珠草生於靈河岸上；薛寶釵，高江村也（徐柳泉已言之）。薛者雪也。林和靖《吟梅》有曰：「雪滿山中高士臥，月明林下美人來。用薛字以影江村之姓名也（高士奇）。」。〔註46〕這裡隱射的胤礽、朱竹垞、高江村等人大多結局不好，不是被皇帝遺棄圈禁的廢太子，便是屢次貶謫的漢人朝臣。《紅樓夢》的主題是「萬紅同哭，萬豔同悲」，而這些人大都有此命運。胡適等人憑藉《紅樓夢》開闢鴻蒙，企圖將世人之思維向前推進，而蔡元培領悟《紅樓夢》，則確實是「召喚亡靈」，在閱讀的過程中，他的思想基本上又回溯至自己當年的廟堂生涯。

蔡元培開始索隱《紅樓夢》於 1898 年，在這之前的 1894 年蔡元培開始供職翰林院，供職期間正值甲午中日之戰，他與丁立鈞、徐世昌、張謇等人聯名上書制約李鴻章的「待俄使言和」，力圖主戰日本。中國後來戰敗於日本，頗有往來的李慈銘又病逝，蔡元培心灰意冷之下退居京城紹興會館。在此期間他的好友張元濟被清廷革職，且永不序用，令他百感交集，為此還辭官一年之久。至 1898 年，他於六月二十四日記載了自己讀日譯小說《李公子》的感受。他說「書中備言土豪勾通官吏賄賂公行之迹。評者皆以墨圍識之，且識語焉，曰以覘國也。末回之目曰：罪之輕重視賄賂之多少，人之生死繫朝士之恩仇。」〔註47〕在京為官的日子，見朝中人士對國事漠不關心，每日總知飲酒作樂，人心不古，聲色犬馬，蔡元培心有戚然，借酒消愁，時常酩酊大醉，醉時破口大罵同座人事。「京官以飲食徵逐為常，尤時時醉」〔註48〕的生涯讓蔡元培失望心灰，他深切體悟了制度之頑壞，「朝士」之悲涼。同年的七月二十七日，蔡元培開始索隱《紅樓夢》。這時他已經將金陵十二釵另加寶玉、襲人、劉姥姥等諸人與康熙「朝士」相對應、名曰《紅樓夢》「前刺康熙朝士軼事」。可以說蔡元培的官宦心路激發了他索隱《紅樓夢》的欲望，並且賦予他「影射」的眼光。而在十月二十五日，蔡元培特意在日記中提到了商鞅及閱《商鞅論》，從他的相關筆錄中能夠看出蔡元培傾向「變法」

〔註46〕蔡元培：《〈石頭記〉索隱》，《蔡元培全集3》，中華書局，1984年，第77、82頁。

〔註47〕蔡元培著，王世儒編：《蔡元培日記》，北京大學出版社，2010年，第92頁。

〔註48〕蔡元培：《自寫年譜》，《蔡元培全集7》，中華書局，1989年，第281頁。

之意已非常明顯。縱觀這一年的日記，「退」和「變」已經成為蔡元培的兩種主要信念。其實，蔡元培的「變」基本上都在他「退」守之時完成。在1896年，蔡元培在紹興賦閒，這一年內他翻閱了大量譯本書和新學著作，諸如《日本新政考》、《環遊地球新錄》、《日本史略》、《日本師船考》、《盛世危言》、《西學書目表》、《聲學》、《代數難題》、《電學流變》等人文以及物理科學類書籍。這些科學新知顛覆了他曾經的士大夫的經史學習，給了他更為廣闊的思維，使得他「未嘗不痛恨於前二十年之迷惑而聞道之晚」。〔註49〕時至他索隱《紅樓夢》的1898年，這時蔡元培的思想已更為圓融和成熟，他不僅自學日語、俄語等外國語言，更對朝堂內外隔山觀火。當時朝堂上炙手可熱的康有為、梁啟超等人他也「恥相依附，不肯納交」，守舊派和新政派他均認定「不足以當大事」。由於對政治廟堂的熟悉，他對政事有天然的屏障，亦有敏銳的洞察力。後至10月蔡元培的「變」的異動最終借助於他的「退」正式完成。蔡元培於此月辭官離京，至此揭開了他反清革命的道路。

> 諸君知道辛亥革命清室何以倒的這樣快？惟一的原因，是清朝末年，大家知道北京政府絕無希望；激烈點的，固然到南方去做革命的運動，就是和平點的，也陸續離去北京。那時候的北京，幾乎沒有一個有知識有能力的人，所以革命軍一起，袁項城一進北京，清室就像「摧枯拉朽」的倒了。現在的政府也到末日了，且看他覺悟了沒有。若是這一次他還是不肯開誠布公的與南方協議，那就沒有希望了。我們至少應該相率離京，並家眷也同去。〔註50〕

蔡元培的「退」不是妥協，而更有可能是執意的「反抗」，力求以眾人的「退」讓政府無力招架，逼出「新」來。後來類似的「退」和「變」的抉擇對蔡元培來說是屢試不爽，一旦與政治有所牽連，人事過於紛擾，風氣有所污濁，蔡元培便很容易顯現此種「應對機制」，以「退」為進，辭職隱躲，為求「新變」。

在這場「紅學」之爭中，胡適批評蔡元培，說他「猜笨謎」，可蔡元培頗不以為意。「《考證》已讀過。所考曹雪芹家世及高蘭墅軼事等，甚佩。然於

〔註49〕蔡元培：《剡山二戴兩書院學約》，高平叔編：《蔡元培全集1》，中華書局，1984年，第96頁。
〔註50〕蔡元培：《蔡元培自述》，人民日報出版社，2011年，第148頁。

索隱一派，概以『附會』二字抹殺之，弟尚未能贊同」。〔註51〕而對蔡元培此態度，胡適說「此老也不能忘情於此，可見人有所蔽，雖蔡先生亦不能免」。〔註52〕蔡元培當然無法忘情，他不能忘的本是他一再追求的小說的正大光明的社會現實主義傾向，更是他沉浮多年的血淚總結和心路歷程。他曾經多次被政治上的各種事端牽絆、流連，束住手腳，以至於他說自己「親學術」而「遠政治」。但縱使逃離，也厚積薄發著力量，時刻關心著大小事宜，以備再次出山，求新求變。這樣的心跡幾乎決定了他以後的處事原則和判斷選擇。「退」成為他的「手段」，而「變」則是他的訴求。如此說來，《〈紅樓夢〉索隱》也許可以成為我們解讀蔡元培的「認識裝置」，當他一旦陷入過多的人事糾葛時，這個自我「應對機制」便會發生作用。當蔡元培處於五四新文化運動的洪流中時，這樣的「亡靈」又一次地出現，使得蔡元培再一次選擇了「退」，並至此離開了曾經親力親為的新文化圈。

綜上所述，《〈紅樓夢〉索隱》一書也許可成為我們認識蔡元培思想發展軌跡的一把鑰匙，借助此書可以串聯出蔡元培與文學場域的思想「合流」和「背離」，也能夠輔助我們分析蔡元培在五四新文學運動中的抉擇與行為，更能夠觸碰到蔡元培與新青年諸君以及五四前後中國文壇間的複雜關係。

第二節　人事糾葛中的蔡元培及其思想轉折

蔡元培一生多次辭職，退守離開一方面是他應對政治干涉的「砝碼」，另一方面也顯露出他幽微的思想變化。在我們的傳統認知中，蔡元培似乎為五四新文學運動出力不少，但卻總覺得他有所背離。也許蔡元培之於五四新文學運動的「合」與「離」可成為我們再次進入歷史、觸摸五四的線索，並以此把握五四新文學運動中的蔡元培的思想演變。

一、五四洪流中的蔡元培

蔡元培早在 1898 年就開始索隱《紅樓夢》，可直至 1917 年才正式出版。翻閱蔡元培的日記，我們不難發現，在 1917 至 1919 這幾年間蔡元培多次提到《紅樓夢》，且都是在影射紅樓眾人。這多次提到的原因不乏是因為《〈紅

〔註51〕張曉唯：《蔡元培與胡適（1917～1937）》，中國人民大學出版社，2003 年，第170 頁。

〔註52〕胡適：《胡適的日記》（上冊），中華書局，1985 年，第 224 頁。

樓夢〉索隱》出版後所引起的爭端，有支持或反對定要記錄一番。可看日記的記載方法，不似對論爭內容的實錄，而更像是對自己研究的再次延展和「強調」。且更為明顯的是，在 1919 年的 6 月 1 日，蔡元培明確說明自己「閱光緒二十二年舊日記」〔註53〕。光緒二十二年即 1896 年此日記再次被蔡元培翻閱，雖說談的是學術問題，可能夠映照的也是他舊年的生活。

　　事實上，蔡元培此時所處的環境與當年的官海確有幾分相近。在北京大學之外蔡元培要應付各類保守勢力，既有舊派文人林琴南，也有虎視眈眈的安福系，安福系叫囂要取消蔡元培的北京大學校長職務，甚至一些曾經被他辭退的北大教員也與安福系扭纏在一起，寫文造謠「北京大學」和被抓住道德把柄的陳獨秀。1919 年 3 月，蔡元培剛剛回應了林琴南的公開信，沒過多久又不得不應付北京大學的直接領導教育總長傅增湘的憂慮。1919 年 3 月 26 日，大總統徐世昌直接下達指令要求教育部長傅增湘致信蔡元培批評《新青年》、《新潮》雜誌，接著安福系議員張元奇更是將《新青年》、《新潮》等雜誌寄往教育部，以北大師生的「出版物實為綱常名教之罪人」為由請加取締，威嚇說「如教育總長無相當之制裁，則將由新國會提出彈劾案，並彈劾大學校長蔡元培氏」。〔註54〕蔡元培在予傅增湘的回信中繼續重申自己的「兼容並包」的教育理念，也積極向教育總長澄清謠言，「事之方始，真相未明，輾轉相傳，易滋誤解。歷日稍久，情實自見」，〔註55〕懇請總長給予充分信任和時間，以期能夠給《新潮》自由的發展空間。相較於回應林琴南的信，蔡元培此番回覆顯得多少有些小心翼翼，「元培當即以此旨喻於在事諸生，囑其於詞氣持論之間，加以檢約」，「元培自必勉以敬慎將事，以副盛情」。〔註56〕那時候蔡元培對這位同樣飽受爭議的教育總長還是比較配合，不曾有過激烈反駁。

　　雖然蔡元培對傅增湘禮貌回應，可內心卻早已決斷，他不僅多次強調北京大學之事要以己力一人承擔，對陳獨秀施加保護，更試圖利用國際輿論和自己的社會聲望，預備將北京大學「兩年來辦學之情形和革職的理由撰寫成

〔註53〕蔡元培著，王世儒編：《蔡元培日記》，北京大學出版社，2010 年，第 255 頁。

〔註54〕丁鋼：《中國教育研究與評論 19》，教育科學出版社，2016 年，第 90 頁。

〔註55〕蔡元培：《復傅增湘函》，高平叔編：《蔡元培全集 3》，中華書局，1984 年，第 285 頁。

〔註56〕蔡元培：《復傅增湘函》，高平叔編：《蔡元培全集 3》，中華書局，1984 年，第 285 頁。

英、法、德文，通告世界各國」，以「制服當局之『無道』」。〔註57〕蔡元培的據理不讓，使得反對陣營對新文化一方的攻擊不僅僅侷限於《新青年》、《新潮》等期刊雜誌所宣揚的「新」思想，更將苗頭對準了陳獨秀個人的「私德」問題，說陳獨秀逛八大胡同，狎妓，行為不檢，難為人師。這才真正讓提倡「進德會」的蔡元培犯了難。實際上在是否辭退陳獨秀一事上不僅有外部壓力的牽制，在北京大學內部也曾發生過紛爭。蔡元培當時的情況可以說是內外交困，內部湯爾和、沈尹默二人對辭退陳獨秀態度決然，外部的教育部、社會輿論等也一再施壓。不過在此事上也能明顯看出蔡元培對陳獨秀的庇祐和厚愛，在辭退一事上，他頂住各方壓力想要留下陳獨秀，「頗不願於那時去獨秀」。〔註58〕其實在辭退陳獨秀一事上，湯爾和發揮的作用顯而易見。在1919年3月6日，蔡元培召集沈尹默、馬夷初（敘倫）等人在湯爾和家商議，試圖留下陳獨秀。可是湯爾和卻力言陳獨秀私德太壞，以此來要挾主張進德會的蔡元培。而事實上「私德不好」僅是應對蔡元培的託詞，「又弟意當時陳君若非分道揚鑣，則以後接二連三之極大刺激，兄等自由主義之立場能否不動搖，亦屬疑問」，〔註59〕可能才是其主要原因。經過一晚上的徹夜相商，湯爾和的建議影響了蔡元培，同年的4月8日，蔡元培召開文理科教授會主任會議討論且公布了此項結果，並於4月16日正式上報予教育部。顯然，在辭退陳獨秀一事上，3月26日晚在湯爾和家的那場商議至關重要。至4月7日胡適與友人汪孟鄒的往來信件中已察「仲甫去職，已得他來訊。舊黨當然以為得勢，務望兄等繼續進行，奮身苦戰，不勝盼念之至」，〔註60〕陳獨秀去留問題早已有所定斷。而後來4月8日那天的評議會不過是例行公事。不過，3月26日晚的那次商討與陳獨秀關係密切的胡適卻並未參加。當他得知此事時，他極為不滿，認為3月26日晚的商談其實是「尹默等幾個反覆小人」集體攻擊獨秀，蔡元培深處其中，一時不察，成了他們的「發言人」。按胡適的說法有關攻擊北京大學新思潮的「謠言」和權力爭奪已從外

〔註57〕湯爾和：《致胡適》，《胡適來往信選》中冊，社會科學文獻出版社，2013年，第289、291頁。
〔註58〕胡適：《胡適致湯爾和（稿）》，《胡適往來書信選》中冊，社會科學文獻出版社，2013年，第290頁。
〔註59〕湯爾和：《致胡適》，《胡適來往信選》中冊，社會科學文獻出版社，2013年，第609頁
〔註60〕胡適：《致汪孟鄒》，《胡適往來書信選》中冊，社會科學文獻出版社，2013年，第283頁。

間流到了學校內部。因為在當時的北京大學實施的是「教授治校」制度，教授評議會能夠真正決策學校大小事宜。可在 4 月 8 日當天蔡元培召集了文理兩科各教授會主任及政治經濟門主任如下：蔡元培、秦汾、沈尹默、陳大齊、陳啟修、賀之才、何爭杰、馬寅初、俞星樞、胡適等，他們所要決策的僅僅是廢原有之學長，而投票選出新一屆的教務長。言下之意，也說明辭退陳獨秀一事已無力回天，4 月 8 日胡適參與討論的文理科教授會不過是「走形式」。〔註61〕

據傅斯年回憶，「在『五四』前若干時，北京的空氣，已為北大師生的作品動盪得很了。北洋政府很覺得不安，對蔡先生大施壓力與恫嚇，至於偵探之跟隨，是極小的事了。有一天晚上，蔡先生在他當時的一個『謀客』家中談起此事，還有一個謀客也在。當時蔡先生有此兩謀客，專商量如何對付北洋政府的，其中的那個老謀客說了無窮的話，勸蔡先生解陳獨秀先生之聘，並要約制胡適之先生一下，其理由無非是要保存機關，保存北方讀書人一類似是而非之談。蔡先生一直不說一句話。直到他們說了幾個鐘頭以後，蔡先生站起來說這些事我都不怕，我忍辱至此，皆為學校，但忍辱是有止境的。北京大學一切的事，都在我蔡元培一人」。〔註62〕可以想見，在五四之前的蔡元培壓力著實不小，相商應對北洋政府已是常事。在傅斯年的回憶中所提到的「謀客」二人應是湯爾和和沈尹默，這兩位從蔡元培接任北京大學校長始便一直傾囊相助，與蔡元培商量北京大學的改革事宜。在陳獨秀被聘用一事上蔡元培明顯是受到了湯爾和的影響。可是在解雇陳獨秀一事上，這兩人也是「幕後推手」。當時陳獨秀「狎妓」的傳聞愈演愈烈，與北京大學所推行的「進德會」意旨相違背，兩人為了保存「機關」，在解聘陳獨秀上態度堅決。

蔡元培會和湯爾和、沈尹默兩人相交甚篤，可以說都來自於他們的「不談政治」。在湯爾和的觀念裏「政治是齷齪東西，政治生活是下流職業」，「政治這樣東西，拿衣裳來比喻，它絕不是一件單衣，乃是有表有裏，並且表裏

〔註61〕 胡適說「當時外人攻擊獨秀，明明是攻擊北大的新思潮的幾個領袖的一種手段，而先生們亦不能把私行為與公行為分開，適墮奸人術中了。當時頗疑心造成一個攻擊獨秀的局面，而先生不察，就做了他的發言人。」見胡適：《胡適致湯爾和（稿）》，《胡適往來書信選》中冊，社會科學文獻出版社，2013 年，第 290 頁。

〔註62〕 傅斯年：《我所敬仰的蔡先生之風格》，《蔡元培先生紀念集》，中華書局，1984年，第 81 頁。

之間還夾著棉花，或者是絲綿、駝絨等等，你如光看表面，直等於癡人說夢」。
〔註 63〕如果說蔡元培對政治自有一套的「應對機制」，那麼湯爾和則根本是
不願身涉政治，甚至可以說是「政治潔癖」。沈尹默曾說：「蔡元培是舊中國
一個道地的知識分子，對政治不感興趣，無權位欲，因書生氣太重，一生受
人『包圍』：民元教育部時代，受商務印書館張元濟等人包圍；到北大初期，
受二馬（幼漁、叔平）、二沈（尹默、兼士）、錢玄同、劉半農及周氏兄弟包
圍，亦即所謂『某籍某系』；後至中央研究院時代，又受胡適、傅斯年等人
包圍，死而後已」。〔註 64〕在湯爾和看來，表面上蔡元培身邊圍繞著許多知
識精英，他們衝鋒在前，掩蓋了蔡元培的鋒芒。可是從裏子上說這裡面牽扯
了太多的複雜的人事矛盾，蔡元培無疑是被架空。不過有意思的是，被沈尹
默說的包圍蔡元培的胡適、傅斯年等人卻將湯、沈二人看成蔡校長的謀客。
雖說蔡元培也不至於真的被「包圍」，可也間接反映了北大內部的派系分裂
和人事矛盾。在北大時期，校園內外人事糾紛實際無從斷絕，王國維在給好
友蔣汝藻的信中也證實了這一點。「東人所辦文化事業，彼邦友人……推薦
弟為此間研究所主任。但弟以絕無黨派之人，與此事則可不願有所濡染，故
一切置諸不問……觀北大與研究系均有包攬之意，亦互相惡，弟不欲與任何
方面有所接近」。〔註 65〕自蔡元培執掌北京大學以來，新文化運演的幾年間，
對外北京大學政治紛爭不斷，對內，教授湯、沈二人與胡適、陳獨秀、傅斯
年的關係也許並不是十分融洽。

　　不過這方事宜還未解決，那邊五四運動便已爆發。5 月 3 日，蔡元培得到
消息，北洋軍閥已密令中國代表團在和約上簽字，作為一校之長，蔡元培將
此消息告訴了學生代表。學生們義憤填膺，聯合北京其他高校於 5 月 4 日走
上街頭，遊行示威，並火燒趙家樓，痛毆章宗祥，三十二名學生被警方逮捕
入獄。學生們紛紛出動，從書齋走向了街頭。後來學生參與政治運動的熱情
被安福系利用，以此要挾教育部，蔡元培成了眾矢之的。在 5 月 4 日當晚的
內閣緊急會議上，攻擊蔡元培之聲不絕於耳。有人甚至叫囂「寧可十年不要
學校，不可一日容此學風」。〔註 66〕傅增湘剛為蔡元培辯解，便遭到錢能的訓

〔註 63〕袁一丹：《民國學術圈的「裏子」》，《文學教育》，2015 年 06 期。
〔註 64〕袁一丹：《民國學術圈的「裏子」》，《文學教育》，2015 年 06 期。
〔註 65〕吳澤：《王國維全集書信編》，中華書局，1984 年，第 394 頁。
〔註 66〕沈雲龍：《徐世昌評傳》，傳記文學出版社，1979 年，第 483 頁。

斥「汝謂蔡鶴卿地位不能動搖，若蔡鶴卿死，則又何如」？〔註67〕內閣上下對蔡元培積怨已深，蔡元培無暇理會，仍心繫學生安危，積極營救被捕學生。

那時以段祺瑞為首的安福系想要換下蔡元培的意圖已非常明確。經多次交涉，成功營救被捕學生後，蔡元培於 5 月 8 日晚便正式遞交辭呈，且於第二日清晨悄然離京。「我倦矣！『殺君馬者道旁兒』，民亦勞止，『汔可小休』，我欲小休矣。北京大學校長之職，已正式辭去，其他向有關係之各學校、各集會，自五月九日起，一切脫離關係。特此聲明，唯知我者諒之」，〔註68〕在這段話中，蔡元培所語的『殺君馬者道旁兒』語焉不詳，含混難解，學界歷來爭論不休。可無論誰是「道旁兒」，蔡元培被幾面圍攻，且內閣政府有辭退之意的暗示已是不爭的事實，這也確實讓蔡元培深感疲憊。

在蔡元培正式遞交辭呈後，政府便下達大總統令，明文挽留蔡元培。

令北京大學校長蔡元培呈為奉職無狀懇請解職由。

呈悉。該校長殫心教育，任職有年。值茲整飭學風，妥籌善後，該校長職責所在，亟待認真擘理，挽濟艱難。所請解職之處，著毋庸議。

此令。〔註69〕

可在這份大總統令下達後的 5 月 22 日，又頒布一令，在傅增湘失蹤數日後革除教育總長傅增湘職務，「令教育次長袁溪濤暫行代理」。面對著滾滾學潮，政府無力招架，只得一方面請蔡元培出面平息善後，另外一方面卻挽留章宗祥，以武力鎮壓學生運動。如此的燙手山芋，蔡元培當然心知肚明，不會接招。面對著北京大學師生們聲勢浩大的「挽蔡」呼聲，蔡元培對繼續就任北京大學卻很猶疑。當時蔡元培要草擬《不肯再任北大校長的宣言》，其堂弟蔡元康認為此篇宣言稿現時不宜發表，蔡元培這才以「患病」為藉口在《申報》上發表啟事，回應師生們的好意。蔡元培之所以接任北京大學校長，一開始便打著做學問而非做官的信念，而如今他對學問能夠繼續收束在北京大學的象牙塔中尚有疑問，一方面是學生的愛國熱情，另一方面又是政府的干涉施壓，對人事沉浮早有洞悉的蔡元培，對能否應付以後北京大學的事務也許並不看好。他繼而離開是非地，離京休養，退回到了世外生活。

〔註67〕丁綱：《中國教育研究與評論 19》，教育科學出版社，2016 年，第 92 頁。
〔註68〕蔡元培：《蔡元培啟事》，《北京大學月刊》，1919 年 5 月 10 日。
〔註69〕錢能訓：《政府公報》，1919 年第 1177 期。

　　蔡元培的「退」後的生活無疑回歸到傳統士大夫的狀態中，離京休養的蔡元培耗時多日終於整理出版了李慈銘的《越縵堂日記》。實際上，李慈銘是一非常鮮明的「思想符號」。在 1896 年蔡元培第一次體驗朝士掙扎時，就曾因李慈銘的去世感悟良多。而在 1919 年當他得知李慈銘的藏書將要出版時，他就與友人商議，以影印的方式出版李慈銘的日記，後來由於忙於北京大學校務，所以進展不大。而當他賦閒在家，更是放下手頭一切事務，專心編纂李慈銘的日記。可以說，1919 年與 1896 年的蔡元培在思想上感同身受，當他在 1919 年再次賦閒之際不僅回望了 1896 年的日記，而且回憶了曾經一起並肩作戰的故友。面對著紛繁複雜的人事和政治漩渦，他的「應對機制」再次發生作用，文人心跡再次凸顯。

二、蔡元培的「不合作」與再次辭職

　　在蔡元培的設想中，「新思想」應該凝結在學術和教育中而與政治無涉，可五四運動一朝風雲驟起，攪亂了學術、教育、政治的一池春水，所有的一切似乎都處於「失控」的狀態。面對著無法控制的局面，蔡元培也有心無力，只能退避三舍。可畢竟他所要完成「新思想」的擬想和對學術、教育的追求是被「巴黎和會」的政治事件突然打亂，所以蔡元培不過也是不想替政府收拾「爛攤子」，他的退避也有些觀望的態勢。由於五四運動的緣故，當時的政府對北京大學格外注意，這與蔡元培一直以來所求的「學術獨立」相去甚遠。「教育事業應當完全交與教育家，保有獨立的資格，毫不受各派政黨和各派教會的影響」。〔註 70〕而當教育事業無法保有獨立資格時，蔡元培便會選擇「不合作」，以表明態度，以「退」的姿態抗衡政府，以待回復到相對獨立的局面。所以當政治意義的五四運動取得成功，中國拒絕在和約上簽字，曹汝霖、章宗祥等被罷免，北大師生的「挽蔡」活動也獲得成功。北京大學師生不斷南來力勸蔡元培返京，教育部也派專員來說服蔡元培。蔡元培終於 7 月 9 日宣布放棄辭職，同意繼續留任北京大學校長一職。

　　可留任校長後的蔡元培再不復當年盛景，在五四前後他所面臨的困局不僅沒有得到緩解，甚至北京大學還因為經費問題爆發了多起流血衝突和學生暴動。從書齋走向街頭的學生的熱情得到完全的釋放，已經很難再回到蔡元培所期望的「力學報國」的情境。而因為教學經費的拖欠，還誘發了教職員

〔註70〕蔡元培：《教育獨立議》，《少年中國》，1922 年 2 月 1 日，第 3 卷第 7 期。

工政府請願的「新華門受傷」事件。在蔡元培北大任職的最後一個學期，經費不足問題尤其嚴重，蔡元培下令向學生收取講義費，此舉引發了學生不滿，幾十名學生湧向校長室請願。學生以罷課相脅迫，蔡元培怒然辭職，雙方僵持不下。後經多方調節，「北大講義潮風波」方始告終。社會上對此場風波議論紛紛，個中苦楚蔡元培只能默默承受。辦學之多艱，令蔡元培苦不堪言。可再困難，蔡元培還是堅持了下來，甚至在 1922 年 12 月北京大學創建二十四週年紀念會上蔡元培發表講話，對北京大學的未來依舊充滿信心。不過諷刺的是，講話沒過多久，蔡元培就因「羅文幹事件」選擇「不再合作」，再次離職北京大學。

羅文幹是北京大學的兼職教員，也是「好人政府」王寵惠的財政總長。因政治上與吳佩孚往來甚密，招致直系軍閥曹錕一派的敵意。眾議院議長吳景濂聯合曹錕等人誣陷羅文幹在簽署奧國借款展期合同時收受賄賂，致使羅文幹鋃鐺入獄。1923 年 1 月 11 日，經過兩個多月的司法審理，羅文幹被判無罪。可曹錕一派依舊不依不饒，再次使計協同候任教育總長的彭允彝使得羅文幹又一次蒙冤入獄。蔡元培不願與彭允彝此人共事，遂發表不再到校視事的啟事，且於《申報》上發表了那篇著名的《不合作宣言》。〔註71〕

值得注意的是，雖然蔡元培是因為「羅文幹事件」而感到知識分子的氣節受辱，對軍閥政府失去信心而憤然離職，可在這份《不合作宣言》中卻也隱約透露出些許難言之隱。北大事務瑣碎，校政難以維繫，讓他不堪其擾。加之北京政界空氣污濁，實在再難合作。要說政界的污濁之氣是如何浸染到教育部的，大概不得不提彭允彝。在蔡元培當任北京大學校長時，教育部來來往往換了很多教育總長。有學者指出「教育總長為全國教育之最高行政長官，他的理想才能、任期長短與權力大小等，都是決定全國教育發展方向及速度的重要因素之一」。從 1911 年民國元年至 1928 年，拋卻兼署代理的 22

〔註71〕在此文中蔡元培說「我是一個還比較可以研究學問的人。我的興趣也完全在這一方面。自從任了半官式的國立大學校長以後，不知道一天要見多少不願意見的人，說多少不願意說的話，看多少不願意看的信。想每天騰出一兩點鐘讀讀書，竟做不到，實在苦痛極了。而這個職務，又是在北京，是最高立法機關行政機關所在的地方。只見他們一天一天地墮落：議員的投票，看津貼有無；閣員的位置，稟軍閥意旨；法律是舞文的工具；選舉是金錢的決賽；不計是非，只計利害；不要人格，只要權力。這種惡濁的空氣，一天一天地濃厚起，我實在不能再受了。」見蔡元培：《不合作宣言》，《申報》，1923 年1 月 25 日。

人次不算外，教育總長共換了 15 餘次。這些教育總長大多「任期較短」，期間有理想者只有「蔡元培、范源濂、湯化龍等數位，絕大多數實無理想可言。」這些總長縱使空有理想，尚有些權力，但卻空無經費。「1916 年以後，軍人干政，教育總長既無權力，也缺乏安全感。其任命不依能力，隨時可下臺，破壞了教育政策的持續性，也阻礙了創意。」當時整個教育部在飄零多變的政局中毫無實權，教育總長也如同「過江之鯽，任期過短，權力小，而又多無長才」，「甚少發揮教育行政的統御作用」。〔註 72〕

教育總長	蔡元培	浙江紹興	1912.3	國都南京，組織臨時政府，三月，政府遷北京，另組政府，仍由蔡任總長
總長	范源濂	湖南湘陽	1912.7.26	繼任蔡元培
兼署總長	劉冠雄		1913.1.28	范辭職，劉以海軍總長兼教育總長
	陳振先	廣東新會	1913.3.19	劉辭職，陳以農林總長兼教育總長
代理部務	董鴻禕	浙江杭縣	1913.4.30	陳辭兼職，董以處長代理
總長	汪伯唐	浙江杭縣	1913.9.11	
總長	嚴修	直隸天津	1914.2.20	未到任
署總長	蔡儒楷		1914.2.20	由於嚴未到任，由蔡暫署
總長	湯化龍	湖北	1914.5.1	
兼代總長	章宗祥		1915.9.10	湯清辭
總長	張一麐		1915.10.6	湯辭職
總長	張乾若	湖北蒲圻	1916.4.23	繼任張
代理部務	吳闓生	桐城	1916.6	吳以次長代部
總長	范源濂	湖南湘陽	1916.7.12	
代理部務	袁希濤	江蘇寶山	1917.6.2	范呈請辭職，次長袁代理
總長	傅增湘	四川江安	1917.12.4	繼范任
代理部務	袁希濤	江蘇寶山	1919.5.15	傅辭職，派次長袁代理
	傅嶽棻	湖北武昌	1919.6.5	袁代部辭職，任傅為次長並代理部務
總長	范源濂	湖南湘陽	1920.8.11	
代理部務	馬鄰翼	湖南湘陽	1921.5.29	范辭職，任馬為次長並代理部務
總長	黃炎培	江蘇川沙	1921.12.25	未到職
兼署總長	齊耀珊		1921.12.25	在黃未到任前，派內務總長齊兼署
	周自齊	山東單縣	1922.4.8	齊辭職

〔註 72〕蘇雲峰：《中國新教育的萌芽與成長（1860～1928）》，北京大學出版社，2007年，第 100～101 頁。

總長	黃炎培		1922.6.12	周辭職，黃仍未到職
兼代總長	高恩洪		1922.6.12	黃未到任前由交通總長高兼代
代理部務	湯爾和	浙江杭縣	1922.7.25	高辭兼代職，任湯為次長代理部務
署總長	王寵惠		1922.8.25	
署總長	湯爾和		1922.9.19	繼王任
	彭允彝	湖南長沙	1922.11.29	繼湯任，1923 年 1 月改實任

〔註 73〕

　　如上表所示，在蔡元培任北京大學期間，教育總長雖時常更換，有識之士又在少數，范源濂、湯爾和本就與蔡元培交好，沒什麼理想的教育總長對北京大學也干涉不大，某種程度上使得北京大學能夠享有相對獨立的教育空間。可彭允彝與這些人不同，他的黨派身份更濃，且試圖去執掌、控制北京大學。蔡元培的辭職引發了北大師生的「驅彭挽蔡」行動，北京政府只得「慰留」，可大總統黎元洪卻態度曖昧，既挽留蔡元培，也挽留彭允彝，彭允彝正式繼任後，蔡元培最終下定決心遠赴歐洲。一時間教育部和北京大學間，可以說是有「彭」無「蔡」。蔡元培不願與彭允彝同流合污，因為他知道彭允彝的繼任基本會斷送北京大學學術獨立的氛圍。他的「辭職」也有與彭允彝抗爭的意味，借「辭職」向教育部施壓，以求憑藉一人的「退」繼續維護北京大學活躍自主的文化風氣。蔡元培離職後，北京大學師生就與蔡元培展開了就職還是離任的挽蔡「拉鋸戰」。在此期間彭允彝被迫離職北京大學，北大師生再次強烈要求蔡元培出山「主政」，可蔡元培總是一再推脫。蔡元培總是說「政局如有清明之端緒，則我於赴歐以前，一度進京亦無不可」，〔註 74〕無奈政局卻遲遲未有清明之相，後又因北伐戰爭爆發，北方政局更為混亂，蔡元培只得先盤桓在南方。此時的蔡元培基本上採納了曾與他一起經歷朝士黨爭的好友張元濟的看法，「今之政府，萬無可與合作之理，能則摧滅之，掃蕩之，否則惟有避之而已。兄前此辭去北大，弟所深佩，甚望能終自堅持也」。〔註 75〕也許在蔡元培和張元濟等人看來走入北京大學便是與行將腐朽的北方政府合作，他無法能夠在混濁的空氣中獨善其身。

〔註 73〕圖表參見朱有瓛、戚名琇、錢曼倩、霍益萍編：《中國近代教育史資料彙編：教育行政機構及教育團體》，上海教育出版社，1993 年，第 116～118 頁。

〔註 74〕蔡元培：《致北大學生函》，高平叔編：《蔡元培全集 4》，中華書局，1984 年，第 327 頁。

〔註 75〕蔡元培、張元濟：《蔡元培張元濟往來書札》，文哲所，1980 年，第 264 頁。

　　不過在一些新發現的歷史史料中，蔡元培此番辭職也許另有隱情，原因複雜。

　　　　子民先生：

　　　　今天忍不住，又寫此信與先生。

　　　　現在學校的好教員都要走了。

　　　　北大最好的是物理系，但顏任光兄今年已受北洋之聘，溫毓慶君已受東北大學之聘。此二人一走，物理系便散了。

　　　　數學系最久而最受學生愛戴者為馮漢叔兄，漢叔現已被東北大學用三百現洋請去了。他的房子帖「召租」條子了。他的教授的本領是無人能繼的。

　　　　鋼和泰為世界有名學者，我極力維持他至數年之久，甚至自己為他任兩年的翻譯，甚至私人借款給他買書。……但他現在實在窮得不得了，要壹佛像過日。現在決計要（以下缺）〔註76〕

在新發現的胡適與蔡元培的往來信件中，胡適也曾對蔡元培百般挽留，在蔡元培遊歷歸來之際，還曾向其吐露苦水，言北京大學氣象蕭條，經費緊張，他本人也獨木難支。又給蔡元培寫信的胡適很明顯寄希望於蔡校長，希望他能回到北大解決經費籌措問題，力挽狂瀾，一改北大困頓局面。接到胡適此信的蔡元培也覆信胡適。

　　　　前日又奉惠函，知於新六兄處知弟近狀，而仍促弟北行。昨在南洋大學晤丁在君，言接兄一函，囑彼促弟北行，且有不行則『資格喪失』之警告（弟實以毫無資格為自由，方且求失之而不得也。然爾時在君未攜尊函，亦言之不詳，恕不詳答）。今晨又奉惠函，報告各難得教員紛紛他就之警訊，而且知鋼君非即得六千元欠款之償還，則亦將一去不還；雖承先生向新六商借，而尚無把握。先生對於北大，對於學者，對於弟，均有爾許熱誠，弟佩服感謝，非言可表。然弟竟無以副先生之厚望，死罪！死罪！〔註77〕

在信中蔡元培向胡適表示自己對北京大學之事無能為力，對胡適的信任深表歉意。而且蔡元培在信中還囑咐胡適要其承閱後「付丙」，即燒毀，言下之

〔註76〕肖伊緋：《胡適致蔡元培書信之新發現》，《南方都市報》，2017 年 12 月 12 日。

〔註77〕胡適著，中國社會科學院近代史研究所中華民國史研究室編：《胡適來往書信選上》，社會科學文獻出版社，2013 年，第 283 頁。

意是不能外傳。何以一封告歉信如此保密？恐怕是因為蔡元培在信中表示了比較真切的「離職」原因。在這封信中蔡元培告訴胡適「六月二十八午前十一點，弟已致一電於國務院及教育部，辭去北大校長及俄款委員之職」，也就是說，蔡元培辭去了北京大學校長和俄款委員兩項職務。俄款即俄國退還中國的庚子賠款，一直以來是北京大學的經費來源。而蔡元培不僅辭去北京大學校長，連帶將俄款委員之職也一併辭去，確實是不願再理北京大學事務。此外蔡元培還在此信中表示「俄款本已可全由吾國政府支配，從前借俄使之壓力，作成俄使得有專用於教育之要求而設委員會處理之」，但近期「俄委員對於維持國立各校之提案，屢屢梗議」，其用意與緣由都不甚明瞭。「弟若與俄委員一談，彼必照行，談何容易？若果如此其易，則彼必有利用我之條件，弟豈能受之？」，而且當時的時局也與蔡元培致力營造的學術獨立的文化建設相背離，「弟三年前出京時，本宣布過『不合作』之意見」，「今之北京狀況，可以說是較彭允彝時代又降下幾度，而我乃願與合作，有是理乎」？書生意氣的蔡元培又如何能夠對「又降下幾度」的政局忍氣吞聲。不願再蹚渾水的蔡元培向胡適推薦了蔣夢麟，「惟夢麟對於此事，知之較詳，而平日辦事之手腕又遠勝於弟，或者有促成此事之方法。聞內閣已有別派委員之議，不如弟先讓出，而夢麟或可補入，則辦理較為順手。」〔註78〕可以說，彭允彝和羅文幹事件是蔡元培退出北大的導火索，可從蔡元培與胡適的往來信中和他自我的闡述中，我們不難發現蔡元培應對北京大學的諸多事務時已力不從心。此時的北京大學正處於風雨飄搖的多事之秋，而此時的蔡元培也正內外交困，內外壓力逼迫著蔡元培不得不退。蔡元培的這次辭職標誌他正式結束「北京大學校長」生涯，直至 1927 年蔡元培接任中華民國大學院院長，北京大學校長一職才「始取得消」。

三、「退」的哲學

其實自五四風暴以來，蔡元培早已萌生退意。他「雖然抱了必退的決心」，〔註79〕可卻不願因為一人之故，牽連學校，所以蔡元培才在北京大學中苦力支撐，幾次辭職後又折返。「久思引退」是蔡元培的選擇策略，在 1919

〔註78〕高平叔，王世儒編注：《蔡元培書信集》上，浙江教育出版社，2000 年，第758～759 頁。

〔註79〕蔡元培：《蔡元培自述》，人民日報出版社，2011 年，第 150 頁。

年他辭遞的辭呈文件中，也是多舉此詞。對於蔡元培的多次辭職，很多人看法不同，各執一詞，有人理解，有人費解，可「退」的意念在蔡元培看來不過是變相的抗爭。在那篇著名的《不合作宣言》中蔡元培曾點出過這樣的一個觀點：他說中國的士大夫階層大多知進而不知退，可在他眼中「退」有時並不是消極應對，而是間接的積極努力，以最為平和的方式實現抵制和反抗。

　　在他擔任北京大學校長期間，蔡元培共有 7 次辭職，辭職意味著退居幕後，意味著離開，甚至意味著消極出世。而他的辭職也引發了很多人的不理解。面對著北大學生百般勸阻，蔡元培卻下定決心遲遲不來北京大學赴任，周作人為此就有諸多不滿。他寄長信一封予蔡元培，他說「未見先生來京，近且有暫不北上之消息，竊不能無惑焉」。〔註 80〕他的疑惑在於蔡元培所說的待政治清明再行出山，而此類說法卻未有明斷。在周作人看來，兩三年過去，時過境遷，北大同人已主張「政教分離」，而「即使政治如何暗濁，北大當不至再滾入漩渦中」，於蔡元培本人而言更無威儡，為何蔡元培執意不肯來京赴任，此乃其一。其二，此時非彼時，起初蔡元培的離職抗衡，北大同人尚可支撐，可如今正是窮途日暮之時，蔡元培焉能坐視不理。其三，在北大工作十年間，於「教務素不過問」的周作人已經察覺出北大校政的一些「糊塗賬」。「『教授治校』，此為北大之特長，使校長不妨暫離之原因。但以個人觀之，成績亦未可樂觀，如教務長與總務長不能兼任，載在章程，最近改選教務長，乃即由現任總務長當選兼任，該項章程，在此次選舉，似已不發生效力，故北大法治之精神，實已有疑問」。〔註 81〕面對著周作人言辭懇切的責問，蔡元培也附信一封予以回覆，在回信中他感謝周作人的「語長心重」，可卻對周作人所提到的三大不惑未有實質回應，只能推脫胃病復發宜休養。其實，蔡元培的病症託詞實屬無奈，在蔡元培回覆給胡適的信件中已初見端倪，雖然後續的部分已被毀燒未能得見，但其疲憊、倦怠、無可奈何溢於言表。

　　按照蔡元培的說法，他一開始的「退」雖有無奈成分，可大多是為了保存北京大學已有的文化碩果，並與威權抗衡，一方面既不受外部的、時代的、社會的、政治的逼迫犧牲自我，始終保持「最內在的自我」，一方面也能夠

〔註 80〕高平叔，王世儒編注：《蔡元培書信集》上，浙江教育出版社，2000 年，第749 頁。

〔註 81〕高平叔，王世儒編注：《蔡元培書信集》上，浙江教育出版社，2000 年，第750 頁。

繼續保持教育與政治相隔離的辦學宗旨。可在一次次的「退」與「守」中，蔡元培的心力慢慢消耗其中，漸漸地也有些心灰意冷，無從入手。其實早在蔡元培與林紓發生論爭時，蔡元培的心思就已有所變化。當林紓提出陳獨秀的私德問題，蔡元培也是有所疑慮。當時的他尚能利用自己身份之多元、含混性，從公私區隔的角度為陳獨秀辯護，可卻也反映出了他身份間的繁雜和矛盾性。後來此等問題愈演愈烈，蔡元培因身份認同矛盾而產生的「辭職風波」也愈來愈多，隱憂重重。

縱觀蔡元培的 7 次請辭北大，1917 年 7 月 3 日因張勳復辟而請辭；1918 年 5 月 21 日因學生赴北洋政府請願廢除中日軍事協定，他力勸未果而請辭；1919 年 5 月 8 日則是因為「五四風波」；同年 12 月 31 日歸校後再次辭職，是因教員的薪資問題，與同校教職員工共進退；1922 年 10 月 19 日的第 5 次辭職則是因著名的「講義風潮」；1923 年的 1 月 17 日，羅文幹事件爆發，蔡元培憤然離職，再未領有實職；1926 年 7 月 8 日正式卸任北京大學校長一職。這 7 次辭職中，有外界政治因素干擾，也有學校的內部糾紛，還關涉一些經濟原因所導致的學校的校政危機。尤其是五四風潮後，蔡元培的辭職愈發頻繁。而在這幾次接連不斷的辭職中，蔡元培對周作人提出的幾點關切，其實已經有了相對明確的答案。

相較於周作人的天真，蔡元培則深諳人情世故，幾次的請辭原因證明了無論北京大學師生們如何提倡「政教分離」，可北洋政府對文化的管控以及對人權的蔑視早就令人髮指。北京大學不會成為政治的一塊「空白地」，而他本人若是來到北京大學則必然會陷入毫無止境的政治漩渦中。蔡元培不止一次強調大學應為「純粹研究學術」之地，理應「超軼乎政治者」。是故，他的「退」可能不是周作人指謫的傳統士大夫的「明哲保身」，倒像是用自己的「不合作」而換取政治上的「警醒」，用自己的社會聲望對政府施加壓力。

> 羅案初起，我深惡吳景濂、張伯烈的險惡，因為他們為倒閣起見，盡可用質問彈劾的手續，何以定要用不法行為，對於未曾證明有罪的人，剝奪他的自由？我且深怪黎總統的大事糊塗……我不管他們打官話打得怎麼圓滑，我總覺得提出者的人格，是我不能再與為伍的。我所以不能再忍而立刻告退了。〔註82〕

羅文幹事件後，蔡元培最後的請辭脫離北洋政府的管轄之意再明顯不過。其

〔註82〕蔡元培：《蔡元培自述》，人民日報出版社，2011 年，第 150～151 頁。

實在這之前的幾次辭職中蔡元培尚有觀望態度，且也做好互相妥協的準備，以求換來北京大學的安隅，和教育理想的繼續實行。可羅文幹事件爆發後，蔡元培對北洋政府僅存的善念也消失殆盡，他的此次離開，不想與政府合作的意圖十分明顯。實際上，不止是北方政府政局上的混亂令蔡元培大失所望，北洋政府的經濟困頓也讓蔡元培步履維艱。在《順天時報》的報導中說北洋政府內外因「政黨之見」造成財政分配不均。交通部所收盈利從不上繳財政部，以至於每遇到「財政危機」，「即發給宮吏薪棒，亦生大不公平」。〔註83〕交通部與教育部雖同為政府官吏，可所收俸祿多寡卻不大一致。北洋軍閥的財政困難影響了各行各業的生存發展，當時除了那些擁有自己收入的「外交部、稅務處、監務署、煙酒事務署、特種財產事務局外」，〔註84〕政府其他部門均「鬧饑荒」，更遑論本就收入不高的教育部。尤其是五四以後，教育經費困難，教育界的生存壓力倍增。面對經濟難題，政府機關「對教育無意維持」，〔註85〕大有放棄之意。如此來看，政府高層都有如此想法，又何況是作為北京大學校長的蔡元培。一直以來，蔡元培所擔任的都是校長和俄款委員兩項職位，一涉行政，一涉經費，沒有人比他更能瞭解北洋軍閥的「無能」，他也深知無論個人如何努力，大局已難回天，再無有迴旋之餘地。所以他一舉辭退了北京大學校長和俄款委員兩項職務。這兩項職務均是北洋政府授權，尤其是俄款委員更是為政府服務，來收取賠償金的職位。脫離這兩項職位意味著蔡元培於北洋政府再無關涉。在蔡元培辭職的關頭，北洋政府的運行情狀與蔡元培曾供職的烏煙瘴氣的清廷是如此的相似，而已經步入膏肓的政府又如何能與之為伍，蔡元培對此深有體會。

蔡元培在《〈紅樓夢〉索隱》中說「錢謙益之流」以「賈瑞為代表」，這些僥倖「委身」於清朝的「國士」在《紅樓夢》一書中「頭上澆糞手中落鏡」，「言其身敗名裂而至死不悟也」。〔註86〕這樣的結局在蔡元培看來何其悲涼，而他自己也險些處於此等境況。清末民初之際，蔡元培深陷於同盟會、光復會間百般周旋，後接受孫中山的招攬，赴任臨時政府教育總長。1912年袁世凱借南方革命之勢逼清帝退位，孫中山如約讓位並頻發電報，敦促袁世凱南行。袁世凱

〔註83〕見《蔑視教育乃政爭之結果》，《順天時報》，1921年3月18日。
〔註84〕見《申報》，1921年12月28日。
〔註85〕舒新城：《近代中國教育史》，見《民國叢書》第4編，第43冊，上海書店，1992年，第258頁。
〔註86〕蔡元培：《〈石頭記〉索隱》，《蔡元培全集3》，中華書局，1984年，第76頁。

則有意延宕，在此情境下孫中山只得派專使前往，北上迎袁。蔡元培因其身份特殊，既是同盟會成員，又是南方政府閣員，遂被選任為專使。蔡元培的友人力勸蔡氏勿要前往，這倒楣差事，「以辭去為是」，[註87] 而蔡顧念大局，深覺推諉不足取，於是北上。可作為專使的蔡元培卻腹背受氣，日子艱難。他先是向袁世凱一行人申明來意，渴望排除誤會，但也在雙方和談中堅持來意，履行使命。而袁世凱一方則表面故作大度，實際卻派亂兵闖入專使駐地，肆意搶劫，以武力威脅。當時京城亂兵四起，輿論譁然，各國列強也趁勢作亂，藉口保護僑民，提議調兵入京。在一片混亂之下，蔡元培不得已致電孫中山，要其「速建統一政府」，為定大局，「其餘盡可遷就」。[註88] 並推舉宋教仁等返寧面商變通之法。蔡元培此舉使袁世凱集團獲利最大，袁世凱更是趁機推薦黎元洪代其赴寧就職。南京政府別無他法，只能默然接受。

專使團迎袁失敗，史學家指責蔡元培「膽量不足」、「政治素質欠佳」。可袁世凱本就執掌了軍事大權，與實力頗豐的袁世凱相比，南方政權不過是以卵擊石，袁世凱一朝出手，便毫無招架之力。蔡元培在此境況下擔任專使，本就是本著革命之後，共和初立，應履行公民義務的原則，可最後卻親眼見到袁世凱的出爾反爾，獨攬大權，無奈之下又成了南北統一政府唐紹儀內閣的一員，夾雜在南北關係中。此時的他面對著辛亥革命後的殘局，和兩派紛爭不休的情狀，蔡元培痛心疾首，深感失望。他相約同盟會成員，不作「伴食之閣員」，而去「高蹈遠引」。「目前情形，政府中顯分兩派，互相牽制，無一事可以進行。若欲排斥袁派，使吾黨同志握有實權，量力審時，決無希望、不如我輩盡行退出，使袁派組成清一色的政府，免使我輩為人分謗，同歸於盡」。[註89] 顯然，蔡元培不願做「賈瑞之流」，「粉身碎骨」還「至死不悟」。在尖銳對立的政壇中一方面為了維護大局穩固，另一方面則為了保全自我，以待時機，不作政治鬥爭的無畏的犧牲品，該進則進，該退則退。後來北伐初起時，蔡元培也幾乎面臨了同樣的難題。初時孫中山提議北伐，蔡元培極力反對，並主張由黎元洪出面收拾殘局。為此章太炎極力反對蔡元培，說其

[註87] 蔡元培：《自寫年譜》，高平叔編：《蔡元培全集 7》，中華書局，1989 年，第307 頁。

[註88] 蔡元培：《致孫中山電》，高平叔編：《蔡元培全集 2》，中華書局，1984 年，第 143～145 頁。

[註89] 蔡元培：《自寫年譜》，高平叔編：《蔡元培全集 7》，中華書局，1989 年，第310 頁。

是「南人」，而又熟知南方十二省被「北方駐防軍所蹂躪」，「貪殘無道，甚於奉張」，但卻願意「北軍永據南省，是否欲作南方之李完用耶？」又直言不諱地說蔡元培可能因「身食其祿，」「有箭在弦上之勢」，〔註90〕有不能外人道的隱憂和顧慮。可事實情況卻並非章太炎說的「身食其祿、貪戀權位」如此簡單，從蔡元培一方，他作為國立大學的校長，與北方政壇有千絲萬縷的關係。可作為同盟會成員，南方掀起北伐革命，無異於又將蔡元培「拋置」于南北關係的夾層中。誠如蔡元培回覆章太炎的說法，「身食其祿」是君主時代的陳言，他之所以會反對北伐不過是維護學校內外難得的和平。後來他目睹「政治清明之無望」，遲遲不回北大，在他與蔣夢麟以及周作人的來往信件中也有所透露，他認為「尚須觀察時局」，〔註91〕應「暫時息影田園」，「有待政治清明再行出山」，〔註92〕基本上是不願再涉足南北糾紛。

　　而另一方面蔡元培也說「救國不忘讀書，讀書不忘救國」。蔡元培理想的救國方式是通過「教育」和「讀書」的形式得以實現，通過受教育的感知和教化來內塑自身，從而完成思想上的飛躍，並扭轉國家的頹敗之相。某種意義上，蔡元培所認可的具有健全人格的青年學生絕不是只知鑽研故紙堆的「老學究」。1918 年蔡元培在為《國民雜誌》這一學生刊物撰稿時說過「讓學生們承擔國民的義務是《國民雜誌》宣揚的觀點」。換而言之，蔡元培有意支持學生「承擔國民義務」，「犧牲時間和經歷去承擔平民百姓的應有的義務」。他甚至支持學生被「自己拳拳的愛國熱忱所驅動」，反對「國家的大部分民眾對國家的命運漠不關心，似乎國家的前途與他們毫無關係」。他極力讚揚社會上那些將「為國家服務視為己任」的中堅力量，在他看來學生自然是其有力群體。「而我國大多數之國民，方漠然於吾國之安危，若與己無關。而一部分有力者，乃日以椓喪國家為務。其能知國家主義而竭誠以保護之者，至少數耳。求能助此少數愛國家、喚醒無意識之大多數國民，而抵制椓喪國家之行為，非學生而誰？嗚呼！學生之犧牲其時間與心力，以營此救國之雜誌，誠不得已也」。〔註93〕他主張學生投身社會事務，肯定學生們的參與精神，也有意地提升北京大學的社會影響力。可五四風波後，他一直擔心學生

〔註90〕馬勇：《章太炎書信集》，河北人民出版社，2003 年，第 263 頁。

〔註91〕高平叔、王世儒編：《蔡元培書信集上》，浙江教育出版社，2000 年，第 714 頁。

〔註92〕高平叔、王世儒編：《蔡元培書信集上》，浙江教育出版社，2000 年，第 750 頁。

〔註93〕蔡元培：《〈國民雜誌〉序》，高平叔編：《蔡元培全集 3》，中華書局，1984 年，第 254 頁。

運動初嘗成功滋味，驟用興奮劑的時代結束以後此等行為無法收束，「濫用學潮」，進而影響學校正常校務。如蔡元培所料，之後學生干涉學校的政策法規制定的問題也經常上演。1918 年 9 月 20 日陳獨秀在北京大學開學典禮上就已提出「講義本不足以盡學理」，〔註94〕學生自恃有講義，而「惰於聽講」，要求廢除講義。到 1922 年北京大學的欠薪欠費十分嚴重，蔡元培和全體教職員工一起辭職向教育部和政府施壓。由於經費緊張，在 1922 年 10 月 12 日的北京大學新學年開學上，蔡元培公布了教授評議會通過的徵收講義費決議，朱希祖、王世杰、沈士遠、丁西林等教授回覆公開信，強調徵收學生的講義費是為「學校計」、為「學生計」，應將所收的講義款項盡數撥給圖書館，圖書充足，學生的外國文水平提升，自然可以廢除講義。而且一些人也提出此次廢除講義和當時陳獨秀所思慮的學生因恃有講義而荒廢學業，惰於聽講有關，為了使學生勤於學習，不走捷徑，建議蔡元培廢除講義。不過，大家集體決策並準備在《北京大學日刊》上予以公布的決議還未曾刊印發表，學生那邊就已怨聲載道，10 月 17 日下午幾十名學生糾集在一起，到會計課請願，更有學生提議把講義券燒毀，後來更是圍堵鬧事到校長室。蔡元培為平息眾怒，不得已寫下字條，暫停三天的講義費，從自己的經費中劃撥，若是教授評議會仍要求收取講義費，則依舊照此推行。學生無視教授評議會的權威，仍然對蔡元培的暫緩辦法不依不饒，要求按照自己的意願停收講義費，蔡元培一怒之下辭職離校。蔡元培所擔心的學生無視校規校紀，忽視教授評議會決策的現象還是發生了，已經習慣「運動」的學生們所要求的已經與北京大學現行教育制度相牴觸，暴力衝突更是無法收拾。

其實在五四運動後，北京大學的「政治功能」漸漸取代了「文化功能」，無論是外界還是學校內部的師生們，他們與政治的聯繫越來越頻繁，政治行為、暴力行徑也越來越多，而這樣的功能轉變與蔡元培所要求的「思想自由」的學術象牙塔漸行漸遠。學生究竟該如何處理平衡社會參與與學習智識間的關係，蔡元培在《學生的責任和快樂》一文中說「至若學生去歲干預政治問題，本是不對的事情，不過當此一髮千鈞的時候，我們一般有智識的人，如果不肯犧牲自己的光陰，去喚醒一般民眾，那麼，中國更無振興的希望了。但是現在各位的犧牲，是偶然的，不得已的」，可是他不希望此種「學生運

〔註94〕陳獨秀：《在北京大學開學式上的演說詞》，《北京大學日刊》，1918 年 9 月 21 日。

動」成為濫用的「常態」。「若是習以為常，永荒學業，那就錯了。還有一層，現在各位為社會服務，這也算分內的事情，不一定要人家知道，只要求其如何能盡自己的責任，並且不要以此為出風頭，沽名譽的器具」，在蔡元培看來，「學生運動」已然成為沽名釣譽的成功武器。他希望學生「以後永遠無罷課的事實發生，因為罷課的犧牲，是永遠補不起來的。往年五四的風潮，是因為政府兵圍法科，政府鬧出笑話，激起社會的同情心，並不因為罷課而得勝利」。〔註95〕其實蔡元培對「學生運動」這樣複雜的態度或許可以解釋他為何起初對北伐戰爭冷眼旁觀、興趣不高。孫中山不止一次寫信讚揚北京大學所推行的各項運動，後來也曾寫信予蔣夢麟，希望能夠讓北京大學師生們參與到北伐革命中過來，「率三千子弟，參加革命」，可蔡元培的態度還是「北大當確定方針，純從研究學問方面進行」。〔註96〕

　　蔡元培在《〈紅樓夢〉索隱》中選擇的大多是尚文的士大夫，而這些知識型官員在政壇中幾許沉浮。他選擇將各類姣好的紅樓兒女比作這些志士文人，而將他們的命運悲苦視作是「朝士」的「貶謫」、「廢黜」。他說《紅樓夢》中的史大姑娘命運悲苦，「皆所以寫其既仕以後之厄運也。其年出於明之世家而入清，故以父母早亡喻之。」〔註97〕黛玉與史湘雲凹晶館聯句，直言竹垞入直南書房，「旋被劾，鐫一級罷，尋復原官，其被劾之故」。〔註98〕在蔡元培看來這些朝士在混濁的政局中愚忠到底，被彈劾、被廢棄的命運是人生悲劇。在他辭離北京大學和俄款委員時也說「辭職較善於被免職……有『先辭職』抑『待免職』孰為較妥之商酌」。〔註99〕他不希望自己也陷入這種被動離職，廢黜貶謫的境地。《紅樓夢》大抵使蔡元培索隱出兩種意圖：一是明清之際，兩種政權結構合力傾軋，人多有倦怠與掙扎；二則是應審時度勢，善於保存，絕不作免職的悲涼之士。是故，他對「朝士」熱衷國事頗有敬佩，但更喜歡附庸風雅的文人風骨，對那種黨派紛爭、意識混亂的局面反應敏感。他強調「離職」的高尚，因其可保存自我，防止專制的禁錮，不作同流合污的姦臣，

〔註95〕蔡元培：《學生的責任和快樂》，《大公報（長沙版）》，1920年11月19日。

〔註96〕蔡元培：《致胡適》，《胡適往來信件》上冊，中國社會科學文獻出版社，2013年，第237頁。

〔註97〕蔡元培：《〈石頭記〉索隱》，高平叔編：《蔡元培全集3》，中華書局，1984年，第95頁。

〔註98〕同上，第82頁。

〔註99〕高平叔、王世儒編：《蔡元培書信集上》，浙江教育出版社，2000年，第759頁。

不為黑暗政壇作無謂犧牲。

　　事實上，《〈紅樓夢〉索隱》是關照蔡元培思想變動和主體意識形態的「鏡象」。它喚起的是蔡元培的「主體觀念」，而且它所運用的「索隱」之法也反映出蔡元培的「認識機制」。蔡元培希望從文學文本中找到現實生活的折射，這種讀書的方法的內在邏輯是「士大夫」階層的思考模式。即「文本塑造了古代中國人的生活」。〔註100〕會將《紅樓夢》一書視作「文人心史」，能夠從中悟出官宦生涯中的創傷。《紅樓夢》的索隱方法喚起的是蔡元培這代人的時代隱痛，是他們這代從小接觸古代文化體制，後又不得不面對三千年未有之變局的文人雅士的心路歷程，這是蔡元培下一代的新青年們所未能理解的思維邏輯，是不同時代風雲，不同成長環境所造就的代際間的相異的生命感受。蔡元培採用文學文本，或者說已經能夠登入大雅之臺的「公共性」的史料文本來打造、映像自己的生活，用曾經的官宦生涯來觀察世界，在面對著五四時期紛繁複雜的人事體制時及時地從思想機制中抽繹出策略和辦法，這是「新青年」這一代無法逾越的代際鴻溝和觀念差異。所以與其說蔡元培因為無從應付多重現實事務糾紛而主動辭離北京大學，進而遠離新文學場域，毋寧說蔡元培與「新青年」之間最根本的還是觀點差異。其日漸邊緣的原因最核心的還是文學思想觀念有別。

第三節　新文壇格局的形成：蔡元培與「新青年」等人的思想裂隙

　　蔡元培因早年的官宦生涯使得他無法忍受北京大學內部的派系紛爭和學生紛亂，也對當時的北京政壇徹底喪失希望，是故在複雜的人事變動中與北京大學幾分幾合，後最終主動選擇離開。而當時的北京大學正是新文化運動的「策源地」、「驅動力」，與北京大學的人事脫離便也意味著他與新文學、新文化場域漸行漸遠。不過，蔡元培的邊緣不僅是因為以《〈紅樓夢〉索隱》作為「應對機制」的「退」與「變」使然，更牽扯出 20 世紀 20 年代中國文壇的新的「裂變」，使得擁有多元身份的學者蔡元培不得不成為「邊緣」。

〔註100〕趙園：《危急時刻的思想與言說──探尋進入社會變革時期的路徑》，《社會科學論壇》，2005 年第 5 期。

一、「舊文壇」與「新文壇」

誠如斯言，一方面，在蔡元培的觀念裏，應靠學識才力救國，他希望學界恢復到「五四以前的教育現狀」中，進而言之，他設想的新文學的思想變革應發生在教育和學術文化領域內，而少涉社會活動。在五四新文學運動的初期，新文學的邊界與教育、學術等混溶在一起，蔡元培在其中自可如魚得水，是運動的精神指導者。可後來青年學生一代日漸成長，文學場域的邊界漸漸擴充到政治實踐領域中。「只學新詩」的青年們開始愈來愈多地走入到高漲的社會運動中來，而這又與蔡元培人格系統中的「應對機制」有所違背。當文學領域與政治場域發生衝突時，蔡元培便以他個人的「退」來成全更大的精神勝利，所以他做出離開北京大學的選擇既是無奈也是主動。而另一方面，在他離開的這幾年中，「文學在某種程度上已從思想革命、社會改造的有機整體中獨立出來，實體化為詩歌、小說、散文、戲劇等具體的文類實踐，同時又依託社團、期刊、讀者、批評，落實為一個特定的『新文壇』。」〔註 101〕可蔡元培是革命者，是現代大學校長，也是學問家，但卻非單純的文學創作者。當文學成為「職業」，蔡元培這樣的「通才」便不再適應。

> 如果說晚清與「五四」兩代人在知識結構上都是通人，很難用一個什麼家來界定的話，那麼這代知識分子則是知識分工相當明確的專家，比如哲學家馮友蘭、賀麟，歷史學家傅斯年、顧頡剛，政治學家羅隆基，社會學家潘光旦、費孝通，文學家朱自清、聞一多、巴金、冰心等即是。〔註102〕

當青年學生一代均成為專家，徘徊於五四兩代人中的蔡元培的「通」便被文學領域內部裂變後的「專業化」要求而推向了邊緣。曾幾何時，五四時期的「新青年」們均非專涉文學者，也並非文學專業出身，他們基本上都是以「教授」、「教員」為職，專業文學創作的少。而五四新文學運動的支持者和籌劃者蔡元培更是從古典文化中訓練出的「大文學觀」，他所設想的文的面目也包括了「音樂、詩歌、駢文、圖畫、書法、小說」。〔註103〕所以當蔡元培擔任北京大學校長，整肅文科時，「大文學」的理念便根植其中。在蔡元培任北京大

〔註101〕姜濤：《公寓裏的塔：1920 年代中國的文學與青年》，北京大學出版社，2015 年，第 16 頁。

〔註102〕許紀霖：《20 世紀中國六代知識分子》，《中國知識分子十論》，復旦大學出版社，2003 年，第 83 頁。

〔註103〕蔡元培著、王世儒編：《蔡元培日記》，北京大學出版社，2010 年，第 162 頁。

學校長期間，實行了許多對後世影響深遠的校政改革，學科改革即是其中一例。在蔡元培入主北京大學前，北京大學的「法科」最為「完善」，學生人數也多，當時教授法科的大多是一些政府要員，或者有官銜的學者。蔡元培為肅清北京大學的官僚氣象，試圖整頓與官僚體制關係密切的「法商各科」。「法商各科」在這場分科改革中被抑制，而校長蔡元培則投入大量精力整頓和充實「文理兩科」。可在「文理兩科」的變革和整肅中，也有其地位差別，「文」強「理」弱的現象十分明顯。任鴻雋、朱經農更是先後致函胡適說北京大學「儘管收羅文學、哲學的人才，那科學方面（物理、化學、生物等等）卻不見有擴充的影響，難道大學的宗旨，還是有了精細的玄談和火辣的文學就算了事了嗎？」〔註104〕其實蔡元培大力支持的「文科」包含的範圍很廣，既囊括任鴻雋、朱經農所提到的「文學」、「哲學」，甚至還有美術、音樂等藝術門類。可是這些不同學科種類的課程在任鴻雋、朱經農的觀念裏幾乎可以統稱為「精細的玄談和火辣的文學」。據朱希祖回憶說在當時北京大學所編寫的文學史教學講義中與今日之文學概念有大不同，「蓋此篇所講，乃廣義之文學。」〔註105〕可以說，早在蔡元培改革文科始，文學的範圍和含義的「廣」已呼之欲出。而至於蔡元培聘用的陳獨秀、胡適、劉半農、李大釗等人，這些供職或者服務於文科的人，所涉獵的「文學」也不單單是我們現在傳統意義認為的純粹的「文學」，文學更像是「文化」的附屬和衍生品，是其不可分割的一部分，尚未產生「文學的自覺」。陳獨秀曾在《答曾毅》一文中談到「文學獨立價值」的問題。在陳獨秀看來文學的本義為「達意狀物」，「其本義原非為載道有物而設，更無所謂限制作用，及正當的條件也」，所以他主張廢除「古代聖賢立言」的八股陋習。陳獨秀的文學獨立的立足點在反載道，「即載道與否，有物與否，亦非文學根本作用存在與否之理由。」在陳獨秀的理解中，文學獨立的價值標尺應與不合時宜的古代教論脫離，「惟衡以今日中國文學狀況，陳義不欲過高，應首以掊擊古典主義為急務」。〔註106〕後來他又指出，不僅是文學領域，史學、音樂、醫家乃至拳術均應有其獨立價值，不應該企圖攀附六經，迎合王道，祈求聖功，承載道術，他以學者之姿要求實現的文學獨立，本質在於追問「中國學術不發達的最大原因」，進而希望學者能夠「尊

〔註104〕胡適：《胡適來往書信選》，社會科學文獻出版社，2013年，第55頁。
〔註105〕陳平原：《早期北大文學史講義三種》，北京大學出版社，2005年，第241頁。
〔註106〕陳獨秀：《答曾毅——文學革命》，《新青年》，1919年4月1日，第3卷第2號。

其所學」，維護學術獨立的神聖性。誠然，陳獨秀是站在大的文科學術概念中提出文學與古代道統的區隔，在他的文學建構中，文學依舊應融入在學術自由討論中，具有著泛學術、泛教育、泛政治的特點。「哲學是我的職業，文學是我的娛樂，政治只是我的一種忍不住的新努力。」〔註 107〕胡適如是說。事實上這些學者型教授從根本上並未將文學作為其安身立命的「職業」，只是出於任教和改革社會的己任才舉起了文學革命的大旗。可以說，五四新文學是誕生於廣義的「大文科」的場域中，或者是作為「新文化」的一隅，是思想文化改革的重要環節。這樣一個廣義的「文科」不僅深度參與了「新文化運動」，而且成為了這場運動發生的重要場域，〔註 108〕甚至孕育出了「新文學運動」。陳獨秀在《新文化運動是什麼》一文中曾表示「要問『新文化運動』是什麼」歸根結底是要問「文化」是什麼，而在他看來，「文化是對軍事、政治（是指實際政治而言，至於政治哲學仍應該歸到文化）、產業而言」，文化的含義和內容大概包括「科學、宗教、道德、美術、文學、音樂這幾樣」。〔註 109〕在陳獨秀為代表的新文化人的觀念裏，文化的內容包羅甚廣，文學是被鑲嵌在新文化運動的整個版圖內，是其有機組成部分，與科學、宗教、道德、美術、音樂乃至政治哲學有著天然的聯繫。即「智的文，歷史是代表；情的文，詩歌是代表；意的文，哲學是代表」。〔註 110〕在這樣一個包羅萬象的相較於舊文化而言的新文化大版圖中，蔡元培與一眾「新青年」們勾勒著新的文學主張，描繪著未來的文化藍圖和發展方案，且擔負起啟蒙大眾的責任和使命。蔡元培、陳獨秀、胡適等人的社論文章，或者是《新青年》的專欄文章，新文化諸君與舊文化者之間的「罵戰」文章、信件往來等應用文體都具有著與「新文學」相關的振聾發聵的效應。蔡元培與「新青年」諸君的「通」在於上知天文地理等科學，下達救世良言，在文學中通達美術、音樂等藝術形式，形成學科的跨越與融合。五四時期，這些術業非專攻的文學「邊緣」學者開啟了文學的「新紀元」，而呈現出的邊界模糊的龐雜的文學生態也造就了這些「邊緣」人成為文學漩渦的「中心」。

可是這樣的局面卻並沒有持續很久，1919 年尚在北京大學就讀的羅家倫

〔註 107〕胡適：《〈四十自述〉自序》，歐陽哲生編：《胡適文集 1》，北京大學出版社，1998 年，第 29 頁。
〔註 108〕李哲：《分科視域中的北京大學與「新文化運動」》，《文學評論》，2017 年第 5 期。
〔註 109〕陳獨秀：《新文化運動是什麼》，《新青年》，1920 年 4 月 1 日，第 7 卷第 5 號。
〔註 110〕胡懷深：《新文學淺說》，泰東書局，1921 年，第 3 頁。

便發表一文《什麼是文學？——文學界說》，他受到「西文」觀念的影響，深覺現今文學的界定要麼「過於寬泛」，要麼過於「狹窄」，亟待重整。他以「思想」、「想像」、「感情」、「藝術」作為衡量文學的指標。〔註 111〕且將「思想」放置在文學的標尺的第一位。而在 1921 年鄭振鐸也在《文學的定義》一文中將文學視為「人們情緒與最高思想聯合的『想像』的『表象』」，〔註 112〕強調文學最終的元素為「情緒」而非羅家倫所提倡的「思想」。〔註 113〕後來這兩種觀點衍生出了中國文學界的「為人生」和「為藝術」的學理爭論。至 1926 年鄭賓於主張「綜和各家的說法而制定一個比較周遍的文學定義」，〔註 114〕在不間斷的專業性文學意義討論中，文學基本上才有了專屬意義上的理論界定。不僅是文學觀念的發展演進，專司文學創作的想法和人才隊伍也漸漸開始嶄露頭角。1921 年清華大學誌文學社就曾積極討論「文學可以職業化嗎？」可是那時因為五四餘波的影響，大多數學生不贊成「職業化」，對是否應該選擇另外一種職業已應付「假生活」頗有爭論。言談之間，他們認為另外一種職業所搭建的生活環境大多是「假」的，非「自我」的，而文學顯然已經成為了他們的「志向」、「追求」，從一些別的職業當中抽離、獨立出來。〔註 115〕瞿世英也曾說過「彼時大家都喜歡研究社會問題，但是劍三卻已經專致力於文學了。所以可以說我們朋友中最先和文學訂交的便是劍三」。〔註 116〕若王統照般，當時很多人已經開始專門拾起「文學」，專供有術了。20 世紀的中國由於前期新式教育的推廣，使得一批學生青年擁有了較為深厚的東西方文化學理，以上海為首的都市文化又逐漸興起，都市空間的擴展，為這些學生精英畢業後提供了容納空間，可使他們不用固陷在校園內，不得不成為學者型「人才」儲備，而擁有了更為廣闊的生活領域。現代出版行業的繁榮更使得一批人走向了編輯、翻譯、校對、出版等行當，關乎文學的職業趨於多元。

而當文壇在接連不斷地發生這一系列變動時，蔡元培不是躊躇、消磨在北京大學無法休止的「內外之衝」中，不得不「放棄國民之義務」，消極避

〔註 111〕羅家倫：《什麼是文學——文學界說》，《新潮》，1919 年 2 月 1 日，第 1 卷第 2 號。

〔註 112〕西諦（鄭振鐸）：《文學的定義》，《文學旬刊》1921 年 5 月，第 1 號。

〔註 113〕西諦（鄭振鐸）：《文學的使命》，《文學旬刊》1921 年 6 月，第 5 號。

〔註 114〕鄭賓於：《前論》，《中國文學流變史》上冊，北新書局，1930 年，第 11 頁。

〔註 115〕參見《校聞》，《清華週刊》，1921 年第 232 期。

〔註 116〕瞿世英：《〈春雨之夜〉序》，馮光廉、劉增人編：《王統照研究資料》，寧夏人民出版社，1983 年，第 172 頁。

讓；就是遠離故國，在歐洲潛心學習編書，完全脫離了國內的「文學領域」。那時的蔡元培所關注的是歐洲大學先進的美育理論和教育方式，除此之外也悉心關照著國內的革命局勢。1926 年，北伐戰爭開始，蔡元培決心投入國內的轟轟烈烈的革命隊伍中，遂從歐洲歸國。總體來看，20 世紀 20 年代的蔡元培大多所從事的是與單純的文學關涉不大的實務工作，當他回國之際，擺在他面前的是一個「專業化」程度更高的新文壇。在五四時期的他希望投身教育，借文學來「改造思想」，而當蔡元培決計回國後，他的想法便是直接參加政治，這時的他的黨派意識和政治身份明顯占於上風。在國民革命爆發的大背景下，有許多的知識分子選擇投入到革命道路上，這時的他們回首曾經學習的「文學」則批判漸濃，覺得那些「只學新詩」的青年們總是沉迷於風花雪月，「今日出一本繁星」，「明日出一本雪朝」，〔註 117〕蠶食了大多數青年的意志。曾作為思想利器的文學已經成了他們革命道路上的「絆腳石」。或者是像瞿秋白這類的青年，既有著文學素養，也能夠積極地投身於政治活動中，成了「全才」。可無論是哪種「青年」，在他們看來「今則主張俠義的文學矣」，「以為文學必須獨立」與「哲學、史學及其他學科可以並立」，〔註 118〕甚至與這些「其他社會『場域』」形成為了競爭和排斥的關係。〔註 119〕是故，縱使蔡元培後來從廟堂再次下野，相繼擔任大學院院長和中研院院長時，他雖然恢復了教育家的身份，可在文學領域能夠發揮的作用著實也是微乎其微。

二、「新青年」的「窄」和蔡元培的「通」

按照姜濤「青年代際」的觀點，脫離了胡適、陳獨秀等導師一代，學生一代的文壇開始「職業」、「志業」化，專業從事文學的人不在少數。但不可忽視的是作為導師一方的陳獨秀、胡適等「新青年」們的思想卻也在逐漸地細化。在 1917 年北京神州學會週六演講會上，蔡元培、李石曾、陳獨秀均受邀入席，並在演講會上發表了重要講說。蔡元培發表了著名的《以美育代宗教》，李石曾發表《學術之進化》，二者都是從理想境界的角度渴求中國思想更替的解決辦法。與此不同的是，陳獨秀則發表了《舊思想與國體問題》。為此陳獨秀還在演講中批判蔡元培、李石曾的觀點，說蔡元培的「以美育代宗

〔註 117〕中夏：《新詩人的棒喝》，《中國青年（上海 1923）》，1923 年 12 月 1 日，第 7 期。
〔註 118〕陳平原：《早期北大文學史講義三種》，北京大學出版社，2005 年，第 241 頁。
〔註 119〕姜濤：《公寓裏的塔》，北京大學出版社，2015 年，第 16 頁。

教」、李石曾的「近代學術之進化」，張溥泉所說的「新道德」等觀點，一旦帝制恢復，脫離了共和體制，這些思想會在政治上成了「叛徒」，學術上自然就是「異端」，各種學問毫無用武之地。與會的四人中只有陳獨秀直言現實政治問題，且對李石曾的「政治進化的潮流，由君主而民主，乃一定之趨勢，吾人可以懷抱樂觀」的看法存疑。〔註120〕此時的他們面對著的是袁世凱試圖稱帝敗北的殘局，相較於其他三人的「不談政治」，陳獨秀的政治意味更濃。後來陳獨秀的政治激情始終未見消退，以至於曾向蔡元培傾情推舉他擔任文科學長的沈尹默、湯爾和二人都從他身上嗅到一些「危險」的氣息，擔心隨著局勢愈演愈烈，難保陳獨秀不會拋棄自由主義的思想。尤其是在1919年五四新文化運動後期，中國思想文化界掀起了一場關於「社會改造」的大討論，陳獨秀、李大釗等人受到俄國十月革命思潮的影響，從原來的主張民主、自由的西方文明思潮轉向了更為激進的俄國式社會主義革命。他們已經不能滿足於五四前期的「思想界」革命的訴求，轉而在更為精純的政治理論和形式上尋求「質」的突破。這股無法澆滅的政治激情將陳獨秀、李大釗等人從龐雜的文化學術圈中帶出，引向了集中程度更高的政治領域中，「政治」作為一種「志業」，成為了他們甘於獻身、奉獻所有激情的「主職」。

與陳獨秀不同的是另外一批學者雖然沒有從學術叢林導向政治戰場，可他們在學術方面尤其是在關於「文學」、「文化」的理解上也各有「偏頗」。20世紀30年代社會上掀起了「全盤西化」的思潮。此思潮雖在五四時期便早有端倪，可卻被胡適在1929年第一次明確提出。1929年，胡適在英文雜誌《中國基督教年鑒》上發表了《中國今日的文化衝突》一文。在該文中胡適提出了「Whole westernization」和「Whole modernization」兩個詞。後來潘光旦在《中國評論週報》上將其翻譯為「全盤西化」和「全盤現代化」。胡適提出這兩個詞有意在反對保守落後的復古派，不過在這篇文章中他也承認，在全盤西化的過程中，由於「文化惰性」，會造成我們無法真正嚴格意義從數量上實現「百分之百」的西化或者是充分的現代化，故而在全盤西化的過程中會自然產生折衷的現象。但是這個小小的坦誠卻被陳序經、吳景超一口咬定胡適為「折衷調和派」。面對著這樣的指責，胡適不得不出面澄清，他再次解釋了何為「文化惰性」，且明確說自己「主張全盤西化」，認為「折衷」、「調和」、「中國本位」均是「空談」。他援引古人「取法乎上，僅得其中；取法乎中，

〔註120〕陳獨秀：《舊思想與國體問題》，《新青年》，1917年3月1日，第3卷第3號。

風斯下矣」的說法，不僅要求自命作領袖的人避免空談折衷，也建議大家「不妨拼命走極端」，因「文化惰性」自可對極端進行調和。顯然胡適是「完全贊成陳序經先生的全盤西化論」，〔註121〕在他的思想領域中，「中國本位的文化建設」已經等同於洋務維新運動中的「中學為體，西學為用」。雖然胡適是本著掃清中國文化的根深蒂固的「落後」殘餘的目的而主張最大限度地擁抱西方文明。可在這場東西方文明的衝突中，從晚清到五四期間，曾有過的新舊雜陳、多聲複義、旁徵博引的文化現象已經被視作「落後」的折衷心態，社會上已經趨向於「窄化」的以西方現代文化體系為話語典範的思想風潮。更有諸如陳序經、吳景超等更為激進的主張者，他們更是將西方的現代話語推向了更高層次和更高等級，而將中國本位的文化視作下乘。可以說，以胡適、陳序經、吳景超為代表的一批現代知識分子已經漸漸地出現了極端的二元對立的邏輯架構。東西方文明成為了兩種位列於文化座標兩端的文化形式，呈現出無法進行調試和整合的「遙遙相望」之態，再也不復蔡元培當年所提出的以西學滋補東方學問，使中國哲學文化與異端接軌的「遙想」。

與二者不同的是，蔡元培的思想則基本上依舊保持在五四時期的原初狀態，他的思維模式依然是博採眾長的「通」。雖說蔡元培的文學實用主義和社會功利價值的「文學觀」某種程度上主導了新文學運動的發生，可蔡元培對文學的鑒賞和感知絕非僅僅侷限於文學實用論。在他 1901 年正月的日記中不僅將文學當作「民史」以補「正史」看，更挖掘到「文學」的審美價值。「文學者，亦謂之美術學，《肄業要覽》所謂玩物適性之學也。其中如音律詩歌，有移風易俗之效。樂音諸書言之詳矣」。〔註122〕所謂「文化是意志活動的現象，意志的活動，恃有兩種能力：一是推理力，以概念為出發點，演成種種科學；一是想像力，以直觀為出發點，演成種種文藝」。〔註123〕在蔡元培的觀念裏，文學包容在「美術學」中，而他一直提倡的「美術」或者是「美育」則重在培養人的審美感知力，內化自身。純粹之美育陶養了蔡元培的感情，以至於在他提倡「為人生」的寫實的文學功用論的同時，也能夠將其維繫在相對平穩的狀態下，不至於因其過分的堅持社會功用而導向政治，

〔註121〕胡適：《我是完全贊成陳序經先生的全盤西化論》，《獨立評論》，1935 年 3 月 27 日，第 142 號。

〔註122〕蔡元培著、王世儒編：《蔡元培日記上》，北京大學出版社，2010 年，第 191 頁。

〔註123〕蔡元培：《文學在一般文化上居於怎樣的地位》，高平叔編：《蔡元培全集 6》，中華書局，1988 年，第 531 頁。

也不至於放棄「中國本體的文化建設」，充分尊崇西方，進而左右搖擺不定。在《美育代宗教》一文中蔡元培在開篇便提出了一個有意思的現象。他說吾人遍歷歐洲，見教堂星羅密布，實乃一種歷史習慣爾，而至民國，譬如前清時代之袍褂，時至今日著實違和，可毀之可惜，不妨定為乙種禮服尚存。事實上，蔡元培對待很多事物都堅持的是這種「尚存」論。他極力推崇「白話運動」，可在文章中也表示說「古文可存」，沒有對「古文」趕盡殺絕；他雖然反對小說中的「風花雪月」、「姦淫晦道」，可對通俗小說也大力支持。正是這種「尚存」的理念，造成了五四時期多元叢生的文化氛圍，既扶持了新生勢力的「新文化」，也沒有將所有的主觀意識形態的「文化」導向一元、極端。「尚存」的說法學理上便是蔡元培一直堅守的「兼容並包」，即「互相爭鳴，自由發展」。蔡元培的「美育」思想本質上沿襲著康德的「美學」主張，在康德的理解裏，人的審美能力依託的是思想的反思性判斷力，而我們通過「審美過程」可反思到自身的「自由本體」，引導我們去發現自身真正的實現自由的手段，即對「道德律」的認識。對蔡元培而言，對「審美活動」的推崇從宏觀上不僅可以營造「百家爭鳴」、「百花齊放」的文化氣氛，更能夠從自身尋找到能夠皈依的「道德準繩」。

由此而來，蔡元培對美術的堅持和提倡可以說是不遺餘力。1912 年時任教育總長的蔡元培頒布了新的教育宗旨，提倡「軍國民教育、實利主義、公民道德、世界觀、美育」等五育，〔註 124〕後來在《對於新教育之意見》中又談到「美感者，合美麗與尊嚴而言之，介乎現象世界與實體世界之間，而為津梁」。〔註 125〕在他看來，美感會消除人的雜念，昇華人的思想境界。而諸如唱歌、圖畫、「記美術家及美術沿革」、「寫各地風景及所出美術品」、遊戲、手工、「普通體操」等均為美育者也。〔註 126〕當他擔任北京大學校長以來，作為一校之長，他親自上陣，不辭辛勞，在百忙之中操刀講學，向學生傳授「美術」。在他的回憶中，十年間他講了 10 餘次，後因「足疾」進醫院才停止。為此蔡元培還特意聘請了留法歸來的張競生為專職教授，繼續講授

〔註 124〕蔡元培：《全國臨時教育會議開會詞》，高平叔編：《蔡元培全集 2》，中華書局，1984 年，第 263 頁。

〔註 125〕蔡元培：《對於新教育之意見》，高平叔編：《蔡元培全集 2》，中華書局，1984 年，第 134 頁。

〔註 126〕蔡元培：《對於新教育之意見》，高平叔編：《蔡元培全集 2》，中華書局，1984 年，第 136 頁。

美學課程，在他的主張下，「美學課程」在北京大學延續多年。不過蔡元培對「美育」的重視絕非是課堂講授一種，他躬行實踐，積極鼓勵師生開展課外活動，組織各類社團。在蔡元培的鼓勵下，北京大學呈現出生機蓬勃的文化藝術氛圍，文學社、新詩社、戲劇社各自活躍，文學藝術社團、文學研究會、音樂研究會、繪畫研究會、書法研究社等更是繁盛興旺。教授張競生更是發起了審美學社，出版審美叢書。文化藝術活動在北京大學這片沃土上茁壯生長，學生沐浴在文化藝術的殿堂中。以至於馮友蘭 50 年代初期進入北大時，依然能夠親身感受到這種課外的藝術氛圍。其實不僅僅是北京大學的學生，蔡元培早在時任教育總長時期便開始提倡「美育」。後來更是出臺了一系列學校普通教育的方針政策。諸如「修身、國文、外國語、歷史、地理、數學、博物、理化、圖畫、手工、音樂、體操、法制、經濟」等文化藝術課程被擴充至學校教育中，對青年的學習和思想的演進、文學藝術的鑒賞力的提升產生了深遠的影響。不過值得注意的是，蔡元培所大力維繫的「美育」在當時的社會上實屬「小眾」，絕非「主流」。蔡元培在擔任教育總長時期尚能宣傳一二，可隨之卸任，美育也被刪除。值至蔡元培就任北京大學校長時，新文化諸君對「美育」的關懷也少。在 1917 年神州演講會上陳獨秀更是批判過蔡元培的「以美育代宗教」一旦脫離了合理的政治制度依附便不值一提，早晚得被壓制。所以在新文化運動的過程中，蔡元培幾次三番發表演講，親自出面大聲疾呼新文化運動不要忘了「美育」。與大多數新青年不同的是，魯迅倒是蔡元培的最為有力的支持者。在蔡元培任教育總長時，魯迅於教育部工作，擔任社會教育司第一科科長，主管圖書館、美術館、博物館事宜。因工作之故，1913 年 2 月在教育部推出的《教育部編纂處月刊》上刊登了魯迅的《致國務院國徽擬圖說明書》、《擬播布美術意見書》以及《奉天清宮藏品目錄》三篇文章，主推社會美育。魯迅在《擬播布美術意見書》中提到「蓋凡有人類，能具二性，一曰受，二曰作。受者譬如曙日出海，瑤草作華，若非白癡，莫不領會感動；既有領會感動，則一二才士，能使再現，以成新品，是謂之作。」通過感動和領悟，人類將美術和心靈連接，「凡有美術，皆足以徵表一時及一族之思維，故亦即國魂之現象」，〔註 127〕以此來表見文化。

〔註 127〕魯迅：《擬播布美術意見書》，《魯迅全集 8》，人民文學出版社，2005 年，第52 頁。

在魯迅看來，美育亟待向社會推廣和實行。1927 年 7 月魯迅還不辭辛苦，風雨無阻地前往暑期學校去做講座，題目即為《美術略論》。在蔡元培卸任教育總長之後，推廣美育的政策也被教育部拿下，魯迅還發出了「聞臨時教育會議竟刪美育，此種豚犬，可憐可憐」的感慨。〔註 128〕由此來看，統治階層和社會大眾對於美育的冷淡並沒有使魯迅放棄對於美育的堅持。在「美育思想」提出後的幾年中，魯迅始終不曾脫離對於美術的感知。在他的日記中經常會出現他購買古玩、繪畫、碑帖、錢幣的記錄。在 1918 年 2 月 4 日，魯迅還參加了「通俗教育研究會茶話會」，這次茶話會在教育部禮堂舉行，會上陳列了六朝以來名人書畫一百五十餘種，並演奏了古樂。

　　魯迅對「美術」的堅持，引發了他對「純文學」的精確認識。魯迅認為文學「猶有特殊之用」，它能夠「啟人生之閟機」，示「人生之誠理」。但他也說「由純文學上言之，則以一切美術之本質，皆在使觀聽之人，為之興感怡悅。文章為美術之一，質當亦然」。〔註 129〕正是魯迅的這種對於「文學」通透的理解使他成為胡適、陳獨秀等導師一代的特例，使他既能夠在新文化運動中應和「文學的投槍匕首」的社會宣言，而由於對「美術」的認知又能夠引發文學審美上的美學感受，從事純粹的文學寫作，適應新的文壇。可弔軌的是，蔡元培也是「美術」的積極提倡者，但他後來卻未能從事專業寫作。僅僅是作為一名「美術」欣賞者的身份現身。尤其是在這片早已「專業」化的新文壇中，他的文學創作不過是一時的遊戲娛樂應和之作，或是一些演講發表，亦或者是一些序跋題詞，符合新文壇要求的純粹的文學創作幾乎未有涉及。20 世紀 30 年代，「左翼作家聯盟」、「左翼戲劇家聯盟」逐漸滲透到「明星」、「聯華」、「天一」等電影公司開展創作，由於他對電影藝術的獨到見解，保護了大量左翼電影人不被國民黨攻擊、監禁，為中國左翼文學、左翼電影的發展做出了傑出貢獻。1928 年時任大學院院長的蔡元培還特別關照美術教育委員會的發展，籌備推行全國美術展覽會。為了幫助一些在學術上有貢獻的專家學者，蔡元培廣開賢路，給予這些人大學院的特殊津貼，任他們自由著作。20 世紀 30 年代的蔡元培未能再像五四運動時期那般的親力親為，與保守派唇槍舌劍，積極參與到文學、文化場域，這時的蔡元培才是真正的「隱藏」起來，完全居於「幕後」。

〔註 128〕魯迅：《魯迅日記 1912 年》，北京大學出版社，1984 年，第 8 頁。
〔註 129〕魯迅：《摩羅詩力說》，《魯迅全集 1》，人民文學出版社，2005 年，第 73 頁。

三、美育：另一條文化路線

　　蔡元培會提倡美育其實不難理解，五四時期中國從西方請來了「德先生」和「賽先生」，在思想界掀起巨浪，尤其是一些新青年們更是高舉著「反孔教」的旗幟一舉反對從「專制社會沿襲了幾千年鍛造得極其精緻的等級制」以及等級桎梏所引發的禮教束縛、玄學迷信，和「對權勢的崇拜（至少是敬畏）的普遍心理」。〔註130〕陳獨秀說人類將來真實之信仰，必須以科學為正軌，一切宗教均在廢除之列，所以他主張以科學代宗教。陳獨秀反孔教的根本目的在於反道統，反專制，最終要開拓吾人的真實信仰。在西方，宗教的形成和演變是影響歷史進程的重要內容，宗教紛爭此起彼伏，血雨腥風，而在中國，宗教卻始終未能形成氣候，「儒學」不僅有力阻止了本土宗教的繁衍，更抵禦了外來宗教的入侵，甚至以「儒學」為中心而產生的「孔教」大有「類宗教」的性質和功能。英國傳教士庫壽齡（Samuel Couling）說：「儒家學說儘管不是宗教，但其中包含著可以發展為宗教的教義，而且對於千百萬人來說，它已經成為宗教的替代品了」。〔註131〕「儒學」作為宗教的替代品，在古代中國社會作為一種道德哲學與中國浸潤了幾千年的封建官僚體制相結合，形成了特有的道德威權，形塑了中國人的行為習慣和日常生活。而孔教信仰更是成為思想的信條誘導著大眾產生了崇拜感。尤其是在中國士大夫階層，它發揮著準宗教的作用，與中國古代社會體系「同質同構」。正是基於此，陳獨秀、胡適等人才扛起「科學、民主、平等、自由」的價值系統反對現有的與「儒學」傳統息息相關的「忠孝節義」為首的中國古代道德倫理價值觀念。由於「儒學」的無孔不入，根基穩固，擺在新青年諸君面前不僅是亟待整肅的思想圭臬，更是千千萬萬的大眾操守和生活。所以在這場「改造思想」的運動中難免會有些「厚此薄彼」或是「顧慮不周」。當時新青年諸君大力批判孔教及其附屬品「迷信」，但對科學的實際踐行卻有所忽略。很多人呼籲在新文化的革新中要重視自然科學，因為大家總是「天天發理論空談」，而「閒卻了自然科學」，更有人指出「新文化若不竭力發揮自然科學和物質文明，簡直是復古的傾向，不是革新的傾向」。〔註132〕科學在某種程

〔註130〕趙園：《北京城與人》，北京大學出版社，2002年，第125頁。
〔註131〕丁光著：《慕雅德眼中的晚清中國（1861～1910）》，浙江大學出版社，2014年，第164頁。
〔註132〕陳獨秀：《答書》，《新青年》，1920年9月1日，第8卷第1號。

度上的缺席造成了被打亂的道德文化系統未能被科學知識有效填補，人們的思想陷入了價值混亂。乃至當一套西方文明結構被植入中國的文化土壤中，其附屬的如「拜金主義」、「濫情主義」等文化「副作用」也隨之進入。而當西方的價值文化不能解釋一切，或是人們對西方物質文明失望之際，「文化潛意識」會最終復歸至習以為常的東方文明中去尋找答案。知識分子如此，普羅大眾亦是適用。在民初梁啟超、梁漱溟等知識分子無一例外地組織成立新教團，成立救世新教、道德會。1921 年成立的「道德會」，更是以「孔孟學說」、「三界五行」、「天命與感應」等去挽救道德淪喪。〔註133〕1917 年在上海成立的靈學會更是可以堂而皇之的在《時報》上與《新青年》對比宣傳，主張「專研人鬼之理，仙佛之道，以及立身修養」，而此種種要義，極有益於人心世道。〔註134〕誠然，新青年文化諸君為中國沉睡已久的固有文化注入了西方的文明價值論，可著力打破的古代中國的價值倫理卻未能有效清除，「西化」、「現代性」並非中國現代社會的唯一常態的衡量標準，作為新加入的文化成分，它不能淹沒掉古典傳統對中國價值結構的浸潤。所以整個中國現代社會處於一種轉型狀態中，大眾的思想、信仰多雜亂無序。在巴金的小說《家》中一定程度上反映出了中國西南地區五四時期的思想動態。在偌大的高公館中，上下老少之間所能夠獲取的信息源頭和道德准則並不一致，這不僅造成了溝通交流的凝滯，更引發了公館內部不可避免的悲劇。覺慧、覺民等新青年在高公館內仍屬於不被重視的弱勢群體，他們「先進」的思想面對著嚴絲合縫的公館威權結構毫無辦法，不能將其思想精華廣布公館成員進而撼動整個家族統治，唯有自我孤獨、寂寞，努力掙脫。巴金的《家》聚焦的是轉型時期的過渡家族，這一家族中大有激情澎湃的「新青年」，也有迷戀昨天的「老腐朽」，更有進退失據的中國現代文學史上的「高覺新」式人物。「不錯，他讀過屠格溫夫的題作《父與子》的小說。他知道父代與子代中間的鬥爭。但是他在這個家裏看見的並不是同樣的情形。這裡除了克明外並沒有人真心擁護舊的思想、舊的禮教、舊的制度。就連克明也不能說是忠於他所擁護的東西。至於其他那些努力摧殘一切新的萌芽的人，他們並沒有理想，他們並不忠於什麼，而且也不追求什麼，除了個人的一時的快樂」。

〔註133〕羅久蓉訪問，丘慧君記錄《姜允中女士訪問紀錄》，中研院近代史研究所，2005年，第 20～26 頁。
〔註134〕《靈學叢志》，《時報》，1918 年 2 月 26 日。

〔註 135〕高公館中的眾成員的信仰混雜，似乎沒有什麼真實的追求，真實的信仰，真實的「信解行證」。事實上，巴金聚焦的正是這樣一幅五四時期多種文化雜交，多種思維習慣交融的世俗生活畫。而這部小說也一定程度上反映了中國在社會轉型期的信仰混亂的歷史狀態。

　　1920 年發表於《興華》的一篇文章《新文化運動是什麼》中雖然指出中國的新文化運動應與舊文化運動中搞新學，或是貴族的文化運動完全不同，可最後卻也不得不承認「但是現在中國的文化運動不敢說」。〔註 136〕實際上，整個新文化運動確實有難以評判之處。葉文心說「現代性應是有關千家萬戶日常生活的物質變化，而非少數幾個精英分子為著一個漂亮的理由而進行的組織動員」。〔註 137〕王富仁也指出「真正的以『現代性』的追求為自己的主要追求的只是極少的幾個知識分子，而中國社會上的更廣大的有文化與無文化的社會群眾則仍然延續著中國傳統的觀念和中國傳統的生活方式」。〔註 138〕事實上，這場新文化運動的最終走向也反映了這場以社會平民的文化運動為標榜的新文化運動所能夠觸及和影響的大多還是知識分子精英團體。他們或是積極的投身於上層政治領域，或是以西方話語為尚，導向了思想更為精粹的現代知識分子。根據民初的具體情境，在中國傳統等級制度的重壓下，士紳階層與底層民眾間有著難以逾越的身份和價值鴻溝，而「憲政」與「前清官僚政客利益」相符合，「憲政」所給予的「合法的政治場所」從來不會向「下層人士開放」。〔註 139〕而當一批知識分子逐漸依附於政治，走向政治的歷史舞臺，其實與下層人士之間的鴻溝也逐步拉開。當另外一批智識群體導向充分的西化時，那些來不及或無法睜眼看世界的底層民眾仍然汲汲營生，沉浸在穩固不變的柴米油鹽醬醋茶中，這場文化運動的最終導向必定是與這些底層民眾相脫節。

　　事實上，新文化運動以其摧枯拉朽之勢扭轉了整個中國思想界的千年禁錮，可當以「儒學」為根基的敬畏絕斷，道德的無根底卻也發生矣。尤其是西方歐戰激戰正酣，現代文明中殺戮、血腥、殘酷的一面更是令一些人痛心

〔註 135〕巴金：《秋》，開明書店，1941 年，第 179 頁。
〔註 136〕人道：《選評：新文化運動是什麼》，《興華》，1920 年，第 17 卷第 34 期。
〔註 137〕葉文心：《導論：解讀中國的現代性，1900～1950》，葉文心編：《成為中國的：通往並超越現代性之路》，加州大學出版社，2000 年，第 7 頁。
〔註 138〕王富仁：《「現代性」辯證》，《中國現代、當代文學研究》，2014 年第 1 期。
〔註 139〕費正清：《劍橋中華民國史》，中國社會科學出版社，1994 年，第 411～412 頁。

疾首，尚西方話語的啟蒙理念越來越多的受到質疑。「舊」倫理的廢除，而新道德結構又尚未建立，道德缺失愈演愈烈。靈學、玄學均是一種復歸性質的道德反思，他們遍求「敬畏」試圖約束人性。在1917年的神州演講會上，蔡元培等人所提出的「以美育代宗教」、「新道德」等說法均是在商議或者重新建立起新的道德秩序。在蔡元培的「美育」觀中認為精神作用混濁遂結合為宗教，迨後社會文化日漸進步，科學興盛，於是一一解釋為科學。可在科學之外的精神地界，是對人群之規則定義，道德原則「可由種種不同之具體者而歸納以得之」，〔註140〕而宗教既不是用於科學，亦不適合「不同之具體者」。換而言之，蔡元培所說的「美育」本質在於通過審美改善人的精神面貌，最終實現高尚道德的修塑。他以「美育」代宗教不僅是基於「類宗教」因素的人群法則規範的考量，更是從「國民性」出發考慮不同個體間的道德重構。蔡元培深知新文化運動中有不可避免的「政治傾向」，他也知這樣的思想變革會造成捨身於新運動的青年對於各種政治問題的態度發生轉變。而這些新文化運動中潛藏的「政治因子」純是一種「真誠的愛國心的表現，以行使他們的公民的本分，那就是毫無錯處的」，可「這種運動，又每每使他們的自身和已有的新進步，陷於危險狀況之內」，〔註141〕而這又是很「複雜」和「冒險」的。因此他強調要以「一種同情心及慈善心」，愛護他們，並且尋出一種妥善的引導方法。「美育」的教育模式則是一種穩妥的「激刺感情之弊，而專尚陶養感情之術」。〔註142〕實際上，蔡元培所選擇的是另外一條文化路線。在他的「美育」觀的滋養下，蔡元培相對隔離了或左或右的思想文化傾向，顛覆了古典啟蒙式的二元論，而通向了一條教化大眾的文化路徑。如陳立夫所說，他所認為的蔡元培應該是「以士風易民俗」。〔註143〕他的「審美」的根本目的在「求善」，尋求道德上的自省和昇華。可如陳獨秀擔心的那般，求善本身怕是會引發一種向「古代道德回歸以及過於溫和的友愛。」〔註144〕

〔註140〕蔡元培：《以美育代宗教：在北京神州學會演講》，《新青年》，1917年，第3卷第6號。
〔註141〕蔡元培：《中國教育，其歷史與現狀》，《蔡元培自述》，人民日報出版社，第331頁。
〔註142〕蔡元培：《以美育代宗教》，《新青年》，1917年，第3卷第6號。
〔註143〕陳立夫：《悼孑民先生》，陳平原、鄭勇編：《追憶蔡元培》，中國廣播電視出版社，1997年，第372頁。
〔註144〕尤小立：《陳獨秀與中國無政府主義的思想關聯和分野》，《江蘇社會科學》，2010年第2期。

　　蔡元培的「美育」具有兩面性，一方面自不必說，他的思想承襲康德的「判斷力批判」，美的世界是人的最高層次的認識。蔡元培提倡個體「審美」重要性旨在超越本體世界、現象世界，達到最終的美的世界。借助「審美」活動的自由性超越生命、外界限制從個體自身獲得一種覺悟，一種清朗的意識。不過從另一方面來說，在蔡元培的「美育」理念中，「修身」一直都是重要的課題。他所提倡的「美育」也同樣依託了中國古有的經驗，即對「理想人格」的錘鍊。在古代體制之外的文人士大夫階層對「美」也有過清醒的認識，他們大多「修性以保神，安心以全身」要求，「以無措為主，以通物為美」，追求「特鍾純美，兼周外內，無不畢備」的君子情操。〔註145〕蔡元培雖說不尚君主，講求法度，與時俱進，認同共和精神，可其「養成健全的人格」美育宗旨與古代社會「心無措乎事非」、「情不繫於所欲」、「風儀有度」、「修身養性」的君子之德的思維邏輯有異曲同工之處。可以想見，這種提倡「文學審美性」的美育思想是一長期且緩慢的積累過程，在面對著風刀霜劍的政治鬥爭和權力爭奪，或者是根深蒂固的思想體系時確實顯得有些「軟弱無力」。所以說在這場轟轟烈烈的講求文學實用主義、社會功用的思想改造運動中，傾向於「文學審美意識」的美育短時間內得不到重視在所難免。而且這種美育思想內部所裹挾的「士大夫階層」的思維方式也是新青年群體所竭力避免的思維傾向。質言之，蔡元培與新青年諸君「和而不同」，因其思想的相通性在特定歷史時期會形成文化合流，可思想的裂隙始終存在，而這也導致了蔡元培後來在這群新興的現代知識分子群體中尤其是現代文人團體中從「中心」到「邊緣」。

　　綜上所述，縱觀蔡元培的一生，他有過好幾次主動或被動的「邊緣」。在1896年他主動居於封建體制的「邊際」，辭官歸鄉，後走上革命；在民國宣力的幾年，他似乎覺察到政治的寒涼，而漸漸地選擇「社會間」的活動，致力於教育改革。1920年開始與北京大學分分合合，慢慢地成為邊界日益清晰，越發具有獨立性的「新文壇」的「邊緣人」。而從微觀人際交往方面說，即使是五四初代的文學者，蔡元培與他們之間也存在著無法調和、相互未能理解的縫際，當這些先生們因為各種原因分道揚鑣，離開北京大學後，他們間關乎於文學的探討也越來越少，文學在他們的身上的痕跡也逐漸淡化。值得注

〔註145〕盧政、祝亞楠：《魏晉南北朝美育思想研究》，齊魯書社，2015年，第245～246頁。

意的是，在這些邊緣化的過程中蔡元培的身份幾經變化——革命者、教育家、光復會成員，教育總長，北京大學校長等接續進行。蔡元培一人身負如此多的身份標識，可相知多年的老友沈尹默還是將他視作「書生」。當然，蔡元培似乎也這麼認識自己。他在索隱《紅樓夢》時所擬比的文學人物大多與其有類似的身份「尷尬」，多是書生類官員。王士禎、張英等人都是他悟出來的人物。這些人與他極為相似，都有那麼些書生意氣，可到底還是朝士身份。而蔡元培便是以這種既是體制內人，也是體制之外的讀書人的複雜身份介入到五四新文學運動中的。從辭退前清翰林、遊學歸國後出長北京大學校長到最後辭離北大，蔡元培經歷著多次的「職業」和「身份」的嬗變，在他一次又一次地由「邊緣」到「中心」，又由「中心」到「邊緣」的地位變化中，他個體內部也經歷著身份認同的「焦慮」。

第四章　多重與單一：蔡元培立場與身份的嬗變

　　蔡元培在五四新文學運動中從「合」到「離」，或者說是從「中心」到「邊緣」，在這個過程中，中國現代文學經歷了從《新青年》式的政治學、文學雜糅並舉的追求到更專業的文學嘗試，引發了蔡元培與中國現代文學間的關係流變，也促使蔡元培產生過無數次的「認同危機」。在與林琴南論爭時蔡元培的身份便是林琴南等人拿來攻擊的對象，而他多重含混的身份又一定程度上保護了北京大學和新青年諸君。在五四新文學運動中，蔡元培以多重身份參與活動，對外一套說辭，對內一套法則。他的多重身份為他換取了各方勢力的畏懼和妥協，而他自己內心深處的篤定的學術認同則推動了五四新文學運動的產生。當我們探討蔡元培與五四新文學運動的關係時，我們清晰地發現蔡元培歷經了從「中心」到「邊緣」的地位變動，故而也無法忽視這一變動背後所揭示出的蔡元培的多重的身份、多變的立場和其內在堅定的價值認同。

第一節　「教授治校」視域下的「新文學運動」

　　蔡元培的「合」與「離」有其主觀和客觀的雙重原因，而蔡元培能夠在五四前後的文化場域中實現「合」、「離」，且能夠「退」與「守」，這也得益於他親手建立的制度保障和思想支持。蔡元培就任北京大學時有幾項改革，而「教授治校」便是其中的一項重要創舉。它一開大學「民主治校」的先河，壓縮校長的權力，將現代學者的教授們推向了歷史舞臺。

一、「個人」的「進」與「退」

　　「教授治校」起源於中世紀巴黎大學的管理模式，後來傳入中國。在民初所頒發的《大學令》中曾將「教授治校」制度寫入教育章程，可並未得到真正實施。「教授治校」制度的第一次真正實行是出現於蔡元培時代的北京大學。當蔡元培擔任北京大學校長時便開始組建該校的行政組織。以前的北京大學行政組織內部多不協調，主要集中於三個科目，而每一科有一學長，該學長則負責管理本科教務，且僅僅對校長一人負責。蔡元培稱此制度為「形同專制政府」。秉承著民主自由的原則，蔡元培廢除了此組織，而從教授和講師群體中選取代表組成了更大規模的「教授會」，由它來管理各系。又從各科中選出了本系的主任，再從主任中選出教務長，且教務長有權召集各系主任一起負責教學管理。行政事務也絕非校長一人所能獨斷，教授、講師等組成各類委員會，每個委員會又選舉出一人來擔任主席，這些主席們會組成單獨的行政會負責行政管理。當然該會的執行主席會由校長遴選而出。其中的教務長主要靠民主選舉產生，按照當時的制度，校長之下還有兩「長」，各自負責相關事務。一般而言，總務長主要負責管理學校一般的行政事務，而教務長則負責管理教學科研工作。在北京大學既有「教授會」亦有「行政會」，除此之外還有「立法機構」來轄制監督。此機構成員也是從教學人員中選出，被稱為「評議會」。這些「教授會」、「行政會」、「評議會」成員均是由教授擔任。當然教授也非「永恆制」，而是要經過聘任委員會的審核，有一定的聘期，聘期大約為兩年。而這樣的類似三權分立，且相互制衡、協商合作的校政制度作為北京大學的「特長」被統稱為「教授治校」。

　　「教授治校」制度的執行實際上對校長權力是極大的威脅。北京大學內部有教員、學生、教職工，還有總體負責學校事務的校長，「教授」們可通過「教授治校」對校長權力實行制衡。當時北京大學吸引了很多現代知識分子和以往的大儒加入，這些人大多在蔡元培選聘認可後進入北大。所以在很多人的眼中蔡元培的領導地位至高無上。辜鴻銘曾說蔡元培是北京大學的「皇帝」，就連梁漱溟也將蔡元培比作「漢高祖」，說他「不必要自己東征西討，卻能收合一般英雄，共圖大事」。〔註1〕蔡元培在這些教職員工中，無論新舊，不問老少均有很大的威望。若是將北京大學比作一個小型社會，蔡元培在這

〔註1〕梁漱溟：《紀念梁任公先生》，清華大學國學研究院主編，翟奎鳳選編：《梁漱溟文存》，江蘇人民出版社，2014年，第270頁。

個小社會區域中完全可以「一手遮天」，其威望聖明也幾乎無人能出其右，完全可以收拾一批學者文人入其麾下。可蔡元培卻完全自我放權，將校長的權力很大一部分給予了團體性質的「教授會」和「評議會」。有人說蔡元培這個北大皇帝實行的並非專制集權制而是虛君共和制。在這一制度的推行下，蔡元培自然是被「虛空」的「君主」，而「教授會」、「評議會」才是真正掌握實權的最高權力機構。在當時北京大學的校園內，凡是學校的大事均由評議會決斷。在哲學系教授馬敘倫的回憶中，凡是評議會通過決定的事務，就連校長都無權干涉。這一制度的執行完全是將「評議會」放在權力的最高峰，表面看起來，校長無為而治，什麼權力都好像被削弱了。

在「教授治校」制度實行的過程中，校長的權力有無被剝削一直以來在學術界都頗有爭論。有學者指出「教授治校」中「『教授治校』與『校長長校』之間存在著矛盾與衝突」，〔註2〕大意是說「教授治校」本著共同協商的原則決策管理校內事務，可大學校長也負有此職。民初《大學令》「規定大學應設評議會和教授會，並規定教授擁有學校事務的決策權：但同時校長總轄大學全部事務，學長主持一科事務」。〔註3〕換而言之，依託「教授治校」，校長和教授評議會基本上都享有現實權力，校長的權力被評議會和教授會所制約，而評議會和教授會所決策的事務能否得以實現則還需仰賴校長的總轄。若是校長有心掌權，在某種意義上教授會和評議會則僅僅充當了校長決策的智囊團。若是二者能夠協商一致，那麼「教授治校」可切實發揮作用。可若二者之間意見相左，究竟是「教授會」、「評議會」決策大於校長，還是校長能夠掌控「教授會」、「評議會」則難以定奪。這也不難理解緣何周作人言辭懇切致函蔡元培懇請其早日歸校，畢竟缺乏法理依據的「教授治校」制度在校長更迭後是「生」是「死」還非定數，「名存實亡」也難確定。不過，值得承認的是二者之間的權力衝撞某種意義上也是「權力的制衡」的表現。一旦當校長與「評議會」、「教授會」之間無法調和，則至少不會出現一方獨斷專權。其實在蔡元培擔任北京大學校長期間，「教授會」、「評議會」的決策具有很大的自由度。在學校制度上，「教授會」、「評議會」作出裁決後不用負擔責任，而學校決定的責任全由校長一人承擔。

事實上，這樣的「教授治校」和「校長長校」的權力責任衝突倒像是蔡

〔註2〕蔡磊砢：《蔡元培時代的北大「教授治校」制度：困境與變遷》，《高等教育研究》，2007年第2期。
〔註3〕見《大學令》，《北京大學史料》，北京大學出版社，2000年，第93～94頁。

元培有意為之的結果。蔡元培在《不合作宣言》中曾有明確說法：

> 五四風潮以後，我鑒於為一個校長去留的問題，生了許多支節，
> 我雖然抱了必退的決心，終不願為一人的緣故，牽動學校，所以近
> 幾年來，在校中設立各種機關，完全倚几位教授為中堅，決不致因
> 校長問題發生什麼危險了。〔註4〕

蔡元培坦誠地承認在長校期間完全是仰賴各種機關和幾位教授，而他也說自己「布置的如此妥當」，完全可以在不影響北京大學存立的情況下全身而退。至於五四風潮後幾番輾轉未曾離開不過是因為校內各種人情牽扯，這才遲遲未能下定決心。在蔡元培看來，仰賴機關與教授，為其離開北京大學提供了有效的制度保障，不至於使他一手扶持起來的現代大學因為他個人的原因而毀於一旦。其實蔡元培這樣的擔憂也不無道理。因為在蔡元培之前的北京大學校長更迭極為頻繁，而基本上離任一屆校長，北京大學的校政事務便會因此擱置，學校的發展也會停步不前，聘用的教師成員更是一波接著一波來回調換。尤其是在嚴復辭離後，北京大學更是一度陷入了被取締的危局。有了前車之鑒的蔡元培，在其剛剛上任校長時，即對北京大學的校政制度進行了整改，開創了真正意義上的「教授治校」，使北京大學的安危和正常運行不至維繫在校長一人身上，而是由群體共享、民主決策。「教授治校」的方案一方面保證了北京大學的正常運行，另一方面也為蔡元培這樣一個不耐凡塵俗世的理想式的知識分子或進或退找到了合適的契機。

　　而且，蔡元培在允許「教授治校」的同時以一人之力扛起北京大學的名聲責任，這一靈活的問責制度，給予了這些被聘用的教授們極大的自由權，使他們能夠真實且合理地作出正確的裁斷，不被外界雜事干擾，也不會因要擔責而畏手畏腳。而對外界而言，當時北京大學的一批教授大多是籍籍無名，很多都是留學歸國人員，在故土內的聲望不高。一些初出茅廬的年輕人組成的「教授會」、「評議會」卻能夠決策當時中國的最高學府的校務，這確實難以想像，也極易落人口實。為此蔡元培在「教授評議會」和「校長長校」間尋找到了一種彈性的平衡狀態──「教授評議會」負責決策，而校長則承擔責任。比起那些血氣方剛的年輕人，蔡元培在社會上聲望頗高，且因其主事多元，身份多重，在社會各界均有能夠使得出手的人脈關係。一旦危及北京大學生存，蔡元培便可利用職務之便擔負責任，或是據理力爭。他個人的人

〔註4〕蔡元培：《蔡元培自述》，人民日報出版社，2011年，第150頁。

際關係網和社會名望保護了需要時間茁壯成長的教授會和北京大學。不過，蔡子民時代的北京大學雖不能說是平和安穩，可面對著外部動亂不休的政局，校長和「評議會」之間似乎達成了心照不宣的默契。1917 年蔡元培不滿張勳復辟，一氣之下憤而辭職，他的辭職預示著他向社會各界宣布其對政府的不滿，用個人的離職向政府施壓抗議。而蔡元培離開後的北京大學也全仰賴「評議會」的周轉才運作如常。事實上，從一開始蔡元培就打定了此主意，且屢試不爽，面對著新文化運動中的幾番波折，蔡元培對外態度明朗，處事果斷，既承擔責任，也保護青年。縱使是在北京大學後期的內外困局中，面對著陳獨秀被辭退的威脅，蔡元培依然希望留下陳獨秀，而自己一人承擔所有「罪責」。另一方面當政府施壓廢除校長而選任於校不利的人選時，「評議會」、「教授會」則可以凌駕於校長之上，以防現代大學的精神被政府機構所染指。「組織完備，無論何人來任校長，都不能任意辦事」。〔註5〕可以說，這樣一個看似是矛盾的地方確實是蔡元培有意留下的「活口」，能夠適時地調整政策，安撫校內，應對他方。

二、學者身份的現代性

清末民初，科舉廢除，從民間向上層社會輸送人才的選賢機制瓦解，但育人方法卻遲遲未有推進，究竟選擇何種教育模式成了民初社會的重要議題。在古代社會，教育大抵是通過「官學」和「家學」兩種模式運行。中國的「官學」制度在漢朝時正式確立，分中央官學和地方官學。儒家經典是官學教學的必備教材，漢朝時多採用六經典籍，《詩》、《書》、《易》、《禮》和《春秋》，《論語》、《孝經》等均是官學科目。讀書人可通過官學直接取仕。後至唐宋時期，官學匯入科舉制度，直接取仕被廢止，當朝為官是學生入官學的直接目的。到了明清時期，官學的「官僚」養成性質更為突出，官學的教書育人的職能越來越被埋沒，淪為了讀書人求取功名的捷徑。與官學相映成趣的是以家族、倫理、學法相互牽連的「家學」。陳寅恪指出「蓋自漢代學校制度廢弛，博士傳授之風氣止息以後，學術中心移於家族。」他認為「公立學校之淪廢，學術之中心移於家族，太學博士之傳授變為家人父子之世業，所謂南北朝之家學是也」。〔註6〕「家學」自東漢形成，與世族大家關係密切，也有

〔註5〕蔡元培：《教育獨立議》，《少年中國》，1922 年 2 月 1 日。
〔註6〕陳寅恪：《隋唐制度淵源略論稿》，中華書局，1963 年，第 17、19 頁。

「家族學校之義」。宋以來,「家學」含義和範圍逐步擴大,不再侷限於「一家」或是「家族」,而可指以相同的治學方法為紐帶集結而成的「門閥學派」。家學中「家法」的主要有兩種,一是強調家族所長,即代代相傳的學術觀點,二是倫理教化。

可這頗有傳承的兩類育才模式均非蔡子民所好。蔡元培在其就任北京大學演講中就曾開明布公地表露自己的教育態度。一是要將北京大學建設為「純粹研究高深學問之機關」;二則是希望現代大學不要成為「官僚」養成所,不單純販賣知識;三是網羅眾家,杜絕學術專制。他希望教育超軼於政治,學校不作官僚的培養所,學生「不當以大學為陞官發財之階梯」,反對古代官學體系;他強調「兼容並包」,允許各種學說百花齊放,則是杜絕固守陳規、代代堅持、不知變通的傳統「家學」。他一再強調「研究高深學問者也」,既不是以平步青雲為目的的官學,也非教化傳授、「惟知記誦」〔註7〕的世家學問。在蔡子民時代的北京大學將「學」與「術」的區分甚是分明。在蔡元培看來「學與術可分為二個名詞,學為學理,術為應用。各國大學中所有科目:如工商,如法律,如醫學,非但研究學理,並且講求適用,都是術。純粹的科學與哲學,就是學,學必借術以應用,術必以學為基本,兩者並進始可。」〔註8〕為了處理好「學」與「術」的關係,他將「文、理」視為「學」,以其為「研究真理」的學問,而將「法」、「商」、「醫」、「工」、「術」等科視作「永久研究興趣」,是「應用科學」。在「研究真理」和「應用學問」間他顯然更看重「真理」學識,故而他主張北京大學不必各科兼備,「所以完全的大學,當然各科並設,有互相關聯的便利。若無此能力,則不妨有一大學專辦文理兩科,名為本科,而其他應用各科,可辦專科的高等學校……」〔註9〕即此,北京大學彙集了一批專涉學問的教員,「有許多教員,是終身在所研究的」。〔註10〕蔡元培曾對學術有頗多寄予,他說「研究學理,不可不屏除紛心的嗜好,所以本校提倡進德會,……研究學理,必要有一種活潑的精神,不是學古人『三年不窺園』的死法能做到的,……大凡研究學理的結果,必要影響於人生。倘沒有養成博愛人類的心情,服務社會的

〔註7〕蘇象先:《丞相魏公譚訓》卷三《家學、家訓、行己》,《蘇魏公文集》附錄,中華書局,1988 年,第 1135 頁。

〔註8〕蔡元培:《在愛丁堡中國學生會及學術研究會歡迎會演說詞》,高平叔編:《蔡元培全集4》,中華書局,1984 年,第 42 頁。

〔註9〕蔡元培:《我在北京大學的經歷》,《東方雜誌》,1934 年第 31 卷第 1 期。

〔註10〕蔡元培:《湖南自修大學介紹與說明》,《新教育》,1922 年 8 月,第 5 卷第 1 期。

習慣，不但印證的資料不完全，就是研究的結果也是虛無。」〔註11〕顯然，蔡元培所需要的人才是研究型的新型學者，絕非古代刻板的學問。在他看來，學術研究不必拘泥於古代傳統學問範式，應該有「活潑的精神」，不能死氣沉沉，生搬硬套，也要關懷社會，不作兩耳不聞窗外事的「書呆子」型人才，要對人生，對社會有實際用途，不能將學問導向虛無。可以說，民初教育改革此起彼伏，蔡元培身列其中，也有所行動。他的個人興趣與教育改革的時代特色完美的結合在一起，為北京大學吸引了一大批有過留學經驗的掌握科學知識，有新思想、新方法的現代型學者。

　　稱這些學者為「現代學者」，不僅僅是指時間概念的新舊、前後，更是指思想層面的共識。我們不否認北京大學也有諸如辜鴻銘此類前清學者，可占大多數的教員大部分均有著相通的社會共識——個性解放、民主自由、法制平等等公共思想。這些擁有著現代理念的學者因蔡元培的認可和聘用來到北京大學，可依循先例，北京大學也不是沒有發生因校長離任而學校人才流失、散夥的情況。可在蔡孑民任期的北京大學，蔡元培幾次辭職，但基本上這些現代學者除了一些不可抗因素或者是個人原因基本未受影響，穩固地依存在北京大學。而能夠維持得如此長久，蔡元培所制定的「教授治校」制度出力頗多。參見《國立北京大學廿週年紀念冊》中的《評議會本年評議員一覽表》，評議會成員組成為文本科的胡適、章士釗；文預科的沈尹默、周思敬；理本科的俞同奎、秦汾；理預科的張大椿、胡濬濟；法本科的陶履恭、黃振聲；法預科的朱錫齡、韓述祖；工科的陳世璋、孫瑞林。這些評議會的組成人員基本上均是有過留學背景的現代學者。故而這一制度不僅給予了現代學者們在北京大學的實際權力，也讓北京大學成為了這些現代學者們能夠依存的學術空間。

　　在北京大學最高決策機構「評議會」中「教授」是重要組成部分，「評議會」全部由全體教授互相推舉，大約每五位教授中推舉一人。當時北京大學校內共有教授八十餘人，評議會大致有十七人，校長蔡元培擔任了評議長。而且為了平衡各科，在「評議會」中「文」、「理」、「法」、「預」四科教授都有派代表參加。在《國立北京大學評議會規則》中規定了評議會的職權範圍：一是負責各學科的設立或廢止，二是負責制定講座之種類，三是決策大學的

〔註11〕　蔡元培：《北大第二十二年開學式演說詞》，《北京大學日刊》，1919 年 9 月 22 日，第 443 號。

內部規則，即學校事務，四是決定學生風紀事項，而且還能夠審核大學院生的成績，以及回應教育總長及校長的諮詢。基本上來說，評議會的職能涉及到北京大學改革的方方面面，教學問題，比如畢業實驗、年考、旁聽生章程的制定和修改，科研問題、教育經費問題以及教師隊伍建設問題，自身建設問題，教師聘用問題等等均在討論範圍之列。而除了校級的「評議會」之外，每個學科還有獨屬的「教授會」。在這些「教授會」中，所有教員，無論是研究科、本科、預科的教授、講師、外國教員均是「會員」。「教授會」主要負責討論本科、本部的教科書採選、教學儀器採買、學科增設或廢止、課程設置、教學方法等事宜。無論是「評議會」還是每個學科的「教授會」，「教授」在其中起到了決定性作用。「教授治校」為這些教授學者們獲取了合法的權益，極大地調動了教授們參與北京大學改革、投身社會的積極性。當時蔡元培聘用陳獨秀為文科學長時，幾乎充分賦予了陳獨秀文科學長的權力，凡文科的「人事、行政，一切由陳獨秀先生主持，不稍加干涉」。〔註12〕而這樣的行政組織結構在北京大學的校務運轉中也確實出力不少，蔡元培的意見反倒有些無足輕重。在開除張厚載一事上，蔡元培雖有些於心不忍，可最終還是按照教授評議會的意見予以處理，只是出於個人的愛才善意，為張厚載寫了一封推薦信，讓其能夠在其他學校順利畢業；在五四蔡元培辭職風波後，評議會和教授會也完全擔負起了北京大學的重擔，於 5 月 13 日緊急商量維持應對之策，召開了特別聯席會議。蔡元培作為一校之長，能夠很明確地擺正自己的位置，且發揮教授們共同協商的作用，真正使那些被聘用的有才之士能夠各抒己見，共同商議學校事務。

　　「教授治校」制度的確立意味著教授在學校內部獲得實際權力。權力的擁有即意味著享受並掌握實際的話語空間。而北京大學「教授治校」制度的實施正是將文化話語權放置在學者手中。在北京大學的公共空間內，各科教授所組成的「評議會」、「教授會」自由表述，共同協商，使得話語空間內部呈現出多元紛呈的意識形態結構，致力於公共問題的理性討論，使得公共空間真正呈現出「公共性」。蔡元培在就任北京大學時就廣泛宣傳了「兼容並包」的辦學理念，而「教授治校」則是踐行這一思想觀念的現實制度。尤其是「評議會」算是北京大學的首創。這一制度的實施在北京大學這一小型社

〔註12〕羅章龍：《椿園載記》，生活・讀書・新知三聯出版社，1984 年，第 24 頁。

會形態中真正意義地實現了民主、自由的觀念，囊括了眾位學科教授的「評議會」和全體教員參與的「教授會」的確是「內行人」治理「內行人」。「內行人」治理「內行人」的好處就是從根本上杜絕了政府一層的行政干預，真正實現學術至上。在「教授治校」的理念和政策下，北京大學遂成為現代學者的棲息地，他們既能夠以此為基點擴大社會影響力，積極參與社會事務，亦能夠躲進小樓成一統，安心學術，或服務於社會、或隱於學術，可退可守。而「評議會」和「教授會」所奉行的民主討論的形式也能夠有效防止學術內部的學派紛爭、專己守殘。當然在陳獨秀一事上評議會也出現過被沈步洲、湯爾和干涉過多而例行公事的案例，但此事牽連甚廣，關係複雜，也絕非是一人憑己力能夠決斷。總體上來說，「教授治校」瑕不掩瑜，他將學者的權力在文化空間層面擴大提升，至少在北京大學的文化空間內實現了學術自治，將現代學者推到了話語前沿。

三、私人活動與學校行為

「教授治校」為現代學者賦予了合理的話語身份，使得他們可以以學術、文化為依存指點江山、激揚文字。在五四新文學運動中這些文科教授通過北京大學的「評議會」、「教授會」等一系列舉措，也給文學帶來了新的源頭活水，成為了一項運動開展起來。

當時北京大學出資《新潮》引起了不少非議，很多人認為校方資助《新潮》對其他刊物不公平，一時間校內議論紛紛。最後是教授評議會出面討論後，決定對校內所有的刊物均只墊前三期，從第四期開始則概不負責。可這三期的墊付資金卻無法緩解《新潮》雜誌的經濟問題。當時有人提議「託一家書店包辦發行，賠賺不管」，可傅斯年等人不願意接受校外的資助，於是又一次寫信予評議會。後來「評議會瞭解《新潮》的情形，又知道議案在後」，且因「學校答應我們的在先」，所以就「把原定辦法維持住了」。〔註13〕因為傅斯年的據理力爭和評議會的協商討論，這本由幾個初出茅廬的青年學生所操辦的《新潮》終於不會因斷炊而告終。胡適曾高度讚揚過《新潮》的功績，他說「這份《新潮》」表現的極為出色，「編寫俱佳」，相比之下，「教授們所辦的《新青年》編排和內容，實在是相形見絀」。〔註14〕胡適的讚譽

〔註13〕傅斯年著《新潮之回顧與前瞻》，《新潮》，1919 年 10 月 30 日，第 2 卷第 1 號。
〔註14〕唐德剛譯：《胡適口述自傳》，傳記文學雜誌社，1981 年，第 176 頁。

不假，在五四新文學運動中《新潮》雜誌幾乎與《新青年》互相唱和、相映成趣。越來越多的現代期刊的出現，匯聚成了一股思潮，開啟了啟蒙運動的序幕。此外，當時的教材制定也需要評議會的批准，在評議會的授意下，國文教材的面目為之一變，完全符合了五四新文學的語言要求。在葉聖陶的回憶中，「五四運動之前，國文教材是經史古文，顯然因為經史古文是文學」，「『五四』以後，通行讀白話了，教材是當時產生的一些白話的小說、戲劇、小品、詩歌之類，也就是所謂文學。」〔註15〕

不僅如此，1917～1918 年北京大學實行的主要是分科體制，後來蔡元培認為各系分設，過於散漫。故 1920 年由評議會決定將舊研究所合併為「四門」。國學門自在這四門之內，主要研究中國文學、歷史、哲學等專門知識。1922～1927 年間國學門共有研究生 46 人，而這 46 人中僅有 10 人提交了畢業論文。很顯然，國學門的主要任務不在培養學生，它的特色在於「三室五會」。在「五會」中歌謠研究會成立最早。而根據浙江教育出版社出版發行的《蔡元培全集》第十八卷收錄的北京大學評議會記錄，我們不難發現評議會負責了「研究所國學門委員會規則的制定」。自然，歌謠研究會也需經由評議會批准審核。據《北京大學日刊》1922 年 2 月 27 日記載：研究所國學門委員會第一次會議由蔡元培委員長主持，與會的有委員沈兼士、顧孟餘、朱希祖、胡適、錢玄同、周作人、李大釗、馬裕藻等人，報告之事有設立特別閱覽室，設立歌謠研究會和考古學研究室。並決定研究所四學門為國學門、外國文學門、自然科學門、社會科學門，且四門必出一種雜誌。〔註16〕

事實上，歌謠運動在起步之初遭盡白眼，不僅以《學衡》雜誌為首的知識分子指責歌謠為洪水猛獸，北大校內的一些教授也認為搜集整理歌謠有礙於社會正常秩序。歌謠被他們視作為猥褻的、羞恥的、下流的內容。面對著內外接連不斷的攻擊，北京大學不僅沒有停止歌謠搜集運動，而且還於 1922 年《學衡》文人攻擊的最為激烈之時通過「評議會」將這項運動徹底合法化。當時參加評議會的沈兼士、周作人、胡適、錢玄同等人均先後加入過歌謠研究會。在這些倡導新文學的「新青年」們來看，歌謠搜集的目的之一即為「文藝」，在《歌謠週刊》的發刊詞上周作人用「歌詞」替代「歌謠」，提示我們專注挖掘歌謠歌詞中的文學性，他認為「歌謠」的「歌詞」可引來「當來的

〔註15〕葉聖陶：《國文教學的兩個基本觀念》，《葉聖陶教育文集》，人民教育出版社，1994 年，第 55 頁。
〔註16〕見《北京大學日刊》，1922 年 2 月 27 日。

民族的詩的發展」，蘊含著「人民的真感情」。〔註 17〕當時的新青年諸君提倡搜集歌謠，大約因為歌謠「在語言上」總是帶著些「神秘作用」，歌謠當中所蘊藏的「方言」使他們感到親切，「受最深切的感動」，〔註 18〕歌謠中潛藏著新詩變革的「語言動力」；而歌謠當中「明白曉暢」的情感表達又為新詩提供了寫作的「情感基礎」，可以說歌謠是新詩重要的知識儲備和文化資源。梁實秋說過「主張『國語的文學』的人和主張『白話詩』的人」會對歌謠發生濃厚的興趣。不過是因為「新詩的起來是從文字改革著手的」，而且「歌謠採集的運動」不早不晚發生於新文學運動勃興的時候，這顯然是因為人們「文學品味的改變」，否則是不會有人來理會這「街巷俚辭的歌謠」。〔註 19〕誠然，時過境遷，思想變革，文學興味轉移，人們會對簡單、明瞭、暢快的歌謠產生興趣，可若是沒有北京大學參與其中，沒有「教授治校」制度賦予這些教授同人合法權力，讓歌謠運動成為北京大學的校園運動，僅憑劉半農、胡適、錢玄同等毫無身份、權力的幾個文弱書生，歌謠能否搜集起來怕是都成問題，更遑論抵擋那些政治和文化保守勢力的口誅筆伐了。1923 年 12 月 17 日《歌謠紀念增刊》上刊載了一件軼事，說衛景周去保定省途中遇到一位前清進士出身的老者，老者突然向其發問「貴校新立了歌謠研究會，是真的嗎？」他答覆是真的，老者進而冷笑諷刺蔡元培，說他也是翰林出身，如今竟領著一撥青年人胡鬧，竟講一些「風來啦！雨來啦！王八背著鼓來啦！』……」一類的粗鄙不堪的東西，還在國立大學中，專門研究起來了！〔註 20〕實際上，在那些攻擊歌謠運動和歌謠研究會人的眼中，歌謠運動已然等同於北京大學的學校行為。

其實教授治校為這些教授提供了合法的權力，使他們能夠開展的各項事務得到應有的經濟和制度的保證。羅家倫回憶說「文科教授辦了一個雜誌叫《新青年》，高揭文學革命的旗幟，已經夠觸目了；還要討論社會問題，對於不合理的制度，予以抨擊。」〔註 21〕雖然語有偏頗，可卻觸及到了一個根本

〔註 17〕周作人《〈歌謠〉週刊〈發刊詞〉》，載《歌謠週刊》，1922 年 12 月 17 日，第 1 號。

〔註 18〕劉半農：《〈瓦釜集〉代自敘》，鮑晶編：《劉半農研究資料》，天津人民出版社，1985 年，第 196 頁。

〔註 19〕梁實秋著、楊迅文編：《梁實秋文集 7》，鷺江出版社，2002 年，第 409～410 頁。

〔註 20〕衛景周：《歌謠在詩中的地位》，《歌謠紀念增刊》，1923 年 12 月 17 日。

〔註 21〕羅家倫著：《新文化運動的時代和影響》，楊琥編：《歷史記憶與歷史解釋——民國時期名人談五四》，福建教育出版社，2011 年，第 29 頁。

問題，即新文學運動的參與者是文科教授，而非其他身份。有學者指出在新文化運動中中國採取了與西方不同的文化運動路線，西方式的「大學裏訓練出來的法律學家，為西方，尤其是歐洲大陸所特有⋯⋯他們對這個大陸的整個政治結構有著決定性的意義」，甚至「無論在何處，以促進理性國家的發展為方向的政治革新，一概由受過訓練的法律學家所發動」〔註22〕的運動形式在中國是缺席的，新文化運動是依靠著一批教授發起的。而這批教授能夠成為新文學運動的中堅力量與蔡元培執掌北大校政時所實行的教授治校有著極大的關係。羅家倫曾說「以一個大學來轉移一時代學術或社會的風氣，進而影響到整個國家的青年思想，恐怕要算蔡子民時代的北京大學」，〔註23〕作為當時正在改革進程中的「北京大學」，從「整頓北京大學」，「改革課程內容」，「蔡子民時代的北京大學」是「文學革命」和「所謂新文化運動」的「發動機」。作為現代中國的高等學府，北京大學是如何與「文學革命」、「新文化運動」產生聯繫，並成為「文學革命」、「新文化運動」不可繞過的重要環節？顯然，在這兩者的結合中「教授治校」制度居功甚偉。在以往的學術研究中，我們談到五四新文學運動總是強調「一校一刊」的作用，「一校」顧名思義便是北京大學，一刊則是《新青年》雜誌。換而言之，在五四新文學運動中存在這樣的生成機制，即包含著胡適、陳獨秀等「新青年」的個人的文學意旨、「北京大學」和《新青年》三個要素。新青年諸君創辦《新青年》，積極參與雜誌的撰稿、編寫工作，當他們以雜誌編輯的身份介入文學書寫，那麼「新青年」個體就與刊物配合起來。可北京大學與「新青年」諸君和《新青年》雜誌的「珠聯璧合」則是因為這些「新青年」參與者的「教授身份」，和蔡元培所推行的「教授治校」制度。「教授治校」制度的實施為五四新文學運動提供了合情、合法的生力軍，而且這一制度所蘊藏的民主平等、不畏強權、互相尊重、協商討論的自由思想也成為了整個時代爭相追逐和傚仿的目標。借助此項制度五四新文學運動與北京大學捆綁起來，將學者個人的文學主張與北京大學的校政活動緊密結合，憑藉著北京大學的聲勢，動用全校之力，全面推廣了文學革新、學術自由和社會追求真理、民主平等的新思想。

〔註22〕〔德〕韋伯：《學術與政治》，廣西師範大學出版社，2010 年，第 74 頁。

〔註23〕羅家倫口述、馬星野筆記：《蔡元培時代的北京大學與五四運動》，陳平原、馬勇編：《追憶蔡元培增訂本》，生活・讀書・新知三聯書店，2009 年，第174 頁。

　　進而言之，「教授治校」制度的出現給予了中國現代知識分子新型的合法身份，和和諧民主的生存環境。這一批教授成為了「導師一代」影響了後來「新文壇」的眾多青年學生。一方面，也是因為教授身份，所以在他們的文學創作中「教育」傾向濃厚。胡適創作新詩的「邏輯起點」大多是為了「易於講授」，而很多作家所寫的小說或者散文中也多借文學佈道知識，難免有些「掉書袋」的文筆傾向。「教授」或是「教員」身份影響了這一批從事文學創作的「新青年」們的文學表述，成為此時代學者型文人共有的文風特色。另一方面，當教師在社會轉型期獲得話語決定權，且在社會上廣受尊重，獲得合法的身份，他們不需要再錮囿私塾成為教書先生，或是學而優則仕，這些新型教師們更是走入文學文本成為了五四及以後眾多小說聚焦的重要的知識分子群體。在這些小說中，具有新思想的現代教師往往與還未能革新的教育理念、學校政策相互衝突，或者是陷入生活的困頓、感情的漩渦、革命的抉擇中無法自拔，他們的彳亍遲疑、掙扎忙亂，展現了過渡時代下教育改革的迫切需求，以及社會轉型期過渡人物的生活及精神困境，也折射出作家們對民主、自由、平和的生活關係的追求和嚮往。

第二節　蔡元培的「職業」與「志業」

　　馬克思‧韋伯在 1918～1919 年在慕尼黑大學所做的兩次重要演講曾談到過「志業」一詞，在韋伯的理解中「Beruf」以及英語表述「Calling」，可翻譯為「職業」、「志業」、「天職」，他指出這是一項以神召為使命的「天職」。在這著名的演講《作為職業的學術》中韋伯特意強調「不是要人們以苦修的禁慾主義超越世俗道德，而是要人完成個人在現世裏所處地位賦予他的責任和義務」。他的這篇演講旨在探討精神勞動是如何「職業」化，即在社會結構中「合理」化的問題。〔註24〕而吳宓也曾在《學衡》上發表的《我之人生觀》一文中談到「職業」和「志業」的關係，他說「職業者，在社會中為他人或機關而作事，藉得薪俸或傭資，以為謀生糊口之計，仰事俯畜之需，其事不必為吾之所願為，亦非即用吾之所長。然而為之者，則緣境遇之推移，機會之偶然。志業者，吾閑暇從容之時，為自己而作事，毫無報酬。其事必為吾之所極樂為，能盡用吾之所長，他人為之未必及我。而所以為此者，則由一

〔註24〕韋伯：《作為職業的學術》，於曉、陳維綱譯：《新教倫理和資本主義精神》，生活‧讀書‧新知三聯書店，1987 年，第 55～68 頁。

已堅決之志願，百折不撓之熱誠毅力。縱犧牲極巨，阻難至多，仍必為之無懈。……職業與志業合一，乃人生最幸之事。然而不易數觀，所謂『達』者即此也。有志業者，其十之九，須以職業之外另求之，二者分離，所謂『穷』者即此也。」〔註 25〕吳宓與韋伯的理解有些許差別，他天然地將職業和志業區分開來，在他看來職業是謀生之計，不得已從事之職務，而志業則是窮極一生的靈魂追求。有不少學者指出蔡元培是「教育家個體」，是以「教育為志業」。〔註 26〕但蔡元培的一生並沒有只從事「教育」。前清翰林、留學生、革命者、教育總長、大學校長、中研院院長等均是他的「職業身份」。他本人似乎也對此有過清楚的認識，他多次表明志在教育，無心從政。顯然「教育」又是他終生追求的「志業」。事實上，「職業」和「志業」的出現可以成為我們解讀蔡元培與五四新文學關係的一把鑰匙，找到蔡元培會力推「教授治校」，控制自我權力的原因，也可窺探出蔡元培多重「職業」背後的身份焦慮和立場重構，以及他主體身份的「志業」想像，甚至可以從蔡元培內在的心理活動瞭解他與五四新文學運動產生關聯的緣起。

一、翰林院：從「職業」中找尋「志業」

蔡元培出生於浙江省紹興府山陰縣的商人家庭，父親蔡光普是當地某錢莊的經理，母親周氏生性溫和。蔡元培的家庭雖世代經商，但從祖父蔡廷楨起就世代相傳「夏夜讀書，無法得避蟻煙，竟置兩脛於甕中」的刻苦讀書法。〔註 27〕蔡元培是家中的第四個孩子，人文薈萃、國學盛興的紹興水土滋養了蔡元培幼小的心靈，從小就接觸陸游、王充、王右軍等人的掌故，浸潤在傳統文化的氛圍中。6 歲時蔡元培入私塾，與教書先生學習《百家姓》、《千字文》、四書等。一般是「（先生）先讀，學生循聲仿讀，然後學生回自己座位，高聲讀起來」。〔註 28〕後來父親去世，家道中落，無力再聘塾師，於 13 歲那年開始試作制藝，俗稱八股文。以後基本上蔡元培都身處中國古代科舉考試的訓練中，學習並研究八股取士之道，參加鄉試後 17 歲的蔡元培才脫離王子莊先生的約束，放膽讀書。26 歲時參加殿試補應，後被「點翰林」，正式進入清代翰林院。

〔註 25〕吳宓：《我之人生觀》，《學衡》，1923 年第 16 期。
〔註 26〕湯廣全：《教育家蔡元培研究》，山東人民出版社，2016 年，第 6 頁。
〔註 27〕張曉唯：《蔡元培傳》，百花文藝出版社，2009 年，第 1 頁。
〔註 28〕蔡元培：《自寫年譜》，人民日報出版社，2011 年，第 4 頁。

　　「翰林」生涯前的蔡元培接觸的大多是紹興風物或是同鄉、同年的士大夫文人群體，大抵的生活方式是「兩耳不聞窗外事，一心只讀聖賢書」。大部分的少年時光都用來應對科舉取士和琢磨怪「八股」。來到翰林院為其打開了一扇更為廣闊的大門，他由紹興入京，接觸了上流社會，並且認識了許多諸如翁同龢等「年少通經、文極古藻」的雋才。李慈銘、王止軒、張元濟等摯友也是來到翰林院後才有幸得識。按照《清史稿·職官志》的說法，起源於明、大盛於清的翰林院中庶吉士制度與「當今學位制度有頗多相似之處」。那時的翰林所接納的人基本上是「明清時期科舉人才結構的頂尖層次」。〔註29〕而蔡元培一朝來到翰林院，所能夠接觸的就不再是鄉紳一級的士大夫，大部分都是清朝的頂尖的士大夫階層。與那些人物的結識，寬慰了蔡元培焦躁、孤寂的心靈，也給予了他更為廣闊的政治視野和文化情操。因翰林院「官層次很高」，〔註30〕所以他們能夠接觸到的政事變動也更為迅速和清晰，注定了京城為官的日子不得平靜。蔡元培在任職翰林院的這段期間，不僅要處理政府公文，幫助「清廷制定、完善各項制度」。而且還要面臨著三千年未有之變局。在蔡元培的日記中接連幾次詳細地記載了外國軍隊傾軋、侵略我國領土的事件。1894 年 8 月 29 日蔡元培日記中說道「我軍駐平壤者屢敗，退渡鴨綠江，屯九連城，與倭人夾江相持」，〔註31〕「一請命依克唐阿屯重兵於奉天，保護陵寢；一請任恭親王，恭邸為人望所歸，昨南書房行走諸位臣有封事，請起之矣」。〔註32〕1894 年的 10 月 13 日又記錄了九月二日的淊報消息，「稱俄報有論，縱患英、法、俄各大國割分中國之地，各據一隅」。〔註33〕這些與倭人、英法各國打仗的消息不絕於耳地傳遞於在翰林院供職的蔡元培耳中，在京任職的這段日子蔡元培經常與一眾有識之士一起作詩感懷，憂國憂民。起初蔡元培對清王朝的戰敗痛心疾首，本著在清供職，為清王朝服務的態度，他基本上也是任勞任怨地為清廷出謀劃策。不過蔡元培也就是一介新人翰林，雖然憑著職業之便可以接觸到清廷高層，但到底人微言輕。在那段時間，倭人接連挑釁，蔡元培與一眾翰林中堅曾建議光緒帝「密連英、德以禦倭人」以期制約李鴻章的「待俄言和」的主張。後來甲午戰敗，清廷簽訂了喪權辱

〔註29〕邱永君：《清代翰林院制度》，社會科學文獻出版社，2002 年，第 8 頁。
〔註30〕同上
〔註31〕蔡元培著、王世儒編：《蔡元培日記上》，北京大學出版社，2010 年，第 20 頁。
〔註32〕同上。
〔註33〕同上，第 21 頁。

國的《馬關條約》，蔡元培仍然堅持「依宋、聶諸軍，經數十戰，漸成勁旅，殺敵致果，此其時矣」。〔註34〕可是此時清廷面對著慈禧所說的爾等小國的日本卻殘敗無能的表現使得蔡元培開始出現了思想異動。而這一思想異動的開始與蔡元培的翰林生涯關係頗深。在紹興求學苦讀的蔡元培怕是無緣得見如此跌宕起伏的朝事動亂，他的生活簡單枯燥，僅僅是圍繞著入士登科展開，那麼當其來到翰林院後，他所能夠看到的則是曾自詡為天朝上國的清王朝骨子裏的腐朽落後，接觸到的是腐敗寥落的清廷的上層政治，甚至還要面對著「滿、漢復職」的種族之別。1899 年 4 月 22 日蔡元培的日記記錄了慎子的一段話「古者立天子而貴者，非以利一人也。曰天下無一貴，則理無由通，通理以為天下也。故立天子以為天下，非立天下以為天子也。立國君以為國，非立國以為君也。立官長以為官，非立官以為官長也」。〔註35〕此時的蔡元培已經跳出了傳統士大夫的君君臣臣的社會屬性框架，區分了「君」與「國」的概念。視「天下」、「國家」高於「君主」。在他看來，「愛國」不等於「忠君」，不同於「效忠清廷」。可以說，蔡元培的痛思憂國的情懷沒有因為清王朝的衰落而沈寂下去，他開始尋找能夠寄託這種愛國激情的新的「職業」。

甲午戰敗後，康梁的變法運動也漸起聲色，蔡元培對他們「公車上書」的壯舉十分佩服。後宮廷政變發生，康梁變法失敗，康有為、梁啟超等人逃亡日本，譚嗣同慷慨赴死。蔡元培從中悟道「康黨所以失敗，由於不先培養革新之人才，而欲以少數人弋取政權，排斥頑舊，不能不情見勢絀」。〔註36〕他同時讚賞譚嗣同的英勇無畏，視作先驅，更歎滿清誤國。在他看來，無法抑制的愛國激情被「培養革新人才」和「英勇推翻滿清統治」兩項事業承載了。是故，在他後來的日子中基本上也呈現出兩種職業傾向交叉的意識形態。他一方面辦學，傳遞新知，培養人才，任職中西學堂，辦南洋公學；另一方面也積極謀劃暴動暗殺，甚至借辦學之名培養有力的「暗殺者」。他在愛國學社中積極地進行軍事訓練，而且認為暗殺於女子更為相宜，於愛國女學中培養女性殺手。有學者指出蔡元培「內在的民族激情」表現出一種「不甚確定的政治激進」。〔註37〕而這股「不甚確定的政治激情」讓他在「革命者」和「教

〔註34〕高平叔：《蔡元培年譜長編》，人民教育出版社，1996 年，第 52 頁。

〔註35〕蔡元培著、王世儒編：《蔡元培日記上》，北京大學出版社，2010 年，第 109 頁。

〔註36〕蔡元培：《傳略（上）》，高平叔編《蔡元培全集 3》，中華書局，1984 年，第 320 頁。

〔註37〕張曉唯：《蔡元培傳》，百花文藝出版社，2009 年，第 18 頁。

育者」之間來回搖擺，並沒有形成主體性的追求，或者說是「志業精神」。他隻身滬上參加革命，政治激情得以全部的宣洩，但是在武裝暗殺之外他也不忘文化宣傳。操辦《蘇報》和《俄事警聞》、《警鐘日報》，在文化方面宣傳政治理念，試圖在「武」與「文」之間尋找關聯和平衡。不過由於這股激情的不穩定性，蔡元培始終凝纏在兩個身份之間。後來愛國學社的活動和《蘇報》的「豪言」被清廷所忌憚，他們大舉緝拿革命人士，革命局面動盪不安，武裝暴動暗殺又久未成功，且愛國學社內部又起分歧，蔡元培的同行人章太炎和吳稚輝之間也矛盾重重，多重因素作用下蔡元培心灰意冷，加之他迷上了歐洲哲學，故而決定先行拋棄這兩份事業，選定德國研習哲學。

二、西方：「志業」的成型

　　縱覽蔡元培的日記，在他翰林院供職期間大部分的事宜還是圍繞著古代士大夫文人的生活模式展開。諸如吟詩唱和，研讀史書，評點詩人。但因中日之戰，「臺灣及朝鮮」之事接連發生，蔡元培的閱讀範圍也漸漸拓展到國外，閱覽了一些《日本史略》、《俄遊彙編》、《日本師船考》以及《電學源流》、《電學綱目》等政治、科學類書籍。在翰林院供職期間的蔡元培，大抵還是以官僚士大夫的身份要求自己，所閱的外國書目不過是因為政事發生而去瞭解一些外務常識和情況。這些西學知識還未能觸動蔡元培的「職業」理想，基本上只能超越他的官僚士大夫的作派而產生些書生意氣和憂國意識。甚至於1899 年蔡元培離開翰林院，此種喪權辱國的屈辱感尚未能消除，在日記中他還特意繪製了一副表格，用以表示俄、英、法、德四國在中國所佔的地表範圍。〔註38〕離開翰林院之後，蔡元培受新學的理念影響漸濃，1899 年 10 月 9日時閱《日本國鹿門觀光紀遊》，「言中國當變科舉，激西學」，10 月 27 日又說「中川君來」，此人曾「入外國語學校，學德語」，29 日又與「中川君筆談」，「與商教育法」，蔡元培感歎「蓋彼國人盡心教育者如此」。因為西學的影響漸深，蔡元培在眾多「職業」選擇中漸漸摸索到了「教育救國」的碎片化的思維雛形。

　　辦學和滬上革命時期的蔡元培基本上還在「革命狀態」和「教育狀態」中搖擺不定。是時正值中華民族風雨飄搖之際，八國聯軍一舉侵華，許多土地拱手讓人，蔡元培為此痛心疾首，片段化的教育思想未能在此時形成較為

〔註38〕蔡元培著、王世儒編：《蔡元培日記上》，北京大學出版社，2010 年，第 112 頁。

穩妥的具體方案。他的辦學還是錮囿在革命理念和愛國激情的影響下，未有獨立意識的產生。在這段時間的日記中，他一方面顧及到一些文化人士的交友往來，以及研究些學術，另一方面也時時關注著革命動態。尤其是注意到了「孫汶（音譯）」、「廣東三合會匪五千人」的動態。〔註39〕不過因為辦學的緣故，需要實際操作教育模式，此時的蔡元培對教育課程以及學科分類十分在意。1900 年左右他對日本的教育模式十分感興趣，分多次詳細記錄了日本的教育分科和分級制度，還繪有清晰的表格。而一年以後，他的眼光則從日本轉移到了歐洲，關注的重點大多是西文譯本。對於教育分科也有自己成型的想法，將中國傳統經世之學與國外的政治史、地理、哲學、算數、博物等相互融合，還特意加入了英文外語科，也讓叔薀等人代購了一些《教育學書解說》、《新式教授學》、《宗教進化論》、《實用教育學》、《教授法講義》等文書。〔註40〕在此期間他還從《膠州報》主人李幼闇學習德語，也跟隨李幼闇推薦的德國傳教士學習。《蘇報》案起，蔡元培青島暫避，還翻譯了德國人科培爾的《哲學要領》一書。1902 年暑假期間蔡元培短暫地遊歷了日本，回國後從事《俄事警聞》、《警鐘日報》的編輯出刊工作，後辭去主編一職，又再次擔任愛國女校校長。1906 年回紹興出任學務公所校長，籌措師範班，被人反對，後辭職。蔡元培說「在上海所圖皆不成，意頗倦」。去翰林院銷假時還以為是「最不安之事」。連續幾年的波動，蔡元培意興闌珊，「數年來，視百事皆無當意，所耿耿者，惟此遊學一事耳」。〔註41〕這個階段的蔡元培教育實踐和革命活動接連以失敗告終，而西學的「影像」卻日益清晰。恰逢政府要派翰林院編修留學，蔡元培又因為翰林學士的身份幾經波折獲得了此次留學機會，隻身前往德國留學。可以說，「留學」成為他此時唯一的「職業」追求。

在德國留學的時日，蔡元培來到了與中國的政治局勢和文化格局迥然不同的「異世界」，在這兒生活的四年使蔡元培的思想認識發生了天翻地覆的變化。起初在柏林時，他「每日若干時習德語，若干時教國學，若干時為商務編書」，〔註42〕每日生活應接不暇。1908 年蔡元培離開柏林進入萊比錫大學學習，正式開始留學生活。在萊比錫大學他旁聽了許多門課，哲學、文學、文明史、教育學、美學等只要「時間不衝突」，「皆聽之」。課堂之餘，蔡元培還

〔註39〕蔡元培著、王世儒編：《蔡元培日記上》，北京大學出版社，2010 年，第 136 頁。
〔註40〕蔡元培著、王世儒編：《蔡元培日記上》，北京大學出版社，2010 年，第 190 頁。
〔註41〕蔡元培：《致汪康年》，《蔡元培全集 1》，中華書局，1984 年，第 392～393 頁。
〔註42〕蔡元培：《自寫年譜》，《蔡元培全集 7》，中華書局，1989 年，第 298 頁。

多次參觀博物館，去音樂廳聆聽音樂，欣賞繪畫，觀「影戲」。蔡元培說「我於課堂上既常聽美學、美術史、文學史的課，於環境上又常受音樂、美術的薰習，不知不覺的漸集中心力於美學方面。」他因馮特講哲學的影響，研習了康德的美學要義，「最注意於美的超越性和普遍性」。〔註43〕留學期間的「美學」感受使蔡元培深深覺得「從前受中國讀書人之惡習太深」。士大夫的文人習慣漸漸從蔡元培的知識結構中減弱，留學的他者文化為其提供了超越功利性的體認和見識。其實蔡元培的思想十分複雜，此人生於江浙，徘徊於北京、滯留過上海、羈絆在香港，旅過日，留過德，漂泊各處、學貫中西。從地域文化的角度上分析，蔡元培既深受江浙文化的影響，也頗有京派文化的情懷，甚至還有些海派文化的精巧與包容，日本和德國的旅學經歷也讓其更為精通西方的思想理念。可以說，蔡元培的身上極具跨文化的品格。他一生最重要的思想理念便是「兼容並包，思想自由」。而這樣的理念的形成，多數人表示是蔡元培的性情使然，但其實如果我們從跨文化的角度去思考，會發現這一理念的形成與蔡元培一生游蕩於各類地區和國家，感受不同水土的文化滋養的經歷密不可分。留學生活使得蔡元培的思想範圍更為開闊和自由，思想的接受程度更為圓融和複雜。而在國外現代大學求學的經歷更讓其體會到了現代學者的生存境況和治學理念，以及外國對中國教育的看法。〔註44〕士大夫的社會格局和現代學者的精神追求在蔡元培身上均烙下了深深的痕跡。

不過，德國不是蔡元培的世外桃源，他雖然致力於現代學術，可依然觀望著國內的形勢發展。閱報知「革命軍已克武昌、漢陽」，長沙、安徽、廣州革命軍亦起義。〔註45〕1911 年 10 月 30 日從趙墨芳來函中得知「武昌事」，同年 11 月 5 日決計回國，得知軍隊得上海及吳淞炮臺，宣布共和政體。〔註46〕回國後蔡元培先是恢復了黨派身份，致力於革命後的政體建構，他被孫中山任命為教育總長，雖任期不長，但就在這不長的任期中，蔡元培頒布了《普通教育暫行辦法》，主持制定了《大學令》和《中學令》。他強調要建立健全的大學制度，而且認為共和時代的教育應該超軼政治。「在普通教育，務順應

〔註43〕蔡元培：《自寫年譜》，《蔡元培全集 7》，中華書局，1989 年，第 302 頁。

〔註44〕在《蔡元培日記》中的 1911 年 3 月 28 日提到「得 Redohl 片，屬述中國教育」，見蔡元培著、王世儒編：《蔡元培日記上》，北京大學出版社，2010 年，第 214 頁。

〔註45〕蔡元培著、王世儒編：《蔡元培日記上》，北京大學出版社，2010 年，第 221 頁。

〔註46〕蔡元培著、王世儒編：《蔡元培日記上》，北京大學出版社，2010 年，第 222 頁。

時勢，養成共和國民健全之人格；在專門教育，務養成學問神聖之風習」。
〔註47〕不得不說，蔡元培經過了他國的文化洗禮以及現代教育的訓練後，
他的教育理念漸成，並已初具規模。教育已從他未能消退的革命激情中脫離
出去，在幾番的徘徊尋找中，「教育獨立」、「學術獨立」成為他一生的「志
業」。可好景不長，2月中旬共和政體又生變故，袁世凱執意拖延來寧日期，
孫中山只得任命蔡元培為迎袁大使。可迎袁不成，反倒又陷入紛爭。令人可
惜的是，有了切身感受的蔡元培，教育理念雖終成型，可卻無施展之地。天
下之大，傾軋不絕，權力之爭日盛，利益之爭不斷，毫無容人之所。當蔡元
培對國內政壇再次倦怠，他又一次遠去他國。這時的他基本上已經拋棄了政
治意義上的黨員身份，於國內局勢也多冷眼旁觀，反倒是與教育部還有頗多
函信來往，國內教育的發展情況他也格外留意。蔡元培在經歷了多重「職業」
變動後，在幾番掙扎與體驗中終於也摸索到了一生的「志業」形式。以後的
他縱使身份有所變化，可終究是仰事「志業」之需，不得不暫行的「職業」
而已。

　　值得一提的是，蔡元培在德國留學之日，學習德語並不順利，他寫信予
留學東京的堂弟，堂弟在回信中談到了周豫才、豈明昆弟提議的辦法「最要
緊的是有一部好字典」。〔註48〕蔡元培在日記中也談到了與魯迅的往來。1911
年3月28日，發出《文學應聲》13，《文學中央志》13，4月4日「寄《中央
文學報》（四月一日出）於豫才」，十日又「寄《文學應聲》及《中央文學誌》
各一冊」，5月2日再寄《中央文學雜誌》一冊。〔註49〕「《中央文學報》是德
國一家文摘性科學情報評論週刊」，〔註50〕裏面主要刊登一些《資本論》等社
科類的評述，或是「德國文學界的新動向和新引進的外國文學作品。」〔註51〕
蔡元培與魯迅同對德國文學和外國文學作品有興趣，他在德國時期與新文學

〔註47〕蔡元培：《向參議院宣布政見之演說》，《蔡元培全集2》，中華書局，1984年，
　　　　第164頁。
〔註48〕蔡元培：《記魯迅先生軼事》，《蔡元培全集7》，中華書局，1989年，第145頁。
〔註49〕蔡元培著、王世儒編：《蔡元培日記上》，北京大學出版社，2010年，第214
　　　　～
　　　　216頁。
〔註50〕〔德〕馬克思：《馬克思致恩格斯》，《馬克思恩格斯全集32》，人民出版社，
　　　　1975年，第113頁。
〔註51〕張向東：《魯迅與蔡元培交往中的〈德國文學報〉》，《現代中文學刊》，2014
　　　　年第5期。

關聯甚密的魯迅有較為密切的往來。從蔡元培個人來說，在德國的四年，他已初備現代知識分子的文化內核，與官僚廟堂、政治黨派、革命鬥爭隔開距離，而成為了「社會的良心」，希冀依託獨立的教育「改變世界」。而從人際來看，他所結交的也不僅僅侷限於同年科考、同朝為官的士大夫階層，或是李石曾、汪精衛等光復會、同盟會革命成員，也與周氏兄弟等新文學作家、現代知識分子來往頻繁；而從空間地域來講，德國是他躲避政治紛擾的「避難所」。滿清廢黜，帝制推翻，現代新型的知識分子早已誕生，可能夠匹配這些知識分子的社會地位和社會關係尚未確立，無法容忍國內動盪政局的蔡元培只得暫避在此。身份的轉變，往來圈子的變化，地理位置的遷移均使得蔡元培不得不思考現代知識分子的歸宿問題。而這些思考和努力均為以後文學革命的發生準備了先決條件，營建了較為成熟的思維框架。

三、演說：職業與志業的平衡

　　在蔡元培的思想異動中，他不確定的政治激情除了找到了可供寄託的革命事業之外，也對文學有了更為新鮮和深刻的認識。「文學者，語言文字之學也，凡人類之進化，繫乎思想，而思想之進步，繫乎語言。思想如傳熱，無語言以護之，則熱度不高，思想如流水，無語言以砥之，則水平如故。是故語言者，接續思想之記號也，猶不足以垂之久遠，於是有文字，則又語言之記號也」。〔註52〕在蔡元培看來，思想如算理，語言如數學，文字像代數。如同算理中不能越數學而直接學習代數一樣，傳播思想的人，亦不能夠越過語言而直接憑藉文字說話。中國語言之學尤其是明證。正是因為語言和文字以及思想之間的關係，「於是有志之士」，「為拼音新字，為白話報，為白話經解，思有以溝通之」。〔註53〕類似蔡元培理想的有識之士，使用拼音新字，應用白話文，則思想可傳。事實上，文學革命本質上是一場以文學和語言為利器改造國民思想的革命運動，所謂「思想解放即從文字的解決而來；解決之後；新機固然大啟；就是一切舊有的東西，都各自露其本來面目」。〔註54〕而蔡元培早在 1901 年左右就意識到了此種文學、語言及思想相互溝通的形式。這不得不可視作是文學革命的「先聲」。只不過在蔡元培的此種文學先

〔註52〕蔡元培著、王世儒編：《蔡元培日記上》，北京大學出版社，2010 年，第 159 頁。
〔註53〕蔡元培著、王世儒編：《蔡元培日記上》，北京大學出版社，2010 年，第 159 頁。
〔註54〕黎錦熙著、黎澤渝，劉慶俄編：《黎錦熙文集（下）》，黑龍江教育出版社，2007
　　　　年，第 128 頁。

聲中包含了無法宣洩的政治激情和革命熱情。在辛亥革命尚未發生之際，蔡元培也為這樣的文學傳遞思想的形式和一股不可抗拒的推翻滿清統治的衝動找到了合理的連接點，以演講的方式連接了兩種毫無關聯的情緒。

　　清末時，反清愛國一直都是鮮明的時代話語，充滿了濃厚的革命意識和革命情懷。秋瑾、蔡元培均是當中的積極參與者。在那時許多的革命志士積極參加革命團體，研究化學、物理原理，學習製造炸藥的方法，並走上街頭發表演說。當時安徽休寧縣流傳著一名副貢宣傳鄒容所寫的《革命軍》的故事。故事的內容大概講的是「有錢的副貢帶者《革命軍》到妓僚為妓女演講」，忽然下人來報，縣衙的某師爺到，有幸聆聽的妓女忙勸副貢停下勿講，可副貢正講在興頭上，全然不顧妓女們的勸說，竟然「越說越激動」，「越說越慷慨」。雖是一則笑聞軼志，可間接反映出當時演說波及面之廣，威懾之大，就連是妓女老鴇都集會聆聽，真是「一段志士縱情不忘救國，放言高論於青樓諸妓席的佳話，更會讓我們覺得這是一個不同凡俗的時代」。〔註 55〕在鍾駿文主編的《遊戲報》也有一則材料，大致是說「澄海黃君任初曾遊學日本，回籍完娶成婚之夕」，婚禮舊俗、禮儀流程全然不顧，「成婚大廳一變而為演講堂」。新思想在這裡交流碰撞，舊俗反倒讓了位。〔註 56〕那時的蔡元培、吳稚輝、章太炎一面撰文宣傳革命，一面組織「張園演講」，掀起革命輿論高潮，馮自由在其《革命逸史》中評價當時的盛況為「崇論橫議，震撼一時」。〔註 57〕當時的公共演說主要以宣傳新理想和革命英雄主義為目的，「欲以激發保教愛國之熱心，養成地方自治之氣力」。〔註 58〕清廷對「演說」的態度是又愛又怕，一方面他們怕這些人借演說闡釋激進思想，對清政府不利，而另一方面又想假借這些維新革命之士宣傳新政。其實革命人士也怕演說最終演變為道統宣講，所以在演講中總是刻意強調「革命」，「不可不革命」。馬敘倫就曾「調侃」過章太炎的早期演講，說他登臺總是拾階而上，演說不過寥寥數語，但卻總是言曰「必須革命，不可不革命，不可不革命。言畢而下

〔註 55〕李孝悌：《清末的下層社會啟蒙運動：1901～1911》，河北教育出版社，2001年，第 138～139 頁。

〔註 56〕寅半生：《海上調笑集·結婚新聯》，《遊戲世界》，1907 年第 3 期。

〔註 57〕馮自由：《革命逸史》初集，中華書局，1981 年，第 120 頁。

〔註 58〕梁啟超：《湖南廣東情形》，《戊戌政變記》附錄，上海古籍出版社，2014 年，第131 頁。

矣」。〔註59〕「言必稱革命」這大抵可算作是清末之際革命志士的公共演說的重要意圖，他們在演說中刻意強調，企圖借助公共語言將其廣泛化、權威化。

「演說」與「革命情懷」的結合，蔡元培自然是個中翹楚。不過在蔡元培複雜的思想見識中，演說所攪動的不僅是他不確定的政治激情，更為其找到了教育、教學發展的合理的傳授路徑和培養方案。就人才培養來看，蔡元培很看重個人的「演說」能力。在南洋公學時期，蔡元培就致力於培養學生的演說實力。「今後學人，領導社會，開發群眾，須長於言語。因設小組會習為演說、辯論，而師自導之、並示以日文演說學數種令參閱。又以方言非一般人通曉，令習國語」，〔註60〕至1912年他就任教育總長時更是親定「演說」為中心的社會教育。強調社會教育，為「今日急務」，而入手之方法，應先注重「演說」。還為此要求貴府「就本省情形」，「暫定臨時宣講標準，選輯資料，通令各州縣實行宣講，或兼備有益之活動影畫，以為輔佐」。〔註61〕甚至於他就任北京大學校長時，仍不減對「演說」的熱情。舉辦「北京夏期演講會」，邀請中外各科專家，涉及人文、社科、軍事等各種門類，借演說宣講學術，闡發學理。顯然，蔡元培將「演說」的形式不僅運用在革命意識的宣傳上，更匹配他的教育理念，「演說」蛻變為「講學」。這些演說大致反映出蔡元培的語言與文學相結合的想法，且成為了借文字與語言的形式宣傳新思想的有力途徑。胡適在日記中曾說過「今日所需，乃是一種可讀、可聽、可歌、可講、可記的言語。要讀書不須口譯，演說不須筆譯；要施諸講壇舞臺而皆可，誦之村嫗婦孺而皆懂。不如此者，非活的言語也，決不能成為吾國之國語也，決不能產生第一流的文學也」。〔註62〕因為演講要傳遞眾生，那麼便需要採用活的語言，採用那些鄉村婦孺能夠聽懂的語言。「演說」的推廣使白話文得以運用，而承載了國語的「演說」，其實繁衍出了新文學的語言形式。魯迅也有過類似的說法，他用「有聲中國」和「無聲中國」來作比，提倡青年大膽說，「將自己的真心的話發表出來」。其實「演說」的出現捨棄了傳統的古文的「之

〔註59〕馬敘倫：《太炎》，陳平原、杜玲玲編：《追憶章太炎修訂本》，生活·讀書·新知三聯書店，2009年，第18頁。
〔註60〕黃炎培：《吾師蔡元培先生哀悼辭》，陳平原、鄭勇編：《追憶蔡元培》，中國廣播電視出版社，1997年，第115頁。
〔註61〕高平叔：《蔡元培年譜長編》上冊，人民教育出版社，1996年，第402頁。
〔註62〕胡適著、曹伯言整理：《胡適日記全編》，安徽教育出版社，2001年，第417頁。

乎者也」，無論是從語言上還是情感上都更貼近新文學的要求，語言鮮活，明白曉暢，情感真摯，充滿了個人體悟。

事實上，演說的盛行反映了社會的兩大「轉軌」。一是知識分子身份的轉變。余英時在《士與中國文化》一書中說「西方近代文化史基本上可以說是一個俗世化的過程」，〔註63〕他認為西方啟蒙思想者脫離了教會的掌控，成為了俗世「知識分子」的先行者。而當中國一大批文人士大夫諸如吳稚輝、章太炎、蔡元培等接觸且推行「演說」，從本質上說他們也是在經歷「俗世化」。只不過礙於中國特殊的歷史情況，中國的文人士大夫階層所要脫離的不是教會的掌控，而是上層官僚結構和士大夫與世隔絕的文化精英意識。當他們從神聖的廟堂走下來到廣闊的民眾身邊，甚至走向妓院等場所，他們也是在漸漸地沒入塵世，融入世俗生活。雖然他們在演講的過程中作為演講者依然是權威的身份位置，可這不失為「士大夫」向「現代知識分子」靠近的「轉折點」。二則是文章範式的轉變。如陳平原所說，迅速崛起的「演說」，不僅是開啟民智的傳播知識的方式，它甚至「深刻影響了中國的文章變革」。〔註64〕在新文學運動幾十年後甚至還有人指出白話作為學術語言，「能否寫碑撰史」，為此還頗多質疑，可以推想當時那些新青年們所面臨的歷史狀況了。以文學審美的眼光來看，胡適的白話詩歌諸如「兩隻黃蝴蝶，雙雙飛上天」寫的並不成功，甚至能否算作詩性的語言一時都難以定奪。當時有大批的新青年依然堅持著文言創作，白話應該被運用在何種文體也都在初步的實驗階段，是「演說」的出現給予了白話文一線生機，並逐漸走向繁盛。北京大學大開講壇、演講會，設立雄辯會，新青年諸君廣泛演講，縱使一開始因為方言口音束手束腳，聆聽者寥寥，可卻依然堅持不懈。在新文學運動中，新青年多次強調提倡白話文，在於言文一致的時代要求。而「演說」事實上就是口語與文字相結合的文學體例。作為「聲音」的演說，以日常口語的形式「說」於大眾；而創作者創作演講稿時所寫的文章，或是整理者整理出的演講實錄，這些成文的稿子均可視作用白話書寫的「文章」。

梁啟超曾經指出自日本維新以來，文明普及的方法共有三種「一曰學校，二曰報紙，三曰演說」。這三種類型蔡元培均有涉獵，但經歷了辦學的失敗，報紙的查禁後，「演說」是蔡元培一直堅持不懈所從事的事業。其實無論是

〔註63〕余英時：《士與中國文化》，上海人民出版社，2011年，第5頁。
〔註64〕陳平原：《有聲的中國——「演說」與近現代中國文章變革》，《文學評論》，2007年第3期。

辦學時的提倡演說，培養學生演說能力，還是在《俄事警聞》中刊登廣告介紹日本的「演說」材料，作為「演說家」的蔡元培還親自實踐，走向各個機關團體、文化崗位、校園街頭縱情演講。因為要親涉的環境不同，蔡元培的「演說」範圍涉及頗廣，可這樣的形式卻基本容納了蔡元培多元的文化觀。在演說中蔡元培將他的革命激情和文化情懷熔於一爐，作為「演說家」的蔡元培有許多演說作品傳世。他可以在就任北京大學校長時發表高論，正式提出「循思想自由原則，取兼容並包主義」的辦學理念，以告世人；也可以鼓吹白話文運動，「照我的觀察，將來應用文，一定全用白話，但美術文，或者有一部分仍用文言」。〔註65〕演說中的他不僅極力地提倡文字、語言改革，還親自借「演說」應用白話。他可以借演講談歐戰，談中國文化，駁斥西方的「黃禍論」，甚至還曾與羅素、杜威等一眾世界文化名流同臺演講。公共演說以其毫無內容和身份限制的自由使得蔡元培可以將他無數的職業身份和諧地擺放在一起。教育家、政治家、文化名人均可以成為他的言說「標籤」。總體來說，蔡元培的演講辭內容較為多樣，有言明公事類，諸如就任、辭職等；也有文學創見類；還有些分屬教育、軍事、政治、經濟等各個方面，足見蔡元培的學識淵博，愛國熱忱。只 1920 年 10 月一月，蔡元培就以文化、美學及教育問題作了七次系列性演說。至於演講辭的風格則多是直抒胸臆、開門見山、邏輯清晰、觀點明確、論證充分，頗有大家風範。周恩來曾在南開大學筆錄過蔡元培的「演說」，他評價蔡元培演講以「思想自由為題取名」，「言讜論，娓娓動人。」以往的他一般是獲讀先生著作，而聆聽演講，一瞻風采後更覺蔡先生風姿卓然。聽罷蔡元培演講的周恩來「是不揣譾陋，隨筆錄之，歸而略修其辭，宣吾報端，以審同好。」〔註66〕少假措辭，將蔡元培的演講記錄下來以傳同好。口傳文記，口述的飄散於風的「聲音」以印在案的「文字」流傳下來，白話自然從「口語」變作傳播的「文章」。

　　通過演說，蔡元培在文人士大夫和現代知識分子雙重身份認定中完成了順利的「轉換」。作為「演說」的有力推廣者和實踐者，他與新青年諸君一道借助「口頭文章」的言說開啟了新文學運動的序幕，找到了活靈活現的符合

〔註65〕蔡元培：《國文之將來》，高平叔編：《蔡元培全集 3》，中華書局，1984 年，第 358 頁。
〔註66〕周恩來：《蔡孑民先生講演錄〈思想自由〉志》，中共中央文獻研究室、南開大學編：《周恩來早期文集（1912.10～1924.6 上）》，中央文獻出版社、南開大學出版社，1996 年，第 294 頁。

日常生活的白話語言，也找到了區隔傳統文章學意義的新的文學文體。在他的職業身份中，他以「演說」家或者是應用文寫作者的角色融入了五四時期「大文學」的文化版圖中，而這種文學感受與他的「教育」志業也通過「演說」到「講學」的自然流變配合得天衣無縫，職業與志業合一。

第三節　政治的「廟堂」與學術的「江湖」──論蔡元培「神話」

　　蔡元培的「職業」是多重的，可他對現代學者身份的接納，對新教育與新文學推廣的態度是堅決的，是其認定的「單一」的文化「志業」。多重「職業」和單一「志業」的暫時性平衡和矛盾衝突，使得他從「中心」流向「邊緣」，或是從「邊緣」倒向「中心」。大體上說，他的「志業」以學術為根基，他多重的「職業」較多的是政治身份。他的一生主要圍繞著政治和學術兩方面糾纏不休。而這樣的政治和學術的雙重選擇不僅是蔡元培本人的精神困境和抉擇難題，更是中國現代知識分子普遍的現實困局和精神迷局。蔡元培的身上有著我們無法忽視的中國現代知識分子的「普遍性」。不過應該承認的是，蔡元培雖然糾纏在這兩重領域中，可他無論在哪些方面，政治上還是學術上都曾被推上過「神壇」，成為難以忘懷的靈魂記憶。陳平原說「蔡元培之出長北大，幾乎成為一個『神話』──個人的學識才情與時代的要求竟如此配合默契，千載難求」。〔註67〕蔡元培緣何成為神話，帶著這樣的追問也許能讓我們重新審視蔡元培的學識與才情，或是重新領略歷史語境的風貌，重新認識五四時代。

一、「零餘者」蔡元培

　　蔡元培的一生中經歷過多次革命，又投身教育，他的身份並不是一層不變的。而身份的適時轉換造成了他「中心」又「邊緣」的人生狀態。在空間上，他身涉社會事務，參與政治，甚至不惜以身犯險，卻見不得辱沒人權的政治污點，進進退退；在學術方面，他有心學術卻總無奈又小心，總是未能完成學術獨立、教育自由的全部理想。而於時間上，他是舊派文人出身，但最終卻與一眾守舊文人思想背離，可歸於新青年，卻又總是有些不可調和的

〔註67〕陳平原：《北大精神及其他》，上海文藝出版社，2000 年，第 23 頁。

縫隙，自有其不被理解，孤獨寂寥之處。在一定的時間和空間範圍內，蔡元培均成為過政治的「多餘人」，學術的「零餘者」，受到舊派的「攻擊」，甚至接受過新青年們的「批評」。游離於中心、邊緣之間的蔡元培無疑是尷尬的，他一生積極投身各項事業，但最終卻似乎都成了「局外人」。零餘者是中國現代文學中重要的人物形象，這類人物身上兼具著社會與個人、表層和深層的雙重矛盾。如郁達夫在《零餘者》中寫道「令人愁悶的貧苦，何以與我這樣的有緣？使人生快樂的富裕，何以總與我絕對的不來接近」。〔註68〕而蔡元培的確也是如此，不過他不是糾結於貧苦和富裕之間，而是在政治和學術間來來回回。令人愁悶的政治，與他是如此的有緣，可他一心傾向的學術，卻又總不能得償所願。在這些小說中的零餘者的心中潛藏著「一顆強烈的羅曼諦克的心」，他們在「重壓下的呻吟中寄寓著反抗」，〔註69〕而作為零餘者的蔡元培，他歸根結底是一位自由主義的理想主義者，他對人對事都保持著「反對主義的雅量」，面對著各個勢力團體也有其彈性靈活的應對策略，可他也有其固執難以理解的地方，一旦傷及理想，他基本上都極力反抗，「泰山不讓寸土」。

蔡元培積極投身於革命或學術事業，可卻又游離於二者之間。在 20 世紀前二十幾年中爆發過兩次重要的政治革命——辛亥革命和北伐戰爭。可蔡元培卻均未親身參加這兩次革命。辛亥革命時他正遊歷在外，而北伐戰爭時期他同樣在歐洲求學。以至於章太炎還批評蔡元培，「足下前為革命黨人物，身處柏林，未嘗為革命盡絲毫義務」。在章太炎看來蔡元培是「國安則歸為官吏」，「國危則走之歐洲」。〔註70〕其實章太炎所言不虛，蔡元培確實在政治相對清明時便選擇投身政治，而政治污濁、政局混亂則一朝遠赴歐洲。雖然蔡元培多次投身政治，與前清舉人、同盟會、光復會等各黨派成員過從甚密，甚至曾被推舉到政壇高位，是國民黨的「四老」之一。可如此高的聲望和廣博的人脈卻並沒有讓蔡元培在政治領域中「如魚得水」。蔡元培接任迎袁大使又迎袁失敗，幾次請辭，還被有些人故意解讀為「鬧黨見而不顧念國家」。就任教育總長時，雖然「唯才是舉，能者在職，不為黨派所囿」，〔註71〕可卻不得當局所

〔註68〕郁達夫：《零餘者》，《郁達夫文集》，當代世界出版社，2010 年，第 305 頁。

〔註69〕張偉：《多餘人論綱：一種世界性文學現象探討》，東方出版社，1998 年，第 227 頁。

〔註70〕章太炎著、馬勇編：《章太炎書信集》，河北人民出版社，2003 年，第 264 頁。

〔註71〕張曉唯：《蔡元培傳》，百花文藝出版社，2010 年，第 48 頁。

喜，沒過多久便離職請辭。辭去北京大學校長後政局發生變動，彼時的他又返回政壇，可作為「黨國元老」的他也絕不是蔣介石政府的「座上賓」那麼簡單。與蔣介石不同，蔡元培致力於和平息爭，曾有意「促蔣辭職」。有言稱「蔣東遊歸國，必欲復總司令職」，吳稚輝勸說蔡子民幫助蔣介石，可蔡元培雖不破壞，但亦不「積極援助」，「蔣頗恨之」。〔註72〕蔣介石大肆屠殺革命者，蔡元培為了民族，同情他們，積極營救。蔣介石竟暗殺蔡元培的助手楊杏佛以威懾蔡元培。1932年初，蔣介石、汪精衛通力合作，汪精衛出任行政院長，他力勸蔡元培留任南京，「對於行政」，從旁指導，蔡婉言謝之。「弟生性迂愚，對於政治問題，毫無興會：即不得已而參加，亦常持急流勇退之態度；非不為也，實不能也」。〔註73〕本質上來說，蔡元培有著報國、參與社會的決心和理智，他不是真正的「隱士」，這也是他始終未能放棄「政治」的原因。但他骨子裏卻是一名自由主義知識分子，一旦政局黨派紛爭複雜，或者是統治者需要統一思想，他便無法適應。社會責任感和幹練的辦事能力使蔡元培往往能夠成為「政治」場域的「中心」，可自由主義思想卻拉著他走向「邊緣」。在社會和個人理念的矛盾中，他成為了政治場域的「零餘者」。

蔡元培在政治博弈中從「中心」向「邊緣」流轉，作為政治的「多餘人」轉而又投身於文化事業。在這來來回回的身份轉換和建構中包含著蔡元培「教育應立於政潮之外」的靈魂思想。但文化又如何能夠成為政治的「避風港」和與政治無涉的「桃花源」？尤其是在現代中國，政局風雲變幻，戰亂不休，甚至連民眾的最基本的生存都成問題。而如此惡略的現實條件下，又如何能夠安穩地空談學術呢？蔡元培超功利的教育關懷在實際層面很難操作。在文化上，蔡元培試圖用「美育」來對抗意識形態的壓抑，他說審美超越現實的一切利害糾紛、生死計較，是絕對自由的世界觀。可這種形而上的思想觀念在面對著動盪不安的政治鬥爭基本上形同虛設。一旦政治環境有變，而此思想又礙於統治階層，那麼又怎會允許此種思想繼續流傳。甚至面對著浩浩湯湯的新文化運動，這種「超功利」的絕對自由的理念也是聲音微弱。而另外一方面他所堅持的社會責任感又逼迫他高舉且扶持著小說「史觀」和社會上廣泛宣傳的文學功用論，這一文學見識又讓其喪失了文學崇高的審美性，他

〔註72〕張曉唯：《蔡元培傳》，百花文藝出版社，2010年，第106頁。
〔註73〕蔡元培：《復汪兆銘函》，高平叔編：《蔡元培全集7》，中華書局，1989年，第177頁。

的《〈紅樓夢〉索隱》也被新青年們幾多詬病。在學術上蔡元培的兩大觀點似乎都沒有得到太多的響應和過高的讚譽。他也曾自謙的表示「對於文化事業，雖無專長，要為性之所近，不賢識小，聊盡搗壞涓流之義務而已」〔註74〕。「無所專長」的蔡元培在學術研究方面的方法並不科學，而有些想法又過於「超前」，無法得到理解，他無疑是被學術給推出的孤獨的「局外人」。

　　雖然蔡元培在政治和學術領域都有其「多餘」的一面，可他的一生大體是癡纏在這兩重領域中。在對這兩重領域的關係的解讀中，蔡元培說他的一生志趣是在「學術」，對政治不感興趣。可就其本人而言，他的政治成就要遠遠高於他的學術水準。縱觀蔡元培的一生，他的人生軌跡盤桓在政治與學術之間。都說梁啟超是學術的巨人、政治的矮儒。可對蔡元培卻可反而用之。他說自己志在學術，但其學術水平不能稱為高超。反倒是他多次表示不涉政治，可卻總能準確地察覺到政治風向，幾乎被接二連三登臺主事的各個政治勢力歡迎並擁戴。在「城頭變幻大王旗」的政治更迭迅速的時代，蔡元培幾乎得到了各個不同理想的政治團體的推崇。蔡元培獨具政治眼光，這些從他能夠借《紅樓夢》看出康熙朝士在官海中的掙扎之苦，就可說明蔡元培對政治理解極為透徹。可奇怪的是，如此政治敏銳的社會名人本可混的風生水起，可他卻總是試圖遠離政治。陳獨秀被解聘一事，湯爾和態度堅決，因為他知曉北洋政府用意，他試圖犧牲陳獨秀一人，來換取更大的「和平」。當然這裡面還牽扯到北大內部複雜的人事糾紛，或如胡適所說有些排除異己的可怕心思。可與之不同，蔡元培卻想著的是如何用自己的校長身份保全陳獨秀與北京大學，想雙全之法。身涉政壇多年的蔡元培如何看不出北洋政府的用意，可他還力保陳獨秀。湯爾和和蔡元培都是「不談政治」之人，可湯爾和看人看事還是「政治眼光」。

　　在蔡元培多元的意識形態體系中，作為黨派人士、社會名流，教育負責人的他在處理現實事務時不自覺會深陷其中，做出相應的舉止和行為。可表現出來的東西並不是他的「主體意識」。但無法忽視的是，這一「主體觀念」也會在他的日常行為中發生作用，或者說是存在於他的行為結構中。在蔡元培與胡適關於《紅樓夢》研究的爭論中，蔡元培沒有因其校長的身份動用行政權力對教員胡適的學術觀點強行打壓、批判，甚至在胡適需要一些佐證材

〔註74〕蔡元培：《復汪兆銘函》，高平叔編：《蔡元培全集 7》，中華書局，1989 年，第 177 頁。

料時，蔡元培還能不顧學術分歧為其排憂解難。在張厚載與林紓通力合作後，蔡元培雖氣他毀壞本校聲譽，在教授會將其開除後，還能不顧成見為其寫轉校介紹信。因為是北京大學校長，蔡元培不得已以此身份出面解決一些事宜，可本質上來說在五四新文學運動中他還是以學者的主體身份參與活動。在古代中國，民間社會超逸於廟堂政治之外有自己的一套運行法則，故而中國士大夫可以「居廟堂之高則憂其民，處江湖之遠而憂其君」。廟堂與江湖是一個交合但不重疊，並相對獨立的個體空間。而如溝口雄三在《作為方法的中國》中所示「辛亥革命成功以後，民國時期興起了聯省自治運動，一種聯邦共和制的構想開始浮出表面。」〔註75〕也就是說辛亥革命之後，民間成為政治運動的空間，並自下而上建立起了新型的政治群體。江湖與廟堂重合，「處江湖之遠」基本成為空談。而在新舊交接之時，中國現代知識分子除卻依附政黨尋求生存之外是否還有別的棲息之地？也許正如胡繩所言「蔡先生之進於廟堂，是為了實行他的主張」，〔註76〕他在政治和學術間癡纏，用一種相對彈性的策略面對各個政治團體，企圖為教育和文化殺出一條血路，為知識分子提供可供依賴、活動乃至躲藏退避的港灣。

二、蔡元培「神話」的構成機緣

　　蔡元培階段式地參政為其在變化的時局中獲得了生存的憑藉，而在政壇中他少涉紛爭，適時而退的選擇又為其保留了社會「清譽」。在北洋軍閥時期，他的交友「特長」發揮了重要作用，曾經赤誠相待的唐紹儀、范源濂都在他光輝的教育履歷（教育總長、北京大學校長）中發揮了重要作用。而且由於其早年的翰林生涯、革命經歷更讓蔡元培的社會威望甚高，與當時的舊派文人梁啟超、章太炎、林紓均有往來，這也為他能夠扶持新青年創造了有利的人際條件。旅學歸來，他又身涉國民黨政局中，但無政府主義和自由主義的操守又讓他對共產黨產生同情。即使是黨國元老，蔡元培與南京國民政府的關係也並不密切，與蔣介石的私交更是談不上。某種意義上說，蔡元培混雜的思想形態成就了他有「黨派意識」又無「黨派牽制」的彈性策略。而這樣一個人物無論在民間還是精英知識分子層面都有較高的聲譽，無論如何都成

〔註75〕〔日〕溝口雄三：《作為方法的中國》，生活·讀書·新知三聯書店，2011年，第105頁。
〔註76〕胡繩：《爭民主的戰士永生──紀念蔡元培先生》，重慶《新華日報》，1945年1月11日。

了各個黨派互相爭搶的「政治符號」、「文化符號」。

　　蔡元培去世後，國民黨《中央日報》評價蔡元培為數十年來本黨的「一個忠實黨員」，說蔡元培是「三民主義的一個信徒」。而且特意強調蔡元培先生的精神的發源地即在此處。他們一而再再而三地刻意言明蔡元培的國民黨黨員身份，而且努力將蔡元培在北京大學及「指導青年，訓練青年，組織青年」的行為與三民主義扯上關係。與此同時，《新華日報》於 3 月 24 日也有《悼蔡孑民先生》的社論發表：「歷史上著名的反帝和反孔家店的新思潮『五四』運動發生及其發展，固然有其客觀的社會基礎和主觀的原因；然而這新思潮之主要發源地，正是蔡先生和共產黨人李大釗同志所主持之北大。……因此，凡是紀念蔡先生的人，就應當繼承蔡先生的學術研究自由，信仰自由的精神，對青年學子的學術研究予以啟發扶助，對青年思想信仰，予以自由發展的機會」。〔註 77〕國共雙方對蔡元培的去世均有緬懷和悼念，但是邏輯起點大有不同。國民黨努力地將蔡元培的思想錮圍在「三民主義」的思想表達中，而共產黨所提出的「學術自由」、「信仰自由」則明顯批判國民黨的「三民主義」包含一切的「一黨專政」。在雙方的各自表述中，一個努力將蔡元培思想固定在三民主義的旗下，另外一方則從政治意義上的五四運動的角度出發，試圖建立蔡元培時期的北京大學改革與新民主主義革命的聯繫。但是無論二者的思維觀念有再多不同，可兩者在表述時卻有不約而同的文化取向。「培養青年」這一概括基本成為兩黨的思維共識。追悼文中所提到的「青年」有絕大部分是在民主、自由思想洗禮下而長成蛻變的「現代知識分子」，而兩黨不約而同特意強調蔡元培培養青年的作用，也是基本默認了蔡元培在青年知識分子中的影響力。有學者指出「國共雙方都十分重視蔡元培個人對青年的號召力及其在北大期間的改革實踐所產生的影響力，並及時抓住紀念蔡元培逝世的『機會』，開展政治宣傳，以證明本黨革命的合法性，並增強對青年及知識分子的吸引力。」〔註 78〕誠然，國共兩黨的悼詞中都含有很明顯的政治宣傳意圖，可這也側面烘托出以蔡元培為首的知識分子在這些政治黨派中所擁有的地位。以蔡元培為標杆的現代知識分子本身即已形成了與政治力量相互置換、抗衡的文化資源，是各黨派「拉攏」、「吸納」的對象。而蔡元培身上所體現的自由、民主的文化內核也不僅是知識分子群體所共同尊崇的「精

〔註 77〕《悼蔡孑民先生》，重慶《新華日報》，1940 年 3 月 24 日。
〔註 78〕田正平、潘文鴦：《教育史研究中的「神話」現象——以蔡元培和國立西南聯合大學為個案的考察》，《高等教育研究》，2017 年第 4 期。

神傳統」，更是各黨派、各階層所普遍認同的「文化共識」。

不得不說，在知識分子群體中蔡元培無疑是成功的。在百廢俱興的時代，大家都知道要改革、變化的年代，他高呼著「教育超軼於政治」、「學術自由」的信義。他確實是敢想敢幹的理論家和開路人，也有提出這些想法的勇氣和實力。他的高聲呼喊和擲地有聲的教育實踐，在以知識分子為基點的社會關係上換來了平和的良性過渡。以不廢一兵一卒，不流血犧牲的文學革命的方式不僅使得剛剛萌芽的現代知識分子群體找到了成長的沃土，也將民主、自由的理念植入人心。杜威曾這樣評價過蔡元培，他將蔡元培與「世界各國大學校長進行比較」，如牛津、劍橋、巴黎、柏林、哈佛、哥倫比亞等等，認為在這些校長當中，「在某些學科上有卓越貢獻的，固不乏其人；但是，能領導那所大學對一個民族、一個時代起到轉折作用的，除蔡元培，恐怕找不出第二個」。〔註79〕深處五四新文學運動漩渦的羅家倫也有類似評價「那深邃、無畏而又強烈震撼人們心靈深處的聲音驅散了北京上空密布的烏雲，它不僅賦予了北京大學一個新的靈魂，而且激勵了全國的青年」。〔註80〕蔡元培香港去世後，北京大學師生哀痛不已，組織為蔡元培先生出特刊以示懷念，還特意寫信邀請陳獨秀、胡適、周作人等一眾教師為蔡元培寫紀念文章。在這些情感充沛、滿懷追憶的文章中，蔡元培三個字基本上可以等同為民主、自由、「兼容並包」等思想的代名詞。

事實上，不僅是政治黨派有意地借蔡元培的「名氣」進行意識形態的宣傳，知識分子群體也基本將蔡元培視作可以拿來「使用」的擋箭牌和投槍匕首。其實蔡元培在北京大學的理念部署也非全部順暢，「政」通人和。在他的主要辦學理念中的「兼容並包」思想就曾不被人理解。甚至胡適還說蔡元培「欲兼收並蓄，宗旨錯了」。〔註81〕陳平原曾指出蔡元培在管理北大上太過於強調「以德治校」而忽略了「制度建設」，「過於民主」後反倒被「民主」所累。此話確實有些端倪，周作人在勸蔡元培回歸北大時也曾說到北京大學的制度建設問題。他希望蔡元培能回校主政，認為北京大學無蔡元培，教授治校也基本上發揮不出應有的力量。在蔡元培看來他對北京大學的安排極為妥當，即使沒了自己的參與，北京大學依然可以繼續維持。但是北京大學內

〔註79〕馮友蘭：《中國現代哲學史》，中華書局，1992年，第57頁。
〔註80〕羅家倫：《國立北京大學精神》，毛子水、胡適、曹建等編：《國立北京大學》，南京出版有限公司，1981年，第15頁。
〔註81〕張曉唯：《蔡元培傳》，百花文藝出版社，2009年，第61頁。

部並不如蔡元培所料的那般鐵板一塊。沈尹默、湯爾和等人各存心思，人事糾紛也多有。尤其是五四風波後，蔡元培對北京大學校政明顯有心無力，他的兼容並包政策被一些人事紛爭所干擾，無奈辭退陳獨秀，顯然已經無法徹底的「民主」，更不能全部的「兼容」。後期的蔡元培無疑是在內外夾縫中堅持，在師生中的聲望也大不如前，遇到一些學潮時校長的威望根本不足為慮，反而成為了學生的「出氣筒」，被學生逼的鬧辭職也是常有之事。在他出國離校的那段日子，有一種說法說北京大學中的「李石曾、顧孟餘、沈尹默、沈兼士、馬幼漁、馬敘倫、陳莘農、朱家驊、李書華、李宗侗、徐旭生、章廷謙……」紛紛成為國民黨的「法日派」人士，他們主持的教授會「反而蛻變成為國民黨方面從事黨化教育的政治工具」。〔註82〕在五四以後，教授們的黨派意識愈發強烈，各種政治勢力滲透其中，北京大學已經離學術自由、尋求真理有些距離，而蔡元培所擬想的在學校裏面「應以求學為第一目的」，「不應有何等政治的組織」的情況很難維持下去，甚至後來的代理校長蔣夢麟也被校史記載為「典型的國民黨新官僚」。〔註83〕當蔡元培無法處理制度崩壞後的北京大學的殘局時，他毅然選擇退出，而離開後的蔡元培反而收穫了更多的歡迎聲音。就蔡元培最後的離職來看，他實在是不願當獨一無二的領導者，更無心用專制壓抑師生群體聽其擺佈。在回覆學生的歡迎信中，他也多次自謙地表示讓賢，對胡適、蔣夢麟等人也表示說會對北京大學悉心關照但確實無能為力。面對著蔡元培如此堅決的推脫，北京大學師生倒顯得遲遲未能放手。

其實在與北京大學師生之間就是否回校的幾次拉鋸戰中，師生們對「蔡元培」的「偶像崇拜」已經非常明顯。北京大學師生們希望蔡元培回校主持大局，蔡元培不忍辜負學生好意，推脫生病，但卻從不現身。這樣的你來我往不失為北京大學師生和蔡元培之間的共有默契。蔡元培離開北京大學，教育部不止一次提出過新的人選，可北京大學師生始終不肯同意，還是要求蔡元培返校，但事實上蔡元培的返校卻經常未能成行。一方面，某種意義上說，無論蔡元培返校與否，師生們都要要求蔡元培復歸，這是借蔡元培之名，和對蔡元培無比推崇的滔滔民意去反對教育部，反對政治干預，捍衛北京大學的學術真理自由。而另一方面，蔡元培對北京大學師生而言確實已經無可替

〔註82〕張耀杰：《北大教授與〈新青年〉》，新星出版社，2014年，第121頁。
〔註83〕蕭超然編：《北京大學校史1898～1949》，上海教育出版社，1981年，第171頁。

代。蔣夢麟在蔡元培的提議下代為管理北京大學，這位代理校長主張在北京大學「整飭紀律，發展群治，以補本校之不足」。〔註 84〕從民國 19 年到民國 26 年 7 年內，他掌舵北京大學，一度也曾將北京大學從「革命活動和學生運動」的軌道中拉回到「學術中心」的道路上。傅斯年說「孟鄰學問比不上子民（蔡元培）先生，辦事卻比蔡先生高明」，〔註 85〕蔣夢麟自己也笑言稱自己為北京大學的「功狗」，而視蔡元培為「功臣」。與蔡元培的理想主義相比，蔣夢麟是務實主義者，他是管理的一把好手，我們不該否認蔣夢麟將蔡元培離開後留下的爛攤子──整肅的能力，可是卻也應該承認「辦事高明」的蔣夢麟缺乏了蔡元培的提綱挈領的思想領導力和敢想敢幹的氣魄。沒有了蔡元培的北京大學中規中矩，挑不出什麼「大錯」，但也未再能有一鳴驚人的輝煌。可以說，蔡元培的「退」反倒成全了他的「神話」構建。

事實上，蔡元培手中握有絕對的社會資源，翰林出身，留學背景，同盟會、光復會成員，黨國元老，基本上位於各個時代政權結構的上層，與各界社會名流都關係密切。而如此既有人脈又有聲望的文化界的領袖完全可以興起「個人崇拜」。可是蔡元培並沒有這麼做，當他處於「中心」時他處處放權，無為而治，且有意淡化自己的影響力，甚至後來在多種因素的影響下他又主動地選擇「邊緣」。或許高處不勝寒，厭惡君主制的蔡元培不願作權力的孤家寡人，他借助於「中心」與「邊緣」的來回變動調節自我，也通過這種形式平衡個人權勢和集體意志。在他的有意無意下，社會各界對蔡元培的個人崇拜並沒有衍生出衝動的政治、文化激情，而是走向了更為崇高的對集體意識結晶的以「自由」、「民主」、「真理」為中心的新思想的崇拜。而沿著這條思想路線，一批又一批的青年知識分子前仆後繼堅守著這樣的理想傳統，從嚴絲合縫的權力的毛細管中去撕扯出一條條生存的裂縫。也許這也是蔡元培神話廣為流傳的緣由所在，那些為了理想掙扎的知識分子的身上都有著蔡元培的「影子」，他們為了生存而戰，為了文化多元而發聲，為了個體的自由而爆發。

三、從個體神話到時代追憶

我們常說「時勢造英雄」，可也有「英雄出時勢」，蔡元培與五四時代的

〔註 84〕蔣夢麟：《過渡時代之思想與教育》，上海商務印書館，1933 年，曲士培編《蔣夢麟教育論著選》，人民教育出版社，1995 年，第 260 頁。
〔註 85〕蔣夢麟：《憶孟真》，《西潮新潮》，中國工人出版社，2015 年，第 406 頁。

關係是同質同構的，人們理想中的「英雄人物」蔡元培與五四時代的精神氛圍形成自洽、相互促進的邏輯鏈條，這本就是一個「雞生蛋」還是「蛋生雞」的難以按優先順序分解的難題。在蔡元培的「苦心經營」下，良性的價值觀念被推向了權威的位置，「青年」、「民主」、「自由」、「真理」、「兼容並包」成為了時代話語。在宗教中，個人崇拜、家庭崇拜、集體崇拜等形式一般會通過宗教中的各種制度或者是聖洗、告解、神品等各項禮儀傳承下來。而蔡元培所打造的「新思想崇拜」，基本上是圍繞著北京大學的改革展開，以北京大學的校政制度為依託，借助文學革命的鼓吹與宣傳，將此種意志傳承下來，成為了時代特色。在蔡元培的一系列的改革中大致可以捕捉這樣幾個關鍵詞：「青年」、「兼容並包」、「學術自由」，而這些關鍵詞的背後是蔡元培從小就養成的仿隨母親的寬和內斂的性格，也是蔡元培固定不變的追求，更是全體生命所共享的思想圖景。

作為青年召集人的蔡元培，選任青年領導者，將充滿著反抗力量的「青年情懷」在全社會上予以發酵。他們以衝破一切枷鎖、向一切不平等的制度吶喊、控訴的方式在社會上掀起了思想改革的軒然大波。在這場「青年風暴」中大家沒有太多的老成持重，也沒有太多的老謀深算，充滿著青年的天真和純粹。大多數的參與者無論老幼基本上都圍繞著學術問題、文化問題而戰，縱使爭得面紅耳赤，可卻並未借助文化論爭去影響個人的現實生活。在林紓與新青年、蔡元培等人發生了「罵戰」後，一介「文豪」林紓甚至敢於公開認錯，陳獨秀、胡適等人對林紓此舉也評價頗高。胡適與章太炎在文白之爭時也有幾番爭論，一新一舊，爭論不休，可討論歸討論，私交並未受到影響。蔡元培多次對魯迅施以援手，魯迅卻在私人信件中抱怨蔡元培「敷衍」行事，表露出對蔡氏的不滿情緒。蔡元培曾幾度擔任魯迅的直接領導，但魯迅卻敢坦誠地說出自己的「即時情緒」，後來得知實情後又能夠真誠地表示感謝。「被裁之事，先已得教部通知，蔡先生如是為之設法，實深感激。」〔註86〕魯迅的牢騷並未影響蔡元培與魯迅的「友情」。蔡元培之後還積極為魯迅的弟弟周建人謀職推薦。魯迅去世時，蔡元培更是為魯迅的著作寫序，高度評價魯迅的文學創作，稱他為新文學的開山。蔡元培多次強調「公私之間自有天然界限」，五四時期的幾場論辯以及五四學人的交往中，公共的知識、學術爭論都沒有被私人情緒所裹挾，公共性的討論也沒有觸及到國家政治層面，僅限定

〔註86〕魯迅：《致許壽裳》，《魯迅全集12》，人民文學出版社，2005年，第287頁。

於知識圈、文化圈內的自由討論，形成了坦坦蕩蕩的公共輿論的文化場所。

新潮社的骨幹成員曾繪聲繪色地回憶了五四時期北京大學的生活情狀「可能有一些學生正埋頭閱讀《文選》中李善那些字體極小的評注，而窗外另一些學生卻在大聲地朗讀拜倫的詩歌。在房間的某個角落，一些學生可能會因古典桐城學派的優美散文而不住點頭稱道，而在另一個角落，其他幾個學生則可能正討論娜拉離家後會怎樣生活」。〔註87〕各種生活方式和思想觀念在北京大學這個文化場域內生存，北京大學儼然是五四時期社會轉型期的新舊和諧共生的微型縮影。這樣的局面呈現是蔡元培所提出的「兼容並包」的結果，他廣泛吸納人才，對各種思想和想法都有容忍之度，給予其在北京大學講學、傳播的權力。他的兼容並包看似是調和各方，但並不是簡單的「老好人和稀泥」，他有絕對的思想定位。他提出兼容並包，無外乎希望在被古舊思想統轄的文化場域為新生的、稚嫩的新思想騰挪出一席之地，而當新思想發展壯大後，他的兼容並包也為其他非主流的價值觀提供了存活的可能。他在民國初年的世界觀教育中有過這樣的闡釋「意在兼採周秦諸子，印度哲學及歐洲哲學，以打破二千年來墨守孔學的舊習」，〔註88〕在他的思維框架中不希望一種觀念或學說成為思想的霸權，他支持「尚不達自然淘汰之運命」，若與此相反，則「悉聽其自由發展」。所以，在北京大學校園內保守派、維新派、激進派，「都同樣有機會爭一日之短長」，那些拖著長辮，心裏裝著皇帝的老先生和激進的新青年們更是能夠「並坐討論」，「同席談笑」。〔註89〕

事實上，五四時期本就是一個迷亂共存的年代，新與舊同存，秩序與無序共生，精英與世俗交融，這些看似二元對立的組成部分基本上和諧地融匯在一起構成了整個五四的生存版圖。在這個生存結構中，新與舊之間有著無法割裂的血緣關係，無論是前清的士大夫階層還是新成長起來的現代知識分子都有著無法擺脫的「舊」，也不得不面臨著「新生」的考驗。士大夫可以從「舊」的資源中咀嚼、發現出新的意象，如梁啟超的小說界革命，便是將古代不入流的小說一舉提升到文學之最上乘，發現了曾經文人所不齒的小說中的教化作用；而新青年們也從新的科學方法中去領悟了舊小說、舊倫理和舊

〔註87〕柯靈：《20世紀中國紀實文學文庫：苦難與風流》，文匯出版社，1996年，第350頁。

〔註88〕蔡元培：《蔡元培自述》，人民日報出版社，2011年，第193頁。

〔註89〕柯靈：《20世紀中國紀實文學文庫：苦難與風流》，文匯出版社，1996年，第349頁。

有的研究，用新的方法為這些故紙堆打開了新的學術生長點。新舊交融，雜聲共存，這才是五四時期的文化群像。它本就不是一個固定化的完全封閉的和完成形態的整體，在這其中充滿著多條縫隙和不斷改變、轉換的可能。

　　至於蔡元培始終堅持的「學術自由」的理念更是打破了帝制時代的思想統治，告訴民眾還有這樣一種生活的可能性。在巴金的小說《家》中有一幕很有意思的場景，琴想要去現代學校念書，她很擔心學校不收女生。可是遙遠的北京大學校長招收女學生的消息傳來，不僅影響了西南重鎮成都市區的學校校長的決策，更為這些地方生活的女性的生活帶來了改變。琴受到北京大學招收女生的鼓舞，更是堅定信念，縱使後來此所學校招收女生又生變故，她也不曾妥協，要為自己的生活爭得自由的權力。所以說，這種對「自由」的理解不僅扎根在學術研究領域，更成為了社會思潮影響了普通民眾的生活。學術自由保護了學者的「人權」不受任何制度的傾軋和威脅，而滲透入廣大民眾生活的自由理念也成為了他們努力爭得的「人權」，謀求個體生存的個性解放，重獲新生的渴望和價值標尺。學術自由在蔡元培時代的北京大學的暫時成功昭示了政治、宗教、黨派等與個體生存、文化發展之間的良性關係和各種社會資源的分工職能。在社會大版圖中，各司其職，互相配合，相互監督，這才是理想社會的面貌。

　　蔡元培的「中心」又「邊緣」的過程始終是處於變動的軌道中，但是他在「變」中也有其「不變」的篤定。如同五四這樣的時代，整體上融匯了形形色色的知識分子，而具體到個體層面，這些不同表象的個體心理又會隨著時代的更迭、政治的變動，經濟的貧富而產生幽微的思想和情感變化，可大體來說，以蔡元培為標本的三種文化傾向卻始終未曾變過，青年的理想激情，反抗一切的氣勢，但又能有十足純粹的自然情態，兼容並包的格局以及自由人權的感悟更成為了無法改變的機制，影響著五四一代人的思維結構、價值判斷和文化原則。梁漱溟說，「蔡先生一生的成就不在學術，不在事功，而只在開出一種風氣，釀成一大潮流，影響到全國，收果於後世」。〔註90〕他敢為天下先的勇氣和魄力，在帝制時代後開出的三種風氣，匯聚成為了潮流，影響全國，廣傳後世，成就了蔡元培個人的「神話」，而他的「邊緣」也推動了個人「神話」在當時歷史情境下的隱沒，而突出了時代話語的「神話」，形成

〔註90〕梁漱溟：《紀念蔡元培先生》，中國文化書院學術委員會編：《梁漱溟全集6》，山東人民出版社，2005年，第346頁。

了一套具有社會規約力的共同價值。時至今日仍有人對那些年的蔡元培，或者是蔡元培的那些年神牽夢繞，說「至今再無蔡元培」。如榮格所說這些神話的形成「來源於原始之夢及創造性想像的『集體表象』」。〔註91〕意識到蔡元培神話的存在如同開啟神話的鑰匙，使得我們有能力打開與此個人情感、心態、體驗相吻合的五四時代的大門。從蔡元培的多重身份中去探尋他單一的「志業」追求和不變的精神訴求，也可以透過蔡元培此人去探視整個五四時代的多元文化與堅定的思想意志。所以與其說我們現如今追憶蔡元培，不如說我們是在追尋以蔡元培為標本的五四精神。這也許是我們遠離五四時代後，以歷史回望的眼光所完成的對心理現實的投射，也是站立在時空外圍的我們的渴望和追求。可以說，蔡元培的個人的「變」與「不變」、「多重」與「單一」成就了一個時代無法忘卻的理想追尋。

〔註91〕〔瑞士〕榮格著、張月譯：《潛意識與心靈成長》，譯林出版社，2014 年，第 39 頁。

結　語

　　蔡元培之於五四新文學運動的意義，站在純文學的角度來看，蔡元培無疑是「邊緣人物」。可在五四新文學複雜的場域中，蔡元培在五四運動中充當的卻是精神的領袖。蔡元培曾經處於五四新文學運動的漩渦「中心」，掌控著文化意識形態的資源和權力，可作為一名「非文學」創作者，當他漸漸離開北京大學，他的文學影響力也逐漸消退。在複雜廣闊的思想改革的新文學、新文化版圖中，蔡元培的存在為我們展示了作家創作之外的文學力量。事實上，文學的發展和演進，除了文學本體所附著的審美趣味和思想觀念之外，還應考慮行政力量的周旋與博弈、作家生存狀態的掙扎與彷徨，文化工業、產業模式以及市場興味、消費文化的迭變等等。當然，這其中還有一些文化個體，他們或參與社會政治，或影響作家生存，或投身文化事業，或走向文化市場，或以「教育」、「藝術」為「職志」，或兼而有之，以複合型的姿態出現。這些文化個體以個人的文學影響力對文學的發生、發展產生了重要影響，是文學的組織者、文化的倡導者。誠如斯言，蔡元培便是多樣化的文學生態中的獨特的具有著多重身份的複合型的文化個體，他既是晚清翰林，也是革命者，還以政府官員、黨派人士參與政治，又是北京大學校長。而在他就任北京大學校長期間，聘用陳獨秀、李大釗、胡適、錢玄同、魯迅、周作人等「新文學」運動核心人物，組織「新青年」參與一系列的文化活動，作為文化組織者影響作家創作，又為「新文化」培育了新的受眾群體。因為蔡元培的「新」所以才有了「新青年」一代，促成了「新文學」運動的發生，可蔡元培又不能說是「新」的或者是「青年」的。由於站立的立場不同，在林紓、

章太炎、辜鴻銘的眼中蔡元培還是「舊人」。這位「白頭青年」超越了「老少年」梁啟超所認知的「新民」論而走向「新青年」的「青年說」，甚至影響了新文學版圖的形貌，他身上的「新」與「舊」的矛盾可成為解釋新文學運動中複雜性的鑰匙。由於蔡元培的「新」、「舊」的悖謬在民初複雜的政治文化生態中爆發了他的「認同危機」，他選擇辭離北京大學，而與北京大學的背離，也拉開了他與新文學場域的距離。可以說，蔡元培由新文學場域的「中心」走向「邊緣」，這一背後是他關於「政治」還是「學術」的立場選擇，而「蔡元培神話」的出現可成為我們解讀五四機制的方法，引發我們在這一層面展開反思。

引入蔡元培視角不僅為我們提供了文學之外更廣闊的研究視域，更能夠引發我們關注這一時代本身的意義。作為特定歷史時空的歷史人物，蔡元培所發揮的作用應該放置在歷史情境下進行咀嚼、探討，而不應該被以一些事後所形成的思維定勢或是社會共識的普遍認知所左右。我們不能因為蔡元培在現今文學界定的情景下的「邊緣」就忽略蔡元培之於五四新文學運動的意義，更不能因為蔡元培對五四新文學運動的護祐之情，或是為了對抗既定的學術認識，而立起靶子，將蔡元培的歷史功績百般誇耀，而忽視蔡元培在面對世道人心、文壇新變時的尷尬處境。就本文而言，大致採用與歷史對話，回到具體的歷史語境的研究方法，力求還原歷史人物當時的思想抉擇，反映文學研究求真的訴求。由於受到傳統文學史、共識性文學理解和現行學科體制的限制，我們對文學理解往往會有所「遺漏」或者「誤讀」，而將蔡元培作為研究對象，不僅可以突破傳統文學史敘事和專業化的學術分科的限制，打開更為廣闊的言說空間，開闢新的學術視野，關注到蔡元培與五四新文學運動的關係這一學術新問題，更能夠對我們傳統學術理解邏輯框架中的「新與舊」、「文白之爭」、「文學邊界」等問題有進一步的釐清和整合。

本文所研究的蔡元培是一位既特殊又普遍的人物。當他面對著滾滾激流的五四新文學運動時，他激進張揚，衝鋒在前，左右斡旋，可又時刻冷靜自持，禮讓謙遜，主動退讓，他遊弋在「中心」和「邊緣」之間，說其保持中立，卻對護持新文學發展的觀點極其鮮明，可說他是新文學運動的中流砥柱，顯然他又頗能體恤時代潮流中的非主流的文學訴求，諸如古文、俗文學的聲音。從這點來看，他無疑是特殊的。但值得承認的是，他卻又是普遍的。他所面臨的思想抉擇和觸碰世道人心後的立場變動深深烙印在了 20 世紀中國現

代知識分子的身上。政治與學術是這些現代學人所直面的雙重拷問，也是他們無法逃避的社會現實和理想追求。顧頡剛在《〈古史辨〉自序》中說道「我能承受我的時勢，我敢隨順我的個性，我肯不錯過我的境遇：由這三者的湊合，所以我會得建立這一種主張」，〔註1〕他的這句話大抵道破了中國現代學者的精神世界的構成機制。與蔡元培看《紅樓夢》一樣，在 1912 年 6 月 15 日因《臨時約法》被破壞，與袁世凱分道揚鑣，寄鷗曾發表過如下感慨「我讀《石頭記》，讀到賈迎春出嫁一節，寶玉云：『大家橫豎要散的』。說得淒涼悲切，令人心痛，我對於唐總理之退出內閣時，也有這個心理。」〔註2〕在一個血雨腥風，政權更替，滿目瘡痍的時候，將《紅樓夢》與社會政治相結合以完成針砭時政的目的，是完全可以理解的邏輯關聯。而這樣的思考邏輯與大的時勢有著解不開的關係。黃克武說「在十九世紀末與二十世紀初，中國知識分子思索的一個根本課題是如何修改自身的文化傳統以促進國家的現代化」，可後來「自強事業」日漸艱辛，中日甲午戰爭又大敗於日本小國，這時知識分子逐漸瞭解了西方的富強源於「一套民主的政治制度」，於是乎，他們遍求政治法度，「民主」成為了解決中國現代化的關鍵。〔註3〕縱使是文學領域的變革也要講求「民主」，甚至試圖為政治體制找到思想解釋。蔡元培長於此時，仕於此時，作為清末民初的社會名流和智識精英，在民初一系列政治、經濟、文化、教育改革中均見其身影。幾經沉浮，起起落落，從昂揚鬥志到心灰意冷，從滿懷希望到無可奈何，時代賦予了他無法擺脫的歷史文化責任，也在與世道人情的觸碰中建構起了他個人的「內在傳統」和「文化主張」。在世事磨礪中，經歷了幾番的身份認同危機，歷經了幾次的「職業」變更，蔡元培最終找到了終身致力耕耘之所，確定了「書生」、「學者」的身份。官場經驗使得他不耐凡塵俗世或者瑣碎事務的牽絆，「內在傳統」要求他適時退讓，而「文化主張」更是描繪了一個時代的文化想像。辛亥革命一舉推翻了持續數千年的君主帝制，可社會上無論從思想還是日常生活上根本沒有做好充足的準備來面對政治上前所未有的變局。社會上大有恢復舊制生活、封建帝制的人蠢蠢欲動，也有對新局面喪失信心的文化元老。是蔡元培從君主體制體

〔註1〕顧頡剛：《〈古史辨〉自序（上）》，商務印書館，2011 年，第 91 頁。
〔註2〕張天星：《民國〈新聞報〉所載〈紅樓夢〉稀見史料論箚》，《紅樓夢學刊》，2017 年 03 期。
〔註3〕黃克武：《一個被放棄的選擇：梁啟超調適思想之研究》，中央研究院近代史研究所，1994 年，第 1 頁。

驗中換來的生活感悟所凝結成的「文化主張」挽救了整個時代的思想動盪和人心慌亂。蔡元培在《全國臨時教育會議開會詞》中說道「君主時代之教育，不外利己主義，君主或少數人結合之政府，以其利己主義為目的之物，乃揣摩國民之利己心，以一種方法投合之，引以遷就於君主或政府之主義」。他舉例說「如前清時代承科舉餘習，獎勵出身，為驅誘學生之計；而其目的，在使受教育者皆富於服從心、保守心，易受政府駕馭。」故而，他認為「現在此種主義，已不合用，須立於國民之地位，而體驗其在世界、在社會有何等責任，應受何種教育。」〔註4〕有過帝制時代求學與仕途經驗的蔡元培，準確地判斷出帝制時代與現今時局的迥異，並能夠對還未展開的新局面做出合理的想像和規劃。事實上，辛亥革命僅僅只是在政治意義上完成了對君主帝制的反叛，可也留下了未能及時有效處理的歷史殘局。辛亥之後的中國一切都處於未定數中，如同魯迅筆下《鑄劍》中描寫那般，縱使眉間尺、黑衣人與王的纏鬥是多麼劇烈，多麼的血腥暴力，多麼轟轟烈烈，可當王死去，送葬的隊伍中，大家似乎又回到了原有秩序中，各司其職，假意哭喪。政治革命後的中國該如何走，始終都是未知數。當時的中國，不乏袁世凱這類盜取革命果實之政客，也有文學革新、思想革命的聲音，可文學革命如此匯聚成潮流，並影響全國，蔡元培當居首功。脫離了君主時代後，蔡元培幾十年來的血淚總結所形成的精神意志和思想主張，通過他接任北京大學校長，打造超越政治、宗教、黨派等組織形式束縛的「超軼空間」而使文學革命、思想變革成為現實。可在此過程中，當知識分子愈來愈激進時，蔡元培內在的退讓機制和他向來謙和的溫良性子反倒讓他越來越「邊緣」。他的「文化主張」內的一些溫和、調和性質的文化策略也被知識分子所拋棄。這些問題基本上都可通過對蔡元培與五四新文學運動的關係的探究而反映出來。

在本書研究的過程中，蔡元培與五四新文學運動的關係反映出三個問題。透過五四新文學運動來看蔡元培，我們會發現蔡元培在政治和學術間的來來往往，徘徊往復，是整個時代知識分子要面臨的精神困局。瞿秋白有過一個說法「如果叫我做一個『戲子』——舞臺上的演員，到很會有些成績，因為十幾年我一直覺得自己一直在扮演一定的角色。扮著大學教授，扮著政治家，也會真正忘記自己而完全成為『劇中人』……盼望同我談政治的朋友走開，

〔註4〕蔡元培：《全國臨時教育會議開會詞》，高平叔編：《蔡元培全集2》，中華書局，1984年，第263頁。

讓我卸下戲裝，還我本來面目」。〔註5〕左翼文學家蔣光慈也有過相似的感受「革命文學家與革命實際工作必須有所分工，……文學工作和實際工作是很難聯合在一起的」。〔註6〕在斯科特的關於底層政治的研究中，提出過這樣的看法，他認為底層民眾一方面會通過保存自我利益的方式爭取生存權以示反抗，一方面也會自動納入到秩序統治中，表現為「順從」或「共謀」。但是知識精英卻非如此，他們會有意識地察覺到政治規訓個體的現象，也有意識地選擇與政治分離。可是在20世紀這樣的時代浪潮下，深處多變的政治結構中的知識分子又怎能毫無顧念地逃離政治，阿城說「中國知識分子與中國政治的關係是一種『道德完成』的關係」。〔註7〕此話不假，中國向來就有著「學而優則仕」的文化傳統，「國家興亡，匹夫有責」的口號更是在國之危亡之際喊得響亮，中國知識分子就算再有掙脫政治權威規訓的意識，也終究不能夠避免來自靈魂深處的道德譴責。這種以「天下為己任」的道德束縛誘使得他們最終參與政治，有的甚至成為「政治性動物」。蔡元培這一個體「文本」的提出，召喚著我們去體察知識分子的精神隱疾，關注二十世紀中國現代文人的精神世界。

如果透過蔡元培來看五四新文學運動，蔡元培的「中心」又「邊緣」則透視出新文學的流變過程。蔡元培身上所具有的跨代際、跨文化的「跨越」性拉長了歷史縱深，能夠窺探出五四新文學運動的前因後果，揭示出新文學運動流變的歷史進程。胡適在《五十年來中國之文學》中指出無論是唐詩、宋詞、元曲、明清小說都不曾「有一種有意的鼓吹」，「不曾明明白白的攻擊古文學」，「不曾明明白白的主張白話文學」。〔註8〕可如若在唐宋、元明清時代有這種「有意鼓吹」，有這樣的明明白白的主張，那麼古文會被白話取代嗎？我想結果是不成立的。白話會取代文言的主流、正宗地位得益於文學革命，而缺少了蔡元培執意改革的民初的教育環境，在那樣一個被官學、家學所壟斷的時代又如何能夠啟用「陳獨秀」、「胡適」等異端人才，又如何能夠推行以反抗權威、個性解放為標杆的文學革命呢？胡適自己也解釋說「文學革命」的發生是因為「吾國文學趨勢，自然如此」。〔註9〕可文學革命是自然而然發

〔註5〕瞿秋白：《多餘的話》，《瞿秋白文集‧政治理論編：第7卷》，人民出版社，1991年，第715～716頁。
〔註6〕夏濟安，莊信正：《蔣光慈現象》，《現代中文學刊》，2010年第1期。
〔註7〕阿城：《阿城文集》，江蘇文藝出版社，2016年，第365頁。
〔註8〕胡適：《五十年來中國之文學》，《申報》，1922年10月10日，第17828期。
〔註9〕胡適：《歷史的文學觀念論》，《新青年》，1917年5月1日，第3卷第3號。

生的，或者是歷史選擇的結果嗎？如果是的話，想必胡適所說的「有意鼓吹」中的「有意」二字要大打折扣。文學革命，有意鼓吹，自有其內在主張，文學意圖，可也有人為因素，並非天然選擇。如果文學革命脫離了北京大學這樣一個學者們安頓的場所，少了一所全國最高學府，那麼文學革命可能僅限於幾人的個人行為，或者是微弱的歷史聲音。我們很難說會不會在八年十年之後產生影響，完成自然的歷史蛻變，可絕不會在如此短時間內形成如此大的全國性的思想震盪。其實，在清末民初之際，社會上廣泛流傳著「改造國民」的說法。嚴復提倡政府擔起責任，鼓民力，開民智，新民德；梁啟超大力倡導「新民論」。五四新文學青年也說改造國民性。他們期待擺脫國民性的怯弱懶惰和狡猾，從根本上改造「根本敗類的民族」劣根性。如此多的學說，自有其相同的歷史淵源，亦有其思想區隔。歷史是如何廢棄了嚴復、梁啟超等人，而最終確立了文學革命思想啟蒙的歷史功用。這其中必然有梁啟超、嚴復等人個體觀念的「幽微」和「妥協」、「保守」之變化，可也有蔡元培人為之緣故。在五四新文學運動中蔡元培不僅湊足了「萬事」，還借來了「東風」，幫助歷史做出了選擇，催生了這場思想「地震」。可蔡元培畢竟不是將文學作為「職業」，當文學領域日漸獨立且專業，蔡元培與「新文壇」也緣盡於此。從蔡元培切入新文學，可使得我們產生新的學術視角，關注到新文學內部形式的隱秘細節和演進情況。

至於研究蔡元培與五四新文學運動的關係，則為我們提供了更為廣闊的歷史人物譜系。在我們傳統的研究中，往往會因宏大的革命敘事主題囊括眾生，也會另闢蹊徑去探尋中國文學中一直存在的「抒情傳統」，但是在我們分門別類地畫好框架網羅文人群體時，我們其實也忽略了個人面對社會、面對時代時幽微的、難以捉摸的，甚至是變化多端的細微之處。當歷史滾滾的車輪碾過，其中大有激流勇進之人，也有逆流勇退之人，更有蔡元培這樣的來回曲折的人。對蔡元培與五四新文學運動關係的關注，可使得我們聆聽宏大的革命主題敘事或者是抒情性審美經驗之外更複雜的聲音，它們時而振臂一呼應者雲集，時而廖落孤寂無人響應，時而應和，時而違背，時而又聲音微弱。而在這些眾生群像中，這樣的人的存在也是真實鮮活的「歷史文本」，亟待我們去挖掘，並深探其個人情感和生命體驗，以期觸碰到更多的中國現代學者、文人的精神世界，引領我們去關注曾投射過個體生命情感的時代光暈，再次觸摸歷史，回到五四。

參考文獻

一、近現代報刊

1. 梁啟超，論學術之勢力左右世界〔N〕，新民叢報，1902-2-8，（1）。

2. 梁啟超，新中國未來記〔N〕，新民叢報，1902-10-2，（17）。

3. 梁啟超，論小說與群治之關係〔N〕，新小說報，1902，（1）。

4. 夏曾佑，小說原理〔J〕，繡像小說，1903，（3）。

5. 梁啟超，新民說·論私德〔N〕，新民叢報，1903-11-2，（40-41）。

6. 署太平府汪昌麟申學處前奉委查阜屬學堂原稟表格文〔N〕，安徽官報，1906（14）。

7. 寅半生，海上調笑集·結婚新聯〔J〕，遊戲世界，1907，（3）。

8. 劍男，私心說〔J〕，民心，1911，（1）。

9. 周作人，平民的文學〔N〕，每週評論，1911-1-19。

10. 教育部直轄專門以上學校職員任用暫行規程〔N〕，時事匯報，1914-7-6，（7）。

11. 陳獨秀，敬告青年〔J〕，青年雜誌，1915，（1）。

12. 陳獨秀，通信〔J〕，青年雜誌，1915，（2）。

13. 陳獨秀，答張永言信〔J〕，青年雜誌，1915，（4）。

14. 林紓，論古文之不當廢〔N〕，公言報，1917-2-1。

15. 李大釗，青春〔J〕，新青年，1916，（1）。

16. 陳獨秀，通信〔J〕，新青年，1917-3-1，（1）

17. 陳獨秀，舊思想與國體問題〔J〕，新青年，1917，（3）。

18. 劉半農，我之文學改良觀〔J〕，新青年，1917，（3）。

19. 胡適，歷史的文學觀念論〔J〕，新青年，1917，(3)。

20. 胡適，文學改良芻議〔J〕，新青年，1917，(5)。

21. 陳獨秀，文學革命論〔J〕，新青年，1917，(6)。

22. 蔡元培，以美育代宗教：在北京神州學會演講〔J〕，新青年，1917，(6)。

23. 陳獨秀，致錢玄同〔J〕，新青年，1917，(6)。

24. 陳獨秀，今日中國之政治問題〔J〕，新青年，1918，(1)

25. 錢玄同，中國今後之文字問題〔J〕，新青年，1918，(4)

26. 靈學叢志〔N〕，時報，1918-2-26。

27. 好學，模範〔N〕，時事新報，1918-10-31。

28. 進德會報告〔N〕，北京大學日刊，1918-5-30。

29. 本校紀事：本校書記薪水章程〔N〕，北京大學日刊，1918-6-8。

30. 陳獨秀，在北京大學開學式上的演說詞〔N〕，北京大學日刊，1918-9-21。

31. 劉半農，對於《新青年》之意見種種〔J〕，新青年，1918，(3)

32. 錢玄同，文學革命之反響·王敬軒君來信〔J〕，新青年，1918，(3)。

33. 林紓，荊生〔N〕，新申報，1919-2-17 / 18。

34. 張厚載，半谷通信〔N〕，神州日報，1919-2-26。

35. 陳獨秀，舊黨的罪惡〔N〕，每週評論，1919-3-2。

36. 通訊·評蝺盧最近所撰「荊生」短篇小說〔N〕，每周評論，1919-3-16。

37. 林紓，致蔡鶴卿元培太史書〔N〕，公言報，1919-3-18。

38. 林紓，蠡叟叢談（四十四——四十六）〔N〕，新申報，1919-3-18 / 22。

39. 陳獨秀，林紓的留聲機器〔N〕，每週評論，1919-3-30。

40. 通訊〔N〕，每周評論，1919-3-30。

41. 志拯，特別附錄：誰的恥辱〔N〕，每週評論，1919-4-27，(19)。

42. 因明，特別附錄：對北京大學的憤言〔N〕，每週評論，1919-4-27，(19)。

43. 蔡元培，蔡元培啟事〔N〕，北京大學月刊，1919-5-10。

44. 錢能訓，政府公報〔N〕，1919，(1177)。

45. 蔡元培，北大第二十二年開學式演說詞〔N〕，北京大學日刊，1919-9-22。

46. 傅斯年，新潮之回顧與前瞻〔J〕，新潮，1919 (1)。

47. 蔡元培，國文之將來〔N〕，北京大學日刊，1919-11-9。

48. 記國語統一籌備會〔N〕，教育公報，1919，(9)

49. 蔡元培，李超女士追悼會之演說詞〔N〕，北京大學日刊，1919-12-13。

50. 陳獨秀，答曾毅——文學革命〔J〕，新青年，1919，(2)。

51. 羅家倫，什麼是文學——文學界說〔J〕，新潮，1919，（2）。

52. 陳獨秀，答書〔J〕，新青年，1920，（1）。

53. 陳獨秀，新文化運動是什麼〔J〕，新青年，1920，（5）

54. 人道，新文化運動是什麼〔J〕，興華，1920，（34）。

55. 蔡元培，學生的責任和快樂〔N〕，大公報（長沙版），1920-11-19。

56. 蔑視教育乃政爭之結果〔N〕，順天時報，1921-3-18。

57. 西諦，文學的定義〔J〕，文學旬刊，1921，（1）。

58. 西諦，文學的使命〔J〕，文學旬刊，1921，（5）。

59. 校聞〔J〕，清華週刊，1921，（232）。

60. 周作人，《歌謠週刊》發刊詞〔J〕，歌謠週刊，1922，（1）。

61. 蔡元培，湖南自修大學介紹與說明〔J〕，新教育，1922，（1）。

62. 梅光迪，通信·評今人提倡學術之方法〔J〕，學衡，1922，（2）。

63. 蔡元培，教育獨立議〔N〕，少年中國，1922-2-1。

64. 胡適，五十年來中國之文學〔N〕，申報，1922-10-10，（17828）。

65. 蔡元培，不合作宣言〔N〕，申報，1923-1-25。

66. 中夏，新詩人的棒喝〔J〕，中國青年，1923，（7）。

67. 吳宓，我之人生觀〔J〕，學衡，1923，（16）。

68. 李玄伯，曹雪芹家世新考〔J〕，故宮週刊，1931，（84）。

69. 皓翁，白頭青年蔡元培〔J〕，禮拜六，1933，（528）。

70. 蔡元培，我在北京大學的經歷〔J〕，東方雜誌，1934，（1）。

71. 蘇雪林，關於盧隱的回憶〔J〕，文學，1934，（2）。

72. 胡適，完全贊成陳序經先生的全盤西化論〔J〕，獨立評論，1935，（142）。

73. 郭慕鴻，紀念蔡元培先生：關於蔡氏與中國文學革命運動〔J〕，宇宙風，1940，（101）。

74. 胡繩，爭民主的戰士永生——紀念蔡元培先生〔N〕，新華日報，1945-1-11。

75. 周作人，紅樓內外〔J〕，子曰叢刊，1948，（4-5）。

76. 蔡尚思，蔡元培與中國文學界〔J〕，春秋（上海1943），1949，（2）。

二、著作類

1. 林紓，畏廬新編，林琴南筆記〔M〕，北京：中華圖書館，1918。

2. 何仲英，洪北平，白話文範〔M〕，上海：商務印書館，1920。

3. 胡懷深，新文學淺說〔M〕，上海：泰東書局，1921。

4. 鄭賓於，中國文學流變史〔M〕，北京：北新書局，1930。

5. 張若英，新文學運動史料〔M〕，北京：光明書局，1934。

6. 胡適，中國新文學大系〔M〕，上海：良友圖書印刷公司，1935。

7. 蔡尚思，蔡元培學術思想傳記〔M〕，上海：棠棣出版社，1950。

8. 〔美〕帕克，種族與文化〔M〕，上海：自由出版社，1950。

9. 陳寅恪，隋唐制度淵源略論稿〔M〕，北京：中華書局，1963。

10. 李書華，碣廬集〔M〕，台北：傳記文學出版社，1967。

11. 〔德〕馬克思，馬克思恩格斯全集〔M〕，北京：人民出版社，1975。

12. 沈雲龍，徐世昌評傳〔M〕，臺灣：傳記文學出版社，1979。

13. 蔡元培、張元濟，蔡元培張元濟往來書札〔M〕，臺灣：中研院中國文哲所，1980。

14. 張國燾，我的回憶〔M〕，北京：現代史料編刊社，1980。

15. 高平叔，蔡元培年譜〔M〕，北京：中華書局，1980。

16. 唐德剛，胡適口述自傳〔M〕，臺灣：傳記文學雜誌社，1981。

17. 羅家倫，逝者如斯集〔M〕，臺灣：傳記文學出版社，1981。

18. 康有為，湯志鈞，康有為政論集〔M〕，北京：中華書局，1981。

19. 馮自由，革命逸史〔M〕，北京：中華書局，1981。

20. 毛子水、胡適、曹建，國立北京大學〔M〕，南京：南京出版有限公司，1981。

21. 蕭超然，北京大學校史 1898～1949〔M〕，上海：上海教育出版社，1981。

22. 汪原放，回憶亞東圖書館〔M〕，上海：學林出版社，1983。

23. 〔明〕陳子龍著，施蟄存、馬祖熙，陳子龍詩集〔M〕，上海：上海古籍出版社，1983。

24. 薛綏之，魯迅生平史料彙編第三輯〔M〕，天津：天津人民出版社，1983。

25. 〔日〕朝日選書〔M〕，東京：朝日新聞社，1983。

26. 馮光廉、劉增人，王統照研究資料〔M〕，寧夏：寧夏人民出版社，1983。

27. 蔡元培，高平叔，蔡元培全集〔M〕，北京：中華書局，1984。

28. 羅章龍，椿園載記〔M〕，北京：三聯出版社，1984。

29. 蔡建國，蔡元培先生紀念集〔M〕，北京：中華書局，1984。

30. 王國維著，吳澤整理，王國維全集書信編〔M〕，北京：中華書局，1984年。

31. 魯迅，魯迅日記 1912 年〔M〕，北京：北京大學出版社，1984。

32. 劉半農，鮑晶，劉半農研究資料〔M〕，天津：天津人民出版社，1985。

33. 胡適，胡適的日記〔M〕，北京：中華書局，1985。

34. 孫中山，孫中山全集〔M〕，北京：中華書局，1985。

35. 〔清〕鄂爾泰，八旗通志〔M〕，長春：東北師範大學出版社，1985。

36. 嚴復，嚴復集〔M〕，北京：中華書局，1986。

37. 韋伯著，於曉、陳維綱譯，新教倫理和資本主義精神〔M〕，北京：三聯書店，1987。

38. 唐寶林，林茂生，陳獨秀年譜〔M〕，上海：上海人民出版社，1988。

39. 羅家倫、伍國慶，文壇怪傑辜鴻銘〔M〕，長沙：嶽麓書社，1988。

40. 蘇象先，蘇魏公文集〔M〕，北京：中華書局，1988。

41. 〔清〕弘晝等著，遼寧圖書館古籍部整理，八旗滿洲氏族通譜〔M〕，瀋陽：遼瀋出版社，1989。

42. 巴金，巴金全集〔M〕，北京：人民文學出版社，1989。

43. 唐德剛，胡適雜憶〔M〕，北京：北京華文出版社，1990。

44. 中國人民政治協商會議全國委員會文史和學習委員會編，文史資料選輯〔M〕，北京：中國文史出版社，1990。

45. 中國第二歷史檔案館編，中華民國史檔案資料彙編〔M〕，南京：江蘇古籍出版社，1991。

46. 瞿秋白，瞿秋白文集〔M〕，北京：人民出版社，1991。

47. 馮友蘭，中國現代哲學史〔M〕，北京：中華書局，1992。

48. 舒新城，民國叢書〔M〕，上海：上海書店，1992。

49. 朱有瓛、戚名琇、錢曼倩、霍益萍，中國近代教育史資料彙編：教育行政機構及教育團體〔M〕，上海：上海教育出版社，1993。

50. 葉聖陶，葉聖陶教育文集〔M〕，北京：人民教育出版社，1994。

51. 費正清，劍橋中華民國史〔M〕，北京：中國社會科學出版社，1994。

52. 黃克武，一個被放棄的選擇：梁啟超調適思想之研究〔M〕，臺灣：中央研究院近代史研究所，1994。

53. 石昌渝，中國小說源流論修訂版〔M〕，北京：三聯書店，1994。

54. 曲士培，蔣夢麟教育論著選〔M〕，北京：人民教育出版社，1995。

55. 葉南客，邊際人：大過渡時代的轉型人格〔M〕，上海：上海人民出版社，1996。

56. 歐陽哲生，胡適書信集〔M〕，北京：北京大學出版社，1996。

57. 中共中央文獻研究室，周恩來早期文集〔M〕，北京：中央文獻出版社，1996。

58. 柯靈，20世紀中國紀實文學文庫：苦難與風流〔M〕，上海：文匯出版社，1996。

59. 景梅九，孫玉明、張國星編《紅樓夢》真諦，〔M〕，瀋陽：遼寧古籍出版社，1997。

60. 陳平原、鄭勇，追憶蔡元培〔M〕，北京：中國廣播電視出版社，1997。

61. 胡適，歐陽哲生，胡適文集〔M〕，北京：北京大學出版社，1998。

62. 中國蔡元培研究會，蔡元培紀念集〔M〕，杭州：浙江教育出版社，1998。

63. 高平叔，蔡元培年譜長編〔M〕，北京：人民教育出版社，1998。

64. 王世儒，蔡元培年譜〔M〕，北京：北京大學出版社，1998。

65. 中國蔡元培研究會，蔡元培全集〔M〕，杭州：浙江教育出版社，1998。

66. 張偉，多餘人論綱：一種世界性文學現象探討〔M〕，上海：東方出版社，1998。

67. 錢玄同，錢玄同文集〔M〕，北京：中國人民大學出版社，1999。

68. 魯迅博物館、魯迅研究室，魯迅回憶錄〔M〕，北京：北京出版社，1999。

69. 羅志田，權勢轉移──近代中國的思想、社會與學術〔M〕，武漢：湖北人民出版社，1999。

70. 王學珍，郭建榮，北京大學史料〔M〕，北京：北京大學出版社，2000。

71. 高平叔，王世儒，蔡元培書信集〔M〕，杭州：浙江教育出版社，2000。

72. 葉文心，通往並超越現代性之路〔M〕，伯克利：加州大學出版社，2000。

73. 陳平原，北大精神及其他〔M〕，上海：上海文藝出版社，2000。

74. 曹伯言，胡適日記全編〔M〕，合肥：安徽教育出版社，2001。

75. 錢玄同，錢玄同文集〔M〕，北京：中國人民大學出版社，2001。

76. 李孝悌，清末的下層社會啟蒙運動〔M〕，石家莊：河北教育出版社，2001。

77. 劉英杰，中國教育大事典，〔M〕，杭州：浙江教育出版社，2001。

78. 王國維，觀堂集林〔M〕，石家莊：河北教育出版社，2001。

79. 周作人，止菴，知堂回想錄〔M〕，石家莊：河北教育出版社，2001。

80. 錢穆，中國文學論叢〔M〕，北京：三聯書店，2002。

81. 錢玄同，錢玄同日記〔M〕，福州：福建教育出版社，2002。

82. 趙園，北京城與人〔M〕，北京：北京大學出版社，2002。

83. 邸永君，清代翰林院制度〔M〕，北京：社會科學文獻出版社，2002。

84. 楊劍宇，中國祕書史〔M〕，上海：上海人民出版社，2002。

85. 馬勇，章太炎書信集〔M〕，石家莊：河北人民出版社，2003。

86. 胡適，胡適全集〔M〕，合肥：安徽教育出版社，2003。

87. 張曉唯，蔡元培與胡適〔M〕，北京：中國人民大學出版社，2003。

88. 楊聯芬，晚清至五四：中國文學現代性的發生〔M〕，北京：北京大學出版社，2003。

89. 許紀霖，中國知識分子十論〔M〕，上海：復旦大學出版社，2003。

90. 梁漱溟，中國文化書院學術委員會編，梁漱溟全集〔M〕，濟南：山東人民出版社，2005。

91. 魯迅，魯迅全集〔M〕，北京：人民文學出版社，2005。

92. 陳平原，早期北大文學史講義三種〔M〕，北京：北京大學出版社，2005。

93. 王德威，被壓抑的現代性——晚清小說新論〔M〕，北京：北京大學出版社，2005。

94. 羅久蓉，丘慧君，姜允中女士訪問紀錄〔M〕，臺灣：中研院近代史研究所，2005。

95. 陳明遠，文化人的經濟生活〔M〕，上海：文匯出版社，2005。

96. 陳平原，現代中國的文人與學者〔M〕，北京：三聯書店，2006。

97. 李大釗，李大釗全集〔M〕，北京：人民出版社，2006。

98. 〔美〕戴維·斯沃茨，陶東風，文化與權力：布爾迪厄的社會學〔M〕，上海：上海譯文出版社，2006。

99. 汪原放，亞東圖書館與陳獨秀〔M〕，上海：學林出版社，2006。

100. 〔法〕愛彌爾·涂爾，渠東，汲赫，宗教生活的基本形式〔M〕，上海：上海人民出版社，2006。

101. 陳明遠，何以為生：文化名人的經濟背景〔M〕，北京：新華出版社，2007。

102. 蘇雲峰，中國新教育的萌芽與成長〔M〕，北京：北京大學出版社，2007。

103. 〔法〕米歇爾·福柯，謝強、馬月，知識考古學〔M〕，北京：三聯書店，2007。

104. 黎錦熙，黎澤渝，劉慶俄，黎錦熙文集〔M〕，哈爾濱：黑龍江教育出版社，2007。

105. 汪民安，文化研究關鍵詞〔M〕，南京：江蘇人民出版社，2007。

106. 趙家璧，編輯憶舊〔M〕，北京：三聯出版社，2008。

107. 郭漢民，宋教仁集〔M〕，長沙：湖南人民出版社，2008。

108. 〔法〕讓·諾埃爾·卡普費雷，鄭若麟，謠言：世界最古老的傳媒〔M〕，上海：上海人民出版社，2008。

109. 祁志祥，中國古代文學理論，〔M〕，太原：山西教育出版社，2008。

110. 〔日〕樽本照雄，林紓研究論集，清末小說研究會〔M〕，東京：2009。

111. 張曉唯，蔡元培傳〔M〕，天津：百花文藝出版社，2009。

112. 劉半農，劉半農文集〔M〕，北京：線裝書局，2009。

113. 〔清〕曹雪芹，紅樓夢〔M〕，長沙：嶽麓書社，2009。

114. 林文光，陳獨秀文選〔M〕，成都：四川文藝出版社，2009。

115. 陳平原，杜玲玲，追憶章太炎修訂本〔M〕，北京：三聯書店，2009。

116. 〔清〕吳敬梓，儒林外史〔M〕，杭州：浙江古籍出版社，2010。

117. 蔡元培，中國倫理學史〔M〕，上海：商務印書館，2010。

118. 蔡元培，王世儒，蔡元培日記〔M〕，北京：北京大學出版社，2010。

119. 蔡元培，新文學大系導言〔M〕，長沙：嶽麓書社，2010。

120. 〔美〕斯維特蘭娜・博伊姆，楊德友，懷舊的未來〔M〕，上海：譯林出版社，2010。

121. 林語堂，林語堂全集〔M〕，北京：群言出版社，2010。

122. 薛綏之，張俊才，林紓研究資料〔M〕，北京：知識產權出版社，2010。

123. 王亞南，中國官僚政治研究〔M〕，北京：商務印書館，2010。

124. 蔡元培，蔡子民先生言行錄〔M〕，長沙：嶽麓書社，2010。

125. 郁達夫，郁達夫文集〔M〕，北京：當代世界出版社，2010。

126. 陳平原，千年文脈的接續與轉化〔M〕，上海：復旦大學出版社，2010。

127. 李存光，巴金研究資料〔M〕，北京：知識產權出版社，2010。

128. 〔日〕溝口雄三，作為方法的中國〔M〕，北京：三聯書店，2011。

129. 余英時，士與中國文化〔M〕，上海：上海人民出版社，2011。

130. 遊鑒明，胡纓，季家珍，重讀中國女性生命故事〔M〕，北京：北京大學出版社，2011。

131. 季家珍，楊可，歷史寶筏：過去、西方與中國婦女問題〔M〕，南京：江蘇人民出版社，2011。

132. 劉克選、方明東，北大與清華〔M〕，北京：國家行政學院出版社，2011。

133. 顧頡剛，《古史辨》自序〔M〕，北京：商務印書館，2011。

134. 楊琥，歷史記憶與歷史解釋〔M〕，福州：福建教育出版社，2011。

135. 孟丹青，羅家倫的教育思想及實踐〔M〕，南昌：江西人民出版社，2012。

136. 〔清〕顧炎武，日知錄〔M〕，安徽：安徽大學出版社，2012。

137. 陳明遠，文化人與錢〔M〕，安徽：陝西人民出版社，2013 年。

138. 陳明遠，魯迅時代何以為生〔M〕，西安：陝西人民出版社，2013。

139. 蔡元培，我們的政治主張〔M〕，北京：光明日報出版社，2013。

140. 張建立，政治系統學〔M〕，北京：知識產權出版社，2013。

141. 李懷宇，思想人・當代文化二十家〔M〕，桂林：灕江出版社，2013。

142. 吳志娟，於麗，《新青年》史料長編〔M〕，武漢：長江出版社，2013。

143. 胡適，中國社會科學院近代史研究所中華民國史研究室，胡適往來信選〔M〕，北京：社會科學文獻出版社，2013。

144. 王炳根，冰心論集〔M〕，上海：上海交通大學出版社，2013。

145. 丁光，慕雅德眼中的晚清中國〔M〕，杭州：浙江大學出版社，2014。

146. 梁啟超，戊戌政變記〔M〕，上海：上海古籍出版社，2014。

147. 耿傳明，現代中國文學中的烏托邦與烏托邦心態〔M〕，天津：南開大學出版社，2014。

148. 張耀杰，北大教授與《新青年》〔M〕，北京：新星出版社，2014。

149. 張旭，車樹昇，林紓年譜長編〔M〕，福州：福建教育出版社，2014。

150. 〔瑞士〕榮格，張月，潛意識與心靈成長〔M〕，上海：譯林出版社，2014。

151. 清華大學國學研究院主編，翟奎鳳選編，梁漱溟文存〔M〕，南京：江蘇人民出版社，2014。

152. 趙景深，文壇憶舊〔M〕，太原：三晉出版社，2015 年。

153. 姜濤，公寓裏的塔──1920 年代中國的文學與青年〔M〕，北京：北京大學出版社，2015。

154. 蔣夢麟，西潮新潮〔M〕，北京：中國工人出版社，2015。

155. 盧政，祝亞楠，魏晉南北朝美育思想研究〔M〕，濟南：齊魯書社，2015。

156. 李哲，罵與《新青年》批評話語的建構〔M〕，濟南：山東文藝出版社，2015。

157. 趙靜蓉，文化記憶與身份認同〔M〕，北京：三聯書店，2015。

158. 劉勇、李怡，中國現代文學編年史〔M〕，北京：文化藝術出版社，2015。

159. 張卓群，宋佳睿，甲寅通信集〔M〕，福州：福建教育出版社，2016。

160. 林紓，夏曉紅、包立民，林紓家書〔M〕，北京：商務印書館，2016。

161. 王偉，再造文明：近代中小學教科書發展中的嘗試與貢獻〔M〕，北京：中國書籍出版社，2016。

162. 湯廣全，教育家蔡元培研究〔M〕，濟南：山東人民出版社，2016。

163. 阿城，阿城文集〔M〕，南京：江蘇文藝出版社，2016。

164. 蘇曼殊，柳亞子，蘇曼殊全集〔M〕，哈爾濱：哈爾濱出版社，2016。

165. 丁鋼，中國教育研究與評論〔M〕，北京：教育科學出版社，2016。

166. 符杰祥，從南京走向世界「魯迅與 20 世紀中國」青年學術論壇〔M〕，北京：知識產權出版社，2016。

167. 錢基博，現代中國文學史上〔M〕，長春：吉林出版集團股份有限公司，2017。

三、期刊論文類

1. 梁若谷，記范靜生先生〔J〕，傳記文學，1962，(6)。

2. 梁漱溟，開創風氣釀成潮流——全國政協委員梁漱溟談蔡元培先生〔N〕，光明日報，1980-3-9。

3. 高平叔，蔡元培與蘇報案〔J〕，南開學報，1985，(6)。

4. 段寶林，蔡元培先生與民間文學〔J〕，北京大學學報，1982，(6)。

5. 張寄謙，嚴復與北京大學〔J〕，近代史研究，1993，(5)。

6. 張全之，中國知識分子的「荊生」情結〔J〕，粵海風，1999，(2)。

7. 王風，文學革命與國語運動的關係〔J〕，中國現代文學研究叢刊，2001，(3)。

8. 桑兵，拒俄運動與中等社會的自覺〔J〕，近代史研究，2004，(4)。

9. 趙園，危急時刻的思想與言說——探尋進入社會變革時期的路徑〔J〕，社會科學論壇，2005，(5)。

10. 孫站河，高貴軍，蔡元培人格精神〔J〕，濱州學院學報，2006，(1)。

11. 蔡雷珂，蔡元培時代的北大「教授治校」制度：困境與變遷〔J〕，高等教育研究，2007，(2)。

12. 李宗剛，蔡元培主導下的北京大學與五四文學的發生〔J〕，聊城大學學報，2007，(3)。

13. 王富仁，林紓現象與文化保守主義〔J〕，燕趙學術，2007，(2)。

14. 陳平原，有聲的中國——「演說」與近現代中國文章變革〔J〕，文學評論，2007，(3)。

15. 陳思和，從「少年情懷」到「中年危機」——20世紀中國文學研究的一個視角〔J〕，探索與爭鳴，2009，(5)。

16. 碧荷，蔡元培：在政治和學術之間〔N〕，中華讀書報，2010-9-29。

17. 葉雋，嚴復、蔡元培在北大精神初構中的影響評析〔J〕，高等教育研究，2010，(4)。

18. 尤小立，陳獨秀與中國無政府主義的思想關聯和分野〔J〕，江蘇社會科學，2010，(2)。

19. 度正直，那些文憑被質疑的名人們〔J〕，學習博覽，2010，(9)。

20. 夏濟安，莊信正，蔣光慈現象〔J〕，現代中文學刊，2010，(1)。

21. 田正平，蔡元培與民初教育改革〔J〕，高等教育研究，2011，(7)。

22. 唐寶民，蔡元培親請陳獨秀〔J〕，文史月刊，2012，(1)。

23. 陳育紅，民初至抗戰前夕國立北京大學教授薪俸狀況考察〔J〕，史學月刊，2013，(2)。

24. 張向東，魯迅與蔡元培交往中的《德國中央文學報》〔J〕，現代中文學刊，2014，（5）。

25. 王富仁，「現代性」辯證〔J〕，中國現代、當代文學研究，2014，（1）。

26. 陳榮陽，文人蔡元培的心史：《石頭記索隱》新談〔J〕，紅樓夢學刊，2015，（2）。

27. 楊華麗，李超之死及其意義挖掘〔J〕，海南師範大學學報，2015，（1）。

28. 袁一丹，民國學術圈的「裏子」〔J〕，文學教育，2015，（6）。

29. 管繼平，一封未經刊載的佚函──陳獨秀致蔡元培〔J〕，檔案春秋，2016，（1）。

30. 周官雨希，徐添，重訪 1915：新文化運動中的邊緣聲音〔N〕，東方歷史評論，2016-3-29。

31. 李哲，分科視域中的北京大學與「新文化運動」〔J〕，文學評論，2017，（5）。

32. 田正平，潘文駕，教育史研究中的「神話」現象──以蔡元培和國立西南聯合大學為個案的考察〔J〕，高等教育研究，2017，（4）。

33. 肖伊緋，胡適致蔡元培書信之新發現〔N〕，南方都市報，2017-12-2。

34. 張天星，民國〈新聞報〉所載〈紅樓夢〉稀見史料論箚〔J〕，紅樓夢學刊，2017，（3）。

致 謝

　　這篇博士論文的緣起，可能起初來源於我對於 20 世紀新文學作家們演講的關注，演講使「無聲中國」發出了無法忘懷的歷史迴響，「有聲中國」的提出改變了中國固有的文學道路，開創了新的文學體例。讓青年自由表達自我觀點和意志，這也算是那個時代振聾發聵的「吶喊」吧。順著演講這條路，漸漸地我「發現」了演講的組織者、倡導者蔡元培。後來隨著研究的日漸深入，我對於研究對象蔡元培的印象也愈發清晰，甚至從蔡元培的身上能夠找到他與我本人之間的精神契合點。我們似乎都不太喜歡對抗性很強的人和事，但又很容易被情緒所「激蕩」，而仗劍天涯、毅然決絕。對「青年」感也有著過多留戀，崇仰著積極向上、光明偉岸的迸發的生命的力，有著無法擺脫的理想主義，對於混濁充滿著牴觸，簡單純粹，但似乎又能夠有所包容。可能正是這些性格上的某些相似之處，在博士論文寫作的過程中我並沒有經歷太多心理上的折磨，反倒覺得暢快舒服。

　　其實關於這一選題的研究，對我來說最難的不是材料的搜集，而是如何去整合這些材料，運用這些史料。在信息爆炸的時代，關於蔡元培的歷史材料十分豐富，而如何將這些散落在各處的材料最終集合起來並致力於解決文學問題，換而言之如何將蔡元培與五四新文學運動建立切實有效、落地有聲的聯繫是我不得不思考的重點問題。在研究過程的前半程，我的思路一直在持續調整。為了防止此篇論文演變為專人、專章的傳記研究，我一直在試圖尋找更為恰切的論證著眼點和突破口。在此過程中，自然離不開許多人的幫助和鼓勵。

　　我的導師李怡教授，從我博士論文定題開始到最後確定研究方向都給予

了我極大的幫助。博士入學以來，李怡老師一直鼓勵我選擇具有長期發展可能的選題，從最初的選題建議到後來的讀書會上的面談指導，再至開題、預答辯，林林總總，在這三年的時間中，我的思維想法也日漸成熟。眾所周知，蔡元培對於五四新文學運動中的主要參與者「新青年」們幫助甚大，可作為一位甚少進行文學創作的社會名流來說，他著實算不上是文學圈內人。在選題之初，我就對能否建立起蔡元培與五四新文學的聯繫或者找尋到蔡元培的「文學性」產生過疑慮，是李老師的積極鼓勵和肯定幫助我克服了心理上的障礙，鼓勵我從蔡元培的「文學之外」去洞察「文學之內」，并最終將我這篇論文落到了實處，使我從中發現了可供切入的「視角」。李怡老師是一位風趣幽默，充滿著童真的導師，每次與他談話，他豐富的言談總能夠讓你靈光一閃，捕捉到可供挖掘的「靈感」。其實在寫作此篇博士論文時，我還在進行著巴金的相關研究，也是與李老師的一次偶然談話，我發現我對巴金作品中「青年話語」的關注也可以成為我打開蔡元培的「鑰匙」。讓我感激的還有師大的各位老師們，劉勇老師、鄒紅老師、黃開發老師、沈慶利老師等等，在師大求學的六年時間裏，您的言傳身教、諄諄教誨使我受益匪淺。尤其是在論文預答辯的過程中劉勇老師、鄒紅老師、沈慶利老師發現的問題和提供的建議也讓我的博士論文更加的豐潤、嚴謹。當然我還要感謝我的師母康老師，以及師兄師姐、師弟師妹們，每次見面他們都深切地關心我，積極地為我論文的寫作提供寶貴的意見和建議。

在這三年的學習中我曾有幸遠赴日本訪學交流，去日本我選擇了蔡元培為陳獨秀開具「假履歷」的位於東京的「日本大學」。日本大學是日本佔地面積最大的大學，與我交流最為頻繁的是位於世田谷區的日本大學文理學部。在這所精緻的校園內，我經歷了春夏，在櫻花吹滿頭的日子裏坐在圖書館內翻閱日本大學的「校史」和資料，也是這樣的切身經歷讓我對蔡元培與陳獨秀的關係有了更進一步的瞭解和體會。在東京生活的日子裏，我一方面加緊自己的語言學習，另一方面也對日本文化多有感悟。可能是因為初來乍到，我喜歡獨自一人吃罷午飯坐電車外加徒步到學校，或者是隨性的漫遊和閒逛，看著匆忙的人群，來來往往的車輛，坐在還不算擁擠的電車內思考自己的論文。在日本的日子裏我認識了很多師友，感謝在這段訪學日子中幫助過我的山口守教授，以及為我特意寫介紹信，引薦我去早稻田大學查找資料的平井老師。

　　在行文的末尾，我想把我的感謝說予我的父母。謝謝他們在我博士論文寫作中的時時關心，每次與他們通話都是我最愉快的時光，讓我有些疲憊與焦慮的心態立刻扭轉過來，洋溢著青春、活力。也是他們一直以來無私的付出為我提供了相對簡單、純粹的環境，讓我一直保持樂觀開朗，對萬物充滿感恩，對生活充滿希望。

　　在北京的六年，在師大的六年，在文院的六年是最美好的青春歲月，見證了我的成長，有著我的哭與笑，留下了我的歌與文。我感謝他們，感謝溫暖的文院，感謝這所美麗的校園，也感謝這座城市，畢竟他們與我「呼嘯而過」的青春休戚相關，而我想我的「青春」還將因為他們持續下去。

趙　靜

2018 年 5 月 15 日於北京師範大學